本书系延边大学外国语言文学世界一流学科建设项目资助出版

延边大学博士扶持项目研究成果

朝鲜朝文人林悌汉文学研究

谭轶操

—— 著

社会科学文献出版社
SOCIAL SCIENCES ACADEMIC PRESS (CHINA)

序　言

谭轶操博士的专著《朝鲜朝文人林悌汉文学研究》即将面世，这是他博士期间的研究成果结晶，也是他的心血之作，由衷地为他高兴。

中国和朝鲜是一衣带水的邻国，自古以来就保持着密切的文化交流关系。千百年来，朝鲜方面对中国文化的关注、研究和吸收，远远超过中国方面对朝鲜文学的注意。中国的文化典籍、文学作品和史学著作等通过各种渠道传播到朝鲜半岛，而朝鲜方面与之相关的各种著述则相继涌现，浩如烟海。相比之下，我们对朝鲜半岛文化的关心、研究、介绍和评价等则相对较少。在中国古代的典籍中，朝鲜王朝的文学被列入了属国的范畴，仅对少数朝鲜文人的部分作品进行收集和整理。例如，清朝时期的《明诗综》《朝鲜采风录》《静志居诗话》等都收录了部分朝鲜文人的作品。

近年来，随着国内对域外汉籍整理与研究热潮的兴起，中国学界对朝鲜半岛的关注远胜于前。朝鲜古典文献均由汉文创制而成，这为中国学者开展朝鲜古代文化文学研究提供了极为便利的条件。在这种利好条件促进下，国内关于朝鲜古代文学领域的学术成果不断涌现，名篇佳作层出不穷，研究发现蔚为壮观。

谭博士就是在这种背景下，随我求学并开展了关于朝鲜朝文人林悌的汉文学研究。他视角独特，逻辑思维缜密，理论功底扎实，分析问题透彻深入，在研究过程中取得了一些前人未有的新发现。例如，林悌诗歌的韵律特色、林悌寓言小说的历史评价和定位等。此前，国内学界在梳理东北亚古代的文化关联时，更为关注和研究朝鲜朝时期参与撰写《朝天录》《燕行录》的作家群体，将与中国文人有过实际接触经历的作家作为研究对象，对他们的文学作品进行分析考察。谭博士选择的研究对象——林悌则是一个非典型的文人，既不是高层官僚，也从未与中国文人有过交往交流。然而殊途同归，谭博士所取得的分析研究成果同样具有较强的说服力和参考性，为后续的相关研究提供了很好的借鉴。在研究过程中，他先后发表了《林悌汉文小说创作探析》《朝鲜朝诗人林悌边塞诗与唐代边塞诗的关联研究》等学术论文，使林悌的文学思想和成就更加清晰地展现在世人面前，也为他的整体研究和本书的出版奠定了坚实的基础。因此，本书具有较高的学术价值。

作为谭博士的指导教师，我非常欣慰的是，这些年来，他非常勤勉与刻苦，在兼顾工作与学习的情况下，将更多的精力投入到博士学业的修炼中，学术水平和工作能力都取得了长足的进步。在博士学位论文最后的攻坚阶段，他不分昼夜，潜心治学，每次取得新发现，都要第一时间向导师报告，一起分享新发现的喜悦。我想，这也是他在今后的岁月中，最值得重温的回忆，这种进取精神也值得他珍惜。

谭博士时值壮年，如果能锲而不舍，潜心研究，必将为新时代的东北亚文化交流做出新的贡献。希望此部专著能够为开展朝鲜古代汉文学研究领域的同人提供新的参考和启发，更希望攻读博士学位期间的昂扬进取精神能够始终伴随在谭博士左右，帮助他在今后的岁月中取得更加丰硕的成果。

李官福

2024 年 4 月 30 日

前　言

　　林悌（1549~1587），是朝鲜朝著名的汉文学家。他性情刚直，诗风爽健，想象奇特，善于创新，以批判和讽刺见长，为朝鲜文学的发展做出了独有的贡献。此前，对林悌汉文学的研究已有很多，成果也非常丰硕，但遗憾之处在于，对林悌汉文学的研究大多集中在他的汉诗或小说的单篇作品方面，对其整体文学作品和其中蕴含的文学思想的研究则略显缺乏，在比较文学层面和音律、修辞等文学手法方面的研究也略显不足。鉴于此，本书聚焦于对林悌个人经历和整体文学作品的全面考察与分析，力图还原作家的思想全貌和总体特征，探究林悌文学作品的价值及其与中国文学文化的关联，在整体上探索并明晰林悌在朝鲜文学史上的位置和发挥的作用。

　　"绪论"部分，全面梳理林悌文学作品的传播和影响以及关于林悌汉文学的研究成果，挖掘了朝鲜朝时期及中国古代文人学者对林悌文学作品的记述和评价，从古代和现代、国内和国外等不同层面考察了韩国、朝鲜、俄罗斯和中国学者对林悌文学开展研究的情况。确定了综合运用文献研究法、历史研究法、比较文学研究法等方法的整体研究思路，以林悌生活时代为背景，以其个人经历为轨迹，以其整体汉文学作品为中心，为本书的研究奠定了理论基础。

　　第一章"林悌文学思想形成的社会背景"，主要根据林悌所处的朝鲜朝社会背景、林悌的家庭传承以及林悌个人的成长经历，剖析了林悌文学思想的形成过程和最终走向。从理想与现实、坚守与动摇、传承与变化三个层面分析了发生在林悌身上的矛盾性冲突，突破了前人研究对林悌悲情、苦闷等性情的定位，发现并剖析了林悌的矛盾根源。正是受到多方面因素的影响，林悌成为一个矛盾的综合体，这也铸就了他刚烈却不肯妥协、放纵却不肯沦陷、能包容却不会随波逐流的性格特点和文学思想。

第二章"酣畅淋漓的情感世界——林悌汉诗研究"，全面梳理了林悌汉诗的创作情况，从忧国忧民、寻禅问道、咏物抒怀、山水田园、纪赠别离、香奁艳情六个方面分析了林悌汉诗的思想意蕴，从意境美、声律美、善于用典三个方面剖析了林悌汉诗的艺术特色，同时从边塞诗以及林悌对李白、李商隐、杜牧等唐代诗人的接受等方面挖掘了林悌汉诗与中国文学的关联。在思想层面，林悌以儒学为中心，同时融会佛道两家思想，形成了兼容并包、区别于人的思想体系；在内容方面，林悌展现了所能观察和体验的全部，表现了他丰富多彩的情感世界和总体上积极面对、参与并融入生活的态度；在手法和技巧等方面，林悌善于学习和创新，通过学习和接受中国古代的文化知识以及多位诗人的风格，并积极转化运用，进而形成了自己的风格特色。本章首次从音律方面对林悌汉诗的艺术特色进行考察，发现了他在音律方面的贡献。

第三章"光怪陆离的玄幻世界——林悌汉文小说研究"，从林悌汉文小说的创作概况、思想意蕴、艺术特色、与中国文学的关联四个方面对林悌的小说创作进行了全面研究。林悌在前人题材的基础上，大胆地发散自己的思维，在谋篇布局、人物塑造、思想主题等各方面推陈出新，开创出新视域，建立起新体系，其作品虽然不多，但每篇都有新意，真正为朝鲜小说的发展做出了自己的贡献。同时，本章通过考证做出了新的推论：林悌的《鼠狱说》是朝鲜文学史上第一部关于老鼠的寓言小说，林悌是将老鼠作为主要角色进行小说化创作的先驱。此外，林悌在小说创作、小说创作者被忽视甚至是蔑视的思想背景和社会环境下，坚持小说创作，填补了 16 世纪朝鲜朝小说创作的空白（这里的空白并不是说 16 世纪朝鲜朝没有小说创作，而是指没有高质量的小说作品），为朝鲜朝小说的发展起到了承上启下的积极作用。

　　第四章"直抒胸臆的现实世界——林悌汉文散文研究"，对林悌的散文及其他杂文进行了研究。通过对其思想意蕴、艺术特色和与中国文学的关联等方面的分析，可以发现林悌对儒学的坚守，对自然的向往和憧憬，对人生意义的静思；林悌不仅善于运用丰富多彩的修辞手法，而且在散文的结构方面采取了与日记结合的创意。本章首次对林悌疑问句式的使用进行了专项研究，发现他对疑问句的使用达到了新的高度。疑问句的使用不仅极大地增强了文章的表现力和感染力，而且对朝鲜朝散文乃至汉文散文的发展都有重要的借鉴意义。此外，通过对其散文与中国文学关联方面的分析，发现林悌散文作品中同样蕴含丰富的中国文化元素。

　　"结语"部分，通过对林悌所有文学作品的研究分析，从强烈的否定意识、思想的兼容并包、持续的创新突破、在朝鲜文学传承方面做出的贡献及其文学作品与中国文学相关联五个方面确定了林悌的独特文学思想及其作品的文学价值，同时明确了林悌在朝鲜文学发展史上所发挥的传承作用。对林悌文学作品的分析与研究，也可以为中朝古代的文化交流提供佐证。

　　综上，本书在前人的基础上，对林悌的所有文学作品进行了全面考察，而且首次从音律、修辞等方面分析了林悌文学作品的艺术特色、作用和贡献，提出了自己对林悌整体文学思想的见解，为后人的相关研究提供借鉴和参考。

目　录

绪　论

一　研究对象

在朝鲜朝前期的文学发展中，尽管本民族的文字已经产生并得到应用，但汉文学的修养仍然是士大夫等官僚阶层比较能力、水平、威望的标签，汉文学仍然占据主流地位。这一时期，不仅出现了众多文学家，文学发展也绽放出耀眼的光辉。

林悌，字子顺，号枫江、啸痴、白湖等，是朝鲜朝前期的著名文学家，去世时只有38岁。林悌是"一个年仅38岁即英年早逝的天才诗人。他识见莹澈，才学夙成，堪称奇人"[①]。作为朝鲜朝16世纪的代表性诗人、小说家之一，他豪放不羁、自由奔放，不被官场和世俗所认同，被称为"方外人"和"异端派"诗人；他文风多变、想象奇伟，既有对社会丑恶现象的无情批判，也有对人生和大道的追问，还有对美好世界的向往。在他短暂的一生中，留下了720余首宝贵的诗词，多篇随笔散文，以及《元生梦游录》《花史》《愁城志》《鼠狱说》四篇小说。他的文学作品反映了当时的社会现实，作品中蕴含的尖锐批判、自由文风和丰富情感使其历久弥新、流传广泛，成为朝鲜和韩国民族文学宝库中的珍品。

---

① 〔韩〕赵润济:《韩国文学史》，张琏瑰译，社会科学文献出版社，1998，第246页。

客观公正地评价林悌在朝鲜文学发展史上的贡献和历史地位，需要系统地阐释林悌的文学作品，必须充分挖掘林悌作品的文学价值和社会功能，通过全面了解其所处的政治、经济、文化等时代背景和家世背景及其生平经历，做到知人论世，从而正确把握林悌的文学思想和性格；需要通过对其文学作品的整体研究，探析其文学思想、作品内涵及文风、美感等文学艺术特点；需要以文化学视角，探究中国儒家文化和唐朝文学对林悌文学创作的影响，从而印证人类文学思想共通的文学精神本质。

尽管林悌的一生较为短暂，但其创作的文学作品在数量规模上是比较可观的，在体裁形式上也较为多样。流传的《白湖文集》是由其后人（林悌仲父枫岭林复的儿子林愲）进行整理并于 1617 年（光海君九年）刊行的。此外，还有《浮碧楼觞咏录》，记录了林悌与友人在浮碧楼进行诗会时所创作的所有诗歌。本书所参考的林悌文学作品，主要包括韩国昌飞出版社出版的《新编白湖全集》、《浮碧楼觞咏录》和《鼠狱说》等。

二　前人研究综述

林悌的文学作品和文学思想不仅在朝鲜半岛广为人知，在中国和俄罗斯也有一定的知名度。本书拟以地域和时间为维度，梳理和归纳前人对林悌文学作品及文学思想的研究。

（一）国外研究综述

从古代开始，国外对林悌文学作品进行的评述和研究就有很多。其中，关于林悌文学作品和生平事迹的记述都来自朝鲜朝的文人，一直以来，韩国和朝鲜都开展了很多关于林悌文学的研究，取得了丰硕的成果。

1. 朝鲜朝时期文人对林悌事迹和作品的记述

朝鲜朝时期，许多文人对林悌的事迹进行了记录，并对他的部分诗作和文学作品进行了摘录，还有一些文人对他的文学风格进行了评价，详见表 1。

表 1　朝鲜朝文人对林悌文学作品和生平事迹的评述统计

作者	书名	记述事项
佚名	《海东诗话》	白湖事迹 4 则，诗 3 首
佚名	《诗家诸话随录》	白湖事迹 1 则，诗 1 首
佚名	《海东诸家诗话》	白湖事迹 1 则，诗 2 首
晚窝	《诗话抄成》	小说 2 篇（评《愁城志》，《元生梦游录》全文）
李书九	《姜山笔豸》	林悌生平简录
任廉	《蟾泉漫笔》	白湖事迹 2 则，诗 5 首
洪万宗	《旬五志》	收《白湖集》题名
洪万宗	《诗话丛林》	白湖事迹 2 则，诗 1 首
南龙翼	《壶谷诗话》	评林白湖诗风之"爽快"
洪万宗	《小华诗评》	白湖事迹 1 则，诗 1 首
洪万宗	《诗评补遗》	白湖事迹 1 则，诗 2 首
李宜显	《陶谷杂著》	白湖事迹 1 则，诗 1 首
李晬光	《芝峰类说》	白湖事迹 1 则，诗 7 首
梁庆遇	《霁湖诗话》	白湖事迹 1 则，诗 1 首
许筠	《鹤山樵谈》	白湖事迹 2 则，诗 2 首。高度评价《愁城志》
许筠	《惺叟诗话》	诗评 1 篇
任廉	《旸葩谈苑》	载申钦《晴窗软谈》、梁庆遇《霁湖诗话》、许筠《惺叟诗话》关于白湖的记载
洪重寅	《东国诗话汇成》	白湖事迹 2 则
申钦	《晴窗软谈》	白湖诗 1 首
李瀷	《星湖僿说》	白湖事迹 1 则
李植	《泽堂续集》	白湖事迹 1 则
柳梦寅	《於于野谈》*	白湖事迹 2 则
宋时烈	《尤庵集》**	白湖事迹 1 则
佚名	《续关北志增补》	白湖事迹 1 则

注：*〔韩〕黄浿江：《韩国叙事文学研究》，首尔：檀国大学校出版部，1982，第 311、315 页。

**〔韩〕黄浿江：《韩国叙事文学研究》，第 311 页。

资料来源：以上内容主要根据蔡美花、赵季主编的《韩国诗话全编校注》和《新编白湖全集》中的内容梳理而成。

《海东诗话》记录了林悌以诗才赢得尊重的 2 则趣事、在俗离山学习的故事以及林悌在去世前不久作豪迈诗歌的故事，其诗为："元帅台前海接天，曾将书剑醉戎毡。阴山八月恒飞雪，时逐长风落舞筵。"[①] 整篇记载字里行间充满了对林悌的敬重。《诗家诸话随录》和《海东诸家诗话》同样也记录了林悌在去世前不久作豪迈诗歌的故事，并做了"临死之作，凌厉豪逸如此，平日之气象可见矣"[②] 的点评。《海东诸家诗话》还记录了林悌的香奁诗。晚窝的《诗话抄成》高度评价了林悌创作的小说《愁城志》，并原文记录了林悌的小说《元生梦游录》。李书九《姜山笔豸》简略介绍了林悌的生平。任廉的《蟾泉漫笔》介绍了林悌游历时适逢诗会兴起作诗的趣事 2 则，还记录了他在 2 则趣事中所作的诗歌和《访人》《香奁》《山寺》等共计 5 首诗作。任廉还在《旸葩谈苑》中转载了申钦《晴窗软谈》、梁庆遇《霁湖诗话》、许筠《惺叟诗话》中对林悌的记述。洪万宗的《旬五志》收录了《白湖集》的题名。洪万宗还在《诗话丛林》《小华诗评》《诗评补遗》中记录了林悌的 4 则事迹，包括林悌在俗离山学习《中庸》的故事，林悌拜师成运的故事，林悌与友人李达、白玉峰、梁松严（庆遇）等人于广寒楼诗会的故事，林悌儿时即刻应韵作诗的故事，还转述了许筠对林悌的评价，并对林悌的《浿江曲》进行了分析和点评。南龙翼在《壶谷诗话》中评价林悌的诗风"爽快"。李宜显的《陶谷杂著》同样记录了林悌在去世前不久作豪迈诗歌的故事。李晬光在《芝峰类说》中不仅记录了林悌的 7 首诗作，还记录了林悌在俗离山学习《中庸》的故事。梁庆遇在《霁湖诗话》中更为详尽地记录了林悌拜师的故事，也转述了许筠对林悌的评价。许筠在《鹤山樵谈》《惺叟诗话》等著作中评价了林悌的诗歌，认为《送李评事》诗的气象可比肩盛唐；此外，许筠对林悌的小说《愁城志》给予了高度评价："所谓《愁城志》者，结绳以来别一文字，天地间自欠此文字不得。"[③] 洪重寅在《东国诗话汇成》中记述

---

① 《海东诗话》，转引自蔡美花、赵季主编《韩国诗话全编校注》，人民文学出版社，2012，第 4272 页。
② 《诗家诸话随录》，转引自蔡美花、赵季主编《韩国诗话全编校注》，第 4533 页。
③ 〔韩〕许筠：《鹤山樵谈》，转引自蔡美花、赵季主编《韩国诗话全编校注》，第 1452 页。

了林悌的 2 则事迹。申钦在《晴窗软谈》中赏析了林悌的《浿江曲》。李瀷《星湖僿说》"人事门"中记录了林悌将死时发出的慨叹以及其自命不凡的人生态度。李植在《泽堂续集》中记录了林悌创作《愁城志》的趣事动因，《续关北志增补》中与其记录相同。柳梦寅在《於于野谈》卷 3 和卷 4 分别记录了林悌的趣事。宋时烈在《尤庵集》中记录了林悌的 1 则趣事。

从朝鲜朝的各种诗话记录来看，与林悌同时代或晚于林悌的很多文学家，将林悌的各种趣事和部分诗作纷纷记载到自己创作的文学评论著作中。可见，林悌在朝鲜文学史上的影响力很大。其中，南龙翼、许筠、李睟光、洪万宗、梁庆遇等人更为关注林悌的文学风格，还对林悌的部分诗作或整体文风进行了点评。

2. 韩国对林悌文学的研究

本书主要从文学史著作中的论述和学位论文、期刊论文中对林悌文学作品的研究三个方面梳理韩国对林悌文学的研究情况。

文学史著作方面的论述。近现代以来韩国对林悌文学的研究，始于金台俊。金台俊对林悌的诗才给予了高度的评价和赞赏。他说："在李朝，说起天才的诗人，首推挹翠轩朴訚和林白湖。"[1] 金台俊在《朝鲜小说史》中设专章研究了林悌创作的小说《花史》，他从《花史》的体裁、花史体小说的源流、作者林悌及其意境、《花史》的文学价值四个方面进行了阐释和解读。金台俊在对《花史》体裁、花史体小说的源流以及林悌及其意境的分析上较为深入，但在《花史》文学价值的剖析方面略有欠缺。赵润济认为"林悌、许筠、郑泰齐、金万重、赵圣明等亦属当时一流学者"[2]，在其编撰的《韩国文学史》中介绍了林悌的生平，称其为"天才诗人""识见莹澈，才学夙成，堪称奇人"[3]，并重点评析了林悌的小说《愁城志》，但未对林悌的诗歌作具体介绍。赵东一将林悌称为继"三唐诗人"之后，提升士大夫文学水平的又一文人，

---

① 〔韩〕金台俊：《朝鲜小说史》，全华民译，民族出版社，2008，第 54 页。
② 〔韩〕赵润济：《韩国文学史》，张琏瑰译，第 261 页。
③ 〔韩〕赵润济：《韩国文学史》，张琏瑰译，第 246 页。

认为其不仅诗作数量多、水平高,而且通过《元生梦游录》《愁城志》等小说展现了自己的精神世界。赵东一不仅认为林悌的诗歌表达了自己的气概,还分析了《愁城志》和《元生梦游录》。他认为,《愁城志》是将心性拟人化的假传体作品,属于《天君传》一类。他认为假传体本身不能被看作小说,而应是教述文学,梦游录也同样不能被看作小说。赵东一还指出《元生梦游录》与之前的梦游录又有许多不同,作者选择了间接的表达方式,作品的梦中主人公不是作者本人而是设定为其他人物。梦中发生的事件也并没有起到消解现实中的不满的作用,从而使情节向悲壮方向发展,且隐喻历史事件也使作品显得不同寻常。① 此外,张德顺在他的《韩国古典文学的理解》②中对林悌的三首时调(国文)作品进行了分析,包括在黄真伊墓地前所做的那首。但他未对林悌的其他文学作品进行评论和分析。

学位论文方面。韩国方面涉及林悌文学研究的学位论文共有19篇,其中博士学位论文9篇,硕士学位论文10篇。专题研究林悌文学的博士学位论文共有7篇,分别是郑学城的《林白湖文学研究》③,朴昱奎的《林悌的汉诗研究》④,金昌植的《林悌诗研究》⑤,郑炳汉的《白湖林悌的诗文学研究》⑥,金铨雄的《白湖林悌的诗文学研究》⑦,金仁雅的《白湖林悌的诗文学研究》⑧,曹相烈的《白湖林悌文学研究》⑨;此外,宋秉烈的《拟人体散文的发达样相:从林椿到林悌》⑩和林濬哲的《汉诗意象论和朝鲜中期汉诗意象研究》⑪也涉及林悌的散文和诗歌研究。硕士学位论文中,以林悌整体文学为

① 〔韩〕赵东一:《韩国文学通史》第2卷,首尔:知识产业社,1985。
② 〔韩〕张德顺:《韩国古典文学的理解》,首尔:一志社,1984。
③ 〔韩〕郑学城:《林白湖文学研究》,博士学位论文,首尔大学,1985。
④ 〔韩〕朴昱奎:《林悌的汉诗研究》,博士学位论文,全南大学校大学院,1991。
⑤ 〔韩〕金昌植:《林悌诗研究》,博士学位论文,汉阳大学,1991。
⑥ 〔韩〕郑炳汉:《白湖林悌的诗文学研究》,博士学位论文,世宗大学,1995。
⑦ 〔韩〕金铨雄:《白湖林悌的诗文学研究》,博士学位论文,韩国教员大学校大学院,2003。
⑧ 〔韩〕金仁雅:《白湖林悌的诗文学研究》,博士学位论文,朝鲜大学校大学院,2004。
⑨ 〔韩〕曹相烈:《白湖林悌文学研究》,博士学位论文,又石大学校大学院,2006。
⑩ 〔韩〕宋秉烈:《拟人体散文的发达样相:从林椿到林悌》,博士学位论文,成均馆大学校大学院,1996。
⑪ 〔韩〕林濬哲:《汉诗意象论和朝鲜中期汉诗意象研究》,博士学位论文,高丽大学校大学院,2003。

研究对象的有1篇，是沈浩泽的《林白湖文学研究》[①]；以林悌诗歌为研究对象的有5篇，分别是尹柱弼的《林悌诗研究》[②]，徐正熙的《林悌的诗文学研究——以汉诗与时调为中心》[③]，林允洙的《白湖林悌的诗文学研究》[④]，林甫妍的《白湖林悌的边塞诗研究》[⑤]，林娜龙的《白湖林悌的方外诗研究》[⑥]；以林悌小说为研究对象的有4篇，分别是郑承灼的《林悌和他的汉文小说》[⑦]，李成圭的《通过〈愁城志〉看白湖林悌的文学意识》[⑧]，吴银泳的《白湖林悌小说研究》[⑨]，李顺子的《林悌小说的背景思想研究》[⑩]。

　　在上述学位论文中，以林悌整体文学为研究对象的分别是沈浩泽、郑学城和曹相烈。从时间上来看，沈浩泽是最早开展林悌文学研究的，而且是以林悌的所有文学作品为研究对象开展整体研究，他综合考察了白湖的文学，并且分析了其诗作的韵与内容，将他的诗看作追求理想性与浪漫性的纯文学作品，但其研究重点还是诗歌部分。郑学城是第一位开展林悌整体文学研究的博士，他重点对林悌诗世界的思想内涵和小说世界的思想、艺术手法进行了分析，遗憾的是，散文部分仅研究分析了林悌的游记散文《南溟小乘》。曹相烈对林悌的研究更加深入，主要从林悌文学思想的形成背景、诗歌的内涵和小说的批判意识对林悌文学进行了分析和研究，但他也忽略了林悌汉文散文的艺术特点。

---

① 〔韩〕沈浩泽:《林白湖文学研究》，硕士学位论文，庆北大学，1976。
② 〔韩〕尹柱弼:《林悌诗研究》，硕士学位论文，韩国学大学院，1981。
③ 〔韩〕徐正熙:《林悌的诗文学研究——以汉诗与时调为中心》，硕士学位论文，木浦大学校教育大学院，1996。
④ 〔韩〕林允洙:《白湖林悌的诗文学研究》，硕士学位论文，韩国教员大学校教育大学院，1999。
⑤ 〔韩〕林甫妍:《白湖林悌的边塞诗研究》，硕士学位论文，庆熙大学校大学院，2009。
⑥ 〔韩〕林娜龙:《白湖林悌的方外诗研究》，硕士学位论文，公州大学校教育大学院，2012。
⑦ 〔韩〕郑承灼:《林悌和他的汉文小说》，硕士学位论文，庆南大学，1985。
⑧ 〔韩〕李成圭:《通过〈愁城志〉看白湖林悌的文学意识》，硕士学位论文，公州大学校，1994。
⑨ 〔韩〕吴银泳:《白湖林悌小说研究》，硕士学位论文，朝鲜大学校教育大学院，1997。
⑩ 〔韩〕李顺子:《林悌小说的背景思想研究》，硕士学位论文，木浦大学校教育大学院，1999。

　　以林悌诗歌为研究对象的相对较多，分别是朴昱奎、金昌植、郑炳汉、林濬哲、金铨雄、金仁雅、尹柱弼、徐正熙、林允洙、林甫妍、林娜龙。朴昱奎认为林悌的汉诗共计 708 首，并以思想情感为标准分为豪气性情、艳情情理、自由奔放飘逸、静观禅理、对死亡悲叹等五大类，分析了林悌文学思想的形成，认为林悌是一位自由文学家。金昌植以贯穿于白湖生活与文学的"自主精神"为前提，将其诗性分为豪放性与感伤性进行考察，认为林悌即兴的作诗态度，呈现出豪放与感伤相伴的状态；同时还分析了林悌的气概诗与边塞诗、自伤诗与慷慨意识，考察了林悌脱俗的心境与道、佛的取向。郑炳汉通过对林悌诗文学背景和诗世界的分析，从创作目的、诗风、形式题材、情绪特征等方面评价了林悌在朝鲜诗史上的地位。林濬哲在对朝鲜朝中期汉诗意象的研究中对林悌的汉诗意象进行了分析，他认为在唐代诗风的影响下，该时代诗作共同的题材特征是边塞诗、艳情诗、游仙诗和南朝民歌风诗，林悌在边塞诗意象中构建的美感特质是对慷慨美的具象化。金铨雄对林悌汉诗的形式和题材，诗作呈现的情绪，诗中展现的慷慨意识、美意识和禅理等精神世界进行了分析研究。金仁雅对林悌的文学背景、诗文学的表现方式等进行了重点考察，并探讨了林悌诗文学特点现象背后的原因。尹柱弼将"诗创作是意、气、辞、体等因素所构成"的诗论运用于白湖诗的分析中，将其诗体进行全面分类，并借此确立了林白湖在诗史上的地位。徐正熙研究了林悌诗文学的背景，并在比较文学层面研究了林悌诗世界的汉诗与时调，认为林悌的汉诗是对自己怀才不遇的感慨和对现实不满的流露，时调则是真率情感的表露。林允洙认为林悌汉诗的情绪特征为体现方外人的葛藤、体现自然人的气概、体现诗歌人的主情，超越了传统的生活规则和秩序，开拓了新的文学史境界。林甫妍将林悌的边塞诗分为 7 类 87 首，在体现气概与悲哀精神、流露忧国之情和忠诚之心、表达对故乡和亲友的思念等方面具有肯定的现实认识。林娜龙将林悌的诗作作为例证，讨论了林悌方外人的气质。

　　以林悌小说为研究对象的分别是郑承灼、李成圭、吴银泳、李顺子。李成圭认为《愁城志》的创作动机与林悌的批判意识及其理想论的心性观有关，而这部作品的意义主要体现在"心性拟人小说""对儒教政治秩序的怀疑和批判""为当时儒教者提供对小说这一问题产生新的认识的契机""对人类感情的肯定"等方面。吴银泳对林悌的《元生梦游录》《愁城志》《花史》分别做了考察研究，认为林悌小说的意义在于谋求小说与现实的结合、敢于批判王权、开拓了心性拟人的小说素材和具有自主精神。李顺子分析了林悌4篇小说的背景思想，认为林悌的小说与其他作品相比具有丰富的艺术含蓄性、批判性、讽刺性与象征性。值得一提的是，宋秉烈虽然以"拟人体散文"为研究对象，但实际研究的主要内容仍然是林悌的寓言拟人小说《愁城志》和《花史》，以及《柳与梅争春》。

从以上学位论文研究情况来看，对林悌文学研究的重点集中于他的诗歌创作，对林悌整体文学创作和小说的研究相对薄弱，在有限的研究中，对其散文创作进行研究的大都集中在纪行散文《南溟小乘》。此外，对林悌小说的界定也各有不同，有认为3篇的（不包括《鼠狱说》），有认为4篇的，尚无定论。

期刊论文方面。本书对20余篇研究林悌文学作品的韩国期刊论文进行了梳理。主要情况如下：黄浿江对林悌创作《元生梦游录》进行了考证，他认为《元生梦游录》为其后梦字小说的拓展提供了一个平台，因此，林悌的文学成就在韩国文学史上是一个高峰；[①]苏在英认为林悌的《南溟小乘》促进了纪行文学的发展，林悌对海路体验的相关记录和对耽罗的风物描写都是宝贵的资料，《南溟小乘》对于研究林悌的人生观乃至自然观都是非常重要的资料；[②]安炳鹤以"否定意识"为中心考察了林悌诗歌的基本特点，认为影响林悌最深的是唯心的思考倾向和强烈的男性趣向，唯心的思考决定了否定意识，男性趣向决定了其豪快的风格，该观点的不足是忽略了现实的复杂性；[③]

①　〔韩〕黄浿江:《林悌与〈元生梦游录〉》,《檀国大学论文集》第4卷, 首尔:檀国大学出版部, 1970。

②　〔韩〕苏在英:《林悌的〈南溟小乘〉考》,《民族文化研究》(8), 1975。

③　〔韩〕安炳鹤:《林悌的诗世界与否定意识》,《民族文化研究》(16), 1982。

郑学城以浪漫主义倾向为中心对林悌诗歌进行了细致考察，认为林悌诗歌体现的思想虽没有达到主张民众主体觉醒的程度，但接近了被忽视的阶层的共感心，打破了封闭性的士大夫社会和意识的壁垒；[①] 金昌植认为林悌的香奁诗可分为别离哀伤、空闺仇恨、烈的意志三种，对女性心理持客观的立场，且用一种怜悯的视角去抒情，[②] 他还以林悌的生涯、气质以及趣向为中心考察了林悌的汉诗风格，认为林悌汉诗具有雄浑豪健的风格，自伤诗具有悲壮美与悲剧美的复合美；[③] 朴昱奎认为林悌的汉诗受到中国诗歌尤其是唐诗的影响，如李白、李商隐、元稹、孟浩然等人对林悌的影响，同时又结合自身所具有的进取思想，展现出民族自主的精神世界；[④] 金仁雅从生涯、交游、思想等层面对林悌文学的思想背景进行考察；[⑤] 梁东大对林悌的诗歌进行了考察，认为林悌的诗体现出一种对现实积极参与后受挫和陷入失意的方外人的生活姿态；[⑥] 宋钟官认为林悌诗的根本特征在于他的思想性和浪漫性，他以超脱的姿态不参与党争，将美意识和儒、佛、道思想融合，这使林悌与当时一般人的意识相冲突；[⑦] 金光淳考察了林悌的生涯和诗歌、小说等文学作品，认为林悌多愁善感，将现实中实现不了的抱负通过作品反映出来；[⑧] 李钟默认为林悌的汉诗在受中国诗歌影响的同时，也融入并强化了朝鲜的气质，17 世纪初朝鲜诗坛学习中国复古风喊出"诗必盛唐"的口号，部分诗人用唐朝诗风去描写

① 〔韩〕郑学城：《对白湖诗浪漫性的历史的理解》，《韩国汉文学研究》第 7 辑，韩国汉文学会，1984。
② 〔韩〕金昌植：《林悌的风流和香奁体诗》，《汉阳语文研究》第 7 期，汉阳语文研究会，1989。
③ 〔韩〕金昌植：《林悌诗的风格》，《韩国学论集》第 17 辑，汉阳大学校韩国学研究所，1990。
④ 〔韩〕朴昱奎：《中国文学对林悌汉诗的影响》，《韩国诗歌文学研究》（5），韩国古诗歌文学会，1998。
⑤ 〔韩〕金仁雅：《白湖林悌文学的背景考察》，《传统文化研究》（6），朝鲜大学校传统文化研究所，1999。
⑥ 〔韩〕梁东大：《白湖林悌诗研究》，《人文学研究》（27），朝鲜大学校人文学研究院，2002。
⑦ 〔韩〕宋钟官：《林悌汉诗的思想性和浪漫性考察》，《民族文化论丛》第 25 辑，岭南大学校民族文化研究所，2002。
⑧ 〔韩〕金光淳：《白湖林悌的生涯和文学世界》，《语文论丛》（39），韩国文学言语学会，2003。

朝鲜现实，林悌正是追求唐朝诗风的先驱；①尹采根将林悌与权铧放在一起讨论，认为他们的汉诗具有共同的美学属性：对时间认识的现在性，自我体验的矛盾，愤懑的心情；②夫英勤（音）认为林悌《南溟小乘》的意义在于将诗与散文结合，达到了抒情的效果，对济州风土进行描写，记录了当地的风物；③李秉喆（音）考证了《元生梦游录》的作者问题，认为《元生梦游录》在当代官僚阶层的矛盾和分裂等现实框架内，通过梦游结构和寓意性叙述，吐露现实和理想的乖离，在切身感受到历史事件的同时，又增加了和《六臣传》中的人物进行交流的一个对话通路，意味着形成了一个治愈空间；④李玄逸（音）研究了林悌的《谦斋遗稿》，进行了材料方面的整理介绍，认为通过《谦斋遗稿》可以补充《林白湖集》的编年，更立体地了解林悌文学的资料；⑤朴钟宇（音）和李昌熙（音）认为林悌以其道学的文学为基础，构建了多样的柔软的诗歌个性，以及感情的自然性，林悌的文学成就在他所处的时代达到了更高一层的水准，成为一个美学的典范；⑥崔振庆（音）以《白湖先生文集拾遗》中《青灯论史》的林悌史论为中心，讨论了林悌的主题意识和议论策略。⑦总体来看，在韩国的期刊论文中，对林悌诗歌文学开展的研究较多，占绝大多数，对其小说进行研究的也有一些，而散文主要集中在《南溟小乘》上，还有一篇论文对林悌的《青灯论史》系列史论散文进行了考察和分析。

---

① 〔韩〕李钟默：《白湖林悌汉诗的文艺美学》，《震檀学报》第96号，震檀学会，2003。
② 〔韩〕尹采根：《16、17世纪汉文学美学的变貌样相的研究》，《韩国汉文学研究》第31辑，韩国汉文学会，2003。
③ 〔韩〕夫英勤（音）：《白湖林悌的〈南溟小乘〉研究》，《瀛州语文》（12），瀛州语文协会，2006。
④ 〔韩〕李秉喆（音）：《林悌的〈元生梦游录〉再考》，《韩民族文化研究》第24辑，韩民族文化学会，2008。
⑤ 〔韩〕李玄逸（音）：《林悌的〈谦斋遗稿〉研究》，《韩国汉文学研究》第46辑，韩国汉文学会，2010。
⑥ 〔韩〕朴钟宇（音）、李昌熙（音）：《白湖诗的美的特质》，《民族文化研究》（59），2013。
⑦ 〔韩〕崔振庆（音）：《林悌的〈青灯论史〉研究》，《韩民族文化研究》第45辑，韩民族文化学会，2014。

3. 朝鲜对林悌文学的研究

在朝鲜，林悌是作为反封建主义的革命斗士形象被研究的，研究成果的政治倾向性比较浓厚。

早期，朝鲜社会科学院编撰的《朝鲜文学史》（古代中世篇）重点考察了林悌的小说世界，将林悌视为继金时习之后朝鲜小说史上又一位重要的作家，在古代小说的发展史上，给予其承前启后的地位；而在文学思想层面，肯定其通过拟人等手法对封建社会进行激烈批判的价值。①

池善华撰写的《朝鲜文学全史》对林悌的生涯和创作活动、林悌的诗文学、林悌的小说进行了较为全面的分析和研究。金河明在《朝鲜文学史》（3）中，也从作家论和作品论两方面对林悌进行了研究，重点考察了林悌的诗歌与寓话小说世界。② 金河明在对林悌的诗歌进行综合性考察之后，认为林悌的诗歌作品虽然也体现出其自身的时代与阶级局限性，但是在 16 世纪的诗坛中，林悌比任何人都更尖锐地披露了封建社会的不合理性，且对劳动人民充满同情，因此他将林悌定位为进步诗人，给予很高的评价。而在小说方面，金河明将林悌视为朝鲜朝 16 世纪唯一的小说家，且将其《花史》《鼠狱说》通过与金时习的小说比较后，得出此两篇作品在朝鲜小说史上开创了中篇形式的寓话小说的结论，给予了很高的评价。在思想层面上，由于林悌的小说作品对当时社会的不合理性进行了尖锐的批判，他将林悌视为爱国、先进文学潮流的先锋，并强调其奠定了 17 世纪小说文学的基础。

韩仁英、朴吉南、金振国撰写的《朝鲜古典作家论》对林悌的生平、诗歌文学、小说文学进行了梳理、记述和分析。该书将林悌的诗歌概括为"对混乱现实的不满与评判""对祖国的热爱与民族生活情绪的艺术构现""失意的内心中的烦闷和郁闷的吐露"三大类型。而根据思想内容将其小说也归纳为"对深刻的社会问题揭露""根据拟人化手法的寓话形象创造""小说的构

---

① 朝鲜社会科学院：《朝鲜文学史》（古代中世篇），平壤：科学百科辞典出版社，1977。

② 〔朝〕金河明：《朝鲜文学史》（3），平壤：社会科学出版社，1991。

成组织和形象手法的探求"三大类型。①

最后，朝鲜金日成综合大学出版社出版的以"朝鲜文学讲座"名义编撰的一般性大学教材《朝鲜文学史》将林悌的《元生梦游录》与金时习的《龙宫赴宴录》等梦游录小说进行了对比，并强调林悌的《元生梦游录》与现实的结合度更高，感情表现手法也更为高超，将林悌的梦游录小说视为金时习梦游录小说的一大进步和发展，且强调其寓话小说《鼠狱说》对之后的寓话小说创作有很大的影响，将《花史》《愁城志》看成揭露现实、批判现实的优秀作品，视为寓话小说的一大发展。②

与韩国相比，朝鲜对林悌的研究都是整体进行的，较为全面。但朝鲜方面的研究，一方面由于缺乏与外界的学术交流，资料不甚完整，观点有失公允；另一方面由于政治倾向性较强，学术价值受到影响。

4. 林悌作品在苏联和俄罗斯的传播

林悌的小说《鼠狱说》在苏联（俄罗斯）也有传播。该书于 1964 年在莫斯科以俄语译本出版，译本称作者是 Лим，书名则为 Мышь под судом。俄罗斯出生的汉学家鲍利斯·李沃维奇·里弗京（Борис Львович Рифтин）为该书作序。里弗京的中文名字是李福清，是活跃在中国学界的汉文学家。

（二）国内研究综述

林悌是一位在朝鲜文学史上具有一定地位的文学家，因此国内关于朝鲜文学史方面的教材或其他著述都会涉及林悌的文学作品及其成就。而与韩国和朝鲜相比，国内对林悌的研究无论在数量上还是内容上都略显不足。本书主要从对林悌文学的记述和研究两方面进行说明。

1. 中国对林悌文学作品的记录情况

中国对林悌的文学作品进行记录始于明朝。明朝沈德潜在《明诗别裁集》中将林悌的诗歌《无语别》改题为《闺怨》，并评价"如读崔国辅小

---

① 〔朝〕韩仁英、朴吉南、金振国：《朝鲜古典作家论》，平壤：社会科学出版社，2011。
② 朝鲜文学讲座：《朝鲜文学史》，平壤：金日成综合大学出版社，2012。

诗"①。清代朱彝尊在编撰的《明诗综》中属国部分收录了林悌的《戏题生阳馆》，不仅将题目改为《中和途中》，而且对部分字词进行了改动。《明诗综》的记载如下："中和途中（明·林悌 五言律诗 押尤韵）羸骖驮倦客，日暮发黄州。可惜踏青节，未登浮碧楼。佳人金缕曲，江水木兰舟。寂寂生阳馆，孤灯夜似秋。"②其中，林悌原作中的"载""晚""堪恨""相思"等字词分别被《明诗综》改为了"驮""暮""可惜""孤灯"，大概是古代文化交流机会较少等原因造成的。在朱彝尊著的《静志居诗话》③中同样记载了林悌的诗作《中和途中》，诗词改动情况相同，同时还标注了此诗来自《朝鲜采风录》。正如朱彝尊所述，林悌的《无语别》和《戏题生阳馆》还被收录在清代的《朝鲜采风录》中。④对林悌原诗的改动也与上述两部作品基本相同，《无语别》改了题目，《戏题生阳馆》则改为《中和道中》。由此可见，《明诗综》和《静志居诗话》的记载都来自《朝鲜采风录》。

近代以来，中国国内许多出版物中有对林悌文学作品的记述，主要集中在朝鲜文学史教材以及历史教材等各类图书中（见表 2）。

表 2　国内著作关于林悌文学作品和事迹的评述统计

作者	语种	书名	出版年度	林悌作品数量
郑判龙	朝鲜语	《朝鲜语文手册》	1982	诗 7 首，小说 1 篇
韦旭升	中文	《朝鲜文学史》	1986	诗 5 首，小说 4 篇
许文燮	朝鲜语	《朝鲜文学史》	1987	小说 4 篇
朴忠禄	朝鲜语	《朝鲜古典文学选集》	1987	诗 35 首，小说 4 篇
崔雄权	中文	《韩国小说名著鉴赏》	1995	小说 2 篇
许辉勋、蔡美花	朝鲜语	《朝鲜文学史》	1998	诗 4 首，小说 4 篇

---

① （清）沈德潜、周准编《明诗别裁集》，上海古籍出版社，1979，第 337 页。
② （清）朱彝尊编《四库文学总集选刊：明诗综》，上海古籍出版社，1993，第 1636 页。
③ （清）朱彝尊著，姚祖恩编，黄君坦校点《静志居诗话》，人民文学出版社，1990，第792 页。
④ 鹿继平：《〈朝鲜采风录〉辑校与研究》，硕士学位论文，延边大学，2015，第 82~83 页。

作者	语种	书名	出版年度	林悌作品数量
金宽雄	中文	《韩国古小说史稿》	1998	小说4篇
韦旭升	中文	《韦旭升文集》	2000	诗10首，小说4篇
张德秀	中文	《朝鲜民族古代汉文诗选注》	2002	诗4首
陈蒲清、〔韩〕权锡焕	中文	《韩国古代寓言史》	2004	小说4篇
韦旭升	中文	《韩国文学史》（高等教育教材）	2008	诗5首，小说4篇
尹允镇、池水涌	朝鲜语	《韩国文学史》	2008	小说2篇
李岩等	中文	《朝鲜文学通史》	2010	小说2篇
汪燕岗	中文	《韩国汉文小说研究》	2010	小说4篇
金英今	中文	《朝鲜－韩国文学史》	2010	小说1篇
金宽雄、金晶银	中文	《韩国古代汉文小说史略》	2011	小说4篇
姜秀玉、王臻	中文	《朝鲜通史》第三卷	2013	小说4篇
于春海	中文	《古代朝鲜辞赋解析》	2013	散文1篇

其中，收录林悌诗作最多的是朴忠禄的《朝鲜古典文学选集》（8），收录林悌诗作多达35篇。

郑判龙的《朝鲜语文手册》并不是单纯的文学选本，该书采用综合性语文辞典的形式，介绍各种人文社会科学知识，不仅将文学理论细化为写作知识，还对各类语言学相关知识进行解释。这本书为介绍林悌花费了较大篇幅，不仅介绍了林悌的一些诗作，还通过对《鼠狱说》的分析，对林悌的创作才能给予高度评价。韦旭升在《朝鲜文学史》、《韦旭升文集》、《韩国文学史》（高等教育教材）中列举了林悌的10余首诗作和全部4篇小说，并对林悌进行了客观公正的评价，认为林悌的现实诗和小说在朝鲜朝文学史上有一席之地。朴忠禄不仅收录了林悌的《秋千曲》《浿江曲》《向

白湖途中》等 35 首诗歌以及小说散文等作品，还认为林悌的民族性是其获
得文学成就的重要原因之一。金宽雄强调，要以"知人论世"的文学理论
去研究作家，他详细介绍了林悌的生活背景，阐释了林悌文学思想的形成
过程，探究了林悌文学主题和思想的倾向。此外，其他学者在各自的文学
论著中，也都篇幅不等地收录了林悌的部分文学作品，并对其进行了分析
和评价。

2. 国内对林悌的研究

中国国内最早对林悌进行研究的是李海山。他在《林悌和他的文学》① 中
较为详细地论述了林悌的文学思想，在叙述林悌生活的社会环境和个人经历
后，将重点放在对林悌作品的分析上，认为林悌的《鼠狱说》是朝鲜中世纪
的代表寓言小说之一，给后世的寓言小说带来很大影响。同时，他认为林悌
诗的特征是主题多样、抒情朴实、诗语丰富多样、含蓄性强。

杨会敏在她的博士学位论文《朝鲜朝前半期汉诗风演变研究》② 中，将
林悌、鱼无迹、金时习评为"异端派"诗人，对林悌的宗唐诗进行了研究，
认为林悌在朝鲜朝诗风由"宗宋"到"宗唐"的过程中发挥了积极作用。
她还在论文《俊爽峭健　风华绮靡：林悌汉诗论析》③ 中评价：虽然林悌的
一些诗歌带有宋代的诗风，但以唐诗风为主，林悌的诗歌清新明朗、豪放
流畅。

对林悌小说的研究，以单篇为主。孙萌在博士学位论文《儒学视域下的
朝鲜汉文小说研究》④ 中对林悌的《愁城志》进行了分析，认为《愁城志》是
朝鲜"天君系列"小说的滥觞。姚玲娟在硕士学位论文《朝鲜朝梦游录小说
研究》⑤ 中对林悌和他的《元生梦游录》进行了分析，认为林悌在文学史上的

---

① 李海山：《林悌和他的文学》，许文燮等：《朝鲜古典作家作品研究》，延边人民出版社，1985。
② 杨会敏：《朝鲜朝前半期汉诗风演变研究》，博士学位论文，中央民族大学，2011。
③ 杨会敏：《俊爽峭健　风华绮靡：林悌汉诗论析》，《世界文学评论》2011 年第 2 期，第 233~237 页。
④ 孙萌：《儒学视域下的朝鲜汉文小说研究》，博士学位论文，上海师范大学，2012。
⑤ 姚玲娟：《朝鲜朝梦游录小说研究》，硕士学位论文，上海师范大学，2012。

贡献，正在于这些富含强烈讽刺精神的寓言小说。李杉婵①在《古代朝鲜汉文小说〈花史〉研究》中，分析了林悌假传性寓言小说的特色，认为其具有寓言虚构性、故事性、哲理性的特点，同时兼备史传美恶并举、褒贬分明的特点，她还对《花史》的作者进行考证并提出了自己的见解。杨昊在《〈愁城志〉的儒学意蕴和艺术特色》②中指出《愁城志》是在朱子之学传入朝鲜后新儒学逐渐走向鼎盛的时代背景下创作的，蕴含了丰富的儒学内涵，同时作者还分析研究了该篇小说使用拟人笔法和大量用典的艺术特色。

此外，还有一些对林悌小说的研究是系列小说研究中的相关部分，比如孙惠欣教授在《冥梦世界中的奇幻叙事——朝鲜朝梦游录小说及其与中国文化的关联》③中认为林悌是朝鲜梦游录小说的开先河者。金健人在《韩国天君系列小说与中国程朱理学》④中认为林悌的《愁城志》是朝鲜"天君系列"小说的嚆矢。但这些学者都是在进行系列作品的总体研究中分析和列举林悌作品的，对林悌的文学作品研究得还不够深入和全面。

通过对国内外有关林悌文学研究成果的梳理和分析，可以发现以下几个特点。

一是从研究范围看，以专项研究为主，透过作品论析林悌文学作品的思想性、艺术性等文学价值，提出对林悌在其所处时代文学发展的贡献和地位的主观评价。

二是从研究视角看，部分研究从比较文学的角度，阐述了林悌对中国文化扬弃的文学思想，揭示了其在小说里表现出的政治、文化、社会等领域的思想意识形成于朝鲜新儒学思潮的鼎盛时期。

三是从研究方法看，部分研究通过还原林悌家系和生平经历的历史研究法，提炼出他的性格和思想，透过他的思想分析作品的文学内涵和文学

①　李杉婵:《古代朝鲜汉文小说〈花史〉研究》,《名作欣赏》2012 年第 27 期。
②　杨昊:《〈愁城志〉的儒学意蕴和艺术特色》,《华中师范大学研究生学报》2013 年第 4 期。
③　孙惠欣:《冥梦世界中的奇幻叙事——朝鲜朝梦游录小说及其与中国文化的关联》,北京大学出版社, 2009。
④　金健人:《韩国天君系列小说与中国程朱理学》,《外国文学评论》2003 年第 2 期。

价值。

目前的相关研究虽然成果比较丰硕，为今后更加深入地研究林悌的汉文学奠定了基础，但也存在一定的缺憾，主要表现在：第一，对林悌全部的汉文学作品进行整体的关联研究较少，已有研究的重点在他的汉诗方面，其他文学体裁则以单篇为主，而且只有局部的分析，没有形成科学的、成体系的研究范畴；第二，没有整体和系统地还原林悌的文学思想，特别是没有完整地呈现林悌汉文学的整体特色，也没有对这种特色形成的背景和原因进行分析；第三，对林悌汉文学与中国文学之间的关联研究涉猎不多，且未全面深入；第四，就林悌汉文学作品对朝鲜文学发展所产生的影响也没有深入研究。

三　研究方法

由于林悌哲学思想、文学思想比较广博而复杂，其文学内容丰富、风格多样，因此要做到知人论世，必须运用多种方法多视角地从林悌所处的历史背景、其家世和生平、文学作品进行综合系统研究。具体方法如下。

文献研究法：通过阅读林悌的代表性原著作品，查阅各种历史文献中的原始资料，采用实证的方法，紧密围绕当时的社会政治文化环境和林悌的人生经历，以文本为基础，根据林悌文学作品自身的内容来确定研究内容和理论框架，比较国内外有关林悌文学作品的先行研究成果，梳理归纳出林悌的性格和文学思想，用事实说话，做到言必有据。

历史研究法：历史观点同通常所说的社会历史的批评方法以及古人的知人论世的方法相一致，着眼于作家所置身的历史条件和作品所反映的社会环境。本书通过查阅朝鲜王朝史及时下中朝韩三国在政治、经济、文化等各领域的广泛交流、互通发展的历史资料，力求在还原历史原貌的基础上研究林悌儒家思想、汉文化等文学素养的产生原因、发展条件、嬗变规律。

比较文学研究法：林悌的汉文学创作过程也可以看作对汉文学和文化进

行吸收、借鉴、融合、升华、创造的过程。将林悌汉文学的研究放在中朝韩比较文学的大背景和视野下，可以发现林悌不仅是一位朝鲜作家，还是中朝韩文化交流的力行者和见证人。因此，本书对林悌汉文学的研究，本身也是比较的过程。通过进行比较文学的研究，能够呈现更为广阔的研究视野，会通中朝韩古代文学的精神本质，突破朝鲜和韩国学者局限于其国别研究的藩篱。

四　研究目的和意义

本书的研究目的是通过还原历史，客观完整地梳理归纳出林悌的文学思想，历史地评价林悌文学作品作用于其所处时代社会生活的认识功能、教育功能和美感功能，公正地评判林悌在朝鲜文学史上的历史地位和作用，尤其是印证其所处时代中朝两国在政治、经济、文化等多领域广泛交流、融通发展的大背景下人类文学思想、文学风格共通共融共发展的特性。

本书意在对林悌汉文学做整体研究。

第一，避免以往个别的只见树木不见森林的零散研究之不足，将林悌的小说、诗歌和散文结合其生平与性格以及所处的时代，做整体性的研究，用孟子"知人论世""以意逆志"的方式，力求完整地梳理和再现林悌的文学思想。

第二，将林悌的汉文学作品纳入中朝韩比较文学的大视野中，分析林悌汉文学与中国古代文学的关系，在对林悌汉文学的分析研究中会通中国古代文学思想，从而探究和把握人类文学思想共通的精神本质，为中朝韩文学的比较研究贡献绵薄之力。

第三，在实证、思辨、多学科方法综合运用的基础上，全面分析林悌文学与中国文化的双向联系，公正客观地确立林悌的思想和文学地位，公正评判林悌在朝鲜文学发展过程中所起到的作用。

第一章　林悌文学思想形成的社会背景

"人是社会的动物，艺术家也不能离开社会。社会的正义何在？人生的价值何在？艺术家不但是不比别人少一些关切，而是永远站在人类最前面的；他要从社会中取材……"[①] 正如老舍所言，对作家的作品进行观察和分析，必须了解他所处的时代背景，因为一个文学家的作品是其人生观、价值观、世界观的集中体现，作者所要表达的思想都来源于其所生存的时代和社会现实。同样，一个作家思想的形成虽然主要是个体的经历所致，但也离不开社会现实的影响。因此，无论是研究作家还是作品，都不能不对其经历和社会背景进行考察，了解其所处的时代背景、家世、成长过程、出仕和致仕、思想性格等情况。

第一节　林悌生活的时代背景

林悌生活在朝鲜朝明宗（1534~1567）和宣祖（1552~1608）主政的时期，距李成桂（1335~1408）建国已经有近160年的历史了。16世纪末到17世纪初，是东北亚政治局势较为混乱的时期。而在混乱时期的前夜，朝鲜朝呈现出外有强敌、内有动荡、思潮更迭的社会特点。

---

① 舒舍予:《文学概论讲义》，北京出版社，1984，第63页。

一　强敌环伺

林悌出生于 1549 年，此时距朝鲜反抗日本侵略的"壬辰卫国战争"还有 43 年的时间，距朝鲜与后金的第一次战争"丁卯胡乱"也有 78 年的时间。

朝鲜朝建立后，其沿海始终遭受日本倭寇的骚扰，尽管两国于朝鲜朝定宗元年（1398）恢复国交，但其间仍未能杜绝日本海盗的侵扰。1443 年，朝鲜与日本缔结《癸亥条约》，实行"信牌制"贸易，两国之间形成了稳定的贸易关系。1510 年，"庚午事变"发生后，朝鲜取消了日本商人在乃而浦（熊川）、富山浦（东莱）、盐浦（蔚山）三个港口的特权，中断了贸易。虽然两国贸易于 1512 年签署《壬申条约》后重启，但贸易地点只有乃而浦一个港口，两国贸易往来逐渐减少。

日本是岛国，非常依赖海上贸易。但因为海盗猖獗，明朝坚决禁海，日本通过朝鲜朝转运中国商品的需求也就非常大，进而对占据贸易要道的朝鲜也就有了更多的图谋。为此，丰臣秀吉在完成统一全国大业的第二年，即 1592 年就迫不及待地对朝鲜朝发动了侵略战争，也就是朝鲜史记载的"壬辰卫国战争"。虽然日本发动战争的动机有转移国内矛盾、野心膨胀等多重因素，但对朝鲜地理位置的艳羡无疑是潜在的因素之一，这在之后日本的对外侵略战争中都可以得到证实。

除日本外，朝鲜朝在西北部、东北部边疆还有一个强邻，也就是之后统治中国的清朝——当时的明朝女真部。自朝鲜朝建国起，女真作为朝鲜的北邻，一直被视为朝鲜的藩篱。"朝鲜王朝自太祖王开始实施'北拓政策'，到世宗王时期，终于实现了'北进'目标。"[①] 为了扩展疆域招诱女真人，朝鲜朝还与宗主明朝政府发生了不少冲突。此后，女真乘明朝援朝抗倭管理松懈之际，快速发展，逐渐壮大，进而实现了对朝鲜的反击，而朝鲜王朝终在"丙子之役"后签订《南汉山城条约》，向清俯首称臣。

对于外敌，朝鲜王朝的统治者是有防范意识的。这种意识导致的各种焦

---

① 　姜秀玉、王臻编著《朝鲜通史》第 3 卷，延边大学出版社，2013，第 37 页。

虑和不安以及其他各种情绪也都投射在当时文人政客的笔墨之下，成为对现实的真实反映。

二　内政疲乱

16世纪，朝鲜国内统治阶级内部矛盾激化，政治派系斗争十分激烈；随着朝鲜王朝建立之后实行的等级身份制度的僵化、剥削加剧、土地矛盾加深等，社会矛盾不断激化，农民起义频发，内乱不止，冲击到封建统治。

（一）派系斗争激烈

源于对土地资源的争夺，以建国功臣为核心的"勋旧派"和以中小地主为代表的新兴地方政治势力"士林派"互相倾轧，进行了充满血腥的斗争。他们之间的斗争，对朝鲜的封建统治造成了极大的危害。

"戊午士祸""甲子士祸""己卯士祸"等都是发生在两派斗争期间的惨案，也是士林派遭受惨重打击的标志性事件。朝鲜王朝开国一个世纪的时间内，官僚分化为勋旧派和士林派两大势力，两派之间产生了严重矛盾。勋旧派可追溯到通过开国功臣等八次功臣册封而形成的势力，尤其是癸酉靖难以后世祖所册封的功臣及相关的勋臣和戚臣，他们支持富国强兵的现实主义路线，维持既得权利。士林派则是从朝鲜成宗时开始全面进入政界的群体。他们继承郑梦周的道统，从性理学的角度出发，对得位不正的世祖不满，同时认为过分的镇压政策和国防强化政策等功利主义的统治方式让民心离散，主张将儒家理想实践于现实政治中。

士林领袖金宗直及其门人金宏弼、郑汝昌、金驲孙等被起用为官，与勋旧派产生矛盾，这种矛盾在成宗时还是潜在的，但到燕山君时终于激化，爆发了第一次士祸——戊午士祸。燕山君即位后，为编纂《成宗实录》而开设史局，金驲孙在任史官时，曾将他老师金宗直所写的《吊义帝文》收入史草（修实录所依据的原档），又因记录李克墩的丑事而得罪了他。1498年7月，柳子光（与金宗直有过节）在李克墩的指使下举报了此事，强调这是以中国历史上被项羽弑杀的楚义帝影射朝鲜端宗，批判世祖篡位。在尹弼商、卢思慎、韩致亨等勋旧大臣的支持下，燕山君将金驲孙及知情史官权五福、权景裕凌迟处死，斩李穆、许磐，流放姜谦、表沿沫、郑汝昌、崔溥、任熙载、李继孟等十多人，他们基本都是金宗直的弟子。后来燕山君公布他们的罪状时，强调他们"俱以宗直门徒，结为朋党，互相称誉，或讥议国政，谤讪时事"①。到六年后的甲子士祸时，戊午士祸受难者中的幸存者皆被杀，死者被剖棺戮尸。出仕的金宗直弟子在两次士祸中被清洗殆尽。

甲子士祸是指 1504 年朝鲜国王燕山君为了给生母废妃尹氏复仇而对勋旧派和士林派同时展开清洗的历史事件。燕山君早就对勋旧派的"凌上之风"极其不满，便借为母报仇之机掀起大狱，将废妃过程中参与讨论的所有大臣全部处死。1504 年 3 月以后，除了李世佐外，尹弼商、李克均、成俊、权柱、李肯等十余人被杀。已死的韩致亨、韩明浍、郑昌孙、鱼世谦、沈浍、李坡等被剖棺斩尸。宫中则有成宗宠姬郑、严二贵人和她们的儿子安阳君、凤安君遇害，仁粹大妃被气得一病不起而死。燕山君还追尊母亲为齐献王后并升祔宗庙，这受到弘文馆应教权达手和李荇的反对，燕山君处死权达手，流放李荇。在此期间因各种小事或谏言忤逆燕山君而被处死或流放的人也为数不少。到了 9 月，连同之前戊午士祸被流放的士林派中幸存者金宏弼、崔溥等也全部被处死，已死者剖棺斩尸，甲子士祸至此告一段落。

己卯士祸是指 1519 年朝鲜王朝发生的一次政治肃清事件。1519 年，赵光祖一派提出了"伪勋削除案"，要求大幅减少靖国功臣（反正功臣）的人数，裁掉四分之三，没收其所获赐的土地、奴婢。这一政见引发了勋旧派和士林派的旧仇和新恨。勋旧派对此忍无可忍，被士林派指为"小人"的南衮、被削勋的沈贞与被赵光祖弹劾的熙嫔洪氏之父南阳君洪景舟联手，展开了除掉赵光祖一派的行动。他们利用熙嫔洪氏、敬嫔朴氏等后宫向中宗进谗言，说全国人心已归于赵光祖，以动摇中宗对赵光祖的信任；又在树叶上用蜜涂"走肖为王"四字，吸引虫子来啃，使其从御沟流入宫中。当时本有"木子将

---

① 〔韩〕李龟：《再思堂逸集》，《韩国文集丛刊》第 16 辑，首尔：韩国古典研究院，2000，第 677 页。

军剑，走肖大夫笔"这类谶语，中宗看到树叶后，对赵光祖更加疑惧。

从1519年11月起，中宗绕开承政院，屡降密旨于洪景舟等勋旧派，称"走肖（赵光祖）之辈，奸似（王）莽、（董）卓"，在朝中结党营私，架空王权，使他"食不知味，寝不安枕，瘦骨棱棱，予名为人君，实不知也"，担心"宋祖黄袍加身之变"，又言"人君与臣，谋除人臣，虽近于盗谋，然奸党已成，人君孤立难制，欲共谋除之，以安宗社"。于是在11月15日夜，洪景舟、南衮、沈贞等人从后门（神武门）潜入宫中，谒见中宗，以赵光祖等"交相朋比，附己者进之，异己者斥之，声势相倚，盘据权要，诬上行私，罔有顾忌，引诱后进，诡激成习，以小凌长，以贱妨贵，使国势颠倒、朝政日非"为由，请求逮捕参赞李耔、刑曹判书金净、大司宪赵光祖、大司成金湜、副提学金絿、都承旨柳仁淑、左副承旨朴世熹、右副承旨洪彦弼、同副承旨朴薰等人。中宗当即批准，并准备处死赵光祖等，这遭到李长坤、安瑭、郑光弼的反对，成均馆1000名儒生也在光化门为赵光祖等喊冤。赵光祖先被流放绫州，不久被赐死。此外，金净、奇遵、韩忠、金湜也被流放并在不久后被赐死或自杀。金絿、朴世熹、朴薰、洪彦弼、李耔、柳仁淑等数十人被流放，包庇他们的安瑭、金安国、金正国被罢职。这些受祸的士林派被统称为"己卯名贤"。1537年金安老倒台后，"己卯名贤"中的金安国、金正国、柳仁淑、李清等才重获叙用。朝鲜宣祖时正式为赵光祖等平反。

然而，在士林派内部也存在党派之争。早已占据高官要职的"西人党"和后起之秀的少壮派"东人党"，为争取更大的利益，从中央到地方展开了无原则的争斗。这种没有底线、没有是非、只有党派的党争不仅给国家造成了政治危机和财政危机，也向底层的人民群众转嫁了伤害，增添了沉重的负担。

（二）剥削逐步加剧

在农业社会，土地是最有价值的财富。拥有土地的多寡就变成衡量财富多少的标准。剥削阶级不仅大量侵占国家公田，还利用天灾人祸等各种时机，采取廉价收买、诱惑欺骗等各种手段巧取豪夺，强占农民的土地，以至于富者阡陌纵横，贫者无立锥之地。

一是科田制度的建立和延续。科田制度最早出现于高丽王朝末期，作为田制改革的重要举措，国家制定了科田法，向官僚集团分配科田，但仅限于京畿地区的土地。朝鲜王朝建立后，在已有的基础上，进一步完善了科田制度。朝鲜世祖时期，为防止科田的收租权成为世袭权力，重蹈田柴科制度的覆辙，世祖将科田改成职田。朝鲜成宗时期，又改为由官府收租，然后进行分配的政府操控体制，并将田租纳入职役的俸禄中。

朝鲜王朝建立初期，政府对全国土地进行测量核实，按耕种质量将其分为上、中、下三个等级，一旦土地等级被判定后，便以结、负、束、把等单位来测量土地面积，测量结果会被记录到政府文件中保存，作为日后科田分配和收租的依据。1444年（朝鲜世宗二十六年），中央政府对田制作了一次大规模的全面整改，以统一标准将全国所有土地划分为六个等级，这一改革主要针对朝鲜王朝前期出现的官府收租中的弊端而制定。根据新修订的田制，各个地方官署以所分配的定量米谷充当所需要的财政来源，这既确保了地方拥有充足的财源，又避免了地方官僚的贪污和转嫁负担的行为。

朝鲜朝初期，在科田制的基础上，统治阶级还实行了赋予收税权的别赐田（当代或永世享有收税权）、功臣田（享有永世收税权）等土地制度。在土地总量不变的背景下，随着这些制度的持续实行，特权土地的数量不断增加，导致土地兼并的现象越发严重。"十五世纪中叶以后，京畿道大约有十五万结土地，其中五分之四属于这种官僚的私人收税地。"①

二是职田制的改革。1466年，朝鲜世祖不得不废除科田制度，改为职田制度，并将职田的收税法改为换给制度（即科田的收税权不再直接由收税者行使，而由国家代行，国家收税后，再按相等标准补偿给受田者）。实行职田制改革的目的有两个：一是将科田改为职田可以减少收税权让与地的数量，增加财政收入；二是可以缓和人民反对残酷剥削的愤怒情绪。尽管新方法在一定程度上缓解了土地兼并的问题，然而对于人民来说，田税、贡物、兵役、

---

① 朝鲜民主主义人民共和国科学院历史研究所编《朝鲜通史》（上），贺剑城译，生活·读书·新知三联书店，1962，第186页。

赋役等负担依旧繁重。加之两班官僚地主等不间断的压榨和剥削，土地兼并问题并没有得到彻底解决。15 世纪以后，新的开垦事业广泛进行，大土地所有制的发展和地主豪强的成长特别显著。一方面，人口继续大批流离，沦落为其他地方地主豪强的佃农和奴婢；另一方面，加快了原地方居民的没落，因为人口流失后，当地居民还要承担原有人口所负担的国家义务。以上这些情况进一步促使人民破产，使人民痛苦不堪。

总之，上述这些国家层面的和中间层面的剥削都相应地促进了农村的阶级分化，使兼并土地的地主豪强和丧失土地的农民数量都大幅增加。而这种深刻的阶级分化必然使阶级对立更加尖锐化。

（三）农民起义频发

在国家的层层重压下，人民群众的生活异常艰难，十分凄惨。1561 年，江原道平昌郡守杨士彦上书明宗称，"父亡者子孤，夫死者妇寡，族行则户绝，邻空则里虚"[1]，从描述的情况看，惨不忍睹。

由于不堪重负，农民纷纷拿起武器，勇敢抗争。仅 16 世纪，就发生了 4 次影响深远的农民起义，分别是燕山君六年（1500）洪吉童领导的农民起义、中宗二十五年（1530）顺石领导的农民起义、明宗十二年（1557）吴连石领导的农民起义，还有规模和影响最大的明宗十四年（1559）林巨正领导的农民起义。虽然上述农民起义都失败了，但也沉重地打击了封建统治阶级，引起了进步文人的深刻反思。在朝鲜小说史上占据重要地位的《洪吉童传》（许筠著）就是对当时现实的描写和刻画。

可以说，当时朝鲜朝正处于内忧外患的时期，但更让林悌等有识之士、忠义之臣气愤的是，统治阶级对内忧外患不予重视，反而结党营私、内斗频仍。

三 思潮更迭

朝鲜朝之前的高丽王朝最初是以佛立国的。高丽王朝的崇佛之风，给社

---

[1] 姜秀玉、王臻编著《朝鲜通史》第 3 卷，第 125 页。

会政治、经济、文化等各个方面都带来了浓重的佛教文化色彩。而理学思想是在高丽末期传入的，它的广泛传播伴随着科举制的发展，对高丽文化产生了显著的影响，其标志就是士林阶层和士林文化的形成。"高丽末期，随着中国程朱理学之传入，高丽儒学为之兴起，兼之佛教的干政和日趋腐败，遂由此兴儒排佛。"①朝鲜王朝建立之后，封建统治者认识到程朱理学更加符合新王朝的利益需要，继续大力宣扬程朱理学，延续"抑佛扬儒"政策，使程朱理学得到空前发展，成为统治思想。在理学一统天下的形势下，尽管佛道的影响渐趋微弱，但其仍然存在于社会中，成为多元文化的组成部分。

16 世纪朝鲜朝在文化发展方面还有一个重要转变，即诗风由"宗宋"到"宗唐"的转变。进入朝鲜朝以后，汉文诗坛一直延续着高丽王朝以来推崇宋诗的风气。以黄庭坚、陈师道为首的江西诗派尤其受到朝鲜诗人的青睐，从而导致了这时期汉文诗坛注重诗歌技巧的形式主义弊端。尽管诗评家们重视诗道风骨，但是在具体的创作中更加重视形式的营造。自 16 世纪中叶以后，朴淳等人开始提出"诗回盛唐"的主张，而真正有意识地追求唐诗风格，使之成为朝鲜朝诗坛主流的，是白光勋、崔庆昌、李达三人，史称"三唐诗人"。他们的诗歌创作开启了朝鲜朝汉文诗道的全盛期。尽管"三唐诗人"的光芒显耀，但也不能掩盖林悌在朝鲜朝诗风演变过程中发挥的承上启下的积极作用，他的"宗唐"诗作也无愧于朝鲜文学宝库中的明珠。

林悌就是在程朱理学道统观念下成长起来的，是一位坚定的儒学信仰者和践行者。但他并非一味地拘泥不化，他的文学思想中还兼容并包了佛道思想等其他思想成分。

第二节　林悌的生平

林悌的文学思想和文学成就并不是凭空得来的，而是受到家世、生活经历、师道传承等各种因素影响逐渐形成的。

---

① 　杨昭全:《中国—朝鲜·韩国文化交流史（Ⅰ）》，昆仑出版社，2004，第 401 页。

一 林悌的家世: 显赫的罗州望族

林悌生于 1549 年（明宗四年），相当于中国明朝中叶，他的出生地是当时的全罗道，于 1587 年（宣宗二十年）去世，去世时只有 38 岁。林悌，字子顺，号枫江、啸痴、白湖等。虽然他的号有很多，但主要使用"白湖"二字，晚年又号"谦斋"。"白湖"这一号源于蟾津江一条支流的别称。此支流流经林悌外祖家所在的全罗道六科县一个叫无尽藏的地方。很多后世研究者都称他为白湖林悌。

林悌的家世上可追溯到始祖林庇。对于林庇，《高丽史》世家卷三十"忠烈王十五年三月"条记载了"忠清道指挥使大将军林庇"的条目，可以据此推断出林庇是一名武将。从《罗州林氏大同谱》查考，林庇之后的子孙们多被任命为文官或武官。[1] 林悌的祖父林鹏文科及第后历任翰林、承旨、庆州府尹及光州牧使等官职，声名远扬，是"己卯明贤"之一，也是士祸的牺牲品。林悌的父亲林晋曾任罗州节度使，是一位武将，他曾领兵抗击外来入侵者，也颇有文才，留下了具有豪放高昂气概和雄浑气魄的"铸箭背肩，磨刀佩边。铜墙铁壁负矢眠，卫国声中心激扬"和"臂挽强弓腰挎宝剑，铁瓮城边枕帐眠，梦里犹在左冲右杀喊声喧"的爱国时调。这些时调朗朗上口、通俗易懂，其朴素直率的语气淋漓尽致地表现了这位节度使的性情和爱国心。作为武将而名望颇高的林晋曾历任岭南、湖西、湖南、西北部地区的五道兵马节度使，还曾经担任济州牧使。他为官"不私货利，家无厚茵"（《林正郎墓碣文》）[2]。林晋忠君报国的思想和简朴无华的生活作风对儿女的成长产生了非常大的影响。林晋有五子三女，林悌是长子。二子林恒中年放弃科举考试而醉心于作诗。他建造了一座小亭子，在其中栽培打理花草，因而被称为"百花主人"。三子林恂因长于诗自幼声名在外，长大之后学习骑马射箭，后担任节度使一职。四子林懽参加科举考试却屡试不第，适逢壬辰卫国战争起，

---

① 《罗州林氏大同谱》卷首编。
② 〔韩〕林悌:《新编白湖全集》（下），首尔: 昌飞出版社，2014，第 760 页。

与金千镒加入义兵一同抵御外敌，因作战英勇成为县监。幼子林忏早夭。其三个女儿的记录没有遗留下来。1563 年，林悌 15 岁时与庆州金氏的女儿结婚，到 21 岁那年陆续生了地、埈、坦、珀等四男三女。

林悌出身于朝鲜朝士大夫家庭，其出身并不寒微，甚至可以说出身名门望族。至今林悌的家族罗州林氏在罗州郡一带仍然具有非常大的影响力。林悌祖上每一代都有文臣或武将。武人家庭的生活环境和父亲林晋的影响对长子林悌的性格养成和个人发展起到了特别重要的作用。他在成长中受到了这种家庭环境的影响，尽管豪放不羁，经常有游戏人间之感，但忠君思想和耿直的性格仍然是他恪守的底线。他的文学作品也总体上表现了这种格调。

二　林悌的成长经历

（一）显露文学才华和豪爽性情的少年时代

林悌出生于 1549 年，其成长的轨迹呈现在《意马赋》中。《意马赋》记载了林悌回顾往事后所产生的感受，揭示了他人生中的一连串形迹。"某，粗豪人耳，早岁失学，颇事侠游，娼楼酒肆，浪迹将遍，年垂二十，始志于学，而其所学，亦不过雕章绘句，务为程文，眩有司之目，而图当世之名。其后屡屈科场……"[1] 从《意马赋》中可以看到林悌自称幼年时失学，性格豪荡喜欢侠游，年近二十的时候才开始立志学习。然而他在《祭亡师金钦之文》中写道："悌十载从学，至于成童而能成立，到今策名清时者，惟师蒙养之功为多……"[2] 事实上，他在金钦那里接受了十年的启蒙教育，奠定了他的文学基础。自称失学只是为了掩饰自己青年时期不受拘束、不太节制的荒唐生活经历。

林悌自幼就有着与众不同的风流男儿气质，同时又有着像武人一样豪放坚韧的品行，以及面对不义之事决不妥协的正义感等性格特质。这与父亲林晋的影响是分不开的。

---

[1] 〔韩〕林悌:《新编白湖全集》（下），第 615 页。
[2] 〔韩〕林悌:《新编白湖全集》（下），第 627 页。

按照当时的惯例，林悌接受了儒家教育并在这一教育体制下成长起来，但是他对读书并没有多大的兴趣，反而对射箭、骑马和钻研兵法等有着浓厚的兴趣。他豪放的性格气质和杰出的诗学才能使其在幼年就留下了令人震惊的逸事。

洪万宗在《诗评补遗》中记载："林白湖儿时出游，逢一丫鬟有艳态，白湖见而悦之，蹑后而往。丫鬟至一巨第，跳入于内，乃其主家也。林追至外阁，主公怪之，即使苍头牵致阶下，曰：'汝是何儿，乃敢唐突？'林曰：'某是儒生，路逢佳儿，尾而随之，未觉到此。冒犯实多。'主公曰：'尔随我呼韵，即成赦之，不则笞矣。'仍呼'薨、升、滕'三字，林应答曰：'曾闻东君九十薨，惜春儿女泪盈升。寻香狂蝶何须问，相国风流小似滕。'主公大奇之，呼出丫鬟而与之。"① 能够在顷刻之间用指定的韵脚作出意境不错的诗作，可见其急智和诗才功底。

通过他在少年时代与牛溪成浑唔谈的故事，也可以看出林悌性格的洒脱不羁。梁庆遇在《霁湖诗话》中记载："癸未甲申年间，成先生牛溪亚判铨曹，怜其报才沉滞，将欲吹嘘，邀而与之语。问其姓氏所由来，仍曰：'必累世奕阀奕。'对曰：'数三代忝得科名，人以为贵姓。而实则起于寒微，世叶未久矣。'牛溪大加奖叹，谓其有拔俗气象，拟置诸清班。"② 林悌是世家子弟，面对成浑的提问却说自家"起于寒微"。当时，士大夫们大都目空一切，喜欢炫耀自己的家庭出身，特别是出身于两班家庭的，无形中就显得高人一等。林悌却恰恰相反，他对两班出身不以为荣，甚至还嗤之以鼻。在这一过程中，林悌认为与生俱来的贵族身份和无所事事、浑浑噩噩的两班子弟的腐败生活方式让自己蒙受了羞辱，同时也对炫耀攀比的社会风气怀有不满。

林悌的才情还得到了李恒福的认可。这从白沙李恒福（1556~1618）为《白湖集》撰写的序文中可以得到很好的印证。"君家世弓刀，斥弛不群。少

---

① 〔韩〕洪万宗：《诗评补遗》，转引自蔡美花、赵季主编《韩国诗话全编校注》，第2424页。

② 〔韩〕梁庆遇：《霁湖诗话》，转引自蔡美花、赵季主编《韩国诗话全编校注》，第1421页。

尝轩轾其才，慨然慕燕代之风。时于香奁酒肆，漫浪以自适，或悲歌慷慨，人莫测其端。而常自谓功名可徒手取，乐弛置自放，纵谑不羁，不屑屑操觚以黔其口吻。世以是疑之，而亦以是奇之。中忽自悟，稍讳言侠，遂屈首书史。"①

父亲离家在外地任职，他的伯父林复照顾了年幼的林悌。他的伯父也是士祸的受害者，当时因敌对势力肃清大量政敌的事件，曾任槐院正宇的伯父受连累被流放到沧州。在林悌3岁那年，伯父带着他返乡生活，林悌在伯父的照顾下度过了少年时期，林复对其性格的形成产生了很大的影响。所以1576年伯父去世时，林悌作《伯父枫岩先生挽》，表达了对这位给予他启蒙教育的伯父离去的悲伤。"才华坐不幸，知命卧沧州，口尚销金众，身能止谤修。春残一醉梦，魂逐大江流，哭彻河桥晓，余霞映翠楼。"②林悌对伯父的逝去感到悲悯，认为伯父空负才华却遭奸人诽谤而流放，只能在醉梦中度过大好时光，生命的凋谢令人惋惜。

（二）勤奋和钻研的修学生活

林悌的拜师充满了戏剧性。洪万宗在《诗话丛林》中记载："林正郎白湖悌为师学樊川，名重一时。苏谷尝论人诗品，及于白湖，目之'能手'，闻者皆以为善喻。白湖年少时自湖西向洛，正当穷冬，风雪满天，道上成一律曰：'大风大雪高唐路，一剑一琴千里人。乌啼乔木暮烟冷，犬吠孤村民户贫。僵寒马病苦无赖，啸志歌怀如有神。悠悠忽起故园思，锦水梅花南国春。'高唐，所过地名也。成大谷先生见此诗，愿见其面，白湖遂造拜，甚欢。"③1570年的冬天，林悌经过忠清道去往首尔的路上写就了这首《高唐道中》，一个偶然的机会这首诗传到大谷成运那里，成运阅后大为赞赏，遂派人邀见，两人相见甚欢，于是就有了师徒的缘分。林悌在《意马赋》中写道"在庚午秋，为千里之鱼，而得一拜于床下，纵容而丈，便有不忍舍去之意，

---

① 〔韩〕林悌：《新编白湖全集》（下），第754页。
② 〔韩〕林悌：《新编白湖全集》（上），第161页。
③ 〔韩〕洪万宗：《诗话丛林》，转引自蔡美花、赵季主编《韩国诗话全编校注》，第2753页。

而势难久住，怅然而辞"，讲述的就是 1570 年拜见师傅成运后有所收获，不舍离去，但因形势所迫怅然拜别的心情。

1570 年秋，林悌 22 岁，离家入俗离山①，拜大谷成运为师。1571 年林悌 23 岁时母亲逝世，他回到故乡，料理母亲的丧事，守孝两年后的冬天，他再上俗离山找到大谷成运。在大谷成运的指导下，林悌阅读了许多书，并醉心于读书。李睟光《芝峰类说》卷十四载："林悌入俗离山，读《中庸》八百遍，得句曰：'道不远人人远道，山不俗离俗离山。'用《中庸》语也。"②从林悌读《中庸》八百遍的故事中，可以感受到林悌学习是多么努力。

林悌的老师也是一位著名文人。大谷成运 30 岁时司马试科举及第，但由于其兄受"乙巳士祸"而遭牵连，他抛弃了官职，以"大谷"为号，躲藏在俗离山中。成运也是腥风血雨的士祸的牺牲品，为逃避牵连，不得不抛弃官职隐匿于世。老师的经历，使林悌想起了 1519 年己卯士祸时受牵连的祖父。由此可以发现，通过成运，林悌对沉迷于权力争夺和贪婪欲望而互相倾轧的腐败的封建政界现状有了深刻的认识。同时也可以看到，在这一过程中，林悌看待社会现实的眼光逐渐锐利起来。他的世界观形成和发展过程中发生的这种变化，可以从他在俗离山学习过程中所作的那句"道不远人人远道，山不俗离俗离山"的诗句中清晰地观察到。

俗离山的生活，不仅成为林悌思想意识发展的一个契机，同时是他通过不懈的努力丰富自身知识储备和提升能力水平的阶段。据传，他离开俗离山时，那里的许多树叶上写满了他学习的文字，可见林悌在读书学习期间是多么努力。当然，林悌在俗离山学习的内容主要还是儒学，他仍然无法摆脱儒家教育的藩篱，但这奠定了他的思想基础，对他的成长经历以及文学创作产生深刻影响。

---

① 俗离山系韩国八景之一，位于从太白山山脉向西南方延伸的小白山山脉中部，系忠清北道报恩郡、槐山郡、庆尚北道尚州郡的界山，海拔 1057 米，山体主要是花岗岩。花岗岩山峰直耸而立，堆积岩部分被冲刷得很深，山峰与溪谷构成了绝妙的景致。

② 〔韩〕李睟光:《芝峰类说》卷十四，转引自蔡美花、赵季主编《韩国诗话全编校注》，第 1347 页。

林悌在俗离山期间以赋的形式创作的《意马赋》流传至今。这一作品回顾了林悌在此之前的生活，通过这一作品可以了解他端正自身青云之梦这一心理体验的形成过程。与"忽乎吾将行，嘤嘤然曰，古之人，况亲炙之功程"一句中所传达的意思一致，通过这一作品可以了解林悌面对充满矛盾和不义的现实时决不妥协的正直品性，以及他极高的抱负而导致的焦灼心情。与之相同，通过《意马赋》一文可以得知，林悌已经初步有了通过拟人化的特殊创作手法来表露自身思想情感的这一思想萌芽。

1575 年乙亥年倭寇骚乱时，林悌以布衣身份被纳入朴灌园的幕府中。这体现了国家有难时，林悌挺身而出，积极履行守土之责的一面，此后林悌和朴灌园相交，留下了很多诗作。

（三）我行我素的仕宦生涯

与老师大谷成运的归隐索居、避世逃离不同，林悌没有放弃对仕宦的追求和对实现宏伟目标的向往。1577 年正月他向老师成运道别出山，当年 9 月科举及第，拜受承文院正字的官职，开始了他的官场生涯。林悌先后担任了高山道察访、西道兵马评事、海南县监等职位。在他人生的最后一年，担任平安道都事，兼任礼曹正郎与知制教。

豪放而又特立独行、孤傲不肯同流合污的性格使林悌与封建官场格格不入，他被称为方外之人，一生官名不显，四处漂泊履职。他的官场趣事也特别多。科举及第后，他向身为济州牧使的父亲报喜时，行李中只有一朵御赐花、一张玄琴和一把宝剑，可见林悌性格的豪放洒脱。根据李德洞（1561~1613）的《松都记异》记载，林悌在赴任西道兵马评事（西评事）的路上，途经松都之时，拎着一只鸡、一瓶酒找到黄真伊的坟墓进行祭祀，文辞放荡至今传诵。这一逸事与当时他写的时调一样闻名，"青草幽幽，适过且卧。红颜何处，白骨遗留。举杯欲相劝，徒留一人悲"。[1] 黄真伊确实名噪一时，但其身份毕竟属于社会最下层的妓女。林悌找到她的墓地祭祀甚至还撰写了祭文，这在封建官僚看来是极不妥当的行为，林悌也为此被免去了职务。

---

① 〔韩〕李德洞:《松都记异》，首尔国立中央图书馆藏。

据说，林悌被罢职后笑容满面，没有丝毫悔意，可以猜测林悌已经对官场失去希望，对官职不再留恋。林悌创作小说《愁城志》的动机，也颇为传奇。李植的《泽堂续集》记载："自北评换西评，故犯御史前道。见刻，著《愁城志》。以自见平生奇伟事甚多。"① 《续关北志增补》载："林悌庚辰年（1580）赴任西评事时途经此处。同年赴京见父，因不避让暗行御史之行驾而被罢官。"② 说明林悌在担任咸镜道北评事期间，为看望父亲，路上骑马走在御史行驾之前，受到"犯跸"的弹劾，从而写下了小说《愁城志》。

为官期间亲历的惨淡社会现实也成为林悌创作的动力源泉之一。林悌担任的官职不高，多与社会下层打交道，这使他得以目睹底层百姓的凄惨生活，切身感受到统治阶级恶行苛政对百姓的巨大伤害，形成了对封建统治阶级错误行为、伪善行动深刻批评的精神态度，创作了许多表现这一立场和倾向的批判性作品。

特别是他在担任北评事和西评事期间，主要负责运送军粮和戍守边防等相关的职务。他深刻地感受到党争的腥风血雨使国家防卫力量弱化，看到了总是对百姓进行残酷榨取和掠夺的统治阶级的反人民行为，对统治阶级在伪善的儒家道德面具下的丑陋本质感到绝望。使他最终站出来对造成这种局面的罪魁祸首——统治阶级进行挑战的原因，不仅是这些亲睹的现实，也是他自始至终豪放洒脱、讨厌被拘束的性情使然。他在文学创作中，对自己所目睹的封建统治阶级的伪善和腐败进行毫无保留的披露和揭发，清晰地呈现出他讽刺嘲笑的现实批判性倾向。

林悌在担任北评事期间负责铁岭、磨天岭、京城和稳城等多地布防守卫所需要的军粮的供给，在这一时期，他揭露批判了统治阶级疏于国防守卫，只知道实施残酷弹压、掠夺百姓的苛政恶行，创作了《山家》《塞下曲》《山间风俗》《蚕岭闵亭》《苦寒》等许多同情百姓生活贫困、处境艰辛的诗作。在担任管理安州、朔州、定州等许多地区以及西北昌城地区的

---

① 〔韩〕李植:《泽堂续集》，首尔国立中央图书馆藏。
② 《续关北志增补》，平壤金日成综合大学图书馆藏。

西评事期间，林悌创作了许多赞扬国家秀丽自然风光和人民生活风俗，以及反映所到之处产生的多样的情绪的诗，如《大同江曲》《登乙密台望婵娟洞》《成川草川院月夜》《婆猪江》等。此外，因生不逢时而无法实现报效祖国的抱负，林悌还创作了一些表达自己对所处的这种不虞境地的不满和悲愤的诗。林悌还积极活用拟人手法，创作了《愁城志》《花史》《鼠狱说》等小说，将封建政界内部激烈的党派斗争和腐败的封建统治秩序展现出来。

林悌的文风在为官前后差别较大。为官之前，林悌的诗作大多歌颂自然风光和同情人民生活处境，充满豪情壮志和对美好生活的向往，表达对祖国山川的热爱，称颂先祖爱国业绩及其歼灭冤仇的气节。为官之后，由于耿直的性格而怀才不遇，郁郁不得志，加之接触到很多的社会残酷现实，他的作品中反映社会现实的内容大幅增加，批判的广度有所扩大，深度有所加强。既然不能同流合污，他索性视功名和礼俗如浮云，怀着大义，用自己的方式挑战当时社会的不合理现象。

第三节　林悌的性格特质和世界观

在朝鲜朝的文坛上，林悌是一个较为独特的存在，他虽是权贵阶层出身，却在继承林氏家族忠义思想传统的基础上，表现出与常人截然不同的性格特质。

一　具有超越常人的包容性

（一）不分贵贱的交游

林悌的交游范围广泛，不受身份、等级、性别等各种因素限制，上至高官，下至青楼妓女，率性而为，仅凭个人的喜好和认同。

在官僚阶层，林悌与朴启贤（号灌园，1543 年进士，曾任兵马节度使、大司寇、兵曹判书等职务）相交甚密。林悌创作的《悼灌园》组诗就体现了朴启贤对他的知遇之恩和两人的深厚友谊。他们的友谊源于相同的见解、志向和不屈的性格。朴启贤的逝世对林悌打击很大，影响甚深，折射出朴启贤在林悌心中的重要地位。此外，林悌与同为官僚阶层的李珥、评事李莹、节度郑彦信等人因为互相欣赏而结缘相交。李珥自不必说，被认为是朝鲜实学理论的奠基人，他与老师"退溪李滉"并称为朝鲜思想界的"双璧""二大儒"。林悌的《送李评事》《送郑节度彦信北征》都是边塞诗的名篇，收录在《白湖文集》中。

　　林悌还与许多法度之外的人士有很深的交情。当然，这个"法度之外"并不是传统意义上的社会法度，而是指有些另类和特立独行的意思。林悌与许篈、许筠、杨士彦等一些法度之外的文人相交甚深。许篈，号荷谷，是朝鲜宣祖时期著名的文学家、诗人以及朝廷大臣，历任权知承文院副正字、艺文馆检阅、礼曹佐郎等清要之职，后因"癸未党争"惨遭流放。"许筠（1569~1618）是朝鲜朝前半期著名的小说家、诗人和评论家……许筠性格豪放、耿直，不见容于当时的统治者，经常遭到贬谪，甚至流放……为了推翻腐败的朝鲜王朝，许筠与朴应犀、徐羊甲等一批庶子出身的人一起组织秘密团体，在弼州地方准备起义，但事泄被捕，以谋反罪被处死，终年50岁。"[1]"杨士彦（1517~1584）的《万景台》以活泼洒脱的诗句歌颂了这个胜地的自然美景。"[2]这些人都是在朝鲜文学史上留下印记的著名文人，但也都有不容于统治阶级的特点。许篈、许筠是兄弟，虽然都做过高级别官员，但先后被贬，都具有法度之外的特点。特别是许筠，更是被称为"异端"，之后由于参与推翻光海君的造反被凌迟处死。他们因为各自的文学才华和创作能力而互相欣赏，因此，林悌也被称为方外人。特别是他与李达相交莫逆，留下了应和的诗篇佳作，传为美谈。在"三唐诗人"中，李达的诗歌成就可谓最大。但由于李达是庶出，尽管出身名门，却不能进入仕途发展，许筠也曾对李达的出身表示过惋惜。显然，与李达这样的人交往，对林悌的仕途发展是没有半分好处的。然而，林悌却丝毫不顾忌李达的身份影响，而与之倾心

---

[1] 李岩、池水涌：《朝鲜文学通史》（中），社会科学文献出版社，2010，第832页。
[2] 韦旭升：《朝鲜文学史》，北京大学出版社，1986，第214页。

交往。《白湖文集》中留下了许多林悌与李达唱和的诗篇。

在林悌的心目中，似乎没有等级之分、身份之别。他与许多僧侣有交往，以西山大师休静、四溟大师惟政为代表的僧侣占其交际圈的三分之一。此外，他与修道的人士也多有来往，例如安道士、平阳县监郑晦等，留下了《赠安道士》《寄会溪》等诗篇。另外，林悌还与青楼女子有着很多交往，他喜欢游戏风尘，结识了很多青楼女子，却又用情颇深，留下了很多香奁艳情的诗作。此外，前文已经提到，就连未曾谋面的名妓黄真伊，他也亲自去上坟，结果遭到贬谪。

林悌也没有党派之分，他与东人党的许筠和西人党的郑澈共同交流。[①]由此可见，林悌超越党派的界限，没有深度参与哪个党派，只想守住中立的位置。这说明他不以儒家的身份贵贱，而是以人对人的态度待人的事实。他既是儒者，又超越了当时社会矛盾的阶级观念，拥有一个不同于凡俗的价值观。

（二）兼容并包的思想

林悌的儒学思想根深蒂固，但他又在此基础上表现出对佛家和道家思想的接受。

朝鲜朝前期，统治阶级"抑佛扬儒"，程朱理学获得极大发展，程朱理学超越政治性，成为正统思想被传承和发展。程朱理学家们主张以性情陶冶来塑造高尚的道德化人格。林悌向大谷先生学习了以中庸思想为核心的程朱理学，并认为恩师的清白品格、精进的文学造诣、可贵的气节可比肩许由、巢父，并深受其影响。林悌在党争中不屈于名利，不投机钻营，就源于他始终坚守自己信奉的儒学思想，坚守自己的气节。

林悌对佛教思想的接受。在朝鲜朝，佛教并未因儒学成为治国理学而消失。佛教由盛转衰，仅以宗教性思想流传于世。在这种环境下，像休静、惟政等高僧仍致力于教义的传播与发展。在这样的时代背景下，书生们仍寻找高僧，与僧侣们广泛交流，不在于信仰的需要，而在于对佛学的思想性内容

---

① 〔韩〕沈浩泽：《林白湖文学研究》，硕士学位论文，庆北大学，1976，第67页。

和文学性层面的需要。虽然朝鲜朝士大夫崇尚儒学，但无法忽视佛学的宗教性、思想性价值。在这种背景下，林悌关注佛学也是理所当然的。《意马赋》中有这样的表述："释迦和老子以清虚诱我，非我思之所存，来远弃而改求。"指的就是佛家的空思想、道家的无为自然。诗词《赠智浩》是林悌写给高僧智浩的长篇诗作，形象地表达了作者从佛教意境享受着至道的快乐，还强调了"不二法门"的道理，不二法门是指佛家提倡的平等无差异之至道。在其他作品中，林悌也表达了热衷于亲近佛僧培养志趣的心情。总之，林悌既是鲜明的儒者，也是佛学的偏爱者。

林悌对道教思想的接受。作为东亚文化的一部分，道家追求无欲清净和虚静无为。徐复观曾指出："儒道两家的基本动机，虽然同是出于忧患意识，不过儒家是面对忧患而要求加以救济；道家则是面对忧患而要求得到解脱。"[①]道家思想不同于实用主义的儒学，它是对现实世界的神秘主义且形而上学的理论。朝鲜半岛三国时期，道教与佛教、民间信仰相融，形成民族信仰，之后发展成国家信仰。道教的主流活动是醮祭，高丽时期道士们的过度活动导致大量国家财富被浪费。到了朝鲜朝，道教的命脉虽得以延续，但在儒学的绝对强势下走向了衰落，道教活动也越来越少。

偏好老子清虚之气的林悌在作品中引用仙趣、仙境、游仙等词语表达了隐逸思想。这种诗词表达了林悌豪放风流的人生态度、不羁不群的性格和超脱现实状况的愿望。林悌的诗作《谢安道士来访，且传崔大同相问》通过回想与安道士的亲密交往，表达了自身对道教的关注和向往。作品里讲到，在卧病时来访的安道士使其激起对神仙的憧憬，而仅是这份憧憬就似乎疗愈了疾病。此外，林悌还有不少诗歌与道家思想有关联，如《金仙谣》等。

二 豪放不羁的洒脱

从散见于文献中的有关林悌的片断史料和逸话中，我们知道林悌为官时并未卷入当时的士祸党争，他自甘淡泊，不求名利，一心致力于文学创作。

① 徐复观:《中国艺术精神》，春风文艺出版社，1987，第115页。

而且，在他的文学作品中，对党争和因党争引发的士祸充满了愤慨。

他特立独行的事例非常多。柳梦寅在《於于野谈》里记载了林悌的一则趣事："林悌侠士也，少时与友，行过一巷。巷有宰相家，大设宴方乡客。其主人素昧平生。悌谓其友曰：'我曾与是主有旧分，君亦从我参此宴乎？'友曰：'诺。'悌曰：'君且立门外待之，我当先入邀君。'友如其言，立门外。悌入揖主客，坐末席，默无一言。酒三行，客或附耳问诸客曰：'彼之客之友耶？'客皆曰否。言讫，主客相顾冷笑。悌始发笑，言曰：'众笑我耶，不足笑，又有可笑于我者，久立门外，望我口待酒食。'主客大笑，与悌语，语未终，知悌豪士，即招门外客，竟夕欢饮而罢。门外以为悌与主人真有分，终不悟，唐突邋遢以卖己也。"①与大摆宴席的主人（而且还是非常有身份的官员）素昧平生，他竟诓骗朋友跟随自己去白蹭酒席，通过这件事既可以看出林悌的才华和机智，也可以看到他的洒脱和特立独行。宋时烈在《尤庵集》中记载："昔林白湖悌遇一儒生于汉江，同舟而济。适诸名士大会于济川亭，白湖谓儒生曰：'彼中多有相识者，愿共入见也？'既入无与寒暄者，一座相与目笑。白湖曰：'诸公笑我乎？'因指儒生曰：'此公之可笑，有甚于我。'其儒生大怒拂衣而去，诸公奇白湖之卓诡，皆与之愿交。"②这则趣事与上则如出一辙，能看出林悌的率性而为和洒脱不羁。林悌不仅性格豪放豁达，而且对封建势力横眉冷对疾恶如仇。他厌恶囿于儒家教理，有意识地加以嘲讽。"朴趾源《狼丸集·序》云：'林白湖将乘马，仆夫进曰：夫子醉矣，只履靴鞋。白湖叱曰：由道而右者，谓我履靴；由道而左者，谓我履鞋。我何病哉！由是论之，天下之易见者莫如足，而所见者不同，则靴鞋难辨矣。故真正之见，固在于是非之中。'"③诸如此类的趣事还有很多，可见林悌的性格是多么的洒脱，因此有一些人将他称为诙谐家、风流男儿，而封建政界迂腐的两班官僚则将他斥为"疯子""目无王法之人"。

---

① 〔韩〕黄浿江：《韩国叙事文学研究》，第311页。
② 〔韩〕黄浿江：《韩国叙事文学研究》，第311页。
③ 〔韩〕林悌：《新编白湖全集》（下），第764页。

在朝鲜朝一些诗话的记载中，关于林悌性格评价的关键词都是放浪不羁、豪放、风流豪致、豪宕不羁等，许筠更是准确地分析林悌"倜傥不羁、与世龃龉"的性格是他怀才不遇的根本原因。任廉《蟾泉漫笔》曰："白湖风流文采，豪放滑稽之士也。年少未释褐时，匹马单童，访水寻山，赏玩风景矣。行到一处，则断麓之下，小溪之上，林亭绝胜。少长数十人列坐开筵，下流有板桥，桥头杨柳飞絮如雪。信马渡桥，望见高会，觞之，即于系囊中取出文房之友，送林亭之会，诗曰：'清歌一曲出花来，知是群仙绮席开。柳雪满桥归路晚，乱莺啼处客徘徊。'会客见之，惊叹恳邀，公即豪士，舍鞭即进，则诸客拜延上座。各劝巨觥，公皆不辞而举曰，盖缘君酒户宽也。诸客曰：'吾辈请步高韵，可乎？'一人吟诗，公曰：'碧矣，碧矣。'其人喜，谢曰：'吾诗何能碧也？'公曰：'太碧则生矣。'其人有惭色。又一人诗，公曰：'熟矣，熟矣。'其人还谢曰：'吾诗何能熟也？'公曰：'太熟则落矣。'其人亦有惭色。公不辞而出，驮醉而见，座客相顾疑讶，现一言曰：'非林某则必不及此。此无奈林某耶？'"①从与会人员对林悌的猜测中就可以看出，林悌信奉的原则是"兴起而至、兴散而往"，不必在乎他人感受。而且，他对他人诗作的点评也充满了戏谑，不留半分情面和余地，足见真性情。

和林悌有过接触、有过互相唱酬，与他相熟识的同时代的李珥、许篈、杨士彦等进步文人均十分肯定他的生活志向和态度以及创作立场，后世之人也高度评价他的创作才能。

申钦（1566~1628）在《〈白湖集〉序》中写道："钦与白沙公，论白湖数矣。每称其奇男子，如诗则未尝不退三舍而让之……"李恒福则写道："而泄之以诗……水涌云腾，自为一家。若彩蜃浮海，结成空楼而忘乎斤斧矣……后之欲升公堂者，如不欲历阶，而直将御风也，则惟善养其气几矣云云……"二人还高度评价了林悌卓越的诗才。而许筠、梁庆遇、洪万宗等文人也都在自己的诗话或文论作品中对林悌的事迹进行了记载，或对他的文学作品进行了评论。

① 〔韩〕任廉：《蟾泉漫笔》，转引自蔡美花、赵季主编《韩国诗话全编校注》，第5086页。

三　家国情怀和批判精神

尽管林悌生活的时代内忧外患、党争频仍，但林悌以中庸之道立身，不偏向于任何一方，超越阶级的矛盾和宗教的束缚，在生活中实践中庸思想，体现了他的爱国情怀。限于认识上的差距，林悌虽然认为朝政混乱腐败，但他没有否定体制本身，而是固守一名儒者的本分，去热爱国家。他最引人注目也最扣人心弦的诗作，如《蚕岭闽亭》《马牛歌》《宿清原村店晓起闻鸡》等诗篇都以爱国忧民为主题。

他的爱国情怀还体现在对祖国大好河山的讴歌中，吟咏三千里江山的《元帅台》《沮江泛碧》《汉江之歌》等最为引人注目。他以丹青之笔把祖国的河山勾勒得无比壮丽，然而，他并不满足于单纯写景，还情不自禁地糅合了爱国的情感，其家国情怀也展现无遗。

爱之深，责之切。林悌出于对时政的不满，创作了许多具有讽刺性的作品，所以批判也是他的特色之一。他不被封建儒家道德和混乱的社会时局所阻碍，比任何人都要更加尖锐地揭露和批判16世纪后半期朝鲜朝封建社会的不合理性，他创作了许多优秀的作品，在中世文学史上留下了浓墨重彩的一笔。林悌在肯定体制的同时，企图以文学的手段对付弊端。这在他的小说《元生梦游录》《愁城志》《花史》《鼠狱说》中具体显现出来，几篇小说都探讨了党争、腐败昏聩造成的国家衰亡的主题。

他的批判立场与态度在散文中也有体现。他对由党派之争引发的士祸深恶痛绝，在散文《南溟小乘》给金净祠堂题写的记闻中这样写道："呜呼，己卯惨祸，可忍言哉。豺狼厉吻，魑魅鼓妖，欺罔天聪，血肉善类，陵夷至于乙巳之变，士林一空，吾道之否塞极矣。"从己卯惨祸到乙巳之变，士祸对士林的打击是巨大的，以至于"士林一空"，影响也是难以言喻的，士林的不正风气已经到了极致。

当时是政治上不稳定的时期。东西两党之间的党争激烈，官场的人事也以人脉和血缘来区分，对立斗争非常残酷。而林悌的性格和气质决定了他既不愿夹在中间，也不愿意选边站队，导致其官场前途黯淡。慢慢地，林悌对官场生活的兴趣和抱负渐渐消散。

小　结

本章主要从林悌所处的朝鲜朝社会背景、林悌的家庭传承以及林悌个人的成长经历方面，剖析了林悌文学思想的形成过程和最终走向。总体来看，林悌的文学思想是受到多方面因素影响而最终形成的，是一个矛盾的综合体。这些矛盾正是他文学表现的根源，具体有以下几点。一是理想与现实之间的矛盾。林悌是一个志向远大的人，他没有被祖父林鹏、恩师成运遭受士祸的现实所吓倒，仍然入仕为官，自是想有一番作为。然而林悌所生活的时代是朝鲜朝发生严重危机的前夕，危险的苗头早已显露无遗，外敌的强大、社会的动荡、君主的昏庸和官场的黑暗，都与他的理想和憧憬格格不入，这自然会让他受到沉重打击，但也激发了他的批判思想。二是坚守与动摇之间的矛盾。作为忠实的儒家信徒，林悌对儒家的坚守是毋庸置疑的，但在理想和仕途受挫时，他也不免怀有追佛逐道的变通，以逃避残酷的现实，缓解自身的精神压力。因此，在他的文学思想中也包含了一些佛道的思想元素，通过他的文学作品表现出来。三是传承与变化之间的矛盾。在林悌的成长过程中，家庭的传承、师友的影响和自身的经历都发挥了重要的作用。文武传家的家风，成运、朴启贤等恩师挚友的教诲，以及祖父林鹏遭惨祸、伯父林复离世、慈母亡故、爱女早夭等痛失亲人的打击，加之自己的坎坷仕途，对林悌的影响极深，铸就了他刚烈却不肯妥协，放荡却不肯沦陷，能包容却不会随波逐流的性格特点和文学思想。

第二章　酣畅淋漓的情感世界

——林悌汉诗研究

"在朝鲜朝前半期的诗坛上，尽管朝鲜国语诗歌有了突飞猛进的发展，但汉文诗仍然是诗坛的主要形式，不仅数量惊人，而且佳作纷呈。"[①] 在朝鲜朝诗歌文学的发展过程中，林悌的汉诗创作也发挥了重要影响。林悌的汉诗内容题材广泛，诗风清新疏朗、豪爽俊逸，意境高远，表达深入浅出而又非常流畅，自然清淡，整体以唐调为主，兼有宋韵，在朝鲜朝前期诗风由"宗宋"向"宗唐"演变的过程中也起到了积极的作用。

第一节　林悌汉诗创作的基本情况

16 世纪，由朴淳首倡、"三唐诗人"引领的朝鲜朝汉文诗坛的复古运动，不仅实现了从辞章派、道学派诗人的"宗宋"诗风到"宗唐"诗风的转变，也给朝鲜朝诗歌文学发展增添了新的活力。黄宗羲在《后苇碧轩诗序》中云："古来论诗有二：有文人之诗，有诗人之诗。"[②] 宋诗与唐诗最大的区别就在于，唐诗重"象"，胜在气象雄浑；宋诗重"意"，讲究义理严谨。而唐人之诗是诗人之诗，重在通过形象描绘来表现情感思想；宋人之诗是文人之诗，强调议论，侧重哲理思考，引人内省。林悌的汉诗对中国唐代诗人的学习、模仿和借鉴较多，很多诗作中具有唐诗的雄浑气象，

---

① 李岩、池水涌：《朝鲜文学通史》（中），第 676 页。

② （清）黄宗羲：《南雷文定·前集》卷一，商务印书馆，1937，第 5 页。

同时注重声律上的美感，由此，他在朝鲜朝诗风演变过程中的贡献也不能被忽略。

一　朝鲜朝前期的汉文诗歌创作

朝鲜朝是汉文诗歌发展的鼎盛时期。"由李朝末年的学者张志渊诗所编的《大东诗选》，选辑了由古朝鲜直到李朝末期的历代两千余家的各体诗，共十二卷。其中李朝以前即三国时期、统一新罗时期和高丽时期，即 11~14 世纪的汉文诗总共只占一卷，其余十一卷基本上都是李朝时期的作品，可见李朝汉文诗数量之多。"①朝鲜朝时期汉文诗歌不仅数量繁多，而且在诗歌风格等方面也有非常明显的变化。

首先是诗风的变化。"进入朝鲜朝以后，汉文诗坛一直延续着高丽朝以来推崇宋诗的风气"②，当时朝鲜朝的汉文诗坛以辞章派和道学派为主，这也是党争在文学领域的体现。勋旧派指的是统治阶级高层的势力，士林派指的是地方士大夫阶层。两派不仅在政治上对立，在文学理念上也不相容。勋旧派主张言辞文采，强调审美规律；以士林派为首的道学派坚持以"道"为主，重视义理的探究。尽管两派主张不同，但都以儒学为思想核心，在诗歌风格的表现上也都以宋诗为宗。"进入 16 世纪中叶以后，朴淳（1523~1589）等人开始批判辞章派文人过分热衷于创作技巧的做法，提出'诗回盛唐'，主张学习'主性情'的唐诗。"③虽然朴淳首倡学唐主张，但取得成就最大的还是要数"三唐诗人"。其中，白光勋的诗歌作品最多，崔庆昌的题材广泛，李达的成就最大。"三唐诗人"的诗风几近于唐诗，造化精妙，意境幽远，将朝鲜汉文诗推向了新的境界。朝鲜朝前期，汉诗领域最值得关注的就是诗风"由宋复唐"的转变。

其次是创作主体及倾向的变化。朝鲜朝时期，不仅诗歌创作群体突破了

---

① 韦旭升：《朝鲜文学史》，第 198 页。
② 李岩、池水涌：《朝鲜文学通史》（中），第 687 页。
③ 李岩、池水涌：《朝鲜文学通史》（中），第 687 页。

士大夫文人的局限，向民间扩张，而且出现了以许兰雪轩、黄真伊、李玉峰、申师任堂等为代表的女性诗人。在这些女性诗人中，不仅有出身于统治阶层的代表，如许兰雪轩、申师任堂等，也有低贱阶层的代表，如上文谈到的妓女黄真伊。正如战争是政治的延伸一样，文学也是政治的延伸。这一时期，随着程朱理学的兴盛，还出现了很多宣扬儒家精神倾向的诗歌。此外，现实主义创作倾向以及山水田园诗歌创作潮流也都在这一阶段的诗歌文学发展中有所表现。

林悌的汉诗创作，不仅在朝鲜朝前期汉诗"由宋复唐"的过程中发挥了积极作用，在汉诗创作的各种倾向中也有一定的代表性，他创作了许多现实主义、山水田园、香奁艳情等主题的诗歌。

二　林悌的汉诗创作情况

林悌的汉诗大部分收录在《林白湖集》中并广泛传播。本书所参考的林悌的诗歌作品以韩国昌飞出版社 2014 年出版的《新编白湖全集》为底本。

据《新编白湖全集》统计，林悌创作的汉诗共计 720 首（见表 3）。720 首诗当中，五言体为 220 首，占 30.6%；七言体为 486 首，占 67.5%。

表 3　林悌诗歌统计

诗歌体裁			数量
古体诗	古诗	五言古诗	24 题 24 首
		七言古诗	11 题 11 首
	杂言	三五七言	3 题 3 首
		五七言	5 题 5 首
		其他杂言	1 题 1 首
	其他	词、辞	5 题 5 首（词 2 首；辞 3 首）

续表

诗歌体裁			数量
近体诗	五言	绝句	38 题 65 首
		律诗	111 题 127 首
		长律	4 题 4 首
	七言	绝句	220 题 290 首
		律诗	137 题 179 首
		长律	6 题 6 首
总计			565 题 720 首

可以看出，林悌的诗作七言体占绝大多数。《诗镜总论》曰："诗四言优而婉，五言直而倨，七言纵而畅，三言矫而掉，六言甘而媚，杂言芬葩，顿跌起伏。四言，《大雅》之音也，其诗中之元气乎？《风》《雅》之道，衰自西京，绝于晋宋，所由来矣。"[1] 胡应麟认为："四言简质，句短而调未舒；七言浮靡，文繁而声易杂。折繁简之衷，居文质之要，盖莫尚于五言。"[2] 无论是四言的"简质"，还是五言的"直倨"，六言的"甘媚"，七言的"纵畅"，都是古人对句格特征的体验与概括，当然不能一概而论，但这也反映了大多数的情况。从这点来看，虽然林悌诗作众体兼备，但其更喜七言，也暗合了他自由奔放的性情。

林悌的汉诗不仅通过他的文集传播，还通过他乡里楼亭的揭额及诸多诗友文士们的交流记载而流传。[3]《白湖文集》中的 1 首诗在藏春亭[4] 也可以看到。逍遥亭[5] 里的1首七言律诗，出现在文集中《逍遥亭》的题下。还有目前已经不存在的双碧亭[6]，他的《双碧亭题咏》记载于文集中的《双碧堂，次霁峰韵》题下。未在《白湖文集》中出现的《林白湖题扇赠妓》也收录在李能

---

① （明）陆时雍：《诗镜总论》，中华书局，1983，第 402 页。
② （明）胡应麟：《诗薮》，上海古籍出版社，1979，第 22 页。
③ 全南大湖南文化研究所编《湖南文化研究》（15），1985。
④ 在罗州多侍面竹山里花洞部落。
⑤ 在罗州多侍面竹山里竹池部落。
⑥ 在罗州细枝面校山里钵山部落。

和的《朝鲜解语花史》中。

此外，林悌的诗作和事迹在许多诗话中都有记录。例如《海东诗话》《诗家诸话随录》《海东诸家诗话》，晚窝的《诗话抄成》，李书九的《姜山笔豸》，南龙翼的《壶谷诗话》，任廉的《蟾泉漫笔》，洪万宗的《旬五志》《诗话丛林》，李宜显的《陶谷杂著》，李睟光的《芝峰类说》，申钦的《晴窗软谈》，梁庆遇的《霁湖诗话》，许筠的《鹤山樵谈》《惺叟诗话》等。

在这些珍贵的史料中，各代的编撰者或文学名家不仅对林悌的人品性格进行了评价，记录了在他身上发生的趣事，而且摘录了他的部分诗作，对他的诗品进行了定位。从这些记录中，我们可以看出林悌的风采和才华。

林悌的才情非凡。李宜显《陶谷杂著》曰："林白湖豪俊能诗。少时，以评事赴北幕，风流胜迹，北人久益追思。及白湖病革，其友以镜城判官将赴任。就别曰：'子于北路固不能无情。吾之往也，必得子之诗使佳妓歌之。今子病甚，奈何！'白湖即扶起取笔书一诗以赠曰：'元帅台前海接天，曾将书剑醉戎毡。阴山八月恒飞雪，时逐长风落舞筵。'未久而逝，临死之作凌厉豪逸犹如此，平日之气象可见矣。"[1]林悌在临近死亡的最后时刻，仍能写出豪情满怀、壮志凌云的赠友诗，可见他平日的胸怀和气象。关于这首诗作，《海东诗话》《诗家诸话随录》《海东诸家诗话》《别本东人诗话》等诗话集都有记载。任廉在《蟾泉漫笔》中记录了林悌应景而作诗的情景。"林白湖悌豪宕不羁，将向湖南。时当仲春，路旁有乡生作煎花会，方呼韵赋诗。白湖着阳笠，蓑衣褴褛，直赴而进曰：'行人饥甚，适值盛会，愿沾馀沥。'诸生曰：'方赋风月，汝亦解字否？'白湖曰：'文字则吾何敢解？而当以俚语对之，须以文字记之。'随言随画，便成一绝曰：'鼎冠撑石小溪边，白粉清油煮杜鹃。双箸挟来香满口，一年春色腹中传。'诸生相顾异之，问姓名，白湖曰：'我乃林悌也。'诸生大惊，迎之上座。"[2]这个故事在《海东诗话》

---

[1] 〔韩〕李宜显:《陶谷杂著》，转引自蔡美花、赵季主编《韩国诗话全编校注》，第2930页。

[2] 〔韩〕任廉:《蟾泉漫笔》，转引自蔡美花、赵季主编《韩国诗话全编校注》，第5085页。

中也有相近的记载。可见，林悌的才思敏捷，在短时间内即可做出既能符合实际情况，又有悠长意味的佳作。

林悌的汉诗有唐诗气象。申钦《晴窗软谈》卷下载："林悌子顺有豪气，能诗，尝作《浿江曲》十首。其一曰：'浿江儿女踏春阳，何处春阳不断肠。无限烟丝若可织，为君裁作舞衣裳。'语甚艳丽，盖学樊川者也。"[1]申钦认为，林悌的这首《浿江曲》语词艳丽，无疑是受到杜牧的影响。关于林悌与杜牧的联系，梁庆遇也有自己的见解。

梁庆遇《霁湖诗话》曰："林正郎白湖为诗学樊川，名重于世。"[2]此外，许筠对林悌的评价也很高。许筠《鹤山樵谈》曰："林悌字子顺，罗州人，万历丁丑进士。性倜傥不羁，与世龃龉，因此不遇。早卒，官止仪制郎中。殁后，人诬与逆魁论'项羽天下英雄，惜不成功'，因相对泣下。语传三省，鞫其子地，地以所作《乌江吊项羽赋》投进，因得原，徙边。其送李评事莹诗曰：'朔雪龙荒道，阴风渤海涯。元戎掌书记，一代美男儿。匣有干星剑，囊留泣鬼诗。边沙暗金甲，关月照红旗。玉塞行应遍，云台画未迟。相看竖壮发，不作远游悲。'绝似杨盈川。"许筠认为，林悌的这首《送李评事》风格与"初唐四杰"之一的杨炯非常相似。不仅如此，许筠在《惺叟诗话》中更是认为这首诗的成就可以比肩盛唐。许筠《惺叟诗话》言："林子顺有诗名，吾二兄尝推许之，其《朔雪龙荒道》一章'可肩盛唐'云。"[3]可见，许筠对林悌的评价很高。

第二节　林悌汉诗创作的思想意蕴

与宋诗的理学意味深长相比，唐诗的题材更加丰富，也更加贴近生活。林悌的诗作受唐诗的影响颇深，不仅诗作题材广泛，而且诗中有理有情，有

---

① 〔韩〕申钦：《晴窗软谈》卷下，转引自蔡美花、赵季主编《韩国诗话全编校注》，第1393页。

② 〔韩〕梁庆遇：《霁湖诗话》，转引自蔡美花、赵季主编《韩国诗话全编校注》，第1421页。

③ 〔韩〕许筠：《惺叟诗话》，转引自蔡美花、赵季主编《韩国诗话全编校注》，第1500页。

歌有画，饱含对社会现实的鞭挞、对劳动人民的同情、对报国安邦的憧憬、对死生问题的参悟、对禅理大道的理解、对离愁别绪的表达等。从思想内容来看，他的诗作主要可以分为忧国忧民、寻禅问道、咏物抒怀、山水田园、纪赠别离、香奁艳情等几个类别。

一　忧国忧民

林悌具有强烈的民族意识和爱国思想，对劳动人民的疾苦也非常同情，这种观念鲜明地体现在他的诗歌创作实践中。正因为他爱国，因此面对危机中的国家他更有一种深深的无力感。为此，他创作了许多批判现实、表现劳动人民疾苦的现实主义诗作。

林悌对现实的关注是通过对现实的描写和对问题的深刻剖析来完成的。当时的朝鲜，外有日本倭寇、女真等强敌，内有勋贵和士林的党争等祸患，正义才智之士报国无门。面对这种情况，林悌带着深深的忧虑，既希望君主能够幡然悔悟，重整朝纲、选贤任能，以使国家强盛，又对当时的官场现状表示了失望和不满。这在《见朝报，选将帅四十八人，人材之盛，前古无比》的诗作中就鲜明地表现出来：

国步属休明，三千一心德。

风动海东隅，尘清塞草绿。

然不可忘危，选将之旨下。

庙议若衡鉴，岂以私恩假。

拣出拔群才，四十八人望。

或拟防御使，或拟助防将。

科分各称量，闻者皆叹服。

昔汉云台画，数止二十八。

举天下尚尔，偏邦古无比。

良将未易出，知人亦未易。

首相号知人，盈门熊虎士。

今兹选将帅，太半出其手。

我家父与舅，磊落无相识。

公论幸见推，名忝诸公侧。

感之欲叹息，抚剑心千里。

书生未着鞭，扼腕西关事。

每念剑阁险，当孔明新没。

邓艾一小竖，犹能陷全蜀。

可惜西海坪，非如剑门栈。

雄帅仗国灵，榆塞旌旗断。

胡风吹汉关，不见长歌入。

横金驰塞上，做得何功业。

只缘胆小人，生平见敌怯。

行军既失律，往往遭倾覆。

纵得保首领，何颜睹天口。

从今相勉励，万一酬君国。

莫遣青史中，千秋空寂寞。①

这首长诗是林悌见到朝报后的感慨之作。因为林悌的父亲与舅舅并不是通过裙带关系，而是依靠自身的实力和公正的推荐进入了国家新选任的将帅行列，林悌受到鼓舞欣然作诗。这首诗可以分为两部分：第一部分主要描述了此次选任将帅的盛况，也表达了作者对国家能够公正任用人才的欣喜之情，他认为只有公正公开，才能风清气正、上下同心，使国家强盛；第二部分，作者借助蜀国被灭亡等事例，指责了当朝之前负责西部边境防卫的无能胆小之辈畏敌如虎、屡遭败绩、失陷国土、贻害百姓的懦弱行为。尽管作者对过去的失败和现实痛心无比，但对于国家的未来还是充满希望的，在最后相约

---

① 〔韩〕林悌:《新编白湖全集》（下），第349页。

互勉，以青史留名，不留遗憾。

林悌的另一首诗《蚕岭闵亭》表达了他对当时混乱现实的忧虑之情，也是其代表作之一：

> 东溟有长鲸，西塞有封豕。
>
> 江障哭残兵，海徼无坚垒。
>
> 庙算非良筹，全躯岂男子。
>
> 寒风不再生，绝景空垂耳。
>
> 谁识衣草人，雄心日千里。①

诗中的"东溟长鲸"和"西塞封豕"分别指日本倭寇和女真族入侵者，形象地突出了 16 世纪后期外来入侵势力危害日益严重的现实。16 世纪后期，女真和倭寇的入侵日益加剧，但即使在这种情况下，朝鲜朝的封建统治阶级仍一味结党斗争，竞相内耗，疏忽边境防卫，直至 1592 年朝鲜史称的"壬辰倭乱"给朝鲜朝人民带来了巨大灾难。诗中，面对这种现实，诗人通过格调高雅的诗句"谁识衣草人，雄心日千里"表达了深深的忧虑之情和炽热的爱国之心。林悌的作品别具一格，运用比喻的修辞手法，将入侵者的性格特征形象地表现出来，不需要过多的说明，就能使读者对作者的思想有很深的感触。

林悌不仅忧国，而且对劳苦大众充满同情。他作为朝鲜朝的低级官吏，在多处任职，目睹了百姓深受奴役之苦、艰难生活的惨状，受到了巨大的冲击，他将自己的所见所闻如实地反映到自己的诗作中。下面这首《田家怨》就对农民的凄惨生活进行了细致入微的描述：

> 晓月喷喷驱黄牛，拔草归耕垄上土。
>
> 邻家乞米馌妇迟，日晚将何慰饥肚。

---

① 〔韩〕林悌：《新编白湖全集》（上），第 39 页。

今年之事去年同，春尽未足添襄雨。

下湿初苗高已干，阡陌荒榛接村坞。

扶将羸弱薄言锄，汗滴田中日当午。

辛勤无计望秋成，千亩收来不盈釜。

官家租税更相催，里胥临门吼如虎。

流离不复顾妻孥，昨一户亡今一户。

南州转运北征兵，我生之后何愁苦。

朱门酒肉日万钱，君不见田家苦。①

　　该诗中间有缺句，结尾也有缺失。但现存词句就已经将农民的悲惨生活和农村社会的现实状况完整地再现出来，使读者身临其境。农民一年到头勤勤恳恳、起早贪黑，再怎么努力也换不来温饱，风雨不调的天灾和催命的苛捐杂税、徭役兵役等都是压得农民喘不过气的沉重包袱，以至于让农民发出了"我生之后何愁苦"的悲号。

　　此外，《运粮》《别害》《远戍》《峡民》《峡俗》《疲兵》等六首诗作也都是反映百姓穷困生活的咏叹调。这些作品是林悌作为高山察访时创作的，总标题是《纪行》。从这组诗歌的整体情感走向来看，主要表达了对百姓悲惨境地的同情。如《峡民》："山坂年年种瞿麦，缘江板屋无乡聚。穷山莫道少征徭，青鼠乌貂入官府。"山民已经穷困若此了，但官府的税赋还是分毫不少，这让穷苦山民无法承受。《运粮》中，通过"边城转粟当严冬，九百人输三百斛。雪岭冰河五日程，敲火山崖夜聚宿"的诗句，刻画了百姓服徭役时痛苦疲惫的模样。为了搬运边境防卫所需的三百石粮食，百姓被抓去做苦工。在寒冷的冬天，百姓们白天往陡峭的山路上运米，夜晚，在寒气逼人的地方架起柴火，蜷缩着身子睡觉。在《疲兵》中，他生动地展现了在北方边境地区恶劣的自然环境中，士兵们驻守边防时的疲惫神态。"石棱如戟风如刀，冒险还逢愁苦节。行看雪路点朱殷，尽是疲兵马蹄血。"通过"雪路点朱殷"这

---

① 〔韩〕林悌：《新编白湖全集》（下），第344页。

种具有诗情画意的描写，真实地展现了守卫边防的士兵和马都累倒的景象，批判了统治官僚置士兵的辛劳和痛苦于不顾的无情无义之举。

林悌对现实的针砭可以说是入木三分，他的人物刻画形象具体，感情表达也是直抒胸臆。虽然他没有直接表达自己对时事的不满，但从字里行间、从对各种人物的描绘上、从各种人物的心声吐露上，我们能够感受到诗人的强烈愤慨。诗人以自身的视角来审视现实社会，并与自己心目中的理想社会进行对比，也曾试图通过自身的努力去力挽狂澜、改天换地，但官微言轻，无奈之下，只好用沉痛的心情把这一切描绘下来，记录下来，在心中掀起巨浪狂涛。从这些诗作来看，林悌以时事入诗的手法和价值取向，与唐代诗人是相似的。

二　寻禅问道

"尽管诗和禅相对，但两者发展还是有着相互之间密切的关联。究其原因，禅本身虽然不是文学，但能产出优秀的文学，是因为它能使人们有创作的力量和创作诗的灵感的原动力。"[①]佛教在东传的过程中，借用了很多现有的表演形式，如诗歌、小说、寓言故事等，也催生了一些创新的文学艺术形式，如唐朝的变文，最初就是以铺叙佛经义旨为主的讲唱文学。诗歌是高雅艺术，诗歌与佛理的结合使诗歌有了更多的表达内容，也使佛教多了弘传的形式，因此两者的结合就有了坚实的基础。正如金代诗人元好问所言："诗为禅客添花锦，禅是诗家切玉刀。"[②] 朝鲜朝之前的高丽王朝是扬佛的，而朝鲜朝却是"抑佛扬儒"。尽管如此，佛教对诗歌的影响依然存在，很多诗人都有寻禅问道的诗作流传。林悌作为爱好寻奇访胜的旅行家，与很多僧侣结缘，写了很多具有禅理的诗作。

在《新编白湖全集》中，林悌关于佛道的诗作共有 62 首，其中包括应答的次韵诗 28 首，可见林悌对佛理道释的喜爱。其中《山寺》诗曰："夜半

---

① 〔韩〕金云学：《佛教文学之理论》，首尔：一志社，1981，第 79 页。

② 葛蔓：《佛禅与唐诗》，吉林人民出版社，2014，第 182 页。

林僧宿，重云湿草衣。岩扉开晚日，栖鸟始惊飞。"这首诗被收录于李晬光的《芝峰类说》卷十三中，证明林悌在禅理诗上取得了一定的成就。

林悌的这类诗歌中出现了大量的僧人和佛寺名，如真鉴、圆明、玄敏、法禅、印浩、戒默、灵彦、敬信、净源、数学、天演、珪禅、景云、宝雄、宝云、青云、仁鉴、柳悟、澹晶、道潜、印雄、性阇、太能、祖一、解牛、玉老、天真、蕙远、智净、弘赞、广慧、至祥、信雄、惟宽、凌云等，伽智寺、广陵寺、大芚寺、无为寺、法住寺、伏岩寺、福泉寺、石林寺、安心寺、永明寺、熊店寺、知岳寺等。这不仅说明他游历的名山佛寺较多，与僧侣交流亲密，也表明他对佛教理论及事物由衷喜爱和关注。

林悌的很多诗歌体现出僧与俗、出世与入世以至于逃避与迎接等互相矛盾的心情和思想。我们看林悌的《次韵赠太能》："白石清流乱树间，曹溪门外坐忘禅。真源未沂世缘在，此水此身俱出山。"洁白的岩石、清澈的流水、茂密的树林，怎么看也都是修禅悟道的好去处，然而在这样恰如其分的环境中，却忘记了修行。原因是，禅心还没有修炼到完美的程度，对红尘俗世还念念不忘，因此身在此山，水在此处，但心还在尘俗。这充分表明了诗人对佛家出尘脱世生活的向往，却又不能脱离尘世的纠缠。再看《赠潜师》："我则不如君，君则不如云。无心自出岫，僧俗两纷纷。"他直言在禅道领悟方面不如道潜，但道潜对佛理的领悟也还不如白云那样自然和通透。僧和俗的界限并不能区分得那么清晰明了，只有出自本心、忘我地修行才能成就非凡。这首诗作表达了诗人对僧和俗的理解，认为不要太在意形式，在形式上区别得那么清楚，而是要修行在心。《遗兴》之一曰："非僧非俗啸痴汉，一琴一剑为生涯。有时北去问妻子，来寄江南禅老家。"同样表明了林悌对僧和俗的态度，认为自己非僧非俗，只是人间一个愚人，过着琴剑为伴、浪迹天涯的生活，既要贪恋世俗，又想静观禅理。这种思想，在他的《出山赠僧》《赠瑀老丈》等诗作中也都有具体的表现。林悌既喜爱佛教的禅理，又摆脱不了人世间的诱惑，为此他总是左右为难，不能自拔。

还有一些诗歌体现出林悌对禅意的理解和感悟。如《赠戒默》："青山不语古犹今，体得禅僧戒默心。茶罢香残坐寂寂，一林微雨听幽禽。"青山伫立，不言不语，从古到今都是一样，把青山和戒默和尚的表现联系到一起，才能领悟禅意和佛道。品过香茗，残香消散，静静地坐在那里聆听微雨森林中不时响起的鸟鸣，更能体会到大道无言的境界。再如《次法禅轴》："禅理本空空，拈何向汝说。山深僧独归，古道留残雪。"这是一首题画诗，描写了一幅深山古道，残雪掩映，僧人独自归山的画面。在意境上点题的却是前面的"禅理本空空"，显示了作者体会到佛教万物皆空的意境，而禅理只能体悟却不能灌输给别人。还有这首《次舍弟子中韵》充分体现了林悌对佛教"空"思想的领悟。"仙源不可极，一杖试幽寻。小壑偏秋响，高林易夕阴。凉多欲来雨，啼罢已栖禽。归去禅扉静，谈空坐夜深。"仙境难寻，不是寻幽访胜就可以一探究竟。深山之中，已是入秋的时节，山上的林木高大，也就显得夕阳落得早。天气转凉，雨就要来了，鸟儿已经结束啼叫归巢栖息了。僧侣的住所显得更加幽静，探究佛理的讨论却直到深夜也没有结束。寻找仙境的人、啼叫的飞鸟，都是为了摆脱世俗烦恼而幻化出来的意象。一切皆为空，这种讨论在林悌看来才有真正的意义。

在仕途上郁郁不得志的林悌，在屡受打击后对自己济世的信念也产生了动摇，逐渐倾向于在佛禅世界里寻求自己的归宿和心灵的寄托。《药师殿，赠灵彦》云："远客夜投药师殿，名香净爇祝医王。愿将一味清凉散，泼向尘寰恼热肠。"可以看出林悌在现实中是多么的纠结和绝望。林悌想通过官位来施展自己的抱负，却总是无法称心顺意。无计可施之下，只好托庇佛祖来找寻可以救世的灵药，去医治那些在人世间具有满腔热血却又无法施展才华而怨愤难平的有志之士。可以说，现实中林悌已经彻底认输，认为只有佛祖才能为他带来心灵的慰藉。下面这首《成佛庵，邀静老话》是他写给僧人休静的诗："一鸟不鸣处，二人相对闲。尘冠与法服，莫作两般看。"在连鸟叫都没有的深山里，二人相对无言。当一切都归于本原的时候，在尘世中彰显权力地位的华丽衣冠，和僧人身上的袈裟一样，只不过是遮身蔽体的衣服而已。此诗言词短小却意味深长，充分表达了佛教提倡万物皆空的思想教义。林悌与僧人互赠的诗中有一首叫作《赠僧解牛》，是写给名为解牛的僧人的。"残春共师别，花落碧峰寒。节序愁中尽，烟罗梦里攀。重寻方外契，不改旧时颜。寂默闭门坐，高怀云里闲。"残春时节，与解牛告别，那种悲凉仿佛花落峰寒，没有了生机。此后岁月只能在忧愁中度过，想要继续找寻过往的云烟就只能在梦里实现。再次回到山寺的愿望越来越强烈，旧时的容貌心情都不会改变。寂寞的时候闭门而坐，去体会和领悟，仍能感受到高入云端的闲散和随意的佛理。

林悌不仅关注佛教，对道教也很感兴趣。道家思想的特点与实用主义的儒家不同，道家讲究出世，追求自我的修炼和升华。道教自形成起就与古代咒术思想和有神论有很大关系。如果说儒家关注道德和政治体制，那么道教则关注个人的形而上学的部分。对于林悌这种不拘泥于世俗、向往自由生活的人来说，道教也具有很强的吸引力。

林悌对道教的关注是如何在诗中体现出来的呢？这里有一首《谢安道士来访，且传崔大同相问》，曰："卧病麟州日，来寻鹤发仙。口传孤竹信，身带万山烟。旅思宽何有，沈疴爽欲痊。期君白莲社，寂寞坐谈玄。"这是回想自己与安道士的交流而作的诗。这首诗同时表露了林悌对道教的关注。自己生病躺在麟州时，安道士登门讲道教教义。他身上散发出一种仙风道骨的气息。听他这样讲道，病好像都好得很快。林悌对道教思想的关注，也是他为了摆脱现实痛苦和无法融入世界的孤独而选择的一个解决方法。

再看这首长诗《金仙谣》："太白之山，邈而高截。缥缈古仙居，幽深烟雾窟。青莲竞秀八万峰，金碧交辉三百刹。引虎台前百丈泉，毗卢顶上千秋雪。桂树阴阴兮翠湿衣，奇云菲菲兮风生壑。倏晦暝于白日，讶风雨于深谷。啼蜀魄而千声，舞山魈而一足。丹崖翠岭兮望不极，琪花芬郁兮瑶草绿。紫真笙鹤常往来于其间兮，俗驾不到风埃隔。中有金仙法王之洞天兮，青壁悬萝几千尺。石室数间，珠经一轴。跌坐老禅，面黄瞳碧。餐千春兮明霞，衣三冬兮檞叶。碧落看星梦已回，寒江载月舟初泊。微尘一点，大地八极。寒蟾老乌犹不及寂照之光明兮，雷鸣肚里婴儿哭。凤凰狮子乃鸡犬，龙天护卫魔军伏。时有释子望翠微而遥礼,欲往从之径路绝。平万壑而一云,悄空山而明月。望三车而不来,抚百岁而可惜。昔栩蝶而神会,听无生之玄诀。澹忘言而一笑,指阶前兮红药。世缘未尽,征衫犹着。云山从此别,风沙不贷客。过虎溪而惆怅,寄鹤峰之消息。"这首长诗,既有李白《梦游天姥吟留别》天马行空的想象,也有曹植《洛神赋》细腻华美的描写,也表露出诗人对仙道的向往和追求。整首诗中屡有提及道教中的象征物,如青莲、紫真、笙鹤,还有餐风饮露的修行方式等。还有《效谪仙体》:"仙郎骑白鹿,大啸登高台。宇宙一回首,英雄安在哉。真官坐紫府,怜我多仙才。送以众玉女,劝之流霞杯。饮罢骨已换,便欲寻蓬莱。笙鹤想未远,云车何日回。下视东华土,茫然但黄埃。"这首诗也描述了诗人得道成仙的奇幻经历,全诗也充满了道教的标志。此外,林悌的七言长诗《梦仙谣》也体现了林悌对道教思想的体悟和向往。

林悌对佛道思想的参悟既有社会背景的影响,也是在残酷现实中无法挣脱束缚而选择逃避的一种解脱方式。尽管当时统治者实施"抑佛扬儒"的基本政策,但寺庙道观仍在,僧人道士犹存,佛教往极乐、道教修长生的教义和愿景仍在发挥它们的影响力,这对于在世俗间难以施展才华且又喜爱畅游山水的林悌自然有着一定的吸引力。林悌是一位特立独行的文人,而且有着包容的胸怀,因此他对佛道同样具有兴趣却又不因为它们的教义不同而在心中互相排斥,这也是他独特的人格魅力所在。林悌在对佛道两家思想的探索中还充分表现出他的纠结和矛盾的心理,他希望在现实中一展拳脚,有所作为,同时也对禅佛道义充满了好奇和崇敬,在不少诗作中都体现了这种矛盾。事实上,在现实中受到的伤害越深,他对佛道的兴趣就越高,以至于后期的诗作中更多地体现出对佛禅和道义的理解和追求。

三 咏物抒怀

"咏物隐然只是咏怀,盖个中有我也。"[①] 林悌还创作了为数不少的咏物抒

---

① (清)刘熙载著,龚鹏程撰述《艺概》,金树出版社,1986,第26页。

怀诗作。骆宾王借《在狱咏蝉》抒发怨情，王维在《相思》中借红豆寄托了对友人的相思。同样，作为一个绝世独立的青年才俊，林悌也借用溪水、子规、雪、柳絮、鹭等物象来寄托自己的世间万种情。他用比喻、象征等手法将题咏的物象与自己的品性情感有机地融合在一起，表达自己的高洁志向，寄寓自己的胸怀抱负，形成了水乳交融的新意境。

因为性格孤傲，林悌一生未做高官，四处漂泊任职。犹如浮萍的生活经历和实现不了的理想在他的诗作中都有体现。如《柳絮》："晴空杨柳花，岂有凌云羽。秖缘质以轻，上下因风力。扑扑绣帘旌，依依歌舞席。长信翠蛾人，见之增叹息。安得如此花，一近君王侧。沈忧不觉瞑，风雨深宫夕。清晨倚曲栏，满地杨花白。昨见姿飞扬，何意尘沙里。莫如云间鹘，飞飞日千里。"①诗中的柳絮就是诗人自己的暗喻，没有依托，也没有自我主宰的能力，只能够凭借风力在空中飘荡，昨天还在空中肆意飞扬，今天就落到了尘土里，总是不如能够高飞的鹘鸟，可以一日千里，纵横驰骋。再如《沟水观鱼》："沟水游鱼命可悲，豫且才去鹭鸶窥。莫如振鬣归沧海，万里云涛任所之。"在这首诗中，林悌自比水沟中的游鱼，命运可悲，不仅活动空间小，还有鹭鸶等很多危险的天敌在窥视，只有到了更加广阔的空间，才能够更加自由地施展才华和抱负。

雪在诗人眼中是充满雅趣的事物，雪冰清玉洁、清冷傲人，往往代表了独善其身和孤高的情操。古代文人墨客关于雪的趣事非常多。林悌在他的《晴雪》中写道："山外日应晚，清晖生玉岑。栖禽振寒羽，晴雪落高林。"诗中勾勒了一幅与世隔绝的寒山落雪图，天已经昏暗，但由于雪的存在，仍能反射出清冷的光辉，大雪覆盖住一切，包括高高的丛林上都是白茫茫的。作者将雪的高冷作为自己的座右铭和代言，就像雪默默地以自己的纯净为天地增添光彩一样，比拟自己虽不被重视，但仍然充满热情，愿为国家强盛做出自己的贡献。林悌的特立独行还表现在他对题咏事物的选择上，不论是中国古代诗人还是朝鲜朝诗人，所题咏的事物的象征意义都比较明显，例如竹、

---

① 〔韩〕林悌：《新编白湖全集》（下），第292页。

雪、梅等象征气节，沉鱼落雁等象征美貌，等等。林悌则有所不同，他还题咏了一些其他诗人不经常题咏的事物，如溪、瓶莲、子规、鹭、新莺等，表现出他奇特的心理和独特的感触。特别是《咏鹭》："公子风流远，林塘更待君。稻青遥可辨，沙白近难分。听雨依荷盖，窥鱼占水纹。还惭雪毛羽，云鹤不为群。"很少有人专门题咏鹭鸶这种水鸟，这里林悌依然将自己与鹭鸶做了比较，鹭鸶虽然也有一身雪白的羽毛，也有捕鱼的本领，却与云鹤等比较珍奇的动物所代表的物象存在一定的差距。更像是林悌通过对鹭鸶的描写象征了自己空有才华却不能施展抱负，导致高不成低不就的处境。

屡屡不受重视，得不到施展才华的机会，让林悌产生了迷茫和困惑，这些情绪在他的诗作中也都有体现。《有人》曰："气宙昂藏六尺身，醉歌醒谑世争嗔。心疑难免陆云病，计拙不辞原宁贫。乌帽风尘聊暂屈，白鸥江海竟谁驯。客窗夜夜乡园梦，茶户渔村访旧邻。"林悌将自己形容成气宇轩昂的好男儿，但因为性情率真而遭人非议。自己的性格无法改变，难免会让人产生像陆云那样的误解，自己又不善逢迎、不会机关算尽，只能像原宁那样坚守原则，委屈地流落在风尘里，向往可以在江海里展翅的白鸥。在异乡漂泊的日子里夜夜都思念故土，到茶农和渔村里去寻朋访友是那么的引人怀念。《沧浪曲》中也有这样的表现。"沧浪叟沧浪歌，一江烟月一竿竹。寒沙独伴旅雁眠，芦苇萧萧夜霜白。清晨入市贩鱼回，酒楼买醉江天夕。我不愿高车驷马梦南柯，随尔共和沧浪曲。"整首诗大部分都在描写沧浪叟悠闲恬淡的生活，钓鱼、卖鱼，换钱后买醉逍遥。最后，诗人表达了不愿再追求高官厚禄像南柯一梦那样缥缈如烟、恍如梦境的生活，而愿追随那位沧浪叟去过恬淡生活的心声。这也是将自己对过往追求的茫然，浓缩在诗句中。

正如上文所说，林悌的家族是文武传家的，因此林悌的血液中也流淌着武人的豪迈和激情。林悌在为官初期，担任的是评事一职，主要负责与驿马相关的察访以及与边境防卫相关的军事事宜，他在任职和游历的过程中，走访过不少边防重镇，凭吊过很多战场遗迹，这也使他诗兴大发，创作了不少边塞言志的热血诗篇。在这些边塞诗中，他首先表达的是对守边将士的高度赞美。前面已经提及，许筠对他的《送李评事》评价非常高，认为可比肩盛唐。我们再来看看这首诗："朔雪龙荒道，阴风渤海涯。元戎掌书记，一代美男儿。匣有干星剑，囊留泣鬼诗。边沙暗金甲，关月照红旗。玉塞行应遍，云台画未迟。相看竖壮发，不作远游悲。"第一句，朔雪、龙荒道、阴风、渤海等几个关键词就将守边将士所处的恶劣环境生动地点染出来。紧接着，通过剑与诗的对照、盔甲与红旗的描写，守边与建功的期许，突出了守边将士的英勇和壮烈，表达了好男儿应该有保家卫国、建功立业、取得不世功勋的进取心，免得虚度光阴无所作为。此外，《送郑节度彦信北征》中"王命诗书将，元戎虎竹分。雄风吹大漠，杀气拥边云。彩笔图麟阁，丹心报圣君。谁人解乞火，一剑愿从军"，《黄草岭宵征，领转粟军也》中"马困鞭难进，人饥令亦顽。临危胆尤激，历险意犹安。喜到莞坡衍，高吟蜀道难。飞霜涩宝剑，吹火备晨餐"，《送金子猷戍吾村堡》中"壮士腰横白羽箭，雄风吹截黑龙云。书生亦有轮囷胆，欲借元戎一队军"，《上土镇》中"盘盘梨坂远萦云，洞口初开稍豁然。百堞城当豺虎径，一重山隔犬羊天。穷驰绝塞身犹健，未斩楼兰气欲填。读罢阴符三百字，数声高拆不能眠"，这些豪迈旷达的诗句都表达出对战敌必胜应该具备的坚强意志的呼唤，反映了戍边将士强烈的爱国情怀和高昂的战斗激情及必胜信心。

林悌在边塞诗中的另一个侧重点是讴歌了忠于保家卫国的戍边英雄。如《驿楼》"胡虏曾窥二十州，当时跃马取封侯。如今绝塞烟尘静，壮士闲眠古驿楼"；《塞下曲》"半夜辕门探马回，单于朝过白龙堆。将军暗贺凌烟画，笑取葡萄饮一杯"；《直洞堡，赠金权管》"塞日初沈江雾消，阴风猎猎满旌旄。将军出号坐抚剑，数拍胡笳关月高"。已经长眠的烈士、见到敌报立功心切的猛将、运筹帷幄镇定抚剑的将军都是可歌可泣的戍边英雄。

林悌还借助边塞诗来抒发自己的豪情壮志。例如《元帅台》云："立马磨天岭，云霞趁晓清。台存元帅号，客偿壮游情。万里碧波外，一轮红日升。鲸鲵敢骄横，长啸气难平。"林悌登上磨天岭的元帅台，看到东海万里的碧波和升起的红日，先烈的功勋和勇武，激励了像自己一样的游人，面对入侵祖国的敌人，难以抚平心中之怒气。此外，他的《营中偶题》《庆兴望敌台》等诗篇也都表露了自己想要金戈铁马、为国杀敌的愿望。

林悌还写了不少挽诗，表达了他对老师、故人的哀思，也流露出他对死亡的悲叹。最有代表性的是林悌写给朴启贤的悼亡诗。朴启贤对于林悌来说可谓亦师亦友，他不仅是最早赏识林悌的人，也非常信任林悌，一起共事的时候，在做人做事方面给了林悌很大的帮助，对林悌影响很大，可以说，林悌的人生轨迹中深深地烙印着朴启贤的影响。因此，他为朴启贤写了6首悼亡诗，充分表达了他对朴先生的敬仰和惋惜。在这一组6首悼亡诗中，他高度赞扬了朴启贤的才华和人格："奇才出凤池""雄豪莫可敌"等诗句高度评价其才华；"宾朋孔北海，丝竹谢东山""孤忠鬓已斑"等诗句夸耀其人格，结交的朋友都是孔融之类的名士，一副忠心赤胆为国尽瘁；"征南开幕府，贱子掌金鞭"表现了朴启贤对自己的信任和大胆起用。林悌还将自己的恩师与朴启贤相提并论，认为这两人是世间经天纬地之雄才，"海内成征士，人间朴判书"，"成征士"即他的恩师大谷成运，"朴判书"就是朴启贤，除此二人外，在求学中再也没有对自己更重要的人了。此外，林悌还为亲人和朋友写了一些挽诗，如《伯父枫岩先生挽》《玉峰挽》《亡女挽》《李通判可远挽》等，都表现出林悌重情重义的性格特征。林悌还曾在临终前为自己作了一首挽诗，表达了他对死亡的态度和对人生的总结。"江汉风流四十春，清名赢得动时人。如今鹤驾超尘网，海上蟠桃子又新。"诗中总结自己近四十年的人生生涯，有一定影响力和知名度，如今驾鹤西去，不过是蟠桃又开始了新的生长周期，表达了他对死亡的豁达。

林悌是孤傲清高的，雪就是他的明证，冰清玉洁冷若冰霜自然要与世隔绝；他也是悲情的，只能在水沟中嬉戏，不能到大海中畅游；他还非常困惑，世事如梦幻，却又不能忘却烦恼恬淡自在地过着怡然自得的生活；他又是热血的，忘不了那些戍边报国的铁血将士，斩不断自己驰骋沙场纵横四海的梦想；他同时又是重情重义和豁达的，对于亲友的离世寄托了自己的哀思，同时不忘对自己的人生做戏谑的总结。在这些咏物抒怀的诗作中，林悌的形象也更加丰满起来，诸多的矛盾统一在独立的个体中，也使得林悌的秉性风格得到了升华。

四　山水田园

在古代诗歌作品中，山水田园诗是重要的一部分。千姿百态的山水奇观、人与自然的紧密互动和对回归自然的憧憬向往、对国家山河的热爱等，都是山水田园诗歌的创作主题和创作原动力。林悌性喜游历，几乎游遍了朝鲜的名山大川，又热情奔放，充满了对生活的热爱，因此他在山水田园诗歌创作方面也颇有建树，将他对自然的向往充分体现出来。

林悌游历的范围比较广，对名胜古迹的题咏诗作也比较多，特别是关于楼、堂、亭的题咏诗作。如《题海日楼》："寒日下遥岫，烟生海橘洲。长风吹海雪，片片入高楼。"冬日下，海橘洲山峰上的海日楼临海而立。远远望去，不知是炊烟，还是海雾，从海橘洲上袅袅升起。原来是寒风卷起漫天的雪花，将它们一片片地送到海日楼中。读毕此诗，一幅海边孤楼傲雪而立的山水图景浮现脑海。这首诗采用五言，因为篇幅短小，可以简化意象，引起读者更多的联想。林悌还创作了许多关于堂、亭的诗作，例如《池黄门江亭》、《晚翠亭》（10首）、《永思堂》（8首）、《宿春草亭》、《夜风宿高亭》、《水月亭》（8首）、《过宋驸马水月亭》、《次咏归亭韵》、《孤松亭凉思》、《清虚亭》、《醉题宋松亭》、《清映亭》、《双碧堂，次霁峰韵》、《邀月堂，次枫岩伯父韵》、《题春草亭》、《逍遥亭》、《龙湖清映亭》、《凝翠亭韵》、《练光亭》。可以看出，林悌对"亭"的诗兴较浓，但凡游历过的亭台几乎均有赋诗。经统计，他吟咏晚翠亭的诗歌有10首，吟咏永思堂、水月亭的诗歌分别有8首。而清映亭，林悌在五年后重游时还给它写诗，"松槛微凉月似秋，五年重作此间游。忆曾雪后溪西路，独访梅花过小洲"。林悌为什么作了这么多首关于亭的诗作呢？这也和他自我认知的潜意识有关。亭是东方文化中一种较为特殊的物象。亭，上有盖，能遮雨雪，但通透开放，能让人与自然无障碍地交融在一起，自古以来就备受文人喜爱，常有文人墨客谈亭论亭。王羲之在《兰亭集序》中写道："仰观宇宙之大，俯察品类之盛，所以游目骋怀，足以极视听之娱，信可乐也。"①这充分反映了亭带给人的认知喜悦。袁枚在《峡江寺飞泉亭记》中说："以人之逸，待水之劳，取九天银河置几席间作玩。当时建此亭者其仙乎……于是水声、棋声、松声、鸟声，参错在奏……天籁人籁，合同而化。不图观瀑之娱，一至于斯，亭之功大矣。"②表彰了亭的功绩。亭的意象是丰富的，孤独、超然、精致、通透等，数不胜数。如李白吟咏的建于三国的金陵新亭，因其历史价值而享誉天下；本身就是秦汉渡口的乌江古亭，更因杜牧、王安石等众多名人借它来叹惋项羽而名扬四方；位于苏州园林的沧浪亭，因与周遭景色相得益彰而闻名，让无数人慕名而来。所以，林悌将"亭"作为吟咏的主要物象，自然也体现了他对锦绣山河的喜爱，对现实俗务的厌恶，渴望精神超脱的情怀以及来自亭给他的各种启发，倾吐了他的诸多心声。

　　行旅也是山水诗的创作源头之一。古时文人为求取功名，经常背井离乡奔波于旅途之中，虽然少不了乡愁，但也得以欣赏各地的风光。林悌不仅是宦游之人，而且酷爱旅行。作为古代的旅行爱好者，林悌还留下了许多关于旅行的诗作，表现了他对现实生活的细致观察和心绪变化。《宿鸭村》曰："客窗终夜忆寒泉，更值新晴只昼眠。村巷寥寥人不到，石榴花发竹篱边。"首联即抒发思乡之情，诗人漂泊异地，夜不能寐，整晚想念故乡的泉水。第二天，虽是晴天，但无心也无力出去游玩，只能在白天睡觉弥补昨夜的失眠。村里人丁稀少，竹篱边上石榴花已经盛开。《杨花渡口》曰："江南江北柳依依，古渡微风吹客衣。沙渚晚潮眠鹭起，海门无数片帆归。"描写了渡口渔民的生活场景，这应该是春夏时节，柳树依依，古渡口的微风习习，吹动了诗人的衣襟。来晚潮了，小沙洲上栖息的鹭鸶突然被惊起，原来是辛勤劳作的渔民打鱼归来，一片云帆就是一艘小船，无数的小船正在返航。这首诗里也饱含思乡情绪，在描写渔民回家的同时，诗人也在隐晦地问自己，何时才是

① 李兆洛编选《骈体文钞》，中州古籍出版社，1990，第414页。

② （清）袁枚著，周本淳标校《小仓山房诗文集》，上海古籍出版社，1988，第1792页。

自己的归期呢？《琵琶峡》曰："绝胜因天险，兹行验昔闻。高峦欲回日，虚壁自生云。石老犹难转，江喧本自奔。维舟更回首，夕气杳难分。"诗人在途经琵琶峡时，被那里的风景深深地吸引了，于是写诗纪行。风景绝胜、独特是因为地势险要，难以登攀，只因这一次亲身体会才明白过去听到的传闻并非虚言。高高的山峦，就连太阳也会被阻挡，高耸入云的山壁笼罩在云中，好像自己就会产生云雾一样。峡谷里岩石历经风雨，难以穿越，江水湍急，发出巨大的响声，急速奔流。过了峡谷，停船回望，峡谷笼罩在夕阳里，已经看不出具体模样了。诗人每去一地，都会将不同的景色记录下来，像旅途见闻一样，例如《途中》有"南云已暖北风冷，若到京华花政开"，比较了南北气候的不同；《渡茂溪津》中"苹州水暖下沙禽，落日孤舟感古心"则记录了渡口水鸟觅食的场景；《向白湖途中》中"旅人只为农桑计，不是溪山探胜行"则描述了为农桑奔忙的村民，无暇顾及优美的风景。这样的例子还有很多，如《投宿光山城中》《夜泊骊江》《晓泊楮岛望京》《舟行》等。

作为一个经常漂泊在外的人，恬淡自然的田园生活自然有着无尽的吸引力。因此，林悌的笔下也有反映田园生活的作品，然而数量不多，如《山郡》："寥寥郡斋夕，此意问如何。深树鸟声乐，小轩山色多。盘羞杂芝术，客路尽云萝。却笑三清馆，华灯照越罗。"在这空旷的郡斋中，有没有感到别样的意味呢？茂密的树林中，传出快乐的鸟鸣声，小亭里能够无遮掩地看到全部的山景。盘子里的菜肴杂放着芝术这样的药材，外客来访要走崎岖蜿蜒的小道。这种自然的状态，要比三清馆那样华灯普照、闪耀绫罗锦缎、充满奢靡气息的地方要好得多。《山家》也同样描写了悠闲山居的恬淡生活，"此地似桃源，淳风无乃存。山田不入籍，茅舍自成村。放犊儿归垄，提筐女在园。园蔬软胜肉，孰与子公鼋"。诗人将这里比作传说中的桃花源，淳朴的风气更不多见。山里的田地都不会计入官府的统计账册，几户居民就形成了一个村落。儿子放完牛犊，就去地里干活，女儿提着筐在园子里干活。园子里的菜比肉还好，不比传说中的子公鼋口味差。传说中的子公鼋还引发了一个"染指"的典故，可见其味美。《左传·郑灵公之弑》（宣公四年）载："楚人献鼋于郑灵公。公子宋与子家将见。子公之食指动，以示子家，曰：'他日我如此，必尝异味。'及入，宰夫将解鼋，相视而笑。公问之，子家以告。及食大夫鼋，召子公而弗与也。子公怒，染指于鼎，尝之而出。"[1]可见，林㑇对山居的悠然生活欣然向往，将其比作桃花源而不可得，就连自产的果蔬都胜过传说中的美味。《山店》云："杨柳深藏三四家，女携筐菜下溪沙。遥知晚饭炊将熟，燕外青烟斜复斜。"这也是一首描写山中客店生活景象的诗，杨柳树林中隐藏着三四户人家，女人用筐装着蔬菜到溪水中清洗。在很远的地方就能够知道晚饭将要熟了，因为看到了那被吹得斜斜的炊烟。林㑇反映田园生活的诗作仅有这几首，且都是反映山居生活的，这也与他喜爱游历名山大川的性格，以及四处任职且都是边远地区的经历有关。

林㑇是亲近自然的，他在寻幽访胜的过程中追求那种人与自然的和谐。他虽然一生都没有离开官场，但他内心深处却渴望在自然中寻求心灵的返璞归真。他在山水之间寻找真意，抑或在迷茫时到山水之间寻找解脱的良方，偶尔驻足在田园生活旁去探索人生的真谛，这些都在他的山水田园诗中得到了集中的反映。

五　纪赠别离

林㑇自少时就喜爱游历，加之他先后履任了不同地方的官员，因此他漂泊的人生里也充满了相遇的欣喜和离别的悲伤。古时候，受交通限制，相遇固然难能可贵，离别却有可能是永别，因此友情更显珍贵，有许多著名的赠别诗流传至今，影响深远，如王勃的"海内存知己，天涯若比邻。无为在歧路，儿女共沾巾"，高适的"莫愁前路无知己，天下谁人不识君"等。率真的人自然有强烈的情感，在林㑇的诗作中，对于知己的惺惺相惜和相见恨晚，以及分别之后的依依不舍和朝思暮想等随处可见。

林㑇的交游非常广泛，参加过很多诗会，最有影响的当数以下几次。

①　赵捷、赵英丽注译《左传》，崇文书局，2007，第69页。

1574 年秋季的鼎岳唱酬，是通过林悌与梁大朴、郑之升一同游览汉阳北汉山时组织诗会而形成的。林悌的《入中兴洞》《武陵溪》《天游子》《沙寒洞》等诗作均出自此次诗会活动。1578 年的广汉楼诗会，那年春季，林悌通过了科举考试，去探望时任济州牧使的父亲，在返京途中经过南原广寒楼，与李达、白光励、梁大朴、白振南等相遇，所作诗歌汇编成《龙城唱酬录》，① 一时洛阳纸贵。梁庆遇的《霁湖诗话》中有对这次诗会场景的描写："林白湖始登第也，节度公牧济州白湖越海荣觐还时，由海上至龙城，将向洛下。其时府使孙汝诚，诚聚文人，赋诗广寒楼上以饯之。玉峰、苏谷、白湖及先君在席，一时之盛会也。其所酬唱合作一部，行于都中，遂成纸贵。"② 洪万宗在《小华诗评》中也对此次诗会做了记录和点评："于酒席白湖林悌先赋一律曰：'南浦微风生晚波，清烟低柳碧斜斜。山分仙府楼居好，路入平芜野色多。千里更成京国梦，一春空负故园花。清尊话别新篇在，却胜骊驹数曲歌。'苏谷次曰……世传诸公此游，适值国恤。白湖以'歌'字先唱，欲窘诸公。玉峰之'野禽如歌'，诗人皆以为善押云。林诗浓丽，梁诗圆熟，苏谷、玉峰最逼唐韵，而苏谷首末两句却平平，不若玉峰起得结得皆磊落清新。"③ 然而，在《新编白湖全集》的记录中，林悌的诗是按梁大朴的元韵所作的，可能因为林悌不拘小节的名声在外而使后人误解。再有 1584 年浮碧楼诗会，林悌与金尔玉、黄应时、李应清、金云举、卢景达等人相聚浮碧楼，以诗会友，共创《浮碧楼觞咏录》，林悌作元韵诗 14 首，与众人联句 1 首，汇成一册，广为流传。在这些诗会应答的诗作中，充满了与友人相会的喜悦和对山河世象的赞美，也充满了压抑不住的豪情和对美好未来的畅想。

　　相逢总是令人欣喜的，但盛宴终将结束，离别也如影随形。愁绪涌上心

---

① 〔韩〕许筠：《清溪集序》，《惺所覆瓿藁》，《韩国文集丛刊》第 74 辑，首尔：韩国民族文化推进会，1991，第 176 页。

② 〔韩〕梁庆遇：《霁湖诗话》，《霁湖集》，《韩国文集丛刊》第 74 辑，第 499 页。

③ 〔韩〕洪万宗：《小华诗评》，转引自蔡美花、赵季主编《韩国诗话全编校注》，第 2343 页。

头，化为感人的诗篇，写出思念，写尽惆怅，写满不舍，林俏只能通过诗歌来抒发自己的情感。以下是林俏写给朴玄武的赠诗和赠别诗。《赠玄武》："之子有诗调，骎骎到建安。之子笔力健，可与钟王班。行年未弱冠，黄鹄知山川。生千载后地又偏，短剑悲歌东海边。世人皆谓子，才高而志奇。我以不高高，我以不奇奇。趋庭之所闻，诗礼而已矣。抹月与画沙，悠悠伎俩事。志粗心细者英雄，不离名教曰乐地。沈冥保末路，莫我知也已。时来屠钓亦风云，梁甫之吟君谓何。同君贳酒秦川上，醉尽东风杨柳花。"此诗写得热情洋溢、洋洋洒洒：他夸玄武的风骨可比建安，赞玄武的书法可与钟繇、王羲之并列，世人皆谓奇才，而他自己却将玄武当作知心的朋友，要与玄武一醉方休，把东风杨柳都给喝醉。可见林俏与知音相见是多么欣喜。然而聚少离多，尽管千般万般不愿，总要分离，但离别诗却写得很短。《留别玄武》曰："人生有定分，天意邈难寻。所以朴玄武，弱龄知我心。秦城一为别，征马如浮云。幽怀话明月，夜夜长随君。"词短情长，缘分是注定的，分离是难免的，但愿"我"的思念和情义，能够永远陪伴君左右。

　　林俏是个豪放不羁的人，他的人生观相对平等，因此交游的范围比较广泛，僧侣、道士、官员甚至妓女等，都在他的交游范畴内，但他又特别重情重义，因此对与好友的惜别就倍感悲伤，在创作这种离别诗作时，更容易卸下自己平日的伪装，展现最真实的自己，袒露自己的心声，这些在他的诗作中体现得很充分。《满月台别友》云："不管兴亡事，能关去住情。荒台一杯酒，风笛两三声。"诗中未有一字提及分别，只有慨叹和对景色的描写，特别是通过对荒台、一杯酒、风笛等事物的描写，写出了与朋友分别后，将会形单影只，只能自斟自饮，无人应和和欣赏，只有若有若无的风笛声来陪伴自己的处境，凭借一幅凄凉的画面引发了他对离别友人后陷入孤独的无限遐想。此外，林俏还创作了《别金汝明》《留别成而显》《赠金时极别》《赠别》《赠别安生》《送郑子慎》《别青溪之京》等多首赠别诗，正可谓有多少相逢，就有多少离愁，这些都融汇在他情真意切的诗句中，让人难以忘怀。

　　分别之后，对于在自己生命中占据重要地位的挚友，林俏更有无尽的想念，于是创作了很多思念朋友的诗作，以表达自己的情感。这首思念梁大朴的《寄松严》"近觉痴慵甚，关门谢世纷。静时抛玉轸，多事换炉薰。暮醉仍朝醉，思君不见君。江南旧泉洞，投老共怡云"就充分表达了林悌对挚友的思念之情。与友一别之后，生活没有趣味，闭门谢客，闲极无聊，终日借酒浇愁，却仍解不开对朋友的思念，还记得同游江南的那个泉洞，还希望能共同去赴一个美好的约会。还有这首思念道人的《寄沈泼之》："雾雨重岩书不开，萝衣欲湿剑生苔。金陵一别青松子，卖药人间久不回。"以及《寄金牧伯前》《寄郑子慎》《寄会溪》《寄金员外乞县》等，也都是别后思友、念友、忆友的诗作。《次郑之升韵》曰："不见子真久，停云思可休。溪山愁健笔，天地泛虚舟。应俗羞新态，逢僧说旧游。簪缨縻此物，独过汉江楼。"这首诗是借郑之升的韵来表达对僧人子真的思念之情。

"至音不合众听，故伯牙绝弦；至宝不同众好，故卞和泣玉。"① 林悌虽然豪放不羁、清高自傲，但他也是至情至性之人，他所能获得的友情和认可也并不多，但他对自己所能认可的人士却是倾心竭力地去付出自己的真情实感，所以才有了这些纪赠别离的诗篇流传。

六　香奁艳情

艳情诗由来已久，它既是自然的产物，也是封建文化催生的文学现象。在儒家正统看来，艳情诗多是亡国之调，至少也有败坏社会风气之嫌。《南史·江总传》载："（总）既当权任宰，不持政务，但日与后主游宴后庭，多为艳诗，好事者相传讽玩，于今不绝。唯与陈暄、孔范、王瑳等十余人，当时谓之狎客。由是国政日颓，纲纪不立，有言之者，辄以罪斥之，君臣昏乱，以至于灭。"② 正如文中所述，李延寿认为艳诗就是亡国之调。而杜牧则在《唐故平卢军节度巡官陇西李府君墓志铭》中论述："尝痛自元和以来，有元白诗者，纤艳不逞，非庄士雅人，多为其所破坏。流于民间，疏于屏壁，子父女

---

① （清）陈眉公：《小窗幽记》，时代文艺出版社，2001，第260页。
② （唐）李延寿：《南史》，中华书局，1975，第946页。

母，交口教授，淫言媟语，冬寒夏热，入人肌骨，不可除去。"① 同样，杜牧也认为艳诗败坏社会风气，其罪不轻。事实上，早在《诗经》中就有艳诗的题材，比如思念、婚庆、悼亡等。当然，作为最早的诗歌总集，《诗经》中诗作的文学价值和艺术境界都比较高，更多是描写对爱情的向往。随着社会发展，虽然总有反对声音存在，但艳情诗成了封建社会文人士子彰显文采、较量才华的雅事，并不以为其伤风败俗或低贱下流。我们所熟知的曹植、元稹、白居易等都是个中高手。林悌经常出入于青楼酒肆，有恋艳狎妓的癖好，正如李恒福在《林白湖集序》中所说："时于香奁酒肆，漫浪以自适。或悲歌慷慨，人莫测其端。而常自谓功名可徒手取，乐弛置自放，纵谑不羁，不屑屑操觚以黔其口吻。"有了这样的经历，林悌自然也有不少艳情诗作传世。

　　林悌艳情诗的一大特点是能够将自己比拟为女性，去憧憬理想的世界。他的《无语别》不仅作为标志性的诗作被收录在《乐府新声》中，还被收录在中国的《明诗综》《静志居诗话》等许多诗话著作中，也得到了多位文人的记述。"十五越溪女，羞人无语别，归来掩重门，泣向梨花月。"15岁的少女成了诗中的主人公，起句和承句描绘了十分羞涩的少女与恋人分开的场面，转句描述了与恋人分开的悲伤，回家后把门一扇一扇地关上。结句，少女更加思念爱人，看着挂在梨花上的月亮，暗自神伤，独自哭泣。全诗没有特别的夸张和修饰，只是在描述对象的行为，用少女层层递进的行为动作清晰地表达了懵懂之间的男女感情。同样载入史册被众多名家点评的诗作还有《秋千曲》："白苎衣裳茜裙带，相携女伴竞秋千。堤边白马谁家子，横驻金鞭故不前。粉汗微生双脸红，数声娇笑落烟空。指柔易着鸳鸯索，腰细不堪杨柳风。误落云鬟金凤钗，游郎拾起笑相夸。含羞暗问郎居住，绿柳珠帘第几家。"荡秋千是朝鲜族女性的传统游戏项目。在杨柳依依的河边，妇女们穿着五颜六色的漂亮衣服出来荡秋千。轻柔的春风，使本就飘然若仙的女人们的动作更添柔美，吸引了路过的贵族少年驻足观看，不肯离开。女孩子因

① （清）董诰等编《全唐文》，中华书局，1983，第7834页。

为荡着秋千已经生出了微汗，粉红的脸颊不知是出汗造成的，还是因为有人观看而羞红的。她们在云端里荡来荡去，发出畅快的笑声。这是非常适合女性也能充分展现女性美感的游戏，手指柔软正好去握住像鸳鸯一样总是不分离的绳索，腰肢纤细经不起哪怕轻柔的春风。一个女孩子因为失误滑落了插在鬓角的金凤钗，观看的少年急忙捡起并赞赏姑娘的容貌和技艺。娇羞的女子偷偷询问捡给自己钗子的公子住在何处，并且告诉公子自己家是在杨柳树下的第几户人家。"双脸红""娇笑""指柔""腰细"等词语和短语的运用完美地表现出女性的身体体征和样貌神情，将少男少女的相见钟情自然地展现出来。

尽管林悌游戏青楼，但他能够感受到妓女的痛苦和辛酸。为此他还作了两首给妓女的挽诗。在当时，为妓女写挽诗是不被正统文人所接纳的事情，而林悌认为妓女也是人，也具有人格，因此不仅不顾世俗偏见给她们写挽诗，还真情流露，感人至深。"容貌昔全盛，夫婿富平侯。玉臂羔儿酒，瑶筝燕子楼。青山俄逝水，红藕自经秋。此去蓬莱岛，还应继旧游。"首联与颔联中，妓女年轻时遇到权门世族的公子，饮酒玩乐，过着幸福的日子。颈联中写道，幸福快乐的日子总是过得很快，就像流走的江水，不知不觉垂暮和死亡就找上门来。尾联写了作者对妓女的祝福，希望她们去世以后能永远像年轻时那样每天幸福地生活。妓女在当时是非常受人轻视的阶层，但是作者并不忌讳，反而表达出希望她们死后能成为神仙的愿望。从这首诗中我们看到了超越社会阶层的人性的博爱。而"艳艳箕都秀，双蛾远岫微。不缘花结子，那有玉销围。世事余妆镜，流尘暗舞衣。春魂托何处，江柳燕初归"一诗则表现出作者对那些度过了风华岁月后，孤独寂寥而死的妓女的哀悼。首联写了对妓女的回想，她的样子那样美丽，是平壤最漂亮的妓女。妓女死后，作者感到十分伤心，看到妓女曾经用的镜子和穿过的衣服，睹物思人，异常惋惜。春天又来了，她的魂魄到底去了哪里？从诗歌内容看，描写了作者因妓女去世而感到悲哀。但从深层次来讲，岁月如梭，美人终将迟暮，曾经华丽的外表终将褪色，这样的自然规律不可打破。这也是作者对放浪形骸的自己想说的话。

林俫专门以妓女的身份写了几首《代人作》的艳诗，将自己化身妓女，倾吐心声。《代人作》（其一）曰："贱妾自栖托，愿郎无我忘。芳心石不转，离恨水俱长。霜后菊犹艳，雪边梅亦香。须知豫让子，不死范中行。"妓女曾经将心交给了他，从此便再无二心。芳心不变就如石头不会转动，只是离恨像那流水越来越长。经历了风霜，菊花依然鲜艳，雪边的寒梅仍然留香。要知道"士为知己者死，女为悦己者容"，希望郎君珍惜这种情感。还有这首《代箕城娼，赠王孙》："花易落，月盈亏。莫将花月意，枉比妾心期。郎君还似浿江水，不为芳华住少时。"林俫再次化身为妓女，写到花无百日红，月有盈亏时，但不要将"我"的心意与这些善变之物相比较，"我"的情谊是不变的。郎君就像那大同江的流水，不会为任何美好的事物稍作停留。

林俫还创作了5首奁体诗。香奁体虽创自韩偓，但实质上来源于宫体诗，也是描写男女感情的一种诗歌。《香奁体》（其一）曰："碧树层城乌鹊飞，残星牢落月依微。金钟满酌紫霞酒，持劝仙郎尽酒归。"《香奁体》（其二）云："暗结城南小杜韦，梦随残月入罗帐。墙头学种当归草，草已萋萋人未归。"又赠香奁一绝："重纬深掩梦云多，一半娇鬟是怨嗟。早识郎恩难自保，合欢衾外是天涯。"在这几首诗中，林俫从旁观者的角度对青楼女性的日常生活和悲惨结局发出了咏叹，在青楼女性身上，很难会有真正的爱情和美好的结局，芳华正好时你侬我侬，一朝分别即如同陌路，各自天涯。

命运是无情的、不公的，时代的洪流也不会在不恰当的时刻因为某个人而发生转向或改变，所以很多天才是痛苦的，也是放荡不羁的，像李白，像竹林七贤，他们借自己的放荡来掩饰自己的痛苦和悲哀。当然，林俫的放浪或许并非一种掩饰，而只是他的个人爱好，因为这在当时的社会背景下也是一种风尚和潮流。但林俫在这些青楼女子的身上却找到了感同身受的东西，即不能掌控自己的命运，充满期待地付出却得不到美好的回报。青楼女子付出青春，付出韶华，付出真挚的情感，却只能换来陌路天涯；换到林俫自身来说，则是一身的才华得不到施展，满腔的抱负得不到实现，这同样也是可悲的。这也使林悌的艳情诗作在艳情之外又具有了一种"同是天涯沦落人"的通感色彩，或许也是其积极意义之所在。

综上，本节从忧国忧民、寻禅问道、咏物抒怀、山水田园、纪赠别离、香奁艳情等六个方面考察了林悌汉文诗歌的思想意蕴。可以看出，林悌诗歌的思想意蕴与他的人生经历是紧密相关的，既受他所置身的时代背景所影响，也体现了他超脱于时代的思想。例如，他所吟咏的鹭鸶、飞絮等事物与大部分诗人不尽相同，既有他对生活观察细致的一面，也是他独特思维的外在体现；他在青年时期创作的诗歌体现更多的是对山水田园和祖国河山的热爱，为官之后创作的诗歌却又更为关注民生的疾苦；他既有入世奋发作为的宏愿，也有受挫之后逃避现实、寻禅问道的表现；他一方面沉醉于胭脂红粉之中，另一方面却又能够表现出对低贱女性的悲悯。总之，林悌作为一个独立而特别的生命个体，将其独特的情感体验和对生命的认知，倾注于诗歌创作中，创作的诗歌以题材广泛、包罗万象见长，以内容丰富、情感真挚著称，以鞭辟入里、批判深刻为要，充分体现了"诗言志"和"诗缘情"的传统，形成了自己的特色，在朝鲜朝诗风由"宗宋"向"宗唐"演变的过程中发挥了积极的作用。

第三节　林悌汉诗的艺术特色

文学的形式美与内容同样重要，"质胜文则野，文胜质则史。文质彬彬，然后君子"。[1] 也就是说，文采和内容要搭配得当，才能完美统一，引人欣赏。林悌的汉诗之所以在朝鲜文学史上占有一席之地，不仅在于他天马行空的想象力和内容思想上的积极倾向，还在于具有自己的艺术特色。他在诗词画面感和音乐感的呈现上有积极的追求和探索，在典故的使用上也别具意趣。

---

① 张燕婴译注《论语》，中华书局，2015，第59页。

一 追求情景交融的意境美

钱锺书《管锥编》曰："诗也者，有象之言，依象以成言。舍象忘言，是无诗也。"[1]以此来看，情景交融才是诗，以景生情，以情赋景，正是诗歌之要，有景无情、有情无景都不可取。"王国维指出'文学中有二原质焉：曰景，曰情。前者指以描写自然及人生之事实为主，后者则吾人对此种事实之精神的态度也'。(《文学小言》)诗歌之美就来自于'二原质'的神奇微妙而有机的交合。古代诗学'情景论'正是对诗美构成的原质——'情'与'景'复杂的交合关系的揭示与把握。"[2]林悌在诗歌创作的过程中，也始终秉持情景交融的原则，致力于呈现诗歌的意境美。

写景并不是纯粹写景，而是为了抒发作者的情。有了作者的情，描写的景才有意义。宋范晞文《对床夜语》曰："固知景无情不发，情无景不生。"[3]林悌的《新店秋砧》"秋晚孤村夕，砧声隔断峰。唯应租税急，寒杵夜深春"就通过景与情的互动和映衬，不仅抒发了作者的情，也勾起了读者的情。这首诗前两句写景，深秋时节，一个偏僻的村庄，夜晚本应是静悄悄的，谁知那敲击的声音隔着山峰都能听见。后两句写情，只因那官府催缴租税太急迫了，只好在深夜里还拿着冰凉的铁杵抓紧春米。有了后面对农户同情的情，前面的景才合理。再看这首《元帅台》："立马磨天岭，云霞趁晓清。台存元帅号，客偿壮游情。万里碧波外，一轮红日升。鲸鲵敢骄横，长啸气难平。"这首诗一句写景，一句写情。在写景时就已经寄予了自己的豪情，诗人清晨在绝岭上横刀立马，而此时云霞已经散去。为什么能有如此豪情？因为这是元帅台，在前辈光荣事迹的感召下，诗人自然也会不虚此行。下一句继续写景，在高高的元帅台上，能够看到浩瀚无垠的大海，在那碧波之外，一轮红日正在冉冉升起，光芒万丈。在日出的宏大背景下，一切都是渺小甚至可以

---

① 钱锺书：《管锥编》第 1 册，中华书局，1979，第 13 页。
② 张蓉：《中国诗学史话——诗学义理识鉴》，西安交通大学出版社，2004，第 128 页。
③ （宋）范晞文：《对床夜语》，中华书局，1985，第 11 页。

忽略不计的，鲸鲵指的是外敌，有了强大的实力，外敌还怎么敢继续骄横？为此，"我"大声呐喊，气息难平。正如王国维所说，"昔人论诗词，有情语、景语之别。不知一切景语，皆情语也"[1]，林悌在写绝岭登高看日出的景色时，就已经将自己的豪情壮志融入景里，因此这个景就是他的情，情和景已经完全交融在一起，分不清彼此了。

林悌的一些诗作还秉持"情为主，景为宾，景随情动"的原则，实现了"景随情化"。正如清吴乔《围炉诗话》所说："夫诗以情为主，景为宾。景物无自生，惟情所化。情哀则景哀，情乐则景乐。"[2] 例如，林悌的《小台（在澹澹亭前）》曰："小台方燕坐，宿鹭下溪沙。悄悄村墟暝，喧喧蛙蝇多。微云不妨月，重露已沾花。景物自如此，客愁知奈何。"诗词的大部分，都是在描写恬淡自然的田园风光，夜晚的小台上，看着鹭鸶下水捕鱼，静静的村落外，喧闹的青蛙叫声此起彼伏，虽有微微的云彩，却不妨碍温柔的月光，花瓣上不知何时已经聚集了饱满的露水，颇有辛弃疾"听取蛙声一片"的悠然。然而，这美好的田园风光随着一句"客愁知奈何"就完全变了味，回头再看那风光，已经没有了恬淡，只有喧闹和忧愁。《舟行》则相反，因为诗人的喜悦，所有的一切都变得美好起来。"山花向我笑，沙鸟为我歌。蘋香吹不断，落日明绿波。孤帆过别浦，一笛江天晚。坐看画屏转，不觉舟近远。楼岩至汉口，水驿三百里。乍闻鹅鹳鸣，我行忽已至。翻笑鹤上人，飞飞未能止。"因为作者心情愉悦，盛开的山花仿佛是为诗人绽放的，鸟的欢鸣像是专为诗人献歌，果香吹不断，水面泛着光，这一切都像是画一样，不停地在诗人面前展现，三百里的水路，如果放在平时该是多么的无聊，然而，不知不觉诗人就已经到了。读了这首诗，读者的心情也都跟着喜悦起来，就连"孤帆过别浦，一笛江天晚"这样经常表现哀伤和悲苦的句子，看起来也有了一种别致的、让人神往的意境。

---

[1] 卫淇：《人间词话典评》，陕西师范大学出版社，2008，第123页。

[2] （清）吴乔：《围炉诗话》第1卷，王云五主编《丛书集成初编》，商务印书馆，1936，第7页。

王夫之在《姜斋诗话·诗绎》中说："关情者景，自与情相为珀芥也。情景虽有在心在物之分，而景生情，情生景，哀乐之触，荣悴之迎，互藏其宅。"[1] 文意是说，景物描写与情感是相互联系的。情感与景物虽然一个在心，一个在物，却是景物能触动人的情感，透过人的情感能看到不同的景物。由景生情，由情促景，二者交融，互相渗透，完美地结合在一起。林悌的《沟水观鱼》就是典型的例子，"沟水游鱼命可悲，豫且才去鹭鸶窥。莫如振鬣归沧海，万里云涛任所之"。在水沟中生活的鱼，其命运是可悲的，不仅活动空间非常有限，难以腾挪施展，而且有鹭鸶这样的水鸟在窥视着，时刻都有覆灭的危机。这种"龙游浅滩遭虾戏，虎落平阳任犬欺"的同感让林悌联想到自己，一直在底层任职，没有平台，无法施展自己的才华。所以他发出了"归沧海""任所之"的感叹和畅想，希望能够和水沟中的鱼一样改换环境，一展胸中抱负，驰骋于天地之间。林悌的《赠戒默》也体现了景生情、情生景和情与景的交融，"青山不语古犹今，体得禅师戒默心。茶罢香残坐寂寂，一林微雨听幽禽"。佛家讲究静修禅心，体悟禅意。山间僧舍内，茶也喝完了，香也烧尽了，舍外飘着细雨，偶尔能够听到鸟鸣。这画面自有一种禅意，让人主动联想到应该像青山和戒默禅师那样，静静地修行，体会来自自然界的各种信息，领悟更玄妙的要旨。

二 追求富有节奏的声律美

《尚书·虞书》记载："诗言志，歌咏言，声依永，律和声。"[2]《礼记·乐记》记载："诗，言其志也；歌，咏其声也；舞，动其容也；三者本于心，然后乐器从之。"[3]《毛诗序》中言："诗者，志之所之也，在心为志，发言为诗。情动于中而形于言，言之不足故嗟叹之，嗟叹之不足故永歌之，永歌之不足，不知手之舞之足之蹈之也。情发于声，声成文谓之音。"[4] 从以上记载可以看

---

① （清）王夫之：《姜斋诗话》卷上，江西诗社宗派图录，1916，第6页。

② （明）张居正撰，王岚、英巍整理《尚书直解》，九州出版社，2010，第17页。

③ （元）陈澔注，金晓东校点《礼记》，上海古籍出版社，2016，第442页。

④ （清）阮元校刻《十三经注疏》上册，中华书局，1980，第270页。

出，早期诗、歌与乐、舞是合为一体的，逐渐发展为以入乐与否评判诗与歌，入乐为歌，不入乐为诗。诗词的产生和发展与音乐共出一体，自然要有韵律相合。唐代的声诗非常盛行，任半塘称之为"声诗极盛时期"[①]。林悌的诗风总体上与唐风相似，在诗作的音律上也体现出相似的特点。

南龙翼《壶谷诗话》载："李粟谷珥之通明，宋龟峰翼弼之真活，黄芝川廷彧之典特，李鹅溪山海之妍媚，郑松江澈之遒紧，高霁峰敬命之秾富，许荷谷篈之超敏，林白湖悌之爽快，崔孤竹昌之迥秀。"[②]对于"爽快"二字，理解是多方面的，既有文风顺达、酣畅淋漓之意，也有节奏明快、声律协调之谓。而林悌的汉诗通过押韵、重言等手法的使用来形成声音的跌宕起伏和旋律的往复旋转，体现了诗歌的音律之美。南龙翼对于林悌诗歌"爽快"的点评很有可能也有音律上的考虑。

"押韵是为了声韵的谐和。同类乐音在同一位置上的重复，这就构成了声音回环的美。"[③]根据王力先生的阐述，我们知道，押韵是指同一个韵在同一位置上的重复，主要是句尾，这样，将读音相同的词放在固定的位置，既能满足传达思想内容的需要，又能够将所有的字音串联起来，形成一种连贯的、有韵律感的、有起伏的曲调。如这首《元帅台（在磨天岭）》：

> 弹剑登台意气高，一麾行色叹萧萧。
>
> 沧溟秋冷蛟龙蛰，长白云深虎豹骄。
>
> 生世未吞金虏国，几时重到洛阳桥。
>
> 清尊醉罢催归骑，极目遥空瘴雾消。

这首诗押下平声"萧"韵，[④]韵字为"萧、骄、桥、消"，通过这四个同

---

① 任半塘：《唐声诗》，上海古籍出版社，1982，第33页。
② 〔韩〕南龙翼：《壶谷诗话》，转引自蔡美花、赵季主编《韩国诗话全编校注》，第2199页。
③ 王力：《诗词格律》，团结出版社，2018，第5页。
④ 王力：《诗词格律》，第184页。

韵的字，加之首联前半句也有一个下平声的"高"字，将整首诗串联起来，不仅具有节奏感，而且前后呼应，将作者壮怀激烈、志气昂扬的情绪通过舒展的声音体现出来，引发读者的共鸣。

再如，这首《侍中台（在蔓岭）》：

> 水陆一万里，思亲北去遥。
>
> 微躯敢自爱，薄宦叹徒劳。
>
> 路入青山转，台临碧海高。
>
> 云涛接南极，焉得驾轻舠。

这首诗有所区别，整诗使用的是下平声"豪"韵，[①] "劳、高、舠"都是相同的韵字，而首句的"遥"却是下平声"萧"韵。"五律第一句，多数是不押韵的；七律第一句，多数是押韵的。"[②] 根据律诗的用韵要求，林悌在这里可以不用韵字，但林悌为了追求声音的协调，在第一句的末尾使用了同韵母临近韵部"萧"韵中的"遥"字，自然是考虑这首诗在韵律上的表现，追求那种音乐的美感。

林悌还通过重言的手法来追求诗歌的韵律美。重言也叫叠字，是将两个相同的字连用以模拟声响、情景或心情。叠字的手法运用在诗词创作上由来已久，早在《诗经》上就有很多体现，如《桃夭》中的"桃之夭夭，灼灼其华"[③] 和《斯干》中的"秩秩斯干，幽幽南山"[④]。黄永武先生在《中国诗学（设计篇）》中谈道："叠字在音响上有极其微妙的功用，既可以使语气完足、意义完整，又可使声调动听。叠字如用得巧妙，可以达到'摹景入神'、'天籁自鸣'的妙境。"[⑤] 杨庆华也在《诗词叠字的艺术魅力》中指出：

---

①　王力：《诗词格律》，第184页。
②　王力：《诗词格律》，第34页。
③　陈节注译《诗经》，花城出版社，2002，第8页。
④　陈节注译《诗经》，第260页。
⑤　黄永武：《中国诗学（设计篇）》，新世界出版社，2012，第155页。

"诗句中运用叠字手法，不仅形式整齐，语感和谐，悦耳动听，节律感强，增强旋律美，易诵易记。"[1] 林悌在诗中也多用叠字，增强诗歌的韵律感和旋律美。经统计，林悌在创作的720首诗歌中，使用叠字的诗歌有172首，占其全部诗作的23.9%，其中141首使用1次，24首使用2次，6首使用3次，还有1首使用4次，可见林悌对叠字手法的喜爱。林悌使用叠字，主要用以表现声音、摹写状态、加强程度，例如，《次都事韵》中"儒仙近驻闻韶馆，风外丁丁落玉棋"的"丁丁"就是表现声音的，《雨余吟》中"淰淰云生榻，萧萧雨送檐"的"淰淰"就表现了云的状态，《春郊牧笛》中"远远驱牛童，烟莎朝复暮"的"远远"就是加深程度的。林悌还在很多诗歌中使用多个叠字，来增强诗的表现力和韵律感。例如，《次灌园》："江寺幽栖叹久淹，惜无雷雨起渊潜。溪风飒飒初飞磬，山霭霏霏欲满帘。牢落壮心贫不屈，寂寥身世病相兼。岩僧夜夜悬灯宿，一卷楞伽听不嫌。"整诗不仅韵律工整，而且使用"飒飒""霏霏""夜夜"三个叠字词，用"飒飒"表现了风声，用"霏霏"摹写了状态，用"夜夜"加强了程度，增强了诗歌的旋律美。像这样多用叠字的诗还有很多，再如《渡清川江》中的"草草愁行李，悠悠问去津"，《醉题宋松亭》中的"朱门处处栽桃李，孤影苍苍夜月知"，《春日偶吟》中的"涧草织织绿，岩花稍稍红"，《镨钗村灯》中的"雨外微微辨，风中烁烁看"等，更是采用了对仗的方式来增强同一位置上的韵律美。

此外，林悌还通过反复使用相同的字词，来增强诗歌内容的表现力，加强诗歌韵律的变化，这使他的诗歌更具乐感。例如《赠南君初》："昔日送我绿杨驿，今日送我自云山。昔日河桥芳草多，今日秋深玉门关。"这首诗的前两句中，"昔日"和"今日"前后呼应，重复出现，不仅强调了时光以及南君初对诗人情谊的变化，也增强了诗歌韵律上的表现力。再如《有明月》："长安有明月，山中有明月。长安之月金樽银烛艳绮罗，山中之月香炮茶（铛）伴幽绝。彼一时兮此一时，我在山中爱山月。"这首长短句，不仅利用句子长

---

[1]　杨庆华：《诗词叠字的艺术魅力》，《文学教育》2012年第8期，第34页。

短不一的特点呈现节奏感，而且整首诗都是通过"月"这个字串联起来的，几乎句句都有。"月"是一样的月亮，但不同地方的月亮却代表了不同的生活方式和思想追求。这首诗在观览和吟诵时都会给人不小的冲击，观看时细辨诗意，对作者思想追求体悟于心，吟诵时又不断重复韵字，形成了循环往复的韵律之美。还有《长歌行》的前两句"去年十月黄草岭，今年十月黄草岭。一为转米差使员，一为衲米差使员"，不仅字词重复，句式也是完全相同的，这与《诗经》中那种整段重复仅仅更换关键字加以区别的手法类似，整句的重复更能够突出所要强调的内容，而且从韵律上来说，仅通过入声"去"和平声"今"两个字调值的不同来加以区别，大段乃至整句的重复都会让韵律产生整齐的节奏，更有一种神圣感和庄严感。

三　善于用典

用典是指在文学创作中引用典故。北齐颜之推《颜氏家训·文章》曰："沈侯文章用事，不使人觉，若胸臆语也。"[1] 宋周密《齐东野语·诗用事》曰："天下书虽不可不读，然慎不可有意于用事。"[2] 明胡应麟《诗薮·宋》云："宋人用事，虽种种魔说，然中有绝工者，如梅昌言'亚夫金鼓从天落，韩信旌旗背水陈'，冠裳伟丽，字字天然，此用事第一法门也。"[3] 刘勰《文心雕龙》说："事类者，盖文章之外，据事以类义，援古以证今者也。"[4] 中国历代诗人中，用典最频繁、最精巧的当数李商隐，几乎达到"无一字无来历"的程度，以至于鲁迅先生抱怨道："玉谿生清词丽句，何敢比肩，而用典太多，则为我所不满。"[5] 林悌在诗歌创作中，也经常使用典故特别是中国典故来为诗歌增色，大致可分为以下几种。

引用中国古代人物。如《过韩明浍墓》"伐罪有辞周尚父，如君功业定

---

① 余正平、梁明译注《颜氏家训》，广州出版社，2001，第 134 页。
② （宋）周密著，高心露、高虎子校点《齐东野语》，齐鲁书社，2007，第 1 页。
③ （明）胡应麟：《诗薮》，第 225 页。
④ 戚良德：《文心雕龙校注通译》，上海古籍出版社，2008，第 427 页。
⑤ 林贤治：《鲁迅选集》（书信序跋卷），湖南文艺出版社，2004，第 171 页。

何其"中的"周尚父"指的就是姜太公。殷末姜尚隐居渭滨钓鱼，后被周文王聘为太师，佐武王灭殷，奠立周朝八百年基业，武王尊称其为尚父。《东坡驿》中"驿号闻来感客衷，千年重为吊苏公"，从诗名的"东坡"和诗中的"苏公"都能看出是指苏轼。苏轼曾任杭州太守，修苏堤，兴水利，深受百姓爱戴，林悌将苏轼引入诗中，表达了他对苏轼为官的敬佩。《郭山途中》"苍茫杜子句，消渴马卿身"中的"杜子"，是杜甫在《北征》"杜子将北征，苍茫问家室"①中的自称，"马卿"则是司马相如，《史记·司马相如列传》载："（相如）常有消渴疾……称病闲居，不慕官爵。"②很多诗人都引用这个例子比喻抱病在身，杜甫《即事》中"多病马卿无日起，穷途阮籍几时醒"③的马卿，李商隐《病中早访招国李十将军遇挈家游曲江》中"相如未是真消渴，犹放沱江过锦城"④都是意指司马相如。《将向风岳，路闻疠气，不果往也，述怀寄朴季容》"还把行装入尘土，题诗寄予华山翁"中的"华山翁"，应是出自陆游《睡乡》中的"华山希夷翁"⑤，形容德高望重且在名山居住的老者，林悌以此表达对友人朴季容的尊敬。另一首《赠季容》中的人物典故就更多了，"苦涉世传寒子语，敷陈谁效穆如（诗）。眉山家数君家有，我似秦张岂可追"中的"眉山""秦张"分别指的是苏轼、秦观、张耒。苏轼是眉州眉山人，因此世人也称之为苏眉山，秦观和张耒与黄庭坚、晁补之都是苏轼的学生，合称"苏门四学士"。林悌在此借秦张二人身份以学生自居，表达对朴季容的尊敬和仰慕。《悼灌园六首》（其三）"宾朋孔北海，丝竹谢东山"中的"孔北海""谢东山"分别指孔融和谢安。孔融，建安七子之一，因曾任北海相，故称孔北海。谢安是东晋政治家，名士，少以清谈知名，屡辞辟命，隐居会稽郡山阴县之东山，故称谢东山。林悌以孔融和谢安这样的名士比喻朴灌园结交的朋友，间接地反衬朴灌园的品德与才华。《赠玄武》"之子笔力健，可与

---

① 张忠纲、孙微编选《杜甫集》，凤凰出版社，2006，第78页。
② （汉）司马迁：《史记》，中华书局，2013，第3699页。
③ 张忠纲、孙微编选《杜甫集》，第306页。
④ （唐）李商隐著，（清）朱鹤龄笺注，田松青点校《李商隐诗集》，上海古籍出版社，2015，第190页。
⑤ 张春林编《陆游全集》，中国文史出版社，1999，第395页。

钟王班"中的"钟王"分别指钟繇和王羲之。钟繇是汉末至三国曹魏时著名的书法家、政治家,后世尊为"楷书鼻祖"。王羲之是东晋时期的书法家,有"书圣"之称,与钟繇并称"钟王"。林悌对朴玄武的书法给予了最高赞誉,认为他可以与"钟王"并驾齐驱。

引用中国古代地名。如《呈朴使相》"长城有寄诗书将,绝徼无劳剑戟鸣"中的"长城",长城本是中国古代最著名的边疆防御建筑,林悌在这里将它引申为朝鲜的边境。《赠南君初》"昔日河桥芳草多,今日秋深玉门关"中的"玉门关",玉门关本是唐诗中多用的意象,在今甘肃敦煌,是丝绸之路上的重要节点,林悌在本诗中,将其借用为朝鲜的边关。此外前面的"河桥芳草多"也有借用唐诗中在桥边送别友人的意味。《夜风宿高亭》"梦作扁舟五湖客,浙江秋雨夜闻潮"中的浙江,是指中国的浙江,那里有著名的钱塘潮,林悌虽没有到过中国,但也在书中或听人说起过钱塘潮的盛景,因此心有期待。《有明月》"长安有明月,山中有明月"中的"长安",长安是中国古帝都,象征着繁华,林悌在这里将其引申为都市,与"山中"相对,表现两种生活方式。《赠天参师,师持正夫书来》"广陵他夜梦,孤棹没青苹"中的"广陵",广陵即现在的江苏省扬州市,在古代也是个非常繁华且极具知名度的城市。不唯如此,广陵还因古代名曲《广陵散》而名扬四海。因此,"广陵"是中国古诗中较为常见的地名意象,有很多首中国古诗都包含了"广陵"这个意象,如李白《送当涂赵少府赴长芦》中的"因夸楚太子,便睹广陵涛"[1],王昌龄《客广陵》中的"楼头广陵近,九月在南徐"[2]。本首诗中,林悌借用"广陵"来表示遥不可及的远方、不能追求和实现的目标。《五言绝句》"一棹吴洲兮,闲情云共徐"的"吴洲",与唐代张祜《松江怀古》"碧树吴洲远,青山震泽深"[3]中"吴洲"的意象是一致的,都是指水乡。《西陵赠李参奉(乃丽朝李存吾子孙也)》"身为砥柱黄河上,手决浮云白日边"中的

<hr />

① 马鞍山市当涂县地方志办公室编《李白与当涂》,马鞍山市当涂县地方志办公室,1987,第17页。
② (唐)王昌龄著,李云逸注《王昌龄诗注》,上海古籍出版社,1984,第106页。
③ 尹占华校注《张祜诗集校注》,巴蜀书社,2007,第258页。

"黄河"，黄河是中国著名的大河，其奔腾之急是举世共知的，能在黄河里做中流砥柱，它的强度和实力是显而易见的，林悌借用"黄河"的危险来反衬李参奉的优秀。《赠玄武》"同君贳酒秦川上，醉尽东风杨柳花"中的秦川，同样是中国古代的地名。秦川也是中华文明的发祥地之一，自古以来，这里风调雨顺，土地肥沃，农业发达，为秦国的兴起奠定了坚实基础，所以号称"八百里秦川"，这片大地上也上演了诸多历史事件，留下了许多令人荡气回肠的故事和传说。林悌引用"秦川"可以将自己与朴玄武的友情和交流置于更加宏大的背景下或平台上，不仅增强了诗歌的感染力，也进一步凸显了浪漫气息。

引用中国古代典故、传说和人文意象。例如，《寓兴二首》"鹤带阆苑书，飞去千峰雪。瑶池路不迷，蓬海多明月"中的"阆苑""瑶池"等都是中国古典神话中的仙地，是西王母所居住的地方；"蓬海"指的是在海上的蓬莱仙山，也是神仙居住的地方。这首诗中使用这些意象，表达了浪漫的思想和对仙道的探求。《大行大妃挽词（代人作）》"泪斑湘岸竹，魂作鼎湖云"中的"泪斑湘岸竹"就来自娥皇、女英的传说。娥皇、女英是帝舜的两位妃子，帝舜在南巡途中不幸病逝于苍梧，二妃闻讯追至湘江边上，恸哭不止。滴滴清泪洒到竹上留下了斑斑痕迹，最后二女投水殉情，后来此竹既称斑竹，也称湘妃竹。唐代诗人高骈曾写有《湘浦曲》，诗云："虞帝南巡竟不还，二妃幽怨水云间。当时垂泪知多少？直到如今竹且斑。"[1] 林悌正是引用了这个传说，来凸显大行大妃的贤德以及对爱情的忠贞。《次松严韵》的"桥边杨柳和烟绿，欲折长条赠所思"也是来自"灞桥送别"的典故和"折柳告别"的习俗。灞桥自古是长安通往中原的必经之路，灞河原名滋水，春秋时期，五霸之一的秦穆公将滋水改名为灞水，用以炫耀自己霸主的功业。那时，架设的桥梁就叫灞桥。此后数朝数代，灞桥的作用都非常重要。唐朝时，灞河边种有数万株柳树，依依遮道。每当早春时节，柳絮飘舞，宛若飞雪，"灞桥风雪"成为"关中八景"之一，因此古人非常喜欢用灞桥赠别

---

[1] 岳阳市作家协会编《岳阳文学经典》（上），湖南文艺出版社，2013，第8页。

来表达对友人的依依惜别之情。包含"灞桥"意象的诗词特别多，如宋陆游《秋夜怀吴中》中的"灞桥烟柳知何限，谁念行人寄一枝？"[1]刘克庄《菩萨蛮·小鬟解事高烧烛》中的"笑杀灞桥翁，骑驴风雪中"[2]。同样，林悌也化用了这个典故来表达对朋友的思念和期盼。《定州，次圃隐韵》"怊怅尊前旧时月，想应差照汉家旌"中的"汉家旌"，原指汉朝军队的旗帜，因汉朝面对外敌从不退缩，赢得了诸多对外的经典战役，创造了许多战争史上的奇迹，塑造了强大不可轻视的形象，使后代人为之仰望。林悌使用"汉家旌"的意象，正是表达了对国家富强的强烈渴望。《送舍弟愃南归》"斑衣鸭水三千里，长被鸰原九十春"中的"斑衣""鸰原"也都各有典故。"斑衣"原指汉代贲骑士穿着的虎纹单衣，也指身穿彩衣学婴儿戏耍以娱父母，表示尽心孝侍双亲，亦借指孝子。《南史·张嵊传》载："（张嵊）少敦孝行，年三十余，犹斑衣受稷杖。"[3]唐钱起《小园招隐》诗曰："斑衣在林巷，始觉无羁束。"[4]"鸰原"出自《诗·小雅·常棣》："脊令在原，兄弟急难。"[5]郑玄笺："水鸟，而今在原，失其常处，则飞则鸣，求其类，天性也。犹兄弟之于急难。""脊令"，也写作"鹡鸰"。后因以"鸰原"谓兄弟友爱。唐杜甫《赠韦左丞丈》诗曰："鸰原荒宿草，凤沼接亨衢。"[6]宋范成大《新馆》诗曰："鸰原定相念，因风报无恙。"林悌使用"斑衣""鸰原"这两个意象来表达他对亲人的思念之苦。

第四节　林悌汉诗与中国文学的关联

从以上对林悌汉诗创作的分析来看，林悌的汉诗在题材、思想内容、艺术特色等方面与唐代诗歌有着密切的联系。李岩等学者也在著作中指出林悌

[1]　张春林编《陆游全集》，第91页。
[2]　萧枫主编《唐诗宋词全集》第11卷，中国文史出版社，2001，第569页。
[3]　（唐）李延寿：《南史》，第819页。
[4]　（唐）钱起著，王定璋校注《钱起诗集校注》，浙江古籍出版社，1992，第28页。
[5]　陈节注译《诗经》，第212页。
[6]　（唐）杜甫著，高仁标点《杜甫全集》，上海古籍出版社，1996，第119页。

在朝鲜朝诗风由"宗宋"向"宗唐"演变的过程中起到了积极作用。下面，我们还可以用具体事例来分析和研究林惕对唐代诗歌的接受。

一 林惕对唐代边塞诗的接受

"在我们看来，边塞诗不等于战争诗，不等于爱国诗、民族诗，不等于写在边塞的诗，也不简单等于上述诸种内容诗篇杂凑一块的混合体，上述诸方面诚然可以是构成边塞诗的内容要素，而作为边塞诗则已具有其系统的整体性质了。"[1] 从胡大浚《边塞诗之涵义与唐代边塞诗的繁荣》这篇代序中我们可以看出，迄今为止，学界对边塞诗尚未有一致认可的定义和概念，但是唐代边塞诗的繁荣却是不争的事实。尽管从《诗经》开始，就已经有描写战争的诗篇，但只要一提到边塞诗，大多数人都会首先在脑海中浮现几首唐代的诗篇和几个唐代的诗人形象。无论是中国的论文，还是朝鲜、韩国的论文，都可以看到唐代诗人对朝鲜古代诗人影响的研究。林惕作为汉文诗的作家，同样也对唐代诗歌尤其是边塞诗进行了接受。

（一）对唐代边塞诗精神内涵的接受

唐朝是中国封建社会发展的一个高峰，在军事、内政、文化等各个方面都达到了难以逾越的高度。由于国家的强盛，自然也就滋养和孕育了国民的进取精神，他们渴望开疆拓土、建功立业、报效国家。在这个过程中，有大批的文人墨客参与进来，他们有的是亲历者，有的是旁观者，怀着各种视角去看待边塞的战争，创作诗篇抒发自己的情感。总的来说，唐代边塞诗以报效国家、积极进取的精神为主流，也有对战争本质和生命意识的认识，还有对社会现实的剖析和批判。

一是体现进取精神的家国情怀。

从初唐四杰到盛唐的李白、王昌龄、高适、岑参等，以至于晚唐杜牧、李益、卢纶等，烙印在唐代诗人们心中的家国情怀和积极进取精神从没有改

---

① 胡大浚著，王志鹏编选《陇上学人文存　胡大浚卷》，甘肃人民出版社，2017，第3页。

变。杨炯《从军行》中的"宁为百夫长，胜作一书生"①，《紫骝马》中的"匈奴今未灭，画地取封侯"②，卢照邻《刘生》中的"但令一顾重，不吝百身轻"③，骆宾王《从军中行路难》中的"但使封侯龙额贵，讵随中妇凤楼寒"④，《宿温城望军营》中的"投笔怀班业，临戎想顾勋"⑤，无不表现了初唐时期文人也渴望建功立业的急迫心情和积极进取的精神。到了盛唐时期，这种进取精神依然盛行。如高适《塞下曲》中的"万里不惜死，一朝得成功。画图麒麟阁，入朝明光宫"⑥，岑参《送李副使赴碛西官军》中的"功名只向马上取，真是英雄一丈夫"⑦，王昌龄《变行路难》中的"封侯取一战，岂复念闺阁"⑧等诗句也充分表达了这一思想。晚唐时，杜牧《重送》中的"爬头峰北正好去，系取可汗钳作奴"⑨，李益《赴邠宁留别》中的"幸应边书募，横戈会取名"⑩，都积极抒发了报效国家、建功立业的心情。

　　林悌的边塞诗中也充分表现了这种"功名只向马上取"的积极进取精神，以慷慨激昂来抒发自己想要建功立业、以身报国的豪情壮志。正如这首《出塞行》："烈士生何事，当封定远侯。金戈辞汉月，铁马向边州。杀气浮汉碛，阴风动戍楼。腰间白羽箭，射取右贤头。"诗人认为，好男儿就应该像班超那样，金戈铁马，勇敢赴边，立不世功勋，万里封侯。还有这首《北胡》（俞仲植曾陪其家君踏遍龙沙，故能坐数北胡部落）："君能细说塞垣事，肝胆轮困怒目瞋。安得龙旌卷朔雪，夜追骄虏过先春。"抒发了诗人对戍边将士宜将剩勇追穷寇精神的高度赞美，也借以抒发自己的豪情壮志。林悌还用《见朝报，选将帅四十八人，人材之盛，前古无比》这首长诗表达了自己的家国

① （唐）杨炯著，谌东飚校点《杨炯集》，岳麓书社，2001，第15页。
② （唐）杨炯著，谌东飚校点《杨炯集》，第17页。
③ （唐）卢照邻著，谌东飚校点《卢照邻集》，岳麓书社，2001，第14页。
④ 骆祥发：《骆宾王诗评注》，北京出版社，1989，第226页。
⑤ 骆祥发：《骆宾王诗评注》，第294页。
⑥ （唐）高适著，刘开扬选注《高适诗选》，四川人民出版社，1983，第118页。
⑦ （唐）岑参著，刘开扬选注《岑参诗选》，四川文艺出版社，1986，第66页。
⑧ （唐）王昌龄著，李云逸注《王昌龄诗注》，第1页。
⑨ （唐）杜牧著，（清）冯集梧注，陈成校点《杜牧诗集》，上海古籍出版社，2015，第80页。
⑩ 王亦军、裴豫敏编注《李益集注》，甘肃人民出版社，1989，第172页。

情怀，诗人不仅用"科分各称量，闻者皆叹服"表达了作者对国家能够公正选用人才的欣喜之情，还用"从今相勉励，万一酬君国。莫遣青史中，千秋空寂寞"的殷切之语抒发了报效国家、不负光阴的积极进取精神。

在一些送别友人的诗中，林悌殷切期盼友人能够建功于外，充满了希冀和期盼，也充分表明了这种进取精神和家国情怀。如《送李评事》："朔雪龙荒道，阴风渤海涯。元戎掌书记，一代美男儿。匣有干星剑，囊留泣鬼诗。边沙暗金甲，关月照红旗。玉塞行应遍，云台画未迟。相看竖壮发，不作远游悲。"前面说过，许筠对这首诗评价非常高，认为可比肩盛唐，这也是林悌宗唐诗风的具体表现之一。

还有这首《送郑节度彦信北征》："王命诗书将，元戎虎竹分。雄风吹大漠，杀气拥边云。彩笔图麟阁，丹心报圣君。谁人解乞火，一剑愿从军。"大王让文人担任将领，征调和率领众军，像猛烈的大风一样席卷沙漠，升腾而起的杀气和战意就像是边塞的云彩。希望你（郑彦信）用彩色的笔调描绘绚丽的蓝图，用一片赤诚的忠心报答君王的厚爱。只要明白这种推荐的情谊，谁都愿意仗剑从军去建功立业。

总体来看，林悌边塞诗中这种积极进取的精神和家国情怀意识，与唐代边塞诗非常相似。当然，与唐代边塞诗个性飞扬的特点相比，林悌在边塞诗中还呈现了很多忧患意识，这与他身处朝鲜朝，国家相对实力不强且内忧外患的实际情况有关。《蚕岭闵亭》就表达了诗人对当时混乱现实的忧虑之情，也是其代表作品之一。"东溟有长鲸，西塞有封豕。江障哭残兵，海徼无坚垒。庙算非良筹，全躯岂男子。寒风不再生，绝景空垂耳。谁识衣草人，雄心日千里。"①诗中的"东溟长鲸"和"西塞封豕"分别指日本倭寇和女真族的入侵者，形象地突出了 16 世纪后期外来入侵势力危害日益严重的现实。16 世纪后期，女真和倭寇的入侵日益加剧，但即使在这种情况下，朝鲜朝的封建统治阶级仍一味结党斗争，竞相内耗，疏忽边境防卫。结果，1592 年朝鲜

---

① 〔韩〕林悌:《新编白湖全集》（上），第 39 页。此后，引用例诗均出自此文集，不再另行标注。

朝在几乎毫无防备的情况下，遭到了日本的侵略，导致了著名的"壬辰倭乱"的发生。诗中，面对这种现实，诗人通过格调高雅的诗句"谁识衣草人，雄心日千里"表达了深深的忧虑之情和炽热的爱国之心。林悌也通过诗作表达他对统治阶层昏庸作为以及无能之辈胆小误国的愤慨。例如，他在《见朝报，选将帅四十八人，人材之盛，前古无比》中鲜明地指出"只缘胆小人，生平见敌怯。行军既失律，往往遭倾覆。纵得保首领，何颜睹天口"，对那些胆小误国之人提出了严厉的批判。还有这首《庆兴望敌台（台乃穆祖旧迹也，日暮登临，有怀而作）》："昔时穆祖避胡去，望敌登兹仍得名。五彩已成龙虎气，千群谁数犬羊兵。长江自此分南北，遗庆如今属圣明。曾在咸关谒陵寝，犹余石马护神行。"林悌登上庆兴的望敌台，感慨万千，对国家军队的孱弱发出"犬羊一样的军队数量再多又有何用"的悲叹。再看《镜城长句，用朱村韵》的"千里宦游何事业，数篇诗语当勋名。自怜破匣余孤剑，紫气干星夜夜明"诗句，抒发了诗人只能将诗词歌赋作为博取功名的资本，而武功本领却无人赏识、壮志难酬的苦闷情怀。

　　基于以上诗句，我们可以看出，林悌受到唐代边塞诗积极进取精神的影响，以满腔的热情和炽热的情怀创作了多篇富有进取精神的边塞诗，但也因为国家时代不同，他的边塞诗表现出独特的忧患意识。

　　二是彰显异域风情的生命意识。

　　边塞诗之所以吸引人，还在于它对异域风光和独特地理环境的描写，以及对在恶劣环境下生存和勃发的生命意识的赞扬，这与读者熟悉的日常不同，因此具有很强的吸引力。在唐代的边塞诗中，边塞的特殊地理位置的各种特点在诗人的描绘下，表现出更加奇特和更有震撼力的图景，如王维《使至塞上》中的"大漠孤烟直，长河落日圆"[①]，只要读者一读，就会在脑海中形成一幅苍凉、悲壮、浩瀚的沙漠黄昏图景，从而引发人们的万千思绪，让人久久不能释怀；再如岑参《白雪送武判官归京》中的"北风卷地白草折，胡天八

---

① 章池注评《王维　孟浩然诗选》，黄山书社，2007，第45页。

月即飞雪。忽如一夜春风来，千树万树梨花开"①，就将与京师完全不同的塞外气候和环境勾勒得惟妙惟肖，引起读者的好奇心理。这样的例子数不胜数。

林悌的边塞诗也有大量有关朝鲜朝边疆风光的描绘。

> 白云飞万里，春草接三河。(《黄岗道中》)
>
> 幽壑有时逢罔象，怪岩何处不鼪鼯。(《铁岭作》)
>
> 绝岭横天壮北关，石门残角落云间。(《磨云岭》)
>
> 此地近辽左，自秋生苦寒。
>
> 白山三丈雪，黄草两重关。(《黄草岭宵征，领转粟军也》)

天空中白云万里，大地上春草连绵，这一白一绿形成了浩渺无边的景象；怪岩耸立、幽壑深邃、岩鼠遍地、绝壁横陈、高耸入云的边关山城；地近辽东的黄草岭，苦寒难耐，白山大雪三丈，岭内岭外就是二重景色。这种苍茫浩瀚的感觉，这些难以登攀的山城，这难以克服的苦寒，都是没有亲历体验的人们难以感受和想象的，却因为有了诗人的描绘而显现了隐藏其中的生命意识。

当然，唐代的边塞诗更多的是显现异域的或少数民族地区的风光和依托在其中的生命。而林悌因所处地理位置和身在国度的不同，表现的是具有自身国家特色的边境风光和其中的生命活动。

朝鲜半岛的海防和陆防同样重要，因此在林悌的边塞诗中突出海防重要性的作品不少。例如，《直洞堡，赠金权管》中的"塞日初沈江雾消，阴风猎猎满旌旄。将军出号坐抚剑，数拍胡笳关月高"就表现了水上边塞的景象：太阳刚刚落下江雾就消散了，一阵强过一阵的大风将旌旗吹得猎猎作响，将军发出号令稳坐帅台轻抚宝剑，在异族的乐声中月亮也渐渐升高，为战场带来了光明。再有这首《到义州》："水似瞿塘路太行，戍楼吹笛垄云凉。愁边对月惊哀鬓，病里逢人说故乡。江势欲穷知海近，峡门才过觉天长。旌旗晚

---

① （唐）岑参著，刘开扬选注《岑参诗选》，第110页。

驻龙湾馆，依旧风烟侑客觞。"描写了沿江近海的水上边防的艰难困苦，不仅水路难行，陆路也不好走，江水到头就到了海防的低点，安顿下来，只有一路的风烟来作为佐酒的佳肴。

初唐和盛唐时期，边塞诗中充满了昂扬的生气和进取的精神，这种在恶劣环境下展现的生命意识也大都是体现生命力和战斗力的。对比这种自信和热情，林悌在展现自信和热情之外，还有一种幽怨和迷离的情绪在内，想必是受到实际情况的影响。

三是充满人文关怀的现实批判。

战争是残酷的，不管是主动发起的还是被动应对的，只要有战争爆发，就会给社会带来灾祸、创痛，甚至是毁灭。因此，唐代边塞诗中还有很多包括对战争危害的认识、对故土亲人的思念、对战争意义的探讨等，蕴含着终极的人文关怀。

例如王昌龄《出塞》中的"秦时明月汉时关，万里长征人未还"[1]，李白《关山月》中的"由来征战地，能有几人回"[2]等诗句都对直面巨大战争风险的军人给予了深切的同情。再如，诗中表现出的征人与亲人间的互相思念，也都包含这种人文关怀，杜牧《秋梦》中的"又寄征衣去，迢迢天外心"[3]，李益《从军北征》中的"碛里征人三十万，一时回首月中望"[4]，都是对边塞战争导致的离愁的描写。最后，当诗人理性思考边塞战争时，也会对战争进行批判与反思，李白《战城南》中的"士卒涂草莽，将军空尔为"[5]，杜甫《前出塞》（其一）中的"君已富土境，开边一何多"[6]，都是对战争进行的反思。杜甫的《兵车行》更是指出战争是造成百姓痛苦生活的根源。

林悌的边塞诗中也践行了人文关怀的理念。他在《疲兵》诗中生动地展现了在北方边境地区恶劣的自然环境中，士兵们驻守边防之时的疲惫神态。

---

① （唐）王昌龄著，李云逸注《王昌龄诗注》，第130页。
② （唐）李白著，鲍方校点《李白全集》，上海古籍出版社，1996，第33页。
③ （唐）杜牧著，（清）冯集梧注，陈成校点《杜牧诗集》，第337页。
④ 王亦军、裴豫敏编注《李益集注》，第119页。
⑤ （唐）李白著，鲍方校点《李白全集》，第26页。
⑥ （唐）杜甫著，高仁标点《杜甫全集》，第36页。

"石棱如戟风如刀，冒险还逢愁苦节。行看雪路点朱殷，尽是疲兵马蹄血。"通过雪路点朱殷这种诗意的描写，真实地展现了守卫边防的士兵和马都累倒的景象。《四月十八日述怀》（其二）曰："西塞人将发，南云路几千。驿亭愁见月，芳草恨连天。壮节宁微眇，郎官不弃捐。须知报国日，是我报亲年。"这首诗对征人的悲惨命运表达了同情，马上就要出征，这一走千里之遥，在驿亭见到的月亮都是愁苦的，一路上芳草也恨意连天，和国家大义等宏伟理想、至高气节相比，自身是多么的渺小，就算是当了郎官也不介意为国捐躯，但必须知道，将士杀敌报国的时候，也正是报答亲恩的时候。

久在边境驻防，自然要思念故土亲人，因此林悌的很多边塞诗体现了这种思亲、思乡的情感。

> 年年关塞上，不见故山春。（《发龙泉（绝句十首）》）
>
> 水陆一万里，思亲北去遥。（《侍中台（在蔓岭）》）
>
> 自是思归暗计程，督邮虽少敢言轻。（《重次都事》）
>
> 桔橰峰上天连海，日日征人望故乡。（《到麟山（次子忱韵）》）

还有这首《朔州》："去岁兹长敞寿筵，西厢灯火是冠山。身游玉塞亲南徼，一札情缄忍泪看。"去年父亲生日时，大摆宴席，宾客满门，灯火辉煌。今年在南部边疆任职，不能亲自给父亲祝寿，只能看着父亲的来信，不断地流着眼泪。只是将两次父亲生日的场景进行了对比，就表达了对父亲的思念。

林悌边塞诗中还有很多是反映守边将士和百姓疾苦的。例如前文谈过的组诗《纪行》六首，都是反映百姓穷困生活的咏叹调。这些作品从诗的整体情感走向来看，主要表达了对百姓悲惨境地的同情。如《峡民》："山坂年年种瞿麦，缘江板屋无乡聚。穷山莫道少征徭，青鼠乌貂入官府。"山民已经穷困若此了，但官府的税赋还是分毫不少，让穷苦山民无法承受。《运粮》中，诗人刻画了百姓服徭役之时痛苦疲惫的模样。为了搬运边境防卫所需的三百石粮食，百姓被抓去做苦工。在寒冷的冬天，百姓们白天在陡峭的山路上运米，夜晚，在寒气逼人的地方架起柴火，蜷缩着身子睡觉。

还有这首《次巡抚韵》："旌旗暮出塞，月到戍楼明。山拥天寒重，江深地势倾。平生一丈剑，男子远游情。中夜看狼尾，胡笳满四城。"大队人马晚上从边关出发，明月高悬的时候才能抵达卫戍的楼台，天气寒冷自不用说，道路险阻难行，夜深不能寐，都能看到边境地区外部势力的旗帜，听到的也都是少数民族的音乐。全诗充分表现了守边将士的条件艰苦、责任重大和敌情严峻。

总之，林悌的边塞诗中怀着深切的同情，用细致的笔触描写了战争的危害、征人的愁苦和百姓的重负，表现出他对边塞战争的反思。他的诗从精神内涵上与唐代的边塞诗有高度的相似性，虽然他所处的时代和具体环境不同，但从这种相似的表现，可以看出唐代边塞诗对其创作的影响。

（二）对唐代边塞诗意象的接受

"所谓意象，可以说就是主观的'意'和客观的'象'的结合，也就是融入诗人思想感情的'物象'，是赋有某种特殊含义和文学意味的具体形象。"[①]意象在古代诗歌中对作者情感表达的作用是非常明显的，如马致远《天净沙·秋思》中的"枯藤老树昏鸦，小桥流水人家"，仅用枯藤、老树、昏鸦、小桥、流水、人家这些日常能够见到或联想到的具体物象，就让读者自行感受到一幅带有悲情和孤独色彩的画面。唐代边塞诗中也经常使用一些意象，如阴山、瀚海、定远侯、嫖姚等，读上去就让人感到震撼，几乎成了边塞诗中的专用词。林悌边塞诗中就含有不少对这些意象的借用。

一是人物意象。"汉代在保卫边疆，开辟属地的征战中涌现过一批批为后人引为美谈的名将，因此在唐代边塞诗中，卫青、霍去病、李广利、李广、班超、马援、窦宪等人物在尚武建功氛围浓厚的初盛唐尤被视为众多

---

① 乐黛云:《比较文学简明教程》，北京大学出版社，2003，第88页。

诗人笔下所钟爱的典型。"① 如骆宾王《宿温城望军营》中的"投笔怀班业，临戎想顾勋"，"班"指班超，诸如此类的例子还有很多。那么，在林悌的边塞诗中，这些唐代边塞诗中的汉代典型人物也经常出现。特别是班超的意象出现得最多，有7首诗都出现了这个意象，分别是《庆兴府》中的"班超非壮士，愿入玉门关"，《次都事韵》中的"萧飒班郎鬓上毛，海天秋晚陇云高"，《次许御史送我别害韵》中的"清时何用慕班侯，官重高山十二邮"，《崔钟城别章》中的"书生不及百夫长，男子当封定远侯"，《向高兴》(为兴阳倅时作)中的"清时台阁多英妙，关外应须定远侯"，《次定州馆板韵》中的"班超犹在塞，宗悫未乘风"，上述诗作中的班郎、班侯、定远侯指的都是班超，因为班超投笔从戎后立有大功而被封侯，成为后世读书人的楷模，而《次韵受降亭(满浦)》中"书生早有吞胡计，钟鼎功名本不求"的"书生"确指的也应该是班超这个英雄人物。此外，霍去病、汉武帝、李广、单于等人物意象也都在林悌的边塞诗中出现过，包括通常指代少数民族敌人的"右贤王"意象。例如，《读杜陵诗史和诸将》(其一)中的"目今将帅声名盛，拟古嫖姚伯仲间"就用霍去病来比拟和激励当今的将帅；《读杜陵诗史和诸将》(其四)中的"在古若逢汉武帝，入公应上单于台"分别出现了汉武帝和单于的意象，用汉武帝代指明君，单于代指敌人。同样，《塞下曲》中"半夜辕门探马回，单于朝过白龙堆"再次出现单于，指代敌人。再有，《出塞行》中的"腰间白羽箭，射取右贤头"。右贤王似乎是中国古代少数民族敌人头领级人物的代称，在很多文学作品中都能看到，这里也指强大的敌人。从以上诗句可以看出，林悌边塞诗中使用的人物意象都是在唐代边塞诗中经常出现和使用的，这可以充分说明唐代边塞诗对林悌边塞诗创作的影响。此外，林悌诗中还出现过梁甫、屈原等中国古代人物的形象，说明林悌非常熟悉中国古代的历史，也善于使用典故来说理喻世。

二是地理意象。唐代诗人在创作边塞诗时，经常使用风霜雨雪等自然天

---

① 张琼文:《中晚唐边塞诗意象研究》，硕士学位论文，复旦大学，2013，第88页。

气意象，阴山、沙漠、关塞、黄沙等地理意象，还有飞鸟、枯枝等动植物意象，来强化边塞的环境特点，影响阅读者的心理感受。例如，王维《使至塞上》"大漠孤烟直，长河落日圆"中的大漠，王昌龄《出塞》"但使龙城飞将在，不教胡马度阴山"中的阴山等，都是唐代边塞诗中的地理意象。但林悌的边塞诗也大量使用了本该是中国专有的地理名词，如阴山、玉门关等，还有如沙漠等一般的地理名词。应该说，除了阴山、玉门关等地名是确定国家标识的专属名词外，沙漠等地理名词是不分国家的，但朝鲜朝所控制的地域内是没有沙漠的，这只能说明林悌是借用了唐代边塞诗中的地理意象来突出他诗作的感染力。我们看《庆兴府》中的"寒风生古碛，猎火照阴山"，阴山就是中国境内的阴山，在林悌的诗中并不是具体方位和地名，仅作为诗歌意象使用。同时"碛"在唐代边塞诗中多指代沙漠，如岑参的《碛中作》："走马西来欲到天，辞家见月两回圆。今夜不知何处宿，平沙万里绝人烟。"① 而"碛"这个意象也多次在林悌的边塞诗中出现，除《庆兴府》外，如《出塞行》中的"杀气浮汉碛，阴风动戍楼"，《别害》中的"霜凝阵碛铁衣寒，警夜角声吹欲断"，《次巡抚杨武堂韵》中的"阴风飒飒吹寒碛，塞日凄凄照大旗"，《在麟州寄节度麾下》（时在义州）中的"城楼落日唯闻角，沙碛残春不见花"，《读杜陵诗史和诸将》中的"猎罢旌旗沙碛晚，月明萧鼓戍楼闲"，等等。另外，"塞"在唐代边塞诗中指塞外，在林悌的边塞诗中也成了边疆的意象，在很多诗作中都有出现，据粗略统计有30多首诗使用了该意象。此外，黄龙府、玉门关等专属地名也出现在林悌的边塞诗中，起到增强感染力的作用。

三是人文意象。唐代边塞诗中，还有很多使用少数民族乐器和音乐来突出异域环境的，如王之涣《凉州词》中的"羌笛何须怨杨柳，春风不度玉门关"。林悌的边塞诗也有一些使用异族音乐意象来突出环境，如《次巡抚韵》中的"中夜看狼尾，胡笳满四城"，这里的胡笳指的就是异族的乐器，突出与边境敌人的距离之近，连音乐都能听见，前一句的"狼尾"也是唐代边塞

① （唐）岑参著，刘开扬选注《岑参诗选》，第47页。

诗中经常使用的意象，指代少数民族的狼旗。还有《直洞堡，赠金权管》中的"将军出号坐抚剑，数拍胡笳关月高"，《遇灯夕》中的"辽海夕风吹瘴雨，戍楼寒柝杂悲笳"，《李节度挽》中的"魂断塞笳应月泣，剑藏尘匣尚龙鸣"，都使用了异族音乐的意象，来增强诗歌的感染力。另外，《黄草岭宵征，领转粟军也》中的"喜到莞坡衍，高吟蜀道难"，《蜀道难》是李白的诗歌名篇，这里如此使用自然也是借用了李白诗歌名称的意象，形象地表达道路崎岖难行，自然会使人想到"难于上青天"。此外，林悌的边塞诗中还多次出现了"白羽箭"这个意象，如《穷年鞍马，髀肉已消，而旅枕一梦，尚在龙荒之外，感而有作》（高山察访时作，其二）中的"尘生白羽箭，梦渡黄龙府"，《出塞行》中的"腰间白羽箭，射取右贤头"，《送金子猷戍吾村堡》中的"壮士腰横白羽箭，雄风吹截黑龙云"，《赠别梁大朴（公以关西评事出去时也）》中的"弢弓白羽出西关，落日秋云九陌寒"，《与舍弟子中并辔，暝到栗里子忱家，因向金陵，将渡耽罗》中的"胡骢金勒白羽箭，旅人遥指金陵城"，《白羽箭（送尹景老戍朱乙温）》中的"我有一只白羽箭，鱼服尘埋今十年"。在这些诗句中，白羽箭出现 5 次，白羽出现 1 次，这似乎与卢纶《和张仆射塞下曲》（其二）"林暗草惊风，将军夜引弓。平明寻白羽，没在石棱中"通过白羽描写李广神箭的影响有关。

通过对比可以发现，林悌的边塞诗不仅在精神内涵层面与唐代边塞诗有诸多相似之处，而且在意象的理念和运用等方面，更是可以明显看出唐代边塞诗对其创作的影响。而林悌能够运用这些专属的意象，说明当时的朝鲜朝的读者也能够接受和理解这些意象，同时这也为东亚汉字文化圈早期的文化交流提供了一个有力的佐证。当然，至于艺术手法等方面的对比分析还有待于继续深入研究，以期更加深入地分析和发现唐代边塞诗的文学影响和作用。

二 对李白诗歌的接受

林悌与李白都是怀才不遇的文人，在性格上也都有不拘小节、狂放不羁的共同之处。李白的诗歌想象力丰富，善于运用夸张手法，在林悌的部分诗歌中也能看到李白诗歌的影子。通过对比二人的部分诗作，可以看出其中的相似之处。

林悌的《次巡抚韵》与李白的《秋浦歌》。

李白的《秋浦歌》内容如下：

> 白发三千丈，缘愁似个长。
> 不知明镜里，何处得秋霜。①

林悌的《次巡抚韵》内容如下：

> 萦云剑门栈，九折青泥盘。
> 白发空千丈，羁愁自万端。
> 犹知仗忠信，不说饱艰难。
> 清晓看明镜，风霜伤旅颜。

"秋浦"是扬子江西南边的一个水乡，古为宣城郡，现为安徽池州贵池区，也是李白晚年定居的地方。作这首诗的时候，李白已经经历了人生的跌宕起伏，享受了鲜衣怒马、春风得意和众星捧月，也饱尝了失意踌躇、颠沛流离和暗箭中伤，一切都归于平静之后，发现壮志未酬、云台未画、魏阙难登，自然百般滋味涌上心头，一团愁绪难以消散，因此就有了三千丈的白发，有了斩不断的愁思，也就有了"朝如青丝暮成雪"的错愕和慨叹。再看林悌诗中的"白发空千丈，羁愁自万端""清晓看明镜，风霜伤旅颜"，与李白诗中的四句相对应分析看，虽然用词有所不同，但从意境和构思来看，却是非常相似的。两诗都是以白发—缘愁／羁愁—明镜—秋霜／风霜为整句的关键词，顺序也完全相同。虽然不能说林悌模仿了李白的《秋浦歌》，但至少也能说明林悌受到李白的影响，才有了如此相似的诗句。

---

① （唐）李白著，鲍方校点《李白全集》，第69页。

再看林悌的《道峰飞瀑》和李白的《望庐山瀑布》。

李白的《望庐山瀑布》内容如下：

> 日照香炉生紫烟，遥看瀑布挂前川。
> 飞流直下三千尺，疑是银河落九天。①

林悌的《道峰飞瀑》内容如下：

> 川疑银汉来，山似香炉秀。
> 谁唤谪仙人，更吟西江月。

李白《望庐山瀑布》意境的宏大、空灵和奇伟自不必说。苏轼在《戏徐凝瀑布诗》中写道："帝遣银河一派垂，古来唯有谪仙词。飞流溅沫知多少，不与徐凝洗恶诗。"不仅讥讽了中唐诗人徐凝的《庐山瀑布》，更是变相地肯定了李白描写庐山瀑布的经典。而林悌《道峰飞瀑》中的"香炉""银汉"仅是位置不同，本意与李白诗并无不同。最后，林悌还用"谪仙人"这样明确的信号，来表述对前人的惋惜，更像是对李白的致敬。"谪仙人"是李白的别号，也是后人对李白才华的公认，在这里确指李白。而李白也在《苏台览古》诗中写过："只今惟有西江月，曾照吴王宫里人。"想必这也是林悌对李白的敬仰，并熟悉李白的事迹，因此才使用了这几个意象来表达他对道峰瀑布的喜爱。此外，林悌的《水门滩》"倒泻龙门一千丈，孤舟疑自九天来"句中的"一千丈""九天"也有李白《望庐山瀑布》中"三千尺""九天"的意味在其中。

林悌《水月亭八咏》中的《楮岛归帆》与李白的《送张舍人之江东》也有相同的地方。

林悌的《楮岛归帆》：

---

① （唐）李白著，鲍方校点《李白全集》，第182页。

　　西风日日远帆归，岛屿秋深雁正飞。

　　永忆江东张翰去，玉鲈银菜宦情微。

李白的《送张舍人之江东》：

　　张翰江东去，正值秋风时。

　　天清一雁远，海阔孤帆迟。

　　白日行欲暮，沧波杳难期。

　　吴洲如见月，千里幸相思。①

　　张翰是西晋文学家，曾被齐王辟为大司马东曹掾，见祸乱方兴，以秋风起思吴中菰菜、莼羹、鲈鱼为由辞官而归。曾作《思吴江歌》："秋风起兮木叶飞，吴江水兮鲈正肥。三千里兮家未归，恨难禁兮仰天悲。"②后人对张翰评价颇高，宋代苏东坡有诗赞美张翰："浮世功劳食与眠，季鹰真得水中仙。不须更说知机早，直为鲈鱼也自贤。"③李白在送友人诗句中将友人与张翰相比，自然是对友人的赞许和厚爱。林悌在深秋时节望见归帆，回忆起李白的诗句和张翰的故事，有感而发，于是用"远帆归""雁""玉鲈""银菜"表露了思乡的同感。

　　除上述对比外，还有很多诗作中的相似之处也可以看到李白对林悌影响的痕迹。例如，林悌《大串》中的"海泼葡萄绿映空"，将海水升腾的景象比作将翠绿的葡萄泼向海面，绿色映满天空。这种手法与李白《襄阳歌》中"遥看汉水鸭头绿，恰似葡萄初发醅"④的比喻手法非常相似。但李白的葡萄发酵是静态的，而林悌通过一个"泼"字将海面波涛汹涌的动态展现在

　　① （唐）李白著，鲍方校点《李白全集》，第133页。

　　② 王湘编《古诗三百首精读·故事》（下），吉林人民出版社，2004，第578页。

　　③ （宋）苏轼著，邓立勋编校《苏东坡全集》（上），黄山书社，1997，第114~115页。

　　④ （唐）李白著，鲍方校点《李白全集》，第59页。

读者面前，显得更加形象。林悌《溪舍病中》的"三千六百由来钓"，与李白《梁甫吟》中的"广作三千六百钓"[1]，都来自姜太公十年垂钓等周文王的典故，或许是不约而同地使用了相同的典故，但李白先作"三千六百钓"，如果两诗存在关联的话，也只能是李白影响了林悌。林悌《宿永明寺》中的"琴弹别鹤浦云断，笛奏落梅江水寒"与李白《与史郎中钦听黄鹤楼上吹笛》中的"黄鹤楼中吹玉笛，江城五月落梅花"[2]的意境也非常相似。这两首诗中的"别鹤""落梅花"都是乐府的曲名，五代马缟《中华古今注》卷中曰："《别鹤操》，商陵牧子所作也……后人因为乐章。"[3]后用以指夫妻分离，抒发别情。而《梅花落》属乐府横吹曲调，传为西汉李延年所作，别名《落梅》《落梅花》《大梅花》《小梅花》等。此外，林悌《邀月堂，次枫岩伯父韵》中的"佳期邈云汉"与李白《月下独酌》中的"相期邈云汉"，以及林悌《赠玄武》中的"梁甫之吟君谓何"与李白《梁甫吟》中的"长啸梁甫吟"等都有一定的关联。林悌还创作了一首《效谪仙体》："仙郎骑白鹿，大啸登高台。宇宙一回首，英雄安在哉。真官坐紫府，怜我多仙才。送以众玉女，劝之流霞杯。饮罢骨已换，便欲寻蓬莱。笙鹤想未远，云车何日回。下视东华土，茫然但黄埃。"我们知道，"谪仙人"是李白的别号，而这首《效谪仙体》无论从诗歌的题目还是诗歌的风格，都可以看出林悌对李白的模仿和学习，奇幻的想象、狂放的姿态、夸张的手法和自由奔放的情感，仿佛在与李白的诗歌进行着应和。

　　从以上分析来看，林悌的不少诗作中都有李白诗的痕迹，这与林悌"崇唐"和"宗唐"的诗风有关，也与林悌李白二人共同的性格特点有关，但林悌对李白诗的接受更有自己的独创，不仅增加了诗句的感染力，也将自己情感奔放、观察细致、想象丰富的特征展现了出来。

---

① （唐）李白著，鲍方校点《李白全集》，第25页。
② （唐）李白著，鲍方校点《李白全集》，第202页。
③ （五代）马缟撰《中华古今注》，中华书局，2013，第115页。

三　对李商隐诗歌的接受

林悌直接受李商隐影响的诗作有很多。例如，林悌的《无题》与李商隐的《瑶池》对比。

林悌的《无题》内容如下：

> 商略冤家只刬眸，瑶池初返事悠悠。
>
> 桂宫孀宿生非乐，菱镜孤鸣舞是愁。
>
> 几夜梦寒神女雨，五年春晚小姑洲。
>
> 天长不见三青鸟，寸断心肠续得不。

李商隐《瑶池》内容如下：

> 瑶池阿母绮窗开，黄竹歌声动地哀。
>
> 八骏日行三万里，穆王何事不重来。①

这两首诗描述的都是西王母的爱情故事，表现了西王母对周穆王的思念。传说中，周穆王走访到昆仑山，见到了西王母，二人两情相悦，难舍难分。因周穆王是人间帝王，要治理百姓，于是他向西王母许下了三年之期，待百姓安居乐业后再与西王母共修仙道。后来，西王母没有等来周穆王，她放下女神的尊严去寻周穆王，周穆王却放不下人间权位，不肯与西王母再续前缘。最终，西王母回到昆仑山，始终郁郁寡欢。

李商隐的《瑶池》采用了"瑶池阿母""黄竹歌声""八骏""穆王"等典故。"瑶池阿母"指的是居住在瑶池的西王母；"黄竹歌声"，《穆天子传》卷五有"日中大寒，北风雨雪，有冻人。天子作诗三章以哀民"，指的就是为死人悼念的歌声；"八骏"，传说周穆王有八匹骏马，可以日行三万里，《列

---

① （唐）李商隐著，陈伯海选注《李商隐诗选注》，上海古籍出版社，1982，第36页。

子》《穆天子传》等记载不一；"穆王"就是西周天子姬满，史称周穆王，传说他曾周游天下。从李商隐用事的习惯来看，短短的四句诗就使用了四个典故，不可谓不多。

而从林悌诗中的"瑶池""桂宫""菱镜""神女""青鸟"等词语可以看出，这些也都采用了用事的手法。"瑶池"是古代中国神话传说中昆仑山上的池名，为西王母所居美池。"桂宫"一指汉长安城除未央宫、长乐宫、建章宫之外的一处重要皇家宫苑遗存，一指月宫，为嫦娥居住的地方。"菱镜"是唐代花式镜中最具特征的一种铜镜。"神女"也是古人文学作品中常用的意象，《文选·宋玉〈高唐赋〉序》曰："昔者先王尝游高唐，怠而昼寝，梦见一妇人曰：'妾，巫山之女也。'""青鸟"是神话中为西王母传递音讯的信使。李商隐《无题》中的"蓬山此去无多路，青鸟殷勤为探看"，就采用了青鸟的意象。林悌的《无题》是首长诗，虽没有像李商隐那样句句都采用典故叙事，但一首诗中采用了这么多的典故和传说，也可以说是受到了李商隐风格的影响。此外，虽然二人叙述的角度不同，但主要内容都是写西王母的期盼和依恋，并借此表现出自己对修仙、恋情独特的理解和领悟。

在林悌的其他许多诗作中，也能看到对李商隐诗歌元素的借用和化用。例如，林悌在金时极扇子上次韵青溪的诗《金时极箑，次青溪韵》："泉洞初逢绝俗姿，白湖来访是前期。如何暮去潭州雨，孤负西窗剪烛时。"其中的"西窗剪烛"就化用了李商隐《夜雨寄北》"君问归期未有期，巴山夜雨涨秋池。何当共剪西窗烛，却话巴山夜雨时"[①]中的"何当共剪西窗烛"。李商隐用"共剪西窗烛"表达对与伴侣再次相会的期盼，林悌却用"西窗剪烛"来表达他与朋友金时极的友情。林悌《梦仙谣》中"悠悠曾折阳城柳，游子回肠一日九。红床附鹤阆苑空，灯未成灰犹怨泪"也能够看到李商隐《碧城三首》以及《无题》的影子。首先，这两首诗都是与道教生活有关的，都是二人对道教理念和精神的一种探求。其次，李商隐《碧城三首》"碧城十二曲

---

① （唐）李商隐著，（清）朱鹤龄笺注，田松青点校《李商隐诗集》，第26页。

阑干，犀辟尘埃玉辟寒。阆苑有书多附鹤，女床无树不栖鸾"①中的"阆苑有书多附鹤"和林悌诗中的"红床附鹤阆苑空"多有相似之处。"阆苑"本指神仙居处，在李商隐的诗中借指道观。"附鹤"是指道教以仙鹤传递书信。林悌的诗中采用了"阆苑"和"附鹤"这两个意象，却将顺序调整表达了悲伤的意味。另外，林悌诗中的"灯未成灰犹怨泪"仿佛是对李商隐《无题》中"蜡炬成灰泪始干"的一种回应，将李商隐原本表达奉献精神的描述，变成了悲春伤秋的意味。林悌《妓挽》"容貌昔全盛，夫婿富平侯"中的"富平侯"，也借用了李商隐《富平少侯》"七国三边未到忧，十三身袭富平侯"②中富平侯的典故。汉昭帝时张安世被封为富平侯，他的孙子张放 13 岁就继承爵位，史称"富平少侯"。林悌借用"富平侯"来指代年少多金的权贵。林悌《端门万枝灯（夏三朔月课）》中"玉帐牙旗曾作客，海云萧寺又来登"的"玉帐牙旗"，与李商隐《重有感》中"玉帐牙旗得上游，安危须共主君忧"③的"玉帐牙旗"相同，应该也是林悌借用了李商隐的诗句意象。

　　林悌还专门作了一首《效西昆体》："江流漾碧楚云空，瑶瑟鸾箫寂寞中。人在桂堂龙爪月，棹闲兰渚鲤鱼风。蝶贪香梦添新粉，花恼春情减旧红。莫怪刘郎易怊怅，蓬山只隔尽阑东。"西昆体是宋初诗坛上声势颇为盛大的一个诗歌流派，李商隐虽然不是西昆体的开创者，但西昆体诗人们宗法的对象是李商隐。西昆体片面发展李商隐追求形式美的倾向，呈现美观、典丽的艺术特征，后因缺乏思想内容而以失败告终。尽管整体模仿失败了，但也从另一个层面证明了李商隐才华的不可复制。林悌效仿西昆体，倒不如说是对李商隐的艺术手法和艺术成就的尊敬，并努力效仿，因此这首《效西昆体》应该说也是受了李商隐的影响。林悌的这首《效西昆体》，对仗工整，辞藻清丽，情甚凄楚哀怨，颇有李商隐之风。而且这首诗中的"楚云""瑶瑟""桂堂""鲤鱼风""减旧红""刘郎""蓬山"等典故或故事均可以在李商隐的诗

---

① （唐）李商隐著，（清）朱鹤龄笺注，田松青点校《李商隐诗集》，第 85 页。
② （唐）李商隐著，（清）朱鹤龄笺注，田松青点校《李商隐诗集》，第 113 页。
③ （唐）李商隐著，（清）朱鹤龄笺注，田松青点校《李商隐诗集》，第 143 页。

中找到原型或对应之点，如"楚云"非常像李商隐《有感》"一自高唐赋成后，楚天云雨尽堪疑"[①]中"楚天云雨"的化用；"瑶瑟"与李商隐《西溪》"凤女弹瑶瑟，龙孙撼玉珂"[②]中的意象相同；"桂堂"出自李商隐《无题》中的"昨夜星辰昨夜风，画楼西畔桂堂东"[③]；"鲤鱼风"与李商隐《河内诗》之二"后溪暗起鲤鱼风，船旗闪断芙蓉干"[④]中的意象相同；"减旧红"像是李商隐《赠荷花》"此花此叶常相映，翠减红衰愁杀人"[⑤]中"翠减红衰"的化用；最后，"刘郎""蓬山"在李商隐《无题·来是空言去绝踪》"刘郎已恨蓬山远，更隔蓬山一万重"[⑥]这一句中，都可以找到原型。"刘郎"指的是得到艳遇的凡人，"蓬山"指的是仙山，二者在各自诗中的意象和指代都是相同的。如果说一两个意象的相同有可能是巧合，那么这首诗中相同的意象和典故如此之多，就不能不说二者之间存在影响和被影响、借用和被借用、模仿和被模仿的关系了。此外，林悌《昆体，用晏元献韵》中的"画堂西畔曲栏东"，也与李商隐《无题》中"画楼西畔桂堂东"的句型非常相似，疑是化用。

"一个作家通过旅游、阅读以及与人交谈等各种途径，对某一外国作家或作品有了了解，并受其影响，这两位作家就有了'事实联系'。"[⑦]通过以上分析可以看出，林悌不仅在具体的诗歌创作中受到李商隐的直接影响，创作了多篇具有李商隐影响印记的诗作，而且从前部分林悌善于用典的艺术特色来看，也与李商隐用典和用事的艺术风格非常相似。

四　对中国其他诗人的接受

在林悌的诗歌作品中，不但可以看到李白、李商隐以及唐代边塞诗人的影响痕迹，还可以见到很多受中国古代其他诗人影响的痕迹。

---

① （唐）李商隐著，（清）朱鹤龄笺注，田松青点校《李商隐诗集》，第167页。
② （唐）李商隐著，（清）朱鹤龄笺注，田松青点校《李商隐诗集》，第53页。
③ （唐）李商隐著，（清）朱鹤龄笺注，田松青点校《李商隐诗集》，第69页。
④ （唐）李商隐著，（清）朱鹤龄笺注，田松青点校《李商隐诗集》，第276页。
⑤ （唐）李商隐著，（清）朱鹤龄笺注，田松青点校《李商隐诗集》，第184页。
⑥ （唐）李商隐著，（清）朱鹤龄笺注，田松青点校《李商隐诗集》，第70页。
⑦ 刘献彪、刘介民主编《比较文学教程》，中国青年出版社，2001，第48页。

前文已经谈到，林悌对杜牧给予了高度评价。林悌崇尚唐诗，在自己的诗歌中也体现了对众多唐代诗家的接受。他之所以在众多诗人中唯独对杜牧表示真情流露的欣赏，与杜牧和他的性格相似、经历相仿、爱好相近有关。两人都出身于官宦世家，但也都对下层民众生活的艰辛有所体察，杜牧是在父亲过世家境困顿之后完成这个转变的，而林悌是在出仕却不被重用之后接触到世态炎凉的；二人的性格都比较耿直，对随波逐流、苟合取容之徒有着水火不容的态度，即使自己身处逆境也决不会攀权附贵；二人也都有青楼猎艳的陋习，林悌自不用说，"上层士大夫冶游狎优的恶习在杜牧身上也有所流露，特别是当他政治失意，郁闷和悲愤无处宣泄时，更是放荡不羁，并写了不少访隐、赠妓、强作达观闲适的作品"①。为此，林悌在诗歌中表达了他对杜牧的欣赏和喜爱，如《答季容》中的"十载飘然杜牧之，酒楼歌鼓万人知"和《别意》中的"十载自持狂杜牧，一心休使怨文君"。杜牧，字牧之，这两句诗中的"杜牧之"和"杜牧"都指向杜牧，隐隐将自己的经历与杜牧作比较。

而这种喜爱自然也导致了林悌对杜牧的接受，在他的很多诗作中都能够看到杜牧的印记。我们首先来看二人在香奁艳情方面的诗作，杜牧的《遣怀》："落魄江湖载酒行，楚腰纤细掌中轻。十年一觉扬州梦，赢得青楼薄幸名。"②与林悌的《赠尹妓》："江月盈亏十二度，西关醉客今将归。何时重见婉转态，与唱尊前金缕衣。"两首诗都是对人生迷茫时荒唐浪荡生活的总结，杜牧是十年如一梦，只赢得了"青楼薄幸名"，林悌是"盈亏十二度"，幡然醒悟"今将归"。总结过去，自然是为了谋划将来，为此两首诗也都含有重新振作、迷途知返的含义。杜牧用"梦"为过去画上了句号，而林悌用"何时重见"蕴含了不需再见的想法。此外，林悌的批判风格中也有杜牧的印记存在。例如，杜牧《泊秦淮》曰："烟笼寒水月笼沙，夜泊秦淮近酒家。商女不

① 冯海荣:《杜牧》，上海古籍出版社，1991，第14~15页。
② （唐）杜牧著，（清）冯集梧注，陈成校点《杜牧诗集》，第362页。

知亡国恨，隔江犹唱后庭花。"①诗中，杜牧用秦淮河的歌女吟唱陈后主《玉树后庭花》的现象来讽刺那些不思进取、醉生梦死的统治阶级。而林悌在《牡丹峰》"孤烟遥起野店小，一笛初飞山日斜。更向南湖邀酒伴，月明重听后庭花"中用"重听后庭花"与杜牧遥相呼应，同样表达了讽刺之意。此外，杜牧对统治阶级的批判和空有雄心而报国无门的苦闷以及对项羽的同情期盼，仿佛也传递给了林悌。杜牧的《感怀》和林悌的《田家怨》都对黎民百姓的悲惨生活进行了描述，表达了同情；杜牧通过《题乌江亭》"胜败兵家事不期，包羞忍耻是男儿。江东子弟多才俊，卷土重来未可知"②对项羽寄寓同情和期待，给自己以希望。林悌虽然没有同样赋诗，但也作了散文《乌江赋》，表达了同样的情感。

林悌的《春郊牧笛》与黄庭坚的《牧童》诗。《春郊牧笛》："远远驱牛童，烟莎朝复暮。临风晚笛横，芳草溪桥路。"这首诗描写了一个牧牛童吹笛的温馨画面：远处一个牧牛的儿童，朝雾和晚霞交替地出现在大地上。傍晚时分，行进在绿草掩映、溪桥交错的乡间路上，牧童迎着晚风，将笛子横到嘴边吹奏了起来。黄庭坚《牧童》诗同样描绘了牧童，"骑牛远远过前村，短笛横吹隔陇闻。多少长安名利客，机关用尽不如君"。不过仅用前两句描写了画面，而后两句则抒发了感慨，表达了自己对牧童的羡慕。通过比对，我们可以看到，林悌诗中首联的"远远驱牛童"和第三联"临风晚笛横"的意境，和黄庭坚诗中前两句非常相似，都是远远的牧童和横吹的笛子，差别在于黄庭坚诗中多了"过前村""隔陇闻"的描述，而林悌整首诗都是画面描写，并未谈到心中感受。

林悌的《田家怨》与元稹的《田家词》都是表现悯农思想的。从名称来看二者就有相似之处，具体描述内容上虽不一致，但精神内核非常相似，农民面对沉重的兵役税赋和无情的天灾难以生存。不同的是表现手法有所区别，《田家怨》当中以"今年之事去年同"来表达这种痛苦的循环往复，《田

---

① （唐）杜牧著，（清）冯集梧注，陈成校点《杜牧诗集》，第 279 页。
② （唐）杜牧著，（清）冯集梧注，陈成校点《杜牧诗集》，第 286 页。

家词》中使用了具体的时间"六十年来兵簇簇"来表现农民的痛苦,《田家怨》以"君不见田家苦"的感叹收尾,《田家词》则用"农死有儿牛有犊,不遣官军粮不足"这种类似写保证书的情况收尾,农民死了有儿女,牛死了有牛犊,不会让部队的军粮出现不足的情况,意味着这种负担和痛苦将会世世代代延续下去。中国古代诗人表现悯农思想的诗作有很多,仅题目与林悌这首诗相似的就有元结的《农臣怨》《悯荒词》,顾况的《屯田词》,元稹的《野老歌》,李绅的《悯农》,戴表元的《炎民饥》,于谦的《田舍翁》,郑燮的《逃荒行》等。此外,林悌该诗中"朱门酒肉日万钱"的表述,与杜甫五言古体诗《自京赴奉先县永怀五百字》中的"朱门酒肉臭,路有冻死骨"十分相似。以上或许能够说明,林悌从上述诗作中获取了共情的成分,创作了这首《田家怨》。

此外,林悌还有不少诗作借鉴或使用了中国古代诗人作品中的意象和典故。例如,《入中兴洞》"岩间长瑶草,莫是远公栖"与孟浩然《晚泊浔阳望庐山》"尝读远公传,永怀尘外踪"都使用了"远公"的意象。"远公"是东晋时名僧慧远的尊称,是继著名高僧道安之后的佛教首领,因其大力弘扬净土法门,被后人尊为净土宗初祖。二人在诗中使用同一意象,都表达了一种禅意。林悌《述怀呈灌园》"禁城玉漏丁东响,不及枫桥半夜钟"中的"枫桥半夜钟",出自唐张继的《枫桥夜泊》"月落乌啼霜满天,江枫渔火对愁眠。姑苏城外寒山寺,夜半钟声到客船"中的"夜半钟声到客船"。林悌《长歌行》中"凭君休道莫我知,纵曰知尔何为哉"颇有高适《别董大》"莫愁前路无知己,天下谁人不识君"的意味。《熙川郡,送真师还山》中"王程独不暇,匹马向金微"的"匹马向金微",与唐卢照邻《昭君怨》中"肝肠辞玉辇,形影向金微"的句法、意象都十分相似。《赠景云》中"幽涧松风碧潭月,欲论真意已忘言"的"欲论真意已忘言",更像是化用陶渊明《饮酒》(其五)中的"此中有真意,欲辨已忘言"。《次韵受降亭》中"一片孤城万里流,陇云关月起边愁"的"一片孤城万里流",与王之涣《凉州词》中的"一片孤城万仞山"的意境和手法完全相同,只不过朝鲜半岛靠海,水多,因此改为"万里流",更符合当地的实际情况。《朔州酒》中"朔州美酒藏千斛,绝胜云安麹米春"与唐杜甫《拨闷》中"闻道云安麹米春,才倾一盏即醺人"[1]都用了"云安麹米春"的意象。云安是个地名,杜甫辞官后到云安去寻朋友郑十七、郑十八、常征君,受到热情款待,每饮必是"麹米春"这种酒,依依惜别之际,朋友央求他作首诗,于是就有了这首《拨闷》。林悌不仅是读到了杜甫的诗作,也应该了解这首诗的由来,才会在自己的《朔州酒》中引用这个典故,来凸显朔州酒的珍贵。《衾体,赠景绥》中"楚水湘云结梦迟,一春明月负佳期",与宋姜夔《一萼红·古城阴》"南去北来何事,荡湘云楚水,江南别后无消息,落尽梅花君不知"都使用了"楚水湘云"的意象,都表现了那种漂泊不定的状态。

此外,关于林悌《浿江曲》对唐朝诗人的模仿,洪万宗还有过一番评论。"林白湖尝著《浿江曲》十首,其一曰:'浿江儿女踏春阳,何处春阳不断肠?无限烟丝若可织,为君裁作舞衣裳。'一时传诵。申玄翁《晴川软谈》亦载此诗,称其艳丽,谓学樊川。余见《诗学大成》,其中一诗与林所作略无异同,而'长安'二字改以'浿江'。李鹅溪《咏流澌》诗:'应是玉龙斗海窟,败麟残甲满江来。'余见《尧山堂记》,《咏雪》诗有此一句。而鹅溪改'碧落'二字为'海窟',改'空'字为'江'。鹅溪虽全用古人之句,亦可谓移步换形。至如白湖全用上下两句,只改'浿江'两字,要名一时,盖发塚手也。"[2]事实上,洪万宗说林悌抄袭的原作是唐朝邢凤的《梦中美人歌》:"长安少女踏春阳,何处春阳不断肠。舞袖弓弯浑忘却,罗衣空换九秋霜。"我们都知道,古代交通不便、信息不畅,各种信息在传递的过程中往往会走了样,所以我们现在会有很多不同版本的古代文选等。收录在《新编白湖全集》中的诗作名为《浿江歌》组诗,该诗为第六首,内容为"浿江儿女踏春阳,江上垂杨政断肠。无限烟丝若可织,为君裁作舞衣裳"。从首联和颈联来看,肯

---

[1] （唐）杜甫著,高仁标点《杜甫全集》,第205页。
[2] 〔韩〕洪万宗:《诗评补遗》,转引自蔡美花、赵季主编《韩国诗话全编校注》,第2424页。

定是受到了邢凤《梦中美人歌》的影响，但也只是化用，原诗中的"少女"在林悌的诗中改为"儿女"，"何处春阳"也改为"江上垂杨"，不至于达到洪万宗所谓"发塚手"①的程度。这也从另一方面证明，林悌对中国古代文学作品的阅读之广、了解之深，即便是邢凤这类在中国文学史上并不十分闪耀的诗人，林悌也有关注和研究。

小　结

本章全面梳理了林悌汉诗的创作情况，从忧国忧民、寻禅问道、咏物抒怀、山水田园、纪赠别离、香奁艳情等六个方面分析了林悌汉诗的思想意蕴，从意境美、声律美、善于用典三个方面确认了林悌汉诗的艺术特色，同时从边塞诗以及林悌对唐代诗人李白、李商隐、杜牧等诗人的接受等方面考察了林悌汉诗与中国文学的关联。

在思想层面，林悌以儒学为中心，同时融会佛道两家思想，形成了兼容并包、区别于人的思想体系。在具体分析的过程中，我们也再次看到了林悌思想中的矛盾纠结。他能够看破国家的危机，体察百姓的疾苦，进而忧国忧民，也可以在遭遇挫折时通过寻禅问道来麻醉自己、逃避现实；他可以在赞美祖国大好河山、咏叹美好事物的同时，抒发豪情壮志，也可以通过《沟水观鱼》等诗篇吐露自己的苦闷；他是矛盾的，也是感性的，又是独一无二的，他对友情珍视无比，写下了多篇饱含深情的赠别诗，他对低贱女性的遭遇是同情的，在流连勾栏瓦肆的同时，又以女性代言人的身份倾吐她们的不幸。

在艺术层面，我们可以看到林悌在音韵和声律方面的严格追求，运用典故的娴熟技巧。林悌对古诗音韵规则的严格恪守，反映了他扎实的诗词基本

---

① 〔韩〕洪寅杓:《洪万宗诗论研究》，首尔：首尔大学出版社，1986，第129~193页。"林白湖尝著《浿江曲》诗曰：'浿江儿女踏春阳，何处春阳不断肠？无限烟丝若可织，为君裁作舞衣裳。'一时称其艳绝，余见《诗学大成》，其中一词与林作无异，而'长安'二字改以'浿江'。然而，以本诗与这首诗来看，承句则截然不同。"洪万宗认为，林悌则全部抄袭了中国人的诗，只把"长安"换作了"浿江"，把其称为发塚手体。发塚手是形容挖人家坟墓的人。

功。同时，本章首次分析了林悌对叠字手法的运用。林悌通过音韵和声律技巧的运用，使自己的诗篇形成了令人欣喜的声律美感特色，这也是南龙翼评价林悌诗歌"爽快"的原因之一。此外，林悌对典故的运用并没有进入炫耀技巧的误区，而是与诗歌内容结合，相得益彰，为自己的诗篇增添了意境美。

在与中国文学关联层面，我们可以看到林悌对中国古代的文化知识以及多位诗人作品的学习和接受，对唐代边塞诗的接受，对中国典故、名家诗句的引用和化用，还可以看到李白和李商隐的浪漫主义以及杜甫、杜牧的现实批评主义等对他的影响。当然，林悌并不是全盘地被动接受，而是结合自身的实际情况进行积极的创新和发展，进而形成了自己的风格特色。

总之，林悌的汉文诗歌内容深刻、寓意深远、韵律感好、表现力强，不仅在朝鲜朝诗风"由宋复唐"的过程中做出了积极贡献，也在朝鲜文学史上留下了深深的印记。

第三章　光怪陆离的玄幻世界

——林悌汉文小说研究

　　朝鲜的汉文小说，实质上就是汉文文言小说。"韩国的汉文小说，由于韩国未曾有过白话汉文小说，故是指用汉语文言写成的小说，因而韩国汉文小说的概念大体上与中国文言小说的概念相同。"①朝鲜朝前期是朝鲜汉文文言小说的发端期，以金时习《金鳌新话》的出现为标志，拉开了朝鲜朝汉文文言小说发展的帷幕。②而林悌的小说作品，在朝鲜朝前半期汉文文言小说发展的历程中，也发挥了重要作用，得到了当时以及后世多位研究者的高度评价。前文谈到，许筠评价《愁城志》时说道："所谓《愁城志》者，结绳以来别一文字，天地间自欠此文字不得。"晚窝在《诗话抄成》中这样写道："林白湖悌作《愁城志》曰：'哀哀苦苦，不忍言者，齐王客于松柏，义帝死于江中。移国亦足，置死那忍？忠臣之泪不尽；烈士之恨有既。'"③在韩国，金台俊④将林悌的《花史》称为假传体小说的集大成者，称其为壬辰倭乱以前唯一的长篇，评价很高；金思烨⑤将林悌的《花史》称为假传体的白眉，也就是假传

①　金宽雄：《韩国古小说史稿》，延边大学出版社，1998，第 249 页。
②　也有学者认为朝鲜历史上汉文小说的起点是崔致远的《双女坟》，将其看作（传奇）小说，如朝鲜的学者尹启德（音）将高丽时期的拟人传记体（韩国称为"假传体"）看成小说，并将此时期的拟人传记体小说作为小说史的正式开端，韩国也有类似的见解，不过这些都不是主流。参考〔韩〕金重烈《韩国小说的发生考——以〈金鳌新话〉和崔致远为中心》，《语文论集》（22），民族语文学会，1981；〔韩〕金锺洰《对南北文学史的古小说形成论的比较》，《为了克服分段的人文学省察》，仙人出版社，2009；等等。
③　〔韩〕晚窝：《诗话抄成》，蔡美花、赵季主编《韩国诗话全编校注》，第 4626~4627 页。
④　〔韩〕金台俊：《增补朝鲜小说史》，汉城：大同出版社，1939，第 72~78 页。
⑤　〔韩〕金思烨：《朝鲜文学史》，汉城：正音社，1948，第 249 页。

体里最好的一部。朝鲜方面，金河明①称林悌在16世纪的小说史上占据重要地位；朝鲜科学院语言文学研究所文学研究室编的《朝鲜文学通史》（上）②区分了小说发生阶段与正式的小说发展阶段，而将林悌的《花史》《鼠狱说》等作品看作连接这两个阶段的重要作品，并给予其相应的小说史重要地位。朝鲜、韩国两国学者都将林悌的小说作品看作朝鲜汉文文言小说出现与成熟之间的过渡期作品，并给予其作品在16世纪的小说发展史上具有重要地位的高度评价。在当前中朝韩三国编撰的"朝鲜文学史"中，林悌的小说都是研究的重要对象。

第一节 林悌汉文小说创作概说

朝鲜朝时期是朝鲜汉文文言小说发展的重要时期。"在这一时期具有划时代意义的事项是小说的出现。"③小说之所以在朝鲜朝前期得到快速发展，主要在于当时的社会文化语境发生重要变化，在高丽后期一直处于弱势的新兴士林派，通过努力使"抑佛扬儒"这一文化政策日益深入人心，士林阶层逐渐扩大，小说的创作主体和受众都有了快速增长。林悌作品的出现，对朝鲜汉文文言小说的发展起到了承上启下的积极作用。"在小说方面，这一时期也有了新的发展。其中，林悌的寓言小说《花史》和《鼠狱说》所取得的成就最令人瞩目"，"林悌的小说具有较强的现实批判精神，为后世现实主义小说的形成和发展起到了积极的作用"④。林悌的小说风格多变，想象奇伟，讽刺辛辣，在梦游体系、假传体、寓言小说创新等方面都做出了积极的贡献。

---

① 〔朝〕金河明：《朝鲜文学史（15~19世纪）》，平壤：教育图书出版社，1955，第84页。
② 朝鲜科学院语言文学研究所文学研究室编《朝鲜文学通史》（上），平壤：社会科学出版社，1959，第282页。
③ 李岩、池水涌：《朝鲜文学通史》（中），第534页。
④ 李岩、池水涌：《朝鲜文学通史》（中），第542页。

一 《元生梦游录》的创作和故事梗概

《元生梦游录》以端宗被谋害、皇位被篡、忠臣遭到杀戮的真实事件为背景和故事内容，抒发了林悌对当时朝政的不满和批判。朝鲜端宗名李弘暐，是李氏朝鲜的第六代君主，他于1448年被立为王世孙，1450年被立为王世子，1452年即位。端宗的叔父首阳大君李瑈在1453年发动癸酉靖难，杀了一些重要官员，掌握了朝廷的实权。1455年，端宗被迫让位于李瑈，名义上被尊为太上王，实际上是被幽禁。后来成三问、朴彭年等六位大臣密谋端宗复位，事败，被处以极刑，是为"死六臣"事件。在此期间，端宗的另外两个叔父安平大君李瑢和锦城大君李瑜先后欲协助端宗复位，但均被李瑈杀害。端宗之后，朝鲜君主均出自世祖李瑈一脉，任何对世祖王权的指责都将成为对朝鲜王朝统治阶级的质疑。因此，小说《元生梦游录》最初并没有被收录在林悌的文集中，1626年前后，小说《元生梦游录》才初次以手抄本的形式被收录在小说集《花梦集》中，1677年收录在木刻刊行的《秋江集》续集和郑泰齐《天君演义》的合订本中。刊载在《花梦集》中的这一作品在结尾部分有着"戊辰年（1568）仲秋海月居士林子顺题"的记录。《秋江集》续集一书中，在该小说之前发现了名为"林悌"的作者名。可见，这一小说是林悌于1568年，即他19岁那年创作的第一篇小说。

《元生梦游录》的内容梗概如下。

有一位叫元子虚的书生，胸有锦绣，却不得施展，只能安贫若素，对时局慨然兴叹。一天夜里，他读史书疲倦而进入梦乡。在梦里，他见到了一位贤君和六位忠臣，分别是被世祖篡位并害死的端宗和朴彭年、成三问、何纬池、李垲、柳诚源、南孝温等因忠于端宗而被杀害的"死六臣"。他们在一起讨论伦理公义，南孝温激进地指责尧舜汤武四位明君，因为常有人盗用他们的名义，为"以臣代君"的恶劣行为作掩护，端宗则指出，明君无辜，盗用名义"以臣代君"的人才是真正的罪人。几人先后赋诗，吐露胸怀，抒发心中的抑郁。最后，一位象征俞应孚的武士出现，拔剑起舞，慷慨悲歌，并指责文臣无用，腐儒不足以成大事。元子虚惊醒，将情况告知朋友海月居士，海月居士评论。①

小说《元生梦游录》与之前梦境类型的小说，特别是与金时习作品《金鳌新话》中的《龙宫赴宴录》《南炎浮洲志》两篇文章有很大的不同。这些作品都是通过梦境的形式表现了当时社会的不合理性，但是在梦境中出现的人物设定层面则有所不同。金时习的《南炎浮洲志》与《龙宫赴宴录》中的主人公朴生和韩生在梦境中见到了现实当中没有的幻想人物阎罗大王与龙王，但《元生梦游录》中元子虚则是见到了历史中曾经生活过的人物，他们的生活环境也是实际的生活世界。作品中想要表现的梦境世界是当时真实生活的延续，将在现实世界中的体验借用梦境的形式展现出来，这是《元生梦游录》不同于以往梦境类型小说的独特之处，也对梦境类型小说的发展做出了贡献。

二 《花史》的创作和内容梗概

朝鲜朝统治阶级的党争非常残酷，危害也非常大，这种斗争不仅起源早，发展也非常迅猛。从开国不久，勋旧派和新进士林派就展开了博弈，一系列的"士祸"使党争的惨烈程度不断升级。而且，这种势头还不断蔓延发展，到了16世纪中期以后，党争继续升级，扩展为"四色党争"。朝鲜王朝的这种党争，持续了近300年，充分反映了统治阶级的昏庸腐败，严重阻碍了社会的进步和发展。小说《花史》正是在这种社会背景下诞生的。

《花史》采用了史的形式，以中国古代的真实历史为故事发展的脉络，将各种花草树木作拟人化处理，同时在小说情节的发展过程中嵌入了中国历史中的众多典故，仿佛一幅徐徐展开的历史画卷，描绘了独特的花卉王国的兴衰成败。《花史》对国家的理想状态进行了构想，对党争的弊病进行了深刻的批判。

《花史》的内容梗概如下。

四个花卉王国的国王分别是陶国的烈王（梅花）、东陶国的萼（烈王的

---

① 〔韩〕林悌：《新编白湖全集》，第652~658页。

弟弟）、夏国的姚黄（牡丹）、南唐的明王（白莲）。

烈王于冬季在陶器中诞生，生有异象，他娶贤妻桂花，用乌筠等贤臣，除暴虐，政治清明，国家安定，开创了国泰民安的盛世局面。执政六年后，烈王于出巡途中，受风寒而死。史臣称赞烈王功绩。

众大臣拥烈王弟荨即位，为东陶英王。东陶的历史如同唐玄宗的翻版，初期英明，后期昏庸。执政后期的英王不听劝阻，执意迁都，并重用奸臣李玉衡（李花），同时不顾国力，穷奢极欲，大兴土木，导致叛乱频发：黄范叛乱，蜀主杜鹃称帝，姚黄自立为夏，密贼入寇，杨絮不臣。后杨絮之将石尤迎立姚黄为夏文王。史臣称东陶与唐朝非常相似，希望后人吸取教训。

夏文王姚黄（牡丹）时期，党争不绝，国王也有自己的党派，虽有相国金带围竭力弥补，仍无法扭转大局，后叛乱四起，夏文王游苑时被野鹿咬伤，被风伯女儿毒死。夏亡。水中君莲花于钱塘立国，为南唐明王。史臣称夏文王受女色所害。

唐明王立朝初时，也能勤政治国，后期信奸佞，求长生，听信方士之言，饮白露患疾，求救不能说话，左右之人亦饮白露不能言，最后发出“荷荷”的声音死去。南唐历五年而亡。史臣认为世事往复交替，恍若梦境，沧海桑田，转瞬百年。①

与林悌其他小说借用拟人化暗喻的方式开展批判和讽刺不同，在《花史》这篇小说中，林悌借用史官之口，堂堂正正地从道德修养、选用人才、结党营私等各个方面围绕封建统治制度、严重的现实社会问题，开展了尖锐和深刻的批判。这也是《花史》能够在朝鲜文学史上获得高度评价的原因之一。

三 《愁城志》的创作和内容梗概

林悌性格孤傲，空有满腹才华却得不到施展的机会和平台，但他对封建王朝的统治制度有着自己的理解和设想。前文介绍过，《愁城志》是林悌在受

① 〔韩〕林悌：《新编白湖全集》，第660~678页。

到"犯跸"弹劾之后，短时间内创作的。这更充分表明，作者平时对于封建国家应该如何运转、如何发展是有着深入思考的，《愁城志》正是他长期以来思想智慧的火花。

《愁城志》采用了高度象征的手法，将人的器官和情感比作一个国家，并对国家中发生的故事进行了记述，反映了作者对理想国的设计和向往。

《愁城志》的内容梗概如下。

天君即位之初，仁义礼智以及喜怒哀乐等臣子各守其职，视听言动等行为规范守礼。四海升平，百姓安定，国家整体欣欣向荣。

第二年，主人翁向天君建议，国家根本未固，须防微杜渐，不能只亲近笔墨纸砚等四人。天君虽受触动，但未及时改变，仍纵情竹帛。主人翁再谏，天君改正，并改年号，重整秩序。

天君与无极翁参研时听哀公汇报，知国内有愁绪弥漫，闷闷不乐。这日，天君效仿周穆王驾意马西游，被主人翁苦谏，停于半亩塘。听人汇报，胸海波动。亲自观察，得知屈原等蒙难忠臣冤魂正寻地容身，慷慨同意。

屈原等冤魂迅速建设了拥有忠义门、壮烈门、无辜门、别离门的愁城。天君登吊古台，见愁城悲惨，无数冤魂奔入各门，命管城子记录愁城情况。管城子将四门惨状向天君汇报，天君愁不自胜。

复初二年，天君听主人翁建议，命孔方请麹襄（音酿）出山。天君拜麹襄为驱愁大将军。麹襄征讨愁城，命毛颖制檄文，冤魂中除屈原逃走，满城尽降。

天君登灵台，见愁云消散，大悦，重赏麹襄。[1]

林悌将忠义和贞烈纳入愁城的范围，标志着这些本应被尊崇的高尚情怀和美德，在当时的社会现实中，已经不被尊奉和信仰，无法让人感受到荣誉和喜悦，反成为产生愁怨的根本原因，喻示着美好的事物被残酷黑暗的社会所践踏和破坏。

---

① 〔韩〕林悌：《新编白湖全集》，第 643~651 页。

四　《鼠狱说》的创作和故事梗概

林悌长期担任底层的官吏，因此对封建社会统治阶级内部的各种昏庸腐败现象了如指掌，同时又深恶痛绝。《鼠狱说》是林悌寓言小说中批判讽刺倾向最为鲜明、拟人手法运用最让人叹为观止的一部作品。作品的批判倾向直接指向了上至上帝（指君王）、下至仓神（底层官吏）的封建官吏群体，同时以老鼠为首，先后塑造了80多种动植物的拟人化形象。

《鼠狱说》的内容梗概如下。

一个老奸巨猾的大老鼠，带着亲族的所有成员，进入了一个坐落在郊外、管理松懈的国家粮仓。这一偷吃，竟然持续了十多年，大量粮食被偷吃，百年来的储存几乎消耗殆尽。直到这个时候，看守仓库的仓神才发现粮食被偷，于是就将老鼠抓起来审问。狡猾的大老鼠拒不承认自己的罪行，不仅间接地美化自己是上古书籍中记载的灵物，还不断地将脏水泼向大批的无辜者，狡辩说是受到这些无辜者的指使和教唆，自己才会去偷粮食吃。昏庸无能的仓神竟然一次次地听信大老鼠的谎言，将一批又一批的无辜者抓起来问罪。被诬陷的动植物有82种，有天上飞的乌鸦、喜鹊，有地上跑的老虎、狮子，有水里游的鲸鱼、水獭，有不会动的桃花、柳树，还有传说中的门神和户神。直到最后，诬陷再也无法进行下去，大老鼠的罪行已经无法隐藏，它仍然狡辩说是奉了上帝之命才去偷粮食的。虽然罪大恶极的老鼠们受到了制裁，后来再也没有丢过粮食，但此前粮仓的损失却已经实实在在地造成了。[①]

《鼠狱说》通过拟人化的手法巧妙地展现了当时封建社会的现实，它不仅是16世纪优秀的小说作品，也是林悌最具代表性的寓言小说。

第二节　林悌汉文小说的思想意蕴

"诗人作家总会不自觉地在作品中融入某方面关于人性的、社会的、现

---

① 〔韩〕林悌：《鼠狱说》，金宽雄译，首尔：未来文化社，2014，第17~44页。

实的感慨、思考、怀疑与追问。古往今来，那些引起社会广泛关注，让无数读者爱不释手的，世界一流的文学作品，必然蕴涵一定的价值取向与精神境界。"①而林悌的小说作品，涵盖了东方封建社会统治王朝中所能够发生的所有事件：《元生梦游录》中讽刺的世祖篡权事件；《愁城志》中建国初的勤政、之后的懒政、发生愁城危机、荡平愁城等；《鼠狱说》则是将神的世界投射到人间，反映的同样是人世间统治阶级存在的问题；《花史》作为假传体小说，涵盖的内容更为丰富，建国、迁都、人才任用、农民起义、王朝更迭等无所不包，俨然一本封建王朝存续发展的百科全书。在这些作品中，林悌不仅要向读者展示朝鲜封建王朝的种种缩影，还要投射自己对世界的理解、对理想的期待、对现实的困惑，真实地反映当时的社会现实和文人士子的诉求。

一　林悌小说中的理想社会

林悌通过对《元生梦游录》端宗、《愁城志》天君、《鼠狱说》上帝以及《花史》中众多君王和臣子形象的刻画，寄寓了自己的王道思想和理想社会构想。

在他最早创作的《元生梦游录》中，林悌以批判的方式道出了他对现实社会的不满和怀疑，他先是借福巾者的口表达了对经史中记载的禅让制的怀疑和对篡位者的极度愤慨，"尧、舜、汤、武，万古之罪人也。后世之狐媚取禅者借焉，以臣伐君者名焉，千载滔滔，卒莫之救。咄咄四君，为人（古作贼字，肃庙睿览时，改今字）嚆矢"。在他看来，史书中记载的禅让纯属后人为政治目的而杜撰的，只要是以臣代君，其背后则必然隐藏着不可告人的目的和罪恶。接下来，他又借"死六臣"创作的诗歌，通过"诗言志"的方式记述他们各自的功德，吐露各自的意愿，表达各自的悲愤，从而继续对篡位者进行批判。此文中，作者对疑似端宗的王虽然刻画不多，但寥寥几笔中却透露出无尽的同情和赞美，例如通过端宗对元子虚的期待来显示他的礼贤下士，"王曰：'夙闻兰香，深慕薄云，良宵邂逅，无相讶也。'"通过描写

① 梁惠卿：《"精神内涵"——文学作品的灵魂》，《山花》2011年第8期。

其制止福巾者怀疑圣贤的悲愤行为，来显示端宗的正直和坦荡，"王正色曰：'恶！是何言也？有四君之圣，而处四君之时则可；无四君之圣，而非四君之时则不可。彼四君者，岂有罪哉？顾借之者名之者，非（古作贼字，肃庙睿览时，改今字）也。'"虽然作者对端宗和六臣主明臣贤的结论下得非常突兀，"今观其王者，想必贤明之主也；其六人者，亦皆忠义之臣也"，但这也正是作者理想中社会模式的外化。

而在《愁城志》和《花史》中，林㑚则是采用先赞扬、后批评等多种方式来阐释他的理想社会理念。在《愁城志》中，林㑚开篇便用"维时天君，高拱灵台，百体从令。鸢飞之天，鱼跃之渊，莫非其有；梧桐之月，杨柳之风，莫非其胜。不劳舜琴五弦，何须尧阶三尺？无欲虎而可缚，无忿山而可摧，四海之内，孰不曰其君也哉"描绘了一幅明君勤政、政通人和、百业俱兴的和谐画面。《史记》所载："天下明德，皆自虞舜始。"舜帝执政后，传说有一系列的重大政治行动，一派励精图治的气象，大治后才有人民安居乐业的局面。而尧帝身为君王，却非常简朴，《韩非子·五蠹》对"尧阶三尺覆茅茨"的典故进行了阐释："尧之王天下也，茅茨不剪，采椽不斫。"指尧帝时期，不剪茅茨。茅茨，茅草盖的屋顶，亦指茅屋。意思是说尧帝时期人们住茅草屋，崇尚俭朴，不事修饰。尧帝正是靠这种品德，才带领子民开创了盛世。而在林㑚的开篇描写中，天君的功绩根本不下于尧、舜二帝，整个社会呈现出欣欣向荣的良好局面，这也是作者心目中理想社会的完美图景。

在《花史》中，林㑚对君王自身、君臣关系等方面投入的笔墨更多，阐释得也更加透彻。他先是以梅花为原型塑造了陶烈王的形象，将封建社会理想的明君呈现在人们面前。首先，在个人品德方面，作者使用了大量的褒奖之词对陶烈王进行颂赞，"英姿美秀，性质朴素，风彩雅洁，克承先烈。厥德馨香，远迩之闻其风者，莫不扶老携幼而至"。作者借用梅花的特性，对陶烈王的品德进行了重点描述，以其形、其性、其香为着眼点，暗喻陶烈王的威信和吸引力。陶烈王对待兄弟，也充满了慈爱之心，这不仅在陶烈王自己的正史中进行了陈述，"五年春二月，大封同姓，以弟蕊为大庾公，尊为杨州公，从弟英为西湖公，侄芳为灞公。此余封侯伯，不可胜数"，同时还在陶英王的篇章中再次体现陶烈王对兄弟的仁厚，"及即位，择天下膏腴地，分封两弟"。其次，在选贤任能方面，作者描述陶烈王，拜乌筠（竹）为相，任秦封（松）、柏（柏）直为将，而且在陈述任用乌筠为相时，借史官之口对辅政大臣的重要性进行了论述，表明了自己的态度，"古昔帝王之兴，必资辅佐之贤。商汤之于华老，齐桓之于管仲，汉高之于萧何，昭烈之于诸葛是也。方其遭逢也，若川之作舟，若鱼之有水，用之勿贰，任之勿疑，然后上责辅弼之效，下尽忠贞之节，国事成而王业昌矣。陶王一闻乌筠之言，知有王佐之才，置之帐幄，资其长算，大有为之，志于斯可见，不亦休哉！由此观之，后世人辟，不任其贤，欲治其国者，何异缘木而求鱼哉？"正是有了这样的明君与贤臣，才使得作者在陶烈王传的篇末，以史官口吻再次对他所认同的理想君王和理想的治理结构做出定性评价："烈王之德，其盛矣哉！得贤相而定区宇，任良将而制阃外，无为而化，不战而胜。封同姓而长其恩爱，褒中节以树其风声，虽昔殷周之治，蔑以加焉。然王树国于朴略之初，其历年无多，嘉言善行之见于简册者甚鲜，岂不惜哉！"

林悌在《花史》中描写的第二个君王是陶英王萼，也就是陶烈王的弟弟。英王萼在即位之初，尚能励精图治，选拔"何逊、孟浩（然）、林逋、苏轼"等精英人士，勤政爱民，唯一的固执之处在于没有听从乌筠的劝谏而强行迁都东京。尽管迁都并不是亡国的根本原因，但远君子、亲小人则必是祸乱之源。因此，作者也非常感慨，指出"侈心生，则小人进；忠言逆，则君子退。为人辟者，可不鉴哉！"事实上，林悌将陶英王与信史中的唐明皇相对照，所有的事例、人物也都是按照唐明皇李隆基身边的人和事进行构思的，例如英王身边的李玉衡实际上就是李林甫的化身，而杨絮正是杨国忠的翻版，陶英王先明后暗的施政过程就是重新演绎了唐朝玄宗时代由盛而衰的历史。作者的目的是让读者引以为戒："异哉！英王之世，与昔唐玄宗之时，酷相似也。玉衡似林甫；杨絮之横，似国忠；密人之乱，似吐蕃；石尤之变，似禄山；梅妃废而杨妃宠，且先明后暗之政，似开元、天宝之治乱。何其似甚也？意者一年十二月，以十二会之数推之，则三月即辰会也。唐之历年，自帝尧以下计数，则亦不过辰巳之会。故气数之相符而然欤！后之见者，必谓当时撰史者，依样画葫芦，故书此以俟知者。”

此后，林悌先后塑造了夏文王、唐明王的形象。这两个皇帝初始执政时也都能恪守为君之道，因此也得到了作者的褒扬。例如，写夏文王“置柏府、槐院、紫微省、翰林院、蓬莱馆，皆以文学英俊之士，充其任”，同时任用贤良之士，“毕（笔）管有文笔之才，主翰林院；荆楚有棘棘不阿之风，任柏府；戚蜀（踟蹰）有退让之德，卫足（《左传》云：‘葵能卫其足。’）有向日之诚，必能爱君辅德，置之蓬莱馆”。所以“朝廷清明，文物灿然可述”。在陈述唐明王时，虽未专写他的政治方略，但通过对“众生支安，国家殷富。于是水衡之钱，多至巨万，川泽鱼鳖，不可胜食。在下者，业于治丝；在上者，朝夕量珠而已”等国家富庶情况的描写，仍然可以佐证唐明王初期的政绩还是值得肯定的。而到了后期，夏文王不仅任由朋党纷争，甚至还亲自参与其中，同时又被风伯之女所惑，不仅疏于朝政，而且奢侈无比，终被该女所害，导致国破身亡。唐明王施政同样也是先明后暗，忘战必危，其在创造盛世之后不仅疏于武备，而且沉迷于求佛逐仙之道，最终亡国。

二　林悌小说中的士子心态

在封建社会，读书人的最高理想和目标就是出将入相、建功立业，留下不朽的美名，正所谓“学成文武艺，卖与帝王家”。然而，在林悌生活的那个时代，可谓内忧外患，外部强敌环伺，内部社会矛盾极为尖锐，正处在暴风雨来临的前夕。林悌去世后没几年，1592 年由丰臣秀吉主导的壬辰倭乱就拉开了序幕，前后持续了六年多。而就在危险已经显露的战争前夕，朝鲜朝统治阶层内部的党争仍然十分激烈。像林悌这类有追求、有理想、有操守的文人士子，往往得不到实现自我价值的机会和空间，进退两难，进则不容于朝堂，退则不甘心隐于江湖。林悌正是在这样的社会现实下，将自己的失意和困惑融入创作的小说作品中的。

《元生梦游录》中，主人公元子虚空有一身抱负和理想，在现实中却极度贫困和不堪，过着穷困潦倒的生活，没有一丝希望和光明，因此也只能每每"掩卷流涕，若身处其时，汲汲然见其垂亡而力不能扶持者也"。梦境描写作为一种艺术表现手法，能够更加精准和自然地展现或揭示特定人物的心理状态，这也是作家洞开人物心灵深处潜意识的独特手段。元子虚的梦中经历无疑是以他为代表的当时文人士子所能达到的仕途最高峰，只有到了自己塑造的梦中，他才能得到上位者"王"的垂青，并获得与其对坐的机会，尽情地展现自己的才华和志向。然而梦境中的"王"与"死六臣"，在残酷的现实中同样是悲惨的败亡者，从这点来看，以元子虚为代表的士子在现实中无法实现的理想，就算到了梦境中也徒劳无功。作者通过这样的情节设置来反映士子身处现实社会的悲哀和无助，体现了士子报国无门的迷惘和彷徨。

《愁城志》中的主人翁则俨然是一个尽职尽责的文人士子的代表，在发现天君无心国事，倾日与毛颖等人畅谈文史的时候，他积极进谏，"愿君上勉从丹衷，御以和平，则可谓视于无形，听于无声，而庶免颠倒思余之刺矣。无任恳恻之至"。进谏没有效果，主人翁仍不气馁，再次进谏，"愿君上念参三之大位，想万物之备我，致中和而参天地，岂不大哉？岂不美哉？《书》曰：'无偏无颇，王道平平。'愿念兹在兹，无怠无荒，幸甚幸甚"。他的建议终于得到了天君的认可和重视，天君自我批评，并对主管五官七正的官员做出了要求，收到了"改元复初"的效果。在愁城祸患越发严重的时候，又是主人翁向天君推荐驱愁的将军"麴襄"（酒）驱散愁云，荡平愁城，解天君之危。之所以塑造主人翁这样一个人物，就是为了反映和彰显林悌心目中封建士子的具化形象。孟子曰："如欲平治天下，当今之世，舍我其谁也？"曾子曰："士不可不弘毅，任重而道远。"封建士子的特质就是具有强烈的社会责任感和社会参与意识。而林悌本人就是深受这种思想影响的封建士子，即使是在揭示社会现实混乱黑暗的讽刺小说创作中，他仍然将这种本属于封建文人的特质通过人物的言行彰显出来。

同样，在《花史》中，他也通过塑造形象各异、言行各不相同的臣子来反映和揭示当时士大夫的生存样态。首先是在陶纪中以竹为原型塑造了丞相"乌筼"的形象，"筼字此君，楚湘州人，清虚寡欲，直节自守，号为圆通居士"。乌筼在辅佐陶烈王期间，得到烈王的高度评价和重用，而在辅佐英王期间，先是劝谏迁都之事无功，后被玉衡中伤而引退，但在引退之时仍然担忧秉性忠良的秦封、柏直，最后黯然卒于贬所。其次是在夏纪中以芍药为原型塑造了丞相金带围的形象。与夏文王同本异族的金带围，在党争无法控制、君王亲自参与党争的背景下，"至是红白余党，尚存形色，王亦出自红党，故欲专用一边人。金带围、卫足等协心交谏，务存调和"，始终不放弃自身的责任担当，为朝纲稳定尽职尽责，从而得到了史官的高度评价："红白党比之弊，无异于唐之牛李、宋之川洛，而金带围能诚心保合，使朝著之间晏然，可谓宰相器也。后之为总百之任者，可不鉴哉！"而到了唐纪，虽然设置了丞相杜若 ["'尔若乃采（彩也），罔俾尔先，专美有唐。'杜若，唐贤相如晦之后也。"] 这个人物，但有关他的作为却丝毫没有提及，反而在文末突然提到一个号为"晚节先生"的黄华，"黄华字金精，为人不俗，有太古风。以先世事陶，隐居栗里，独守孤节。虽以金人之暴，不能侵凌，世号晚节先生"。似乎在提供一个文人士子明哲保身的事例。在封建社会，士的理想必须通过君主才能实现，然而士并没有选择君主的权利。明君与贤臣的相遇充满了偶然性，因此，哪怕是贤良的乌筼，在遇到后期变得昏庸的英王后，同样被贬谪，郁郁而终。而在党争中，苦苦恪守本分、竭力协调保合的金带围，最终也只能眼望王朝大厦倾颓而无能为力。到了唐明王时期，即便是贤相杜如晦的后代，也没有丝毫的作为被体现出来。反倒是明哲保身、拒受禅让之诱惑的黄华，即使在敌军入侵之后，也没有受到半点伤害。

从以上可以看出，林俹所生活的时代，社会较为动荡，充满各种矛盾，内部和外部都面临巨大的压力和诸多问题，所以文人士子面临的考验也很突出。特别是在"士志于道"的问题上，要比其他时段遇到的矛盾更加突出，在如何实现文人士子人生价值上的考虑也更为复杂。因此，当时的文人在仕与隐、进与退、忠君守节抑或是顺应天命等原则问题上面临的考验更为严峻。在林悌面前的例子，不仅有壮怀激烈随端宗而去的"死六臣"，还有他怕受牵连而退隐避世的师父——大谷成运，以及与他亦师亦友的忠君贤臣代表——朴启贤，所以当林悌通过小说来吐露心声时，这些文人士子的遭遇和面临的社会环境，也就一一显现在作品当中了。

三 林悌小说中的程朱理学

安珦及其弟子白颐正将朱子理学引入高丽，开启了朱子理学在朝鲜半岛传播的先河。"进入14世纪下半期，由于朱子学适应了当时的社会需要，在朝鲜半岛得到广泛的传播，并为李朝开国后朱子学正式确立统治地位，奠定了基础。"①14世纪末至15世纪初，朱子理学已经成为朝鲜官方的正统思想。而林悌的小说作品，正是这种理学在文学创作中的反映。

一是"存天理，灭人欲"的道德修养路径。在朱子理学的观点中，只有先"内圣"，才能后"外王"，而道路途径就是"存天理，灭人欲"。林悌小说中的君王之所以在后期堕落，有的甚至毁身亡国，就是因为不能控制自己的七情六欲。例如，在《愁城志》中，天君在励精图治取得成效之后，便陷入私欲之中，"遽游于翰墨之场、文史之域，日夜所亲近者，陶泓、毛颖辈四人而已"，在接受劝谏之后，仍然不能克服，"而终不能已，意于优游竹帛，啸咏今古"。在接受第二次劝谏之后，虽有好转，但又改变兴趣，转而修玄，"天君与无极翁坐主一堂，参究精微之余"，正是因为克服不了人欲，所以后来招致了来自愁城的烦忧，采取了以酒驱愁的方式才得以除弊去乱。

而到了《花史》中，那几位亡国之君就没有这么幸运了。初政清明的陶英王，先是迷恋上杨贵妃，然后开始大兴土木、穷奢极欲，"筑长城，治园圃，作披香亭〔亭〕、承露盘。徙都之初，土阶茅宫，及是珠玉台阶，穷极侈丽。于是上下成风，争尚芬华，内外雍蔽，迷惑荃听，中和之政衰矣"。

---

① 黎昕：《试论朱子思想在朝鲜半岛的传播与影响》，转引自张品端主编《朱子学与退溪学研究：中韩性理学之比较》，厦门大学出版社，2015，第101页。

结果导致朝政昏暗，叛贼四起，身死国消。夏文王也同样如此，迷恋上风伯的女儿后，不仅亲自参与党争，而且奢靡无度，"求天下怪石，作假山，植奇木异草，嵌空苍翠，烟岚生其下。作四香阁、百宝栏，皆以沈香、珠翠为饰，一遵杨国忠古制。时设万花会于其中，以为屏障，亦唐之遗事也"。结局更是被风伯女儿投毒致死。接下来的唐明王因迷恋参佛礼道，荒废国事，最后竟落得个"荷荷"而死的下场。

天理、人欲说首见于《礼记·乐记》："人生而静，天之性也；感于物而动，性之欲也。物至知知，然后好恶形焉。好恶无节于内，知诱于外，不能反躬，天理灭矣。夫物之感人无穷，而人之好恶无节，则是物至而人化物也。人化物也者，灭天理而穷人欲者也。"[1]宋代以前的儒者认为，天理和人欲既是辩证统一的，也是相互联系的，但总体来看，一旦人欲与天理发生冲突，人欲应该服从天理。人要靠礼义道德限制自己的欲望，将自己的欲望控制在合理的范围之内。而在朱熹看来，天理和人欲是截然对立的，二者此消彼长，不可并存。"人之一心，天理存，则人欲亡；人欲胜，则天理灭，未有天理人欲夹杂者。学者须要于此体认省察之。"[2]当然，朱熹并没有完全否定人的自然需要，他也给人的基本物质需求留下了一席之地。例如，"饮食者，天理也；要求美味，人欲也"[3]。同时，朱熹还将理欲与义利联系在一起，指出"仁义根于人心之固有，利心生于物我之相形。人只有一个公私，天下只有一个邪正。将天下正大底道理去处置事，便公；以自家私意去处置之，便私"[4]。在林悌的小说作品中，充分体现了这种宣扬克己复礼的思想和精神。林悌认为，君王乃是社会秩序的表率，上行才能下效，如果君王做不到克己复礼，那么国家就不可能取得良好发展。因此，《愁城志》的天君能够及时发现并改正错误，总算暂时解决了王国存在的危机，而陶英王、夏文王、唐明王沉迷于欲望之中，不能自拔，就只能落得悲惨的结局。

---

① 崔高维校点《礼记》，辽宁教育出版社，2000，第126页。
② 朱义禄:《朱子语类选评》，上海古籍出版社，2017，第85页。
③ 朱义禄:《朱子语类选评》，第105页。
④ 朱义禄:《朱子语类选评》，第110页。

二是对伦理纲常的坚决捍卫。事实上，就朝鲜王朝历史而论，朝鲜世祖大王的文治武功还是比较显著的，不仅加强了对边远地区的控制，还大大加强了国家军队建设，而后来编纂的《经国大典》更是成为朝鲜王朝的基本法典，被誉为"国家的立国磐石"。然而，世祖大王得位不正始终是儒学信徒卫道士们诟病的地方，即使在他亡故后仍是如此。林悌的《元生梦游录》，就是这种思想的具体表现。自汉代董仲舒将"君权天授"和"三纲五常"相结合，提出"天不变，道亦不变"，即突出天不变封建伦理道德亦不变的思想，儒家伦理被高度神权化、政治化。这种伦理制度，因极为符合封建社会要求的人际关系，深受封建统治者的重视，在历朝历代被不断加强和完善。到了宋代，朱熹从维护封建纲常、维护封建统治政治秩序的角度出发，通过对"理"的阐释和演绎，使"天理"成为一种世界本原、一种宇宙精神，渗透于自然界与人类社会中，最终使儒学长期追求倡导的理想社会模式和价值体系成为真正意义上的本体性的、必然的道德伦理法则。在朱熹看来，纲常是必然之理，不是人们的自由意志所选择的，而是天理本身的体现，正如他所说的："宇宙之间，一理而已……其张之为三纲，其纪之为五常。"而所谓"三纲"，主要的任务就是解决君权的正当性问题，建构稳定的封建社会秩序模式，使国家制度严密、稳定。世祖之所以为人所诟病，以至于由他的血脉延续的统治王权都被视为不具法统，正是因为在具有正义感的儒学文人看来，是他假借"禅让"之名，篡夺了自己侄儿端宗的王位，违反了儒家所倡导的纲常名教和伦理道德。林悌作为儒学的忠实信徒，对破坏伦理纲常的行为疾恶如仇，因此他在大多数人敢怒而不敢言的社会背景下，在《元生梦游录》中通过梦境中的诗宴，假借福巾者对"尧舜汤武"禅让问题的质疑，来直接影射首阳大君的篡权行为，"尧、舜、汤、武，万古之罪人也。后世之狐媚取禅者借焉，以臣伐君者名焉，千载滔滔，卒莫之救。咄咄四君，为人（古作贼字，肃庙睿览时，改今字）嚆矢"。他认为，尧舜汤武的禅让给了后世奸臣贼子们钻伦理空子的借口和机会，使得以臣代君这种有违伦理纲常的行为披上了合乎法理的外衣，对社会的正常运转提出了挑战。林悌维护纲常的思想不仅在《元生梦游录》中体现得淋漓尽致，在其他小说作品中也同样有所体现。在《花史》等其他小说中，只要是乱臣贼子，他都借用各种描绘手段予以道德上的审判。例如，“玉衡字星卿（玉衡星名，李花之精），唐丞相林甫之后也。猜疑多许，人谓有乃祖之风”，对想要专权朝政的玉衡，直接扣上李林甫之后的帽子。“大将军杨絮，身居宰（梓也）列，戚连椒掖，怙势纵横，负功骄恣，祸乱之作，迫在朝夕，不见其形，愿察其影。”对于心怀不臣的杨絮，给予最严厉的批评和定性。“风伯为人，反覆无常，喜则吹嘘，怒则摧折，此所谓治世之能臣，乱世之好〔奸〕雄。王独不见江城之变乎？”对于祸乱朝纲的风伯，则借丞相金带围的口给予最准确的定性。如此种种，可见林悌对三纲五常的尊奉和坚守。

三是忠义贤良、建功立业的情怀。“忠”是儒家文化的重要内涵之一，也是儒家传统伦理观念之一，在历朝历代都被尊奉和信守，关于“忠”的思想，在各种典籍中均有论述。“忠”即忠诚，一是做人做事忠诚，二是事君忠诚。《论语·学而》曰：“吾日三省吾身：为人谋而不忠乎？”①《尚书·冏命》载：“大小之臣，咸怀忠良。”②《孝经·士章第五》曰：“忠顺不失，以事其上，然后能保其禄位，而守其祭祀。”③随着历代儒家学者的不断阐释和完善，特别是当理学被极度推崇时，忠君已被推到天理的高度，为统治者倡导和利用。同时，因为在封建社会，皇权行使国家权威、代表国家形象，所以文人士子将忠君与爱国统一起来，忠君就是爱国，爱国就是忠君。因此，深受儒家思想影响的林悌，在他的小说里塑造了很多忠臣爱国志士的形象。其中，他对“死六臣”中的武将俞应孚的刻画最为生动，充分凸显了武将的性情。首先是外貌描写，“无何，突有一个雄虎士，身长过人，英勇绝伦，面如重枣，目若明星，文山之义，仲子之清，威风凛凛，不觉令人起敬”；其次是性格描写，俞应孚主张尽快起事为端宗复仇，因为被优柔寡断的文臣拖延而失败，曾说

① 杨伯峻、杨逢彬注译，杨柳岸导读《论语》，岳麓书社，2018，第5页。
② 周秉钧注译《尚书·冏命》，岳麓书社，2001，第234页。
③ 文景编著《孝经》，中国人口出版社，2016，第23页。

"世人都说不能与书生共事，果真如此"。林悌不仅用"风萧萧兮，木落波寒。抚剑长啸兮，星斗阑干。生全忠孝，死作义魂。襟怀何似？一轮明月。嗟不可兮虑始，腐儒谁责"这首诗来影射俞应孚的身份，而且用"生全忠孝，死作义魂"表达了儒家的忠义思想。再如，《愁城志》中有多次进谏良言的主人翁，《花史》中有"值节自守"的乌筠丞相、性格孤直的伊阳大将军、性直多实的嵩山大将军、诚心保合的金带围丞相等，他们都是忠臣的形象代表，也是儒家忠义思想的代言人。《鼠狱说》因属于纯粹的批判讽刺小说，未能塑造忠义的人物形象，但其中也不乏良善的动植物代表。

四是深刻的社会批判性。梁启超在《论小说与群治之关系》中指出："欲新一国之民，不可不先新一国之小说。故欲新道德，必新小说；欲新宗教，必新小说；欲新政治，必新小说；欲新风俗，必新小说；欲新学艺，必新小说；乃至欲新人心，欲新人格，必新小说。何以故？小说有不可思议之力支配人道故。"[1]梁启超的论述，充分表明了小说在引领社会思想、推动社会发展中的功能和作用。而林悌在寓言小说中以梦境涂抹现实、以七情六欲观照现实、以花鸟鱼虫的世界映衬现实，其所呈现的反抗精神、批判态度、辛辣讽刺和美好期盼，不仅是他在古代朝鲜文学史上占有特殊地位的文学价值所在，也是推动古代朝鲜社会发展的动力之一。

在林悌生活的 16 世纪后半期，统治集团内部的党争不仅使国势衰颓，社会动荡，也使劳动人民的生活更加困苦。林悌对这些残酷的社会现实和统治阶层的丑恶嘴脸极为愤慨，对穷苦百姓的遭遇充满同情，却又无力改变社会现实，只好通过文字来表达自己对社会问题的批判性见解与美学理想。他辛辣的讽刺、夸张的写法、幽默的笔触增强了作品对现实的批判力度。"世有元子虚者，慷慨士也。气宇磊落，不适于时，累抱罗隐之冤，难堪原宪之贫。"[2]这是《元生梦游录》的开篇语，寥寥几笔就将才智之士得不到重用、难以施展才华、生活窘迫的现实图景勾勒出来。《花史》中，"五年春二月，大

---

① 林文光选编《梁启超文选》，四川文艺出版社，2009，第 165 页。
② 〔韩〕林悌:《新编白湖全集》，第 652 页。

封同性……此余封侯伯，不可胜数"王亦出自红党，故欲专用一边人"①等描写将朝堂之中结党营私、相互勾结的现状进行了揭露。《愁城志》更是将忠臣义士无处立足、社会充满怨愤和不满而统治者自我麻醉的现实表现得淋漓尽致。《鼠狱说》中，被仓神抓来的老鼠为自己的鼠族辩解"今夫横目竖鼻，最灵于物，而终岁服田，尚多阻饥……"这虽然是老鼠为自己辩解之言，但是也反映了当时的社会现实：百姓无论怎样勤劳工作，其劳动所得都会被两班统治者抢夺敲诈，在饥饿中挣扎，过着生不如死的生活。在《元生梦游录》中，作者将批判的矛头指向以王君为首的封建统治者，批判的笔锋直指当年的暴君世祖。作者借元生之梦游畅抒胸臆，把端宗奉为"贤明君王"，"死六臣"为"忠臣义士"，世祖与他的亲信们则被贴上了凶恶之徒的标签。林悌敢于站在六位殉君的大臣的立场讲述故事，直言世祖与他的亲信们是不道德、行径不堪的人，讽刺了当时社会上那些没有信义的丑陋者，表明了作者义无反顾、舍生取义的气节，将封建统治阶层的腐败与丑恶揭露无遗。《愁城志》借幻境反映现实，借古讽今，抨击了不合理的社会现象，抒发了正直杰出人士报国无门的满腔悲愤，也包括作者自己怀才不遇的愁苦和郁闷。作者通过现实社会与理想社会的对比，讽喻性地批判了真实与正确事务被残酷蹂躏抹杀的当时社会，有力地批判了当朝以士祸党争残害人才，以流放、发配等方式摧毁人才的现象，宣扬了录用人才以兴国的做法和爱国主义思想。《花史》中，作者通过描写红、白、黄三派的党派之倾轧，激烈抨击了朋党争权构陷的现象，揭露了当时封建统治阶层内部的矛盾与尔虞我诈，并批驳了那些认为党争无法消除的观点，"谓之党祸酷于边乱则可，谓其破党难于制贼，岂其可也？"②从中不难看出，林悌对当时"色论"的厌恶态度，对党祸的愤慨之情，也可以窥知作者对政治的批判性态度和政治理想。《鼠狱说》揭露了封建社会贪官污吏的狡猾与恶劣。大老鼠在锅台下挖了洞，又在猫的脖子上挂了个铃铛，只要猫一跃动他便知晓，在作恶多年将国家粮库的存粮几乎偷吃殆

---

① 〔韩〕林悌：《新编白湖全集》，第663、672页。

② 〔韩〕林悌：《新编白湖全集》，第673页。

尽后，竟推卸罪责，足见其狡猾奸诈。该小说讽刺了封建社会中央集权制削弱的背景下封建官僚的颠顸昏愦。司仓神平素不理库事，逮住案犯后竟听信其胡言，转而去拷问无辜，可谓昏庸之至，由此揭示了16世纪朝鲜朝政治的腐败与社会的混乱。

"一个作家只有当他受着欲望和阻碍的冲突，心理处于骚动不安的状态时，他才会迫不得已通过创作来寻求一种宁静和平衡。这种创作主体内部的失衡状态就是创作活动的起点。"[①]因此，当林悌屡屡仕途和梦想受挫时，创作的小说世界就成为他所能够主宰的天地，批判也就成了他最有力的武器，最终成为他的标签和特色。

第三节　林悌汉文小说的艺术特色

林悌的汉文小说不仅在思想层面具有丰富的内涵，而且在艺术构思、结构设计、人物形象塑造等艺术手法上具有独到之处，格外引人注目。

一　抽象哲理与形象叙事相结合的巧妙构思

以文学创作的形式直接阐释学者的思想和观念，是朝鲜性理学研究的一个显著特点，也是哲学问题向文学领域延伸的一种特殊现象。林悌的小说，不仅以心性、花草、动植物来拟人，更为重要的是用"天人合一"的宇宙观来构筑小说中的世界，将儒家理学的具体概念拟人化，使抽象的学理化为具体可感可知的人物形象，并在情节推动中实现有机融合，使哲学的理论体系被以形象的方式图解，形成了独特的艺术魅力。

首先是构建了一个形象的性理学的儒学体系架构。这点在《愁城志》中体现最为突出。在这部小说中，主人公"天君"是"心性"的拟人化，而整个作品就是"心性"修养理论的发展史和实践过程。林悌在开篇就以"天君"为中心，架构了"四端七情"的性理学体系图。"天君即位之初，乃降衷之元

---

① 张桂琴:《明清文言梦幻小说研究》，吉林大学出版社，2011，第213页。

年也。曰仁曰义曰礼曰智，各充其端，率职惟勤；曰喜曰怒曰哀曰乐，咸总于中，发皆中节；曰视曰听曰言曰动，俱统于礼，制以四勿。"这里的仁义礼智就是性理学中的四端。四端出自孟子："恻隐之心，仁之端也；羞恶之心，义之端也；辞让之心，礼之端也；是非之心，智之端也。人之有是四端也，犹其有四体也。"① 上面所说的"喜怒哀乐"就是七情的缩略。七情出自《中庸》："天命之谓性，率性之谓道，修道之谓教。道也者，不可须臾离也；可离非道也。是故君子戒慎乎其所不睹，恐惧乎其所不闻。莫见乎隐，莫显乎微，故君子慎其独也。喜怒哀乐之未发，谓之中；发而皆中节，谓之和。中也者，天下之大本也；和也者，天下之达道也。致中和，天地位焉，万物育焉。"② "视听言动"则出自孔子的"非礼勿视，非礼勿听，非礼勿言，非礼勿动"③。经过这段介绍，仁义礼智率职惟勤、喜怒哀乐咸总于中，视听言动俱统于礼的性理学的和谐架构就呼之欲出了。当时，正值朝鲜朝历史上的"四七之辩"，李滉和李珥形成了"理发而气随之"和"理气兼发论"两种论断。李滉认为，七情是有善恶之分的，喜、爱为善，怒、恶则是恶。从这个层面来看，林悌《愁城志》的深层理论架构所依托的正是李滉的理论模型。

其次是按照存天理、灭人欲的理念，设计矛盾冲突和总体情节。朱熹有云："人心是此身有知觉，有嗜欲……'性之欲也，感于物而动'，此岂能无！但为物诱而至于陷溺，则为害尔。故圣人以为此人心，有知觉嗜欲，然无所主宰，则流而忘反，不可据以为安，故曰危。"④ 在理学家看来，人有欲望是天理所赋予的，但如果不能控制欲望，就会造成损害和产生危机。林悌正是按照克己复礼的原则设计了小说《愁城志》中的两场矛盾冲突。书中主人翁有三次劝谏，一是主人翁劝谏天君不要沉迷于诗书文艺，"且根本未固，而邃游于翰墨之场、文史之域，日夜所亲近者，陶泓、毛颖辈四人而已。又概想

① 王瑞译注《孟子》，四川人民出版社，2019，第67页。
② （战国）孔伋原著，焦金鹏主编《中庸》，二十一世纪出版社，2015，第1~3页。
③ 刘兆伟译注《论语》，人民教育出版社，2015，第254页。
④ （宋）黎靖德编，王星贤点校《朱子语类》，中华书局，1986，第1488页。

今古英雄，使其憧憧来往于肺腑之间，如此等辈，作乱不难也。愿君上勉从丹衷，御以和平，则可谓视于无形，听于无声，而庶免颠倒思余之刺矣。无任恳恻之至"。主人翁认为，王国虽呈现欣欣向荣之局面，但根本未固，不应沉湎于享乐。二是劝谏天君恪守中和之道，"譬若一阴一阳，曰风曰雨，无非天地之气，乖序则为变，失时则为灾。可使阳舒阴惨，风调雨若，正在变理之如何耳。愿君上念参三之大位，想万物之备我，致中和而参天地，岂不大哉？岂不美哉？"从这段话中，可以看出主人翁借理气说的观点，认为天君应顺应天时，也就是要遵循儒家的教义，才能保障社会安定有序。三是劝谏天君不要效仿周穆王巡游的故事。这三次劝谏针对的对象都是天君不能克制的人欲，天君虽然接受了劝谏，但还是没能彻底消除王朝的危机，导致了愁绪的蔓延，因为"发而皆中节"谓之和，而愁城的壮大显然就是"发而未中"，也就意味着脱离了礼的约束和控制，转而为祸。天君虽然接受了主人翁的建议，拜麹襄为将，也就是用酒驱愁，暂时恢复了王朝的秩序，但以酒驱愁终不是长久之计，未来的王朝建设也就是道德修养仍然会面临新的考验。在《花史》的脉络中，也同样体现了人欲的各种考验，例如陶英王的专宠杨妃、大兴土木、奢侈豪靡，以至于"中和之政"衰矣；夏文王的尤物之害，导致怠惰朝政、喜好谗言、盘剥民众，也就不足为怪了；唐明王的拜佛求道，导致"荷荷"而死。从表面上看，似乎是因果循环、天道昭彰的结果，但从性理学的层面来解读，何尝不是未能坚决遵循"存天理，灭人欲"而造成的恶果呢？

二　生动形象的人物塑造

"长篇小说，不管哪种类型，历史演义、英雄传奇，甚至公案小说、神魔小说，最主要的任务、最难做的工作，是创造堪称'典型'的人物。一部小说能有几个脍炙人口的人物，就成功了一半。"[①] 从中可以看出，人物塑造对小说创作的重要性是不言而喻的。

①　马瑞芳：《中国古代小说构思学》，山东教育出版社，2016，第317页。

　　林悌在他的小说中采用了虚实结合的手法来塑造人物形象，给人留下了深刻印象。对于表现的主体，他下功夫、花力气，不惜笔墨极力渲染，务使人物形象直接映入读者眼帘，深入人心。例如，《元生梦游录》中对正面人物的描写极尽笔力，颇多赞誉之词，"世有元子虚者，慷慨士也。气宇磊落，不适于时，累抱罗隐之冤，难堪原宁之贫"，通过这一句描写，便使元生的性格、遭遇、气节跃然纸上；对"死六臣"的描写，也都是赞誉有加，"闪出一个好男儿，幅巾野服，神清眉秀，凛凛乎有首阳之遗风"，"那五人都是间世人豪，像貌堂堂，神彩扬扬，胸藏叩马、蹈海之义，腹蕴擎天、捧日之忠"；而对俞应孚，更是连容貌外观都描写得细致入微，"无何，突有一个雄虎士，身长过人，英勇绝伦，面如重枣，目若明星，文山之义，仲子之清，威风凛凛，不觉令人起敬"。可以看出，作者将自己的思想情感寄托在所塑造的人物上，将他们化身为正义使者，想要表达的正是自己对世祖灭亲篡位的强烈愤慨，倾诉对维护纲纪伦常的期盼。《花史》中对陶烈王的描写也是如此，"生之日，有异香，经月不散，人谓香孩儿。及长，英姿美秀，性质朴素，风彩雅洁，克承先烈。厥德馨香，远迩之闻其风者，莫不扶老携幼而至"。陶烈王不仅生有异香，而且容颜俊美、品德高尚，让人先入为主地心生好感，觉得他确有贤君风范。而对于不想具体表现的人物，林悌便惜墨如金，断不肯多花一丝力气。如《元生梦游录》中的端宗，仅作为一个象征的意义存在，对他的描写也只是片言只语，仅是"有一人凭栏而坐，衣冠如王者"，虽然故事的进程是由"王"来推动的，但也只是为作者表达情感需要、推进情节而服务。《愁城志》中的天君虽然贯穿全文，却不是作者想要重点渲染的对象，因此连外观描写都没有，只是通过对话等简要的词语来推进故事的发展，而且对天君的描写远不如愁城之中那些象征忠义的鬼魂来得形象，如形容屈原的"颜色憔悴，形容枯槁，冠切云带长剑，芰荷衣椒兰佩，眉攒忧国之愁，眼满思君之泪，无乃痛怀王而恨上官者耶"，形容关羽的"骑赤兔马，提青龙刀，绿袍长髯，矫矫雄风，一陷阿蒙之手，恨不得吞江东者"，但凡忠义形象，描绘词语最少者也有赞美的短评。

林悌对反面人物或批判对象的形象塑造也别具匠心。《鼠狱说》中的大鼠在与仓神的对话中，先是吹嘘自己："老物质虽么麽，性则虚明，禀星辰之精，受天地之气，虽不能首于众，品亦未必居于下流。"接着，当大鼠意识到自己的处境并不妙时，又全然换了一副态度："老物世业荡残，生计单薄。牵于口腹之养，馋于糠秕之微，夫岂乐为是哉？实出不获已也。罪虽罔赦，情则可恕。"在大鼠受仓神审判的时候还有这么一段自白："吾初既不思径服其罪，自持两端，即吾家世传之风，而至吾身坠落莫保，岂不痛哉。然事已至此，悔不可追。"这种同样场景、同一人物身上所表现的反差，使得先前作者所交代的大鼠"狡黠诈谲"的性格不仅具体化，而且形象化。就我们生活经验所知，一般在诉讼法庭上，当事人先义正词严拒不认罪，而在证据面前往往态度急转，委婉求饶，这样的情景也符合我们的生活常识。因此，大鼠与仓神的对话，不仅使大鼠形象更为具体化，其故事脉络走向也非常符合常理，即非常写实。

此外，林悌还善于按照"人物"自身的特点，从其家世渊源开始，夹杂大量典故进行介绍，体现了假传体小说的特点。例如，他在《愁城志》中塑造驱愁大将军麹襄这个人物时，就采用了这种方式：

> 窃闻杏花村边有一将军，得圣贤之名，兼猛烈之气，汪汪若千顷波，未可量也。其先系出谷城。麹生之子，名襄（音酿），字太和，深有乃父风味。其先曾与屈原有隙，或有与两阮、嵇、刘为竹林之游者，或有以白衣访元亮于浔阳者。李白以金龟为质，卒以为死生之交。其后即以买爵事，小累清名，而亦非其本心也。今襄但尚清虚，好浮义（音蚁），于清浊无所失，多近妇人，然有折冲尊俎之气。伏念取其所长，明君用人之方。愿君卑辞厚币，致之座上，尊之爵之，则平愁城而回淳古，实不难也。谨以闻。

　　驱愁大将军本是酒的化身，小说设置人物的同时就暗喻天君以酒浇愁的做法只是一时权宜之计，并不能根本解决存在的问题。作者在这里叙述人物的出场时，就借用了大量的典故，比如在介绍其祖先的交游时，借用了竹林七贤、陶渊明、李白等历史上好酒的名人，来凸显其作为酒的这种特性。此后，为了凸显酒的特性，作者在描写天君派人联系麹襄时，又塑造了孔方这个与麹襄关系紧密的朋友。我们都知道，孔方指的就是钱，取古代铜钱外圆内方之意。饮酒作乐需要消费钱财，钱与酒自然关系紧密。作者在此环节以孔方为联系人，也暗示着天君为消除灾祸花费了大量钱财。对驱愁大将军的封号也尽显作者的巧妙构思。天君给麹襄的封号是"不遗孤（音沽）主（音酒），持兵（音瓶）来到，喜倒之心，那可斗哉？如卿大器，方托喉舌，姑拜卿为雍（音瓮）、并（音瓶）、雷（音罍）三州大都督、驱愁大将军"，所持的物品、所封的地名，都是酒具的谐声字，明示麹襄的身份。最后的封赏也同样巧妙，"今乃筑城于愁城旧址，为卿汤沐邑，其都督三州事如故。又封于欢，锡以三等之爵，为欢伯，赐以秬鬯一卣，宠以前后鼓吹，知悉"。改愁为欢，封为欢伯，并赐秬鬯一卣，把酒赐给"酒"。秬鬯是古代以黑黍和郁金酿造的酒，用于祭祀降神及赏赐有功的诸侯，是古代皇帝九种特赐用物（九锡）之一。在可知的甲骨文中，鬯出现次数不下50次，显示多为王公贵族的典礼祭祀所用。为了强调酒在驱愁中的作用，作者在塑造驱愁大将军这个人物时，不仅采用了各种典故，还以谐音的方式标注各种出现的人和事物，使读者在会心一笑的同时，更能够深刻领会作者的良苦用心。

　　总之，林悌塑造人物形象的手法虚实结合、灵活多样，将自己的情感完美地融入所塑造的人物中，更加自然地突出了自己的思想倾向。

三　拟人手法的娴熟运用

　　"文学形式有其本身发展的规律，也有其产生的社会根源。"[①] 朝鲜朝时

---

① 　王焕镳:《先秦寓言研究》，古典文学出版社，1957，第11页。

期，以国王为首的封建统治阶层掌握着绝对的政治权力，残酷镇压与其利益相左的进步思想。进步文人对当时的社会现实不满，但如果不利用拟人化的手法就无法自由地表达自己的社会政治理想，也无法尖锐地批判社会现实。林悌在自己的小说创作中有意识地注重拟人手法并加以积极运用，由此就可以隐晦地表达他对腐败无能的统治阶层的失望，以及对理想社会形态的渴望与追求。他对拟人手法的使用也成为其作品引人注目的艺术特色之一。

在他的小说里，梦可以成为抒发情感、歌颂忠贞正义、吐露胸怀的舞台，微妙玄奇；花草、鱼虫、鸟兽不仅各有情感和特性，而且暗合拟代的人物形象，使得描绘出来的玄奇世界和现实社会有了无形的纽带，相互代入，相得益彰；人的七情六欲和礼仪道德也都被赋予了生命，一举一动，自成江河，一言一语，别有沟壑。

林悌小说拟人对象的范围之广是朝鲜朝前期寓言小说中较为少见的。《鼠狱说》《花史》《愁城志》等小说作品从随处可见的狗、猪、牛、马等牲畜与树木、花草等植物，到麒麟、龙、凤凰等存在于人们意识中的一些幻想动物，还有自然形成的天与地、风和云等物质世界的自然现象与人们的精神世界，拟人化的对象涉及自然与社会庞大范围中多种多样的现象。《元生梦游录》虽然体现了假传体小说的鲜明特点，但更有意味的是作者将自身置入其中。所谓元子虚，顾名思义，本就是子虚乌有不存在这个人物，而元子虚的梦境就是作者自己的现实，元子虚梦中的见闻就是自己的亲历，元子虚在梦中所发表的观点就是自己的心声，最终以虚无缥缈的自己去影射和批判现实的社会，实现小说创作的目的。小说《愁城志》中将人们的感情要素喜、怒、哀、乐与之发挥作用所带来的道德规范仁、义、礼、智，还有感觉器官与语言行动等拟人化，这也是古代小说中少有的创新。《花史》中将梅花、牡丹、莲花与蜜蜂、蝴蝶等许多植物和昆虫进行了拟人化描写，以至于全篇既是花草树木的世界，又符合人的形象特征，也是缤纷的人的世界。《鼠狱说》的拟人数量是最多的，全篇中除老鼠和仓神以及门神、户神外，共有桃花、柳树、猫、狗等82种动植物①被进行拟人化处理。

　　林㸌拟人手法的运用的另一个特点是对拟人物象特征的概括非常准确恰当。例如，《花史》中"烈王"的原型是梅花，梅花本就有花中君子的美称，更是古今文人爱咏的对象之一，梅花傲雪凌霜，代表了坚韧不拔的人格和高尚的品德，"烈王之德，其盛矣哉"，作者在最后对烈王功绩进行的赞颂让读者觉得十分贴切；而伊阳大将军、嵩山大将军的原型分别是松和柏，"岁寒，然后知松柏之后凋也"②，"竹称君子，松号大夫"③，从古人的评价可以看出，松柏象征坚强、忠诚，天然是忠臣的化身；对于风伯的描述则更为形象，"风伯为人，反覆无常，喜则吹嘘，怒则摧折，此所谓治世之能臣，乱世之奸〔奸〕雄"，借用了风给人不好的一面，确立了一个奸臣形象，就连风伯的女儿也被塑造成谋害夏文王的凶手。再如，《鼠狱说》中用贯穿全文的老鼠比喻那些奸诈狡猾的贪官污吏，非常形象生动，文中老鼠罪有应得的恶行、无中生有的狡辩、肆无忌惮的诬陷，符合它在人们日常习惯中的丑恶印象。在上帝决定惩戒老鼠后，"于是猫犬直走贼虫之巢，尽杀六亲，及远近族属，无遗种。狐与狸啮其头，乌与鸢啄其腹，鹰与鹯攫其四肢，豕与獭龁其腰脊，猬负肋而归，螳螂抱其尾而飞，鸡雉啄其虫蛆，鸟雀含其毛而翔，蚯蚓、蝇蚊、蝼蚁吮其血。龙与虎不顾而去"。从这段描写可以看出，各种动物都能用符合它们自身行为习惯的行动去复仇，大的吃肉啃骨，小的吮血薅毛，只有龙和虎不顾而去，因为龙有行云布雨之力，虎有啸震山林之威，根本不屑于向低等生物复仇，而且在仓神向众多被诬陷的动植物问罪时，也只有龙和虎才有勃然大怒的反应，"虎咆哮攫拿大怒""龙蜿蜒腾跃大吼"，凸显了它们与其他生物的不同。

---

① 分别是：桃、柳、犬、猫、猩、貆、狐、狸、猬、猹、獐、兔、鹿、豕、羊、羔、猿、象、狼、熊、骡、驴、牛、马、麟、狮、虎、龙、萤、鸡、蜗、蚁、杜鹃、鹦鹉、莺、蝶、燕、蛙、蝙蝠、鸟雀、乌鸦、鹊、鸱、枭、鹅、鸭、鹈鹕、鹩鸠、鹑、雉、鹰、鹎、鸿、鹄、鹳、鹜、鸲、鹭、鹃、鹭、翡翠、鸳鸯、鸡鹩、鸂鶒、鸾、鹤、孔雀、凤凰、鹏、鲸、蜂、蝉、蜘蛛、螳螂、蜉蝣、蜻蜓、蝇、蚊、蟾蜍、蚯蚓、鳌、蟹。
② 张燕婴译注《论语》，第102页。
③ （清）程允升著，王士毅新注《幼学故事琼林》，广西人民出版社，1990，第323页。

四　介入式评论和诗歌插入的叙事方式

乔治·艾略特（George Eliot）在《米德尔马契》中曾对菲尔丁的介入式评论给予高度评价："菲尔丁的大量议论和插话光辉绝伦，构成了他的作品中最难以企及的部分；尤其是在他那部多卷本历史书的每卷首章，他好像搬了一张扶手椅，坐在舞台前部，用他那明快有力的英语，娓娓动听地跟我们闲谈。"[①] 从叙事学的视角来看，林悌在《花史》创作中多次采用史官的口吻对所记述的各花国历史进行点评和总结，显然是一种介入式评论的叙事方式。

例如，《花史》中多次出现了史官的总结性评语，对每一位帝王的功绩给予了评定，对王朝的兴衰、漏洞弊端进行分析，还对党争给国家造成的伤害以及其他的丑恶现象进行了深刻的批判。在评述诸王功绩时，对欣赏的陶烈王给予了最高评价，"烈王之德，其盛矣哉"，对其他诸王的亡国之因则进行深刻剖析和探讨。东陶英王"性俭素，初政清明。自玉衡为相，杨妃专宠以来，上意稍解，始大兴土木之役，筑长城，治园囿，作披香亨〔亭〕、承露盘。徙都之初，土阶茅宫，及是珠玉台阶，穷极侈丽。于是上下成风，争尚芬华，内外雍蔽，迷惑荃听，中和之政衰矣"。夏文王"以英明之主，末乃如此者，莫非尤物之害，则彼癸之脯林，隋广之采花，诚不足怪矣"。唐明王"甚矣，佞者之言！其言甘于啖蔗，其佞甚于誉树。嗟哉！惜哉！"综合来看，各亡国之王均败于小人佞臣、奢侈腐败、沉湎女色等。在反映对党争的批评时，也采用了这种方式，如"红白党比之弊，无异于唐之牛李、宋之川洛，而金带围能诚心保合，使朝著之间晏然，可谓宰相器也。后之为总百之任者，可不鉴哉！""唐文宗尝曰：'去河北贼易，去朝廷朋党难。'读史至此，未尝不掩卷叹也。谓之党祸酷于边乱则可，谓其破党难于制贼，岂其可也？"这些总结都是作者对于社会现实的感慨和想要吐露的思想情感，通过"史臣"的话语表达出来。特别是在史官最后的总论中，赞美了自然花草世界"荣不谢荣于春风，落不怨落于秋天""至仁至信至公"等高洁独立的品

---

① 〔英〕艾略特：《米德尔马契》，项星耀译，人民文学出版社，1987，第169页。

质，隐晦地表现出作者对等级森严的门阀制度的批评，同时鞭挞了"凡人有一艺之能、一分之才者，必欲夸矜一世，流传百代，争功于施为，伐录于简编"的功利思想和丑陋现实。

在《元生梦游录》中，虽然没有出现太史公或史官这样的人物，但出现了主人公朋友"海月居士"这样一位类似太史公的人物，他最后的总结正是作者想要表达的思想，"世之欲富贵其身者，古今何限？盖拘于时与势，而亦有名义之不可犯者存焉，是大可惧也。苟或不计名义之重，而徒自占其时与势，欲以智力相胜，则其不归于僭窃者，几希矣。名义者，万古之常经；时势者，一时之权行也。行权而废经，则乱贼将接迹而起矣，岂不益可惧乎？"虽未点出世祖的名姓，却正是对世祖行为的定性和批判。

在《鼠狱说》的最后，同样借用了"太史"的话"火不扑则延，狱不断则蔓，向使仓神案其罪而即磔之，则其祸必不炽也。噫！戾气所种，岂独穴仓之一也哉？吁！可畏也！"先是指责仓神不能对案件进行果断裁决，讽刺了他的无能导致各种生物蒙冤受屈，接着发出了振聋发聩的呐喊，强调了这种放肆的犯罪、荒唐的案件、无能的官僚又何止粮仓一处，引发读者关注和世人注意的目的得以完美实现。

诗歌的插入也是林㮤寓言小说的一个重要特点。"一般说来，小说家保留随意决定采用任何一种手段的自由，时而用这种方法，时而用那种方法，哪里戏剧效果会给予他所需要的一切，那里就采用戏剧性场面，哪里故事的转折需要绘画手法的描写，那里就采用绘画手法的描写。"[①] 虽然这段话是珀西·卢伯克对小说创作方法论的说明，但同样也适用于解释将诗歌插入小说的方式。而中国古代文言小说中"诗入小说"的现象非常多，"据统计《三国演义》中的诗有 150 首以上，《水浒传》中的诗超过 500 首，《西游记》中的诗达 700 多首，《金瓶梅》中的诗最多，超过 800 首"[②]。林㮤显然也是善于

---

① 〔英〕卢伯克、福斯特、缪尔：《小说美学经典三种》，方土人、罗婉华译，上海文艺出版社，1990，第 52 页。

② 贺国强、张东霞：《论〈聊斋志异〉的"诗入小说"现象》，《韶关学院学报》2012 年第 1 期，第 35 页。

使用"诗入小说"方式的作者之一。林悌的寓言小说是以讽刺和批判见长的，在小说发展还未达到繁荣鼎盛时，作者本身思想情感的代入不仅要在故事发展和人物塑造中体现出来，还需要一些特定的媒介。林悌就采用了"诗入小说"的方式，力求将自己的思想倾向表现得更加鲜明和清晰，同时也利于人物形象的塑造和故事情节的发展。例如，《元生梦游录》中通过主人公元子虚与王和"死六臣"等人的赋诗，不仅点明了相应的人物身份，抒发了情感，而且推动了情节顺利递进。例如，从第二人所赋诗的内容"受命三朝荷宠隆，临危肯惜殒微躯？可怜事去名犹烈，取义成仁父子同"来看，此人与成三问的身世经历非常相似。成三问在世宗年间金榜题名，被点为状元，长期任集贤殿学士；文宗期间，参与编撰《世宗实录》；端宗期间，继续辅政。世祖二年，因拥护端宗复位计划败露，被世祖所杀。因此，在诗中用"受命三朝荷宠隆"来表明身份，让读者一看就能知道这个人就是成三问。其他的赋诗者，也同样在诗中设置了较为明确的身份信息，使人感同身受。《愁城志》中借用"若人足称奇男子，十五年前通六韬。尘生古匣剑未试，目极关河秋气高。中年好读孔氏书，向来所耻非缊袍。牛歌不入齐王耳，鬓上光阴昏又朝"的诗歌内容来推动故事情节的发展，这首诗不是冤魂所创作的，而是代表了在世人的心声，它的出现表明不仅冤魂们怨气冲天，就连在世的文人们也都怀有强烈的不满和愤慨，由此引起了天君的高度重视。《鼠狱说》这篇寓言小说插入的诗歌相对较少。作者引用了两句诗：一句是"悔种桃花露踪迹"，与元代诗人刘因《桃源行》中的"却悔桃花露踪迹"非常相似；另一句是"伤心最是台城柳"，应是化用了唐韦庄《台城》中的"无情最是台城柳，依旧烟笼十里堤"。这两句诗是老鼠面对仓神审判时，针对那些被它诬陷的动植物的自辩词再次进行批驳和诬陷时借用的诗句，不得不说，这些诗句对老鼠的歪理邪说起到了一定的支撑作用。

　　《花史》中也有很多诗歌插入。林悌对宋代林逋的诗歌是非常喜爱的，于是在他的小说作品中做了引用。例如，《花史》中"王见林逋卷中，有'疏影横斜水清浅，暗香浮动月黄昏'之句，叹曰：'可谓鸣国家之盛。'"

林逋《山园小梅》中的这两句诗成功地描绘出梅花清幽香逸的风姿，被誉为"千古咏梅绝唱"，而宋仁宗爱惜林逋的才华，在林逋死后赐其谥号"和靖先生"。林悌在创作这段情节时，将这两件不相关的事情结合到一起，就变成了东陶英王爱惜林逋咏梅诗的情节。此外，在描述贼军攻打唐若耶城时，作者引用了一首诗来说明敌我难辨的情况，"莲叶罗裙一色裁，芙蓉红脸两边开。乱入池中看不见，闻歌始觉有人来"。该诗实际上引自王昌龄的《采莲曲》，只是为了配合唐明王水中莲的人物设定，将王昌龄原诗中的"荷叶"改为"莲叶"。王昌龄《采莲曲》将采莲少女置于荷花丛中，若隐若现，若有若无，使少女与大自然融为一体，使全诗别具一种引人遐想的优美意境。而林悌将这种人与自然浑然一体的意境，转而描述为贼军乔装打扮，守军与敌军真假难辨的景象，使小说在情节推动的过程中更具一种别样的诗情画意。

最后，林悌的"诗入小说"还有一个特点，即他所使用的诗歌都是自己根据小说的情节发展创作的，因此与小说的情感走向相辅相成，水乳交融而最终浑然一体，并不是单纯地为了炫耀自己的诗才或是引用别人的诗歌来附庸风雅。

第四节　林悌小说与中国文学的关联

林悌的诗歌善于使用典故，他的小说也同样凸显了这个特点。林悌使用了大量中国典故来丰富自己的小说内容，《花史》就是以中国唐代的阶段性史料为创作材料的，其中还将小说人物与唐代历史人物进行类比，以彰显自己的政治态度。综观林悌小说的典故使用，主要分为人物、地名和建筑物、典故和传说等的化用几个类型。

一　中国历史人物的借用

朝鲜朝时期，文人借中国历史人物进行叙事和抒发自身情感，就像是唐边塞诗中的"指汉代唐"一样，是很常见的现象。这一方面是为了彰显作者自身的知识底蕴，另一方面也有借隐喻和暗喻，避免统治阶级的打压和控制的意图。林悌借用中国历史人物最多的是他的《愁城志》，该篇将借用的中国历史人物除尧、舜、白居易、杜甫、屈原、宋玉外分为四类，分别放置在忠义门、壮烈门、无辜门、别离门。忠义门中有冒死进谏的千古谏臣关龙逢，挖心明志的比干，迷惑项羽军队、冒充汉王代其赴死的忠臣纪信，鞠躬尽瘁的诸葛亮，忠愤激烈的范增，誓吞江东的关羽，长啸退敌的刘琨，击楫中流的祖逖，精忠报国的岳飞，过河声残的宗泽，从容就死的文天祥，负帝跳海的陆秀夫等；壮烈门中有伍子胥、荆轲、项羽、韩信、孙策、苻坚、李密、李克用、朱温、李陵、桓温等 11 个中国历史人物；无辜门中主要有被白起坑杀的赵国 40 万降卒，被项羽联军在新安屠杀的秦朝 30 万降卒，白起、郦食其，司马迁的外孙平通侯杨恽，包括范滂在内的江夏八俊，李敬业、骆宾王，被秦王囚禁饿死于松柏林中的齐王建，被项羽先尊后沉江的楚怀王熊心；别离门中主要是远嫁塞外的汉家公主王昭君等，看羊海上的苏武，化鹤云中的辽东丁令威，自缢于马嵬坡的杨玉环，陪项羽乌江自刎的虞姬，被石崇爱护有加的绿珠等。《花史》也引用了大量中国历史人物，如商汤、伊尹、齐桓公、管仲、汉高祖刘邦、萧何、刘备、诸葛亮、南朝梁诗人何逊、林逋、苏轼、唐丞相李林甫、杨玉环、张绪、夏末代国君夏桀、隋亡国皇帝杨广、唐贤相杜如晦、写《爱莲说》的周敦颐等。《鼠狱说》和《元生梦游录》中也分别有数量不等的中国历史人物形象。林悌在引用中国历史人物时，都会将所引用人物的主要事迹进行简要概述，以使读者更易于领会他所引用人物的意义和作用，如《愁城志》中为民远嫁的王昭君，"汉家天子御戎无策，公主昭君相继远嫁。汉宫妆、胡地妾，薄命几何？"林悌还善于只引典故而不点人物姓名，让读者自己根据表明的事迹来领会，如果读者的知识储备不足，可能就不知道林悌说的是谁了。如《鼠狱说》鹤的自辩词中的"伴和靖于孤山"，"和靖"说的就是林逋。林逋是北宋杭州孤山人，著名词人，后人称为和靖先生。因其终身不娶，膝下无子，以梅花为妻鹤为子，故而有人给他梅妻鹤子之盛名。再如,《愁城志》中的"淮阴男子感解衣之恩,连百万之众,战胜攻取,鸟尽弓藏,竟死儿女之手""若骑牛读《汉书》者,亦一时豪杰也",分别指韩信和李密。吕蒙正在《寒窑赋》中曾以韩信为例,称"张良原是布衣,萧何曾为县吏;韩信未遇之时,无一日之餐,及至遇行,腰悬三齐玉印,一旦时衰,死于阴人之手",加之韩信的事迹广为流传,以至于不用书写姓名,大家也能凭借所列举的信息判断出来。而"骑牛读《汉书》者"则出自宋朝欧阳修、宋祁撰的《新唐书·李密传》,"(李密)闻包恺在缑山,往从之。以蒲鞯乘牛,挂《汉书》一帙角上,行且读"。普通人如果没有相应的知识储备,是看不懂这个典故的。再如"长啸越石,击楫士雅",如果不熟知刘琨和祖逖这两个英雄人物,不知道刘琨长啸退敌的典故,也不知道祖逖在长江中流击楫而誓的故事,很可能就判断不出林悌的语义指向了。

二　地名和著名建筑物的引用

林悌的小说作品中还有很多中国古代的地理名称和著名的建筑物。《花史》因以中国唐代阶段历史为脉络,故地名和建筑物等引用也最多,先后出现了罗浮、阖庐城、湘州、扬州、西湖、灞、吴中、敬亭山、东京、黄冈、长城、昆仑山、南昌、江城、阆土、杭州、琼岛、桑子河、堰东里、洛阳、台州、苏州、梓州、桃林、桂林、河北、华山、钱塘等。这些地名都是为了故事开展的需要而使用的,林悌能使用这些地名,说明他能够通过两国间的文化交流了解这些地理知识和文化典故。林悌小说中还引用了一些具有典故的中国建筑物,这些建筑物在他的小说中起到了情景交融、相互促进的作用。如《愁城志》中的"况夜雨偏入长门宫孤枕,霜月只为燕子楼一人",长门宫原是馆陶长公主刘嫖的私家园林,后刘嫖女儿陈皇后陈阿娇被废,迁居于此,此后,长门宫成了冷宫的代名词。而燕子楼为唐时张建封所建,唐白居易《燕子楼诗序》曰:"徐州故尚书(张建封)有爱妓曰盼盼,善歌舞,雅多风态。……尚书既殁,归葬东洛。而彭城有张氏旧第,第中有小楼,名燕子。盼盼念旧爱而不嫁，居是楼十馀年。"① 这一句中引用了两个中国古代的著名建筑物，事实上也是两个同样具有悲剧色彩的文化意象，对作者表达文意起到了辅助作用。《元生梦游录》中的"月明湘水阔，愁听竹枝歌"，虽然引用了"湘水"的地理名称，但更多的是要借湘妃竹的故事来表达作者以及文中人物的忠良之心。《鼠狱说》中也有同样的情况，如"玉笛声中，随子晋于缑岭"，出现的是人名和地名，但借用的还是背后的故事，其出自《列仙传·王子乔》："王子乔者，周灵王太子晋也。好吹笙，作凤凰鸣。……至时，果乘白鹤驻山头，望之不得到。举手谢时人，数日而去。亦立祠于缑氏山下，及嵩高首焉。"② 文中借此典故来突出鹤的高洁和仙韵，借以反讽鼠的丑陋和卑微。

三 典故和传说等的引用和化用

林悌还善于借用典故来表达自己的思想情感。例如，《愁城志》开篇描述天君即位之初国家盛况时称"不劳舜琴五弦，何须尧阶三尺？""舜琴五弦"源自《孔子家语·辩乐解》："昔者帝舜弹为五弦之琴，造《南风》之诗。"③《韩非子·外储说左上》中也有："昔者舜鼓五弦，歌《南风》之诗而天下治。""尧阶三尺"源自《韩非子·五蠹》："尧之王天下也，茅茨不剪，采椽不斫。"谓崇尚俭朴，不事修饰。唐代汪遵在《咏长城》中写道："虽然万里连云际，争及尧阶三尺高。"这样，通过两个典故就形象地将当时的国家盛况描绘出来，让人遐想无尽。《愁城志》中"日夜所亲近者，陶泓、毛颖辈四人而已"指的是文房四宝笔墨纸砚，这个化用则来自韩愈的《毛颖传》："颖与绛人陈玄、弘农陶泓及会稽褚先生友善，相推致，其出处必偕。上召颖，三人者不待诏，辄俱往，上未尝怪焉。"④ 金宽雄、金晶银认为："这种带有寓言性质的'假传'很早即见于唐代韩愈笔下的《毛颖传》《河间传》等，……

---

① 谢思炜选注《白居易诗选》，中华书局，2005，第 91 页。
② 滕修展等注译《列仙传神仙传注译》，百花文艺出版社，1996，第 59 页。
③ （三国魏）王肃注《孔子家语》，上海古籍出版社，1990，第 88 页。
④ 张文治编《国学治要》，北京理工大学出版社，2014，第 1372 页。

这些'假传'东渐朝鲜半岛后反响却很大，呈现出'假传'繁盛的局面。"①从上述情况分析，林悌不仅对韩愈《毛颖传》中的人物进行了借鉴使用，对其著作的接受也是较为明显的。

《花史》所运用的中国典故更是比比皆是。在描述丞相乌筠的才干时，作者述曰："商汤之于华老，齐桓之于管仲，汉高之于萧何，昭烈之于诸葛是也。"连用伊尹、管仲、萧何、诸葛亮等四个辅国重臣的事迹来进行类比。伊尹不仅是商代的第一大巫师，同时也是中华厨祖，更是一名杰出的军事家，为商朝的兴盛立下汗马功劳，卒时以丞相之职被奉祀为"商元圣"。《孟子》说："汤之于伊尹，学焉而后臣之，故不劳而王。"可见伊尹又是中国第一个帝王之师。作者用"商汤之于华老"，指的应是伊尹，显然伊尹在朝鲜古代典籍中还有华老的别称。而管仲辅佐齐桓公，萧何辅佐汉高祖，诸葛亮辅佐刘备的故事更是耳熟能详。这里排比使用四个典故类比衬托，乌筠的才干人品也就呼之欲出了。在描述李玉衡诬陷乌筠时，使用了"园林中藏兵"的典故，李晟是唐朝中期名将，擅长骑射，勇武绝伦，号称"万人敌"，为唐德宗镇守西陲，屡立战功，但也曾因小人妒忌而被诬告，遭受德宗猜忌。《旧唐书·王伾传》曾有评价："忠于事君，长于应变，诚一代之贤将也……而德宗皇帝听断不明，无人君之量，俾功臣困谗慝之口，奸人秉衡石之权，丁琼之言，诚堪太息。虽龊龊刻渭桥之石，区区赐烟阁之铭，亦何心哉！"对于李晟被进谗之事，清康熙帝也有见解："李晟虽遭谗间，不能坦然自信，则亦未尝学问之故也。凡人臣善处功名者不多。概见惟在帝王加意保全之，斯可得善始善终耳。"②作者使用这一典故，一方面是为了凸显丞相乌筠的忠良，另一方面揭露和批判了东陶英王不能信任忠臣的昏庸。在讲述陶烈王和东陶英王去世情节时，暗含了唐李白两首关于梅花的诗歌中的典故，烈王"六年冬十月，王出游吴中，月夜登敬亭山，使胡人吹篴奏秦声听之。触风不豫，洮颜水，翌晓，王殂落"。这里对应的是李白的《观胡人吹笛》："胡人吹玉笛，

---

① 金宽雄、金晶银：《韩国古代汉文小说史略》，北京大学出版社，2011，第64页。
② 《康熙起居注》第4册，徐尚定标点，东方出版社，2014，第227页。

一半是秦声。十月吴中晓，梅花落敬亭。"以梅花凋谢掉落在敬亭山来象征烈王的辞世。英王则"出奔江城，五月殂落"，对应的是李白的《与史郎中钦听黄鹤楼上吹笛》："一为迁客去长沙，西望长安不见家。黄鹤楼中吹玉笛，江城五月落梅花。"同样是以梅花的凋落来暗示英王的殂落。此外，在介绍夏纪丞相金带围（芍药）时，也引用了中国诗人的芍药诗来衬托人物，另外像金城太守杨绪、唐明皇时牡丹之贡等典故也都有效地发挥了介绍人物、推进故事情节发展的作用。

《鼠狱说》的用典，无论是在与情节的融合度上还是其使用频率上，都达到了极高的水准。例如在鸾的供词中，"伏以星文表瑞，天资挺奇，浊水狂尘，肯作俗人之玩，清都彩霞，不辞仙客之骖，朝餐琼树之葩，夜宿瑶池之月，物有贵贱之自别，臭岂薰莸之可并，强辨亦劳，自反乃可"，"清都"、"琼树"、"瑶池"甚至"客骖"皆为典故。其中"清都"典故出自《楚辞·远游》中"集重阳入帝宫兮，造旬始而观清都"句。《列子·周穆王》中言明"清都、紫微、钧天、广乐，帝之所居"，也就是天帝的居所，自当华丽异常，"清都"只二字，并不需要多加修饰，即可让读者对壮美绚丽的场景产生无尽的想象，不可不谓生动传神。"琼树"则古传为仙树，颜师古注《汉书》，引魏国学者张揖所言"琼树生昆仑西流沙滨，大三百围，高万仞"，道出了古时"琼树"被赋予的夸张的文学想象。"瑶池"据《史记·大宛列传》所载，传说在昆仑山。《穆天子传》也载西王母居于瑶池。"清都""琼树""瑶池"三者自成一景，通过这些典故，只用寥寥数语，便极大地丰富了小说的文学想象空间。而"客骖"典故则见于辛弃疾的《水调歌头·我志在寥阔》中的"有客骖鸾并凤，云遇青山赤壁，相约上高寒"句。谓乘着鸾鸟、凤凰去往云中见仙，富有烂漫色彩，《鼠狱说》中作者将此典故融入其"清都彩霞，不辞仙客之骖"一句，就情景而言，尤为恰当。鹊的供词中有："宗元义而著说，病见丑于俗眼，子美悲而作诗，貌看幽翔之鹰。"柳宗元提出"以文明道""不平则鸣"的主张，要求文章反映现实，富于革除时弊的批判精神。因此，他也根据当时的社会现实创作了不少具有讽刺意义的作品，如《捕蛇者说》《罴说》等，语言生动，哲理深刻，入木三分。杜甫号称"诗圣"，以现实主义著称，其作品充分反映严峻的社会现实和民间疾苦。作者在这里，虽然用柳宗元和杜甫描摹现实准确、揭露丑恶有力的特点，来为鹊贬低自己进行自辩，但其中也暗含了效仿两位古人对丑恶现实进行讽刺和揭露的决心。

总之，林悌的小说作品不仅用典量大，而且用法尤为恰当，可谓词华典赡。因此他的小说被给予很高的评价，在同类小说中被评为具有独特性的作品，也是情理之中的事情。

第五节　林悌小说的创新与价值

林悌的汉文小说之所以在朝鲜小说发展史上占有独特的地位，还在于他自出机杼的创新与发展。他在前人创作的基础上，大胆地发挥自己的想象力，运用新奇玄幻的手法，构建想象的世界，给人以耳目一新的感受。因此，有必要在此单列一小节专门论述他汉文小说的创新与价值。

一　《元生梦游录》开启了朝鲜"梦游录"小说的先河

梦是人类自诞生以来就具有的精神和心理的体验，也是人类研究自身的一个古老而又重要的范畴。早在殷朝时期，就有记录殷王占梦的甲骨文。《周礼·春宫·占梦》还将梦分为"正梦、噩梦、思梦、寤梦、喜梦、惧梦"六梦。由于古人认知有限，不免将梦这种现象神秘化。而古时文人将梦与文学结合起来，造就了博大精深的"梦文化""梦文学"，如《枕中记》《南柯太守传》等唐代梦幻类小说，还有被奉为经典的"临川四梦"等。朝鲜朝的"梦"类小说同样具有品类繁杂、数量众多的特点。林悌的《元生梦游录》之所以言史必谈，就在于它的独创性和在"梦游录"体系中的先驱性。

陈蒲清和权锡焕在二人合著的《韩国古代寓言史》中将《元生梦游录》定位为寓言小说，称"《元生梦游录》是一篇梦幻寓言小说"[1]。但按照该书中

---

[1]　陈蒲清、〔韩〕权锡焕：《韩国古代寓言史》，岳麓书社，2004，第192页。

列举的对寓言小说的定义（崔成德主编《朝鲜文学艺术大辞典》"寓言小说"：在小说的构成上寓言起到举足轻重的作用或者整个小说的构成具有寓言的性质时，这类作品统称为寓言小说。即寓话发展为小说形态或具有和它类似形态特性的作品的统称）来分析《元生梦游录》，其寓言小说的特征却没有那么鲜明，完全归入寓言小说有些勉强，反而归为"梦"类特别是梦游录小说更为贴切。

朝鲜的梦游录小说之所以能够自成体系，就在于它具有独特的结构形式，与其他梦类的文学作品迥然不同。"梦游录区别于其他文学体裁的关键，在于它独特的梦游结构。它既具有梦游小说共有的'入梦—梦中—觉梦'（即'现实—梦幻—现实'）的结构，又以其'入梦—引导及坐定—讨论—诗宴—诗宴的整理—觉梦及后来状态'的独特结构模式区别于梦记、梦游传奇、梦字类小说等其他梦游题材的小说……梦游录另一个区别于其他梦游形式小说的重要特征是梦中的人物多是信史中的人物。"①《元生梦游录》不仅表现了林悌敢于借历史事件讽喻当时朝政的斗争精神，更具价值的是，它开创了一个独特的梦游结构，为梦游录小说的发展开拓了空间。

从《元生梦游录》的结构上看，整篇小说共分为 6 个部分。（1）"世有元子虚者……不能扶持者也。"（2）"仲秋之夕……有亭突兀，临于湖上。"（3）"有一人凭栏而坐……王庸作歌，臣等赓焉。"（4）"王乃悄然整襟……吟断，满座皆凄然泣下。"（5）"无何，突有一个雄虎士……子虚惊悟，则乃一梦也。"（6）"子虚之友海月居士……于是乎记。"第一部分是人物的介绍和社会背景的交代，第二部分是入梦和引导，第三部分是坐定和讨论，第四部分是诗宴，第五部分是觉梦，第六部分是后来状态，完全就是梦游录小说的标准结构。

梦游录小说定型于 16 世纪，繁荣于 17 世纪，衰落于 19 世纪，主要篇目有《大观斋梦游录》、《安凭梦游录》、《元生梦游录》、《琴生梦游录》、《达

---

① 孙惠欣：《冥梦世界中的奇幻叙事——朝鲜朝梦游录小说及其与中国文化的关联》，第4页。

川梦游录》(尹继善)、《达川梦游录》(黄中允)、《皮生冥梦录》、《醉隐梦游录》、《龙门梦游录》、《寿圣宫梦游录》、《金华寺梦游录》、《浮碧梦游录》、《江都梦游录》、《何生梦游录》、《船游问答　黄陵墓梦记》、《锦山梦游录》、《谩翁梦游录》、《泗水梦游录》。[1] 其中,《泗水梦游录》是用朝鲜文创作的。

事实上,《大观斋梦游录》《安凭梦游录》均诞生在林悌的《元生梦游录》之前。《大观斋梦游录》中的人物虽然都是信史中的人物,但特征更趋近于梦游传奇,显然受到了唐传奇《枕中记》的影响;《安凭梦游录》也受到《南柯太守传》的影响,它对入座的描写非常细致,也以讨论和诗宴为主叙述了梦中世界。这两部作品包含梦游录小说的部分属性,也可以将它们视为过渡性质的梦游录小说。再向前看,金时习《金鳌新话》中的几篇小说也与梦有关,而且《金鳌新话》引大量诗歌入小说的做法也为后世梦游录小说的定型起到了积极作用,但从严格的结构意义来看,不能将其纳入梦游录小说,而且《金鳌新话》中的人物也都是虚构的,并不是信史中的人物。只有《元生梦游录》才是完全符合梦游录小说结构和其他特点的最初作品,也只有它才是梦游录小说的渊薮。

梦游录小说的出现与作家们对现实的关注有关,在统治阶级残酷打压反对言论的背景下,作家们只能以虚无缥缈的"梦"来影射现实和批判现实,同时构建和反映自己的梦想世界。从另一方面来看,梦游录小说的作家们又是非常有勇气的,他们冒着极大的风险,以历史人物为原型来评判是非对错、指点江山,其斗争性较为突出。

二　《花史》是假传体小说的集大成者[2]

假传体小说起源于高丽后期,"高丽后期的'假传体小说'出现于1170

---

[1]　孙惠欣:《冥梦世界中的奇幻叙事——朝鲜朝梦游录小说及其与中国文化的关联》,第5页。

[2]　〔韩〕金台俊:《朝鲜小说史》,全华民译,第54页。

年'武臣之乱'至高丽王朝灭亡的历史时期……'武臣之乱'后，文官们大都隐遁于山林江湖，玩赏山水，吟风弄月，过着与世隔绝的生活。高丽后期的包括汉文小说在内的文学作品大多出自这些隐士之手"①。高丽时期假传体小说的代表作主要有林椿的《麹醇传》《孔方传》，李奎报的《麹先生传》《清江使者玄夫传》，李榖的《竹夫人传》，释息影庵的《丁侍者传》等。这些假传体小说不仅在思想内容上不同凡响，其奇幻的拟人化艺术手法、严谨的史传体例在小说创作的表现形式上也独树一帜。《花史》之所以在朝鲜小说史上享有殊荣，就在于它将假传体小说的各项特征，尤其是拟人化手法的运用发挥到了极致。

假传体小说的嚆矢是唐代韩愈的《毛颖传》，它讲述了史上第一支毛笔诞生、发达、被遗弃的全过程，同时将历史传说、神话故事等穿插在故事情节中。韩愈在文中公正地说明了毛笔的作用与贡献，并借毛笔的遭遇为不被肯定和重用的有功之才鸣不平。《毛颖传》不仅催生了很多唐代的效仿之作，也对朝鲜假传体小说的发展产生了积极的影响。

"假传体"的特色如下：袭用《史记》的纪传体形式，介绍主人公的基本情况，记录主人公的发展经历，篇末模仿《史记》中的太史公口吻，对人物品性、经历进行点评；采用拟人化的表现手法，将器物比拟成人；大量援用典故，特别是中国的典故。

金台俊称林悌的《花史》为朝鲜假传体的集大成者，原因应该有以下几个方面。

《花史》的格局更加宏大。前期的假传体小说，都是将单独一个事物，或酒、钱、乌龟等根据其自身的特性进行拟人化处理，通过故事情节的发展，阐释文化内涵，并对不合理的社会现象进行影射和抨击。例如，"《麹醇传》《麹先生传》对酒文化、酒政的阐释；《孔方传》对货币经济政策演变的思考；《楮生传》对纸张在政治文化中所起作用的理解；《竹尊者传》《竹夫人传》《丁侍者传》对修竹文化的独特诠释；《清江使者玄夫传》对卜筮文化的

---

① 金宽雄:《韩国古小说史稿》，第294页。

追溯；等等"①。这些故事情节固然离奇，器物的比拟和借代也非常准确，但都只限于一物一象。而林悌的《花史》却以四季为时限，以花卉王国整体为对象，把花开花谢比喻成一个国家的兴亡过程，将全过程进行叙述和点评，其格局更大，气势更胜，空间和范围都超过了之前的作品。金台俊认为，"如果将《花史》按陶、东陶、夏、唐等分成若干部分进行观察，就可以看到，《花史》在体裁上同上述假传体小说并没有什么不同，但同历来的假传体手法相比大大地迈进了一步，在将个人拟人化的传记体基础上，重新整合，引伸为长篇，用花卉比拟汪洋恣肆的奇思妙想，纵论政治兴亡，不能不说是本书特有的价值所在"②。可以看出，金台俊对林悌《花史》集大成者的评价与其小说构思的宏大格局也有一定关系。

与前期假传体小说相比，林悌的《花史》不仅比拟的物象更多，而且拟人化手法的运用更加突出，作品中登场的人物既忠于内容也富有各自的个性。花卉、树木、蝴蝶、旋风，甚至连药材也被拟人化，以这些花草树木虫物来暗喻君主、贤臣、奸臣以及有关制度、地名和百姓。林悌在对植物特性的把握上有深刻的理解，他将陶国的初期描绘成理想的王国，用不畏严寒、象征意义美好的梅花烈王来指代理想的君主，将竹、松等耿直、美好的植物意象指代忠良的大臣，使这些植物的代入更加合理，也更加符合人们的形象需求和心理期待。

此外，《花史》与现实的关联度更高。当时的朝鲜朝，正是党争动乱之际，而《花史》不仅描绘了党争的弊端，也试图找到解决问题的办法。"至是红白余党，尚存形色，王亦出自红党，故欲专用一边人""史臣曰：红白党比之弊，无异于唐之牛李、宋之川洛，而金带围能诚心保合，使朝著之间晏然，可谓宰相器也。后之为总百之任者，可不鉴哉！""唐文宗尝曰：'去河北贼易，去朝廷朋党难。'读史至此，未尝不掩卷叹也。谓之党祸酷于边乱则可，谓其破党难于制贼，岂其可也？"③作者在这里对现实的党争进行了影射和批

---

① 李杉禅：《朝鲜高丽朝假传体文学研究》，博士学位论文，中央民族大学，2012，第2页。
② 〔韩〕金台俊：《朝鲜小说史》，全华民译，第53~54页。
③ 〔韩〕林悌：《新编白湖全集》，第672页。

判，指出党争的弊端甚至比外贼更加可怕，但局限地将解决党争的问题寄希望于像"金带围"一样德高望重、能力超强而又忠君爱国的模范人物身上，这自然是封建社会文人士子所特有的阶级局限性所导致的结果。

三 《愁城志》是"天君系列"小说的发端①

天君系列小说是朝鲜文学发展史上一个比较奇特的文学现象。首先，故事的主人公都是天君，主要人物也有重合，如主人翁、白头翁、无极翁等，几乎每篇故事里都会有这样的君主和劝谏人物；其次，故事梗概也大都相仿，经历了开国之初的良好建设，天君懈怠，国家出现了问题，忠义之士劝谏，然后解决问题；再次，创作模式延续时间较长，这种创作模式前后延续了三个多世纪；最后，这类小说不像通常的小说那样以描摹社会现实反映主题思想，而是通过抽象的拟人来演绎或推演各种学说理念。

在《愁城志》中，林悌将拟人化的对象进一步扩展到抽象的思维情感领域。他将人的心境比喻成君主，同时将喜怒哀乐等七情六欲和仁义礼智信等礼仪道德喻为人臣，拓宽了拟人化小说的创作天地。

无论从人物上还是结构上看，《愁城志》都是标准的天君小说。时好时坏的天君，飘然隐逸的主人翁，神秘的无极翁，都是天君小说的标志性人物。先治、后乱、再治也是天君系列小说的基本情节套路。

金健人认为，"韩国'天君系列小说'以林悌（1549~1587）的《愁城志》为发端，到郭锺锡（1854~1919）的《天君颂》为止，这中间有金宇颙（1540~1603）的《天君传》、黄中允（1577~1648）的《天君纪》、郑泰齐（1612~1669）的《天君演义》、林泳（1649~1696）的《义胜记》、李钰（1760~1812）的《南灵传》、郑琦和（1786~1840）的《天君本纪》（也称《心史》）、柳致球（1783~1854）的《天君实录》、金道和（1825~1912）的《天君说》等。天君小说的嚆矢之作为林悌的《愁城志》。他的《愁城志》

---

① 金健人：《韩国天君系列小说与中国程朱理学》，《外国文学评论》2003年第2期，第143页。

继承了高丽朝的《麴先生传》、《竹夫人传》等拟人假传体小说"。^①持相同观点的不只是金健人，金台俊和赵润济也有相似的表述。金台俊在《朝鲜小说史》中谈道："《愁城志》是短篇，同后世撰著的《天君演义》和《心史》属同一体裁。"^②赵润济在《韩国文学史》中指出："以上便是《愁城志》大概内容。从其体裁上看，与后来的《天君演义》《心史》相近，它们都把人之心情拟人化，用以表述自己内心的积愤和沉郁。"^③与金健人不同的是，金台俊和赵润济还未能对天君系列小说进行深入的类别研究，只是认为这些作品在体裁上具有共性，在情节上具有相似性。

通过对比可以发现，上述天君系列小说，主要的故事内容都是最初英明的天君，因为自己的错误导致国家由治而乱，但在忠臣劝谏下又能够觉醒，并重用忠臣能吏拨乱反正。与其他描写爱情、传奇或者名人逸事的小说相比，这种天君系列小说的情节并不算跌宕起伏，在趣味性和可读性等方面也不占优势，但在前后300多年的时间内自成一脉，绵延不绝，当然有其自身的独特意义。以林悌为代表的创作天君系列小说的文人，都是在朝鲜朝时期生活水平较高、具有一定社会地位和影响力、职位或高或低的统治阶层，最低也是具有较高文化程度和儒学修养的人，也就是能够接受正规教育的人。他们深受儒家"文以载道"思想的影响，创作文学作品并不完全是为了娱乐或是赚取金钱，更是为了宣扬自己的理想和抱负，阐发大道。

《愁城志》的可贵之处还在于，它突破了韩国古代汉文小说的善恶对立结构。在林悌之前用善恶对立的结构对社会进行批判的作品并不罕见，但《愁城志》中屈原等忠臣义士的冤魂并不是代表恶或为非作歹的反面形象，他们只是蒙冤的忠魂，受难的义士，而且只求栖身之地，并没有提出过分的要求，这实际上也暗指当时解决不了的社会问题。像林悌这样使用高度象征的

---

① 金健人：《韩国天君系列小说与中国程朱理学》，《外国文学评论》2003年第2期，第143页。

② 〔韩〕金台俊：《朝鲜小说史》，全华民译，第56页。

③ 〔韩〕赵润济：《韩国文学史》，张琏瑰译，第248页。

手法，以锐利的笔锋描写形而上的观念世界，对负面感情和人的内心世界进行拟人化描写并对其中微妙关系进行评价的作品是非常特殊的存在。

四 《鼠狱说》是动物类寓言讽刺小说的优秀代表

我国台湾学者林明德将林悌的《鼠狱说》收入由其主编的《韩国汉文小说全集》①卷六"拟人讽刺类"中的"动物拟人类"。虽然林明德并没有标注《鼠狱说》的作者为林悌，但目前国内外大多数学者如金台俊、权锡焕、韦旭升、李岩、陈蒲清等都认为《鼠狱说》是林悌的作品。为此，本书遵从这些学者的观点将《鼠狱说》视为林悌的作品。

朝鲜古代的动物拟人小说由来已久。最早的动物寓言是《三国史记》中《金庾信列传》里一则名为《乌龟与兔子》的寓言，讲述的是龙王为救女儿要乌龟去取兔肝入药，而兔子凭借机智头脑哄骗乌龟从而逃脱生天的故事。"这是韩国古代有记载的最早寓言，对后世影响很大，出现了如《兔公传》《兔先生传》《兔鳖传》《兔公辞》《鼠大州传》《蛙鼠狱案》等所谓的动物拟人故事，《鼠狱说》就是其中的优秀代表。"②

虽然后世的诸多学者都对林悌的《鼠狱说》给予了高度评价，但关注点大多集中在它灵活贴切的拟人化手法和辛辣、夸张的讽刺笔调上。如李岩等在《朝鲜文学通史》中评价《鼠狱说》时说："这种拟人化手法还与辛辣、夸张的讽刺笔调有机地结合在一起，不仅使拟人化的手法达到了一个新的高度，而且很好地表达了作品的主旨。""《鼠狱说》是一篇在思想艺术上较为成熟的寓言小说，它那鲜明的社会批判倾向以及激烈而大胆的讽刺手法，使它成为朝鲜中世纪小说史上具有代表性的寓言小说。"③韦旭升在《朝鲜文学史》中也指出："这种艺术手法在《花史》中已有所见，也是一般寓言常用的方法，但林悌在《鼠狱说》中使用的手法越发细腻，描绘

---

① 林明德主编《韩国汉文小说全集》新矫版，台北：台湾中国文化学院，1986。
② 汪燕岗：《韩国汉文小说研究》，上海古籍出版社，2010，第75页。
③ 李岩、池水涌：《朝鲜文学通史》（中），第811页。

的形象也更加生动。此外，辛辣的讽刺、夸张的写法、幽默的笔调，都是《鼠狱说》的重要特色。"①此外，金宽雄、金晶银②和汪燕岗③等学者也都在各自的著作中对林悌《鼠狱说》的拟人手法和辛辣讽刺给予高度评价，认为这是《鼠狱说》的重大贡献。诚然，林悌在《鼠狱说》中建构了庞大的动植物世界，特别是抓住每种动植物的特点和习性进行拟人化处理，使各事物变得形象生动、自然和谐，而且他的讽刺也确实辛辣夸张、入木三分。但如果我们在更宽广的朝鲜汉文小说史进程中来分析，就会发现林悌《鼠狱说》的贡献不止于此。笔者认为至少还有以下两点。

一是《鼠狱说》引领了鼠类寓言小说的发展。我国台湾学者林明德在其主编的《韩国汉文小说全集》中将朝鲜汉文文言小说分为梦幻家庭类、梦幻理想类、梦幻梦游类、历史英雄类、拟人讽刺类、爱情家庭类和笔记野谈类等七大类。在拟人讽刺类中划分了动物拟人类、植物拟人类、事物拟人类、心性拟人类等四小类。动物拟人类故事中关于鼠的小说共记载了3篇，分别是《老鼠求婿》、《鼠大州传》、《鼠狱记》（内文为《鼠狱说》）。此外，韩国关于鼠的寓言小说还有一部朝鲜语的《鼠同知传》，我们分别对上述几个关于鼠的寓言小说进行分析。"在朝鲜最早记录《老鼠求婿》故事的应属洪万宗的《旬五志》"④，而洪万宗是朝鲜王朝仁祖时期的学者，因此《老鼠求婿》故事的正式记载应晚于《鼠狱说》。同时，《老鼠求婿》作为民间故事应为从国外引入的，"印度是众所公认的这种类型故事发源地，许多学者都认为《老鼠求婿》这一类型的故事也来自于印度，至于传播的过程中，在中国、日本、韩国等东亚国家当中，哪个国家最早流传还未定论"⑤。民间故事的创作者并非个人，这些故事往往是群体口口相传集体创作的。"过去流传的民间故事往往是集体创作的，以至同一母题，如《长工和地主》《巧媳妇》《狼外婆》等，

---

① 韦旭升：《朝鲜文学史》，第 232 页。
② 金宽雄、金晶银：《韩国古代汉文小说史略》。
③ 汪燕岗：《韩国汉文小说研究》。
④ 李官福：《汉文大藏经与朝鲜古代叙事文学》，民族出版社，2006，第 161 页。
⑤ 李官福：《汉文大藏经与朝鲜古代叙事文学》，第 163 页。

就有许多不同的说法，但那是自发的、自流的。"①从这个层面来说，就算《老鼠求婿》故事早于《鼠狱说》，但在创作意义上也晚于林悌的《鼠狱说》。而《鼠同知传》与《鼠大州传》一般被认为是朝鲜朝后期的作品，②这也说明《鼠狱说》要早于其他两部作品。基于以上分析，我们可以做一个推论：《鼠狱说》是朝鲜小说史中最早出现的个人创作的关于鼠的寓言小说，而林悌作为第一个创作"鼠类寓言小说"的作家，在这方面起到了引领性的作用。当然，我们在这里定位的是寓言小说，而不是寓言。事实上，关于老鼠的寓言在朝鲜文学史上早已存在，如"铃猫乘马""老鼠窃饭"等，③然而林悌是将老鼠作为主要角色进行小说创作的先驱。

　　二是《鼠狱说》实现了公案类小说的先行探索。朝鲜朝公案类小说作为古小说的一大类别，其名称最早见于金台俊的《朝鲜小说史》，"公案类是在司法官厅的法庭上发展起来的小说。前述《蔷花红莲传》也属于这个系列，而更典型的是《玉娘子传》《陈大方传》等"④。然而金台俊只是为公案类小说下了个极为简单的定义，并未对这类小说的来源和发展脉络做深入分析。其后，金思烨、周王山、朴晟义等文学和小说史家们相继沿用此一用语，对这类小说在小说史中地位的认识也日渐全面，公案类小说至今已成为古小说研究领域的一个专门类别。金思烨将朝鲜朝时期的"正音小说"，即韩文小说，根据内容分为"家庭不和类""公案类""艳情类""奇逢奇缘类"四大类。⑤

　　周王山将公案类小说与翻案小说、忠孝小说、奇缘小说、宫中小说等一同置于小说发展史的英正时代。⑥朴晟义则进一步根据古小说的发展变化，将古小说史划分为"胎动期（上古～高丽末）""形成期（朝鲜初～壬辰乱）""发兴期（两乱间）""烂熟期（两乱后～肃宗朝）""发展期（英祖

① 蒋成瑀：《故事创作漫谈》，上海文艺出版社，1979，第16页。
② 〔韩〕尹胜俊：《朝鲜时代动物寓言的传统和寓话小说》，博士学位论文，檀国大学，1997，第155页。
③ 陈蒲清、〔韩〕权锡焕：《韩国古代寓言史》，第174页。
④ 〔韩〕金台俊：《朝鲜小说史》，全华民译，第155页。
⑤ 〔韩〕金思烨：《朝鲜文学史》，第304页。
⑥ 〔韩〕周王山：《朝鲜古代小说史》，汉城：正音社，1950。

朝~正祖朝）"衰退期（纯宗朝~哲宗朝）"等六个时期。而以《蔷花红莲传》《陈大方传》等为代表的公案类小说被放在发展期论述。[①] 这也意味着朴晟义在形式与内容方面将公案类小说看成区别于之前其他类别的小说，并确认这类小说是在英祖朝到正祖朝期间形成并发展的。此后，金忠实就此观点，通过讼事小说与讼事说话的比较研究，细致地论述了讼事小说的发展状况，并据此评定了讼事小说的小说史地位。金忠实认为讼事小说起源于神话和民谭等有关讼事的说话，[②]并从叙事结构、情节故事、现实关注、占篇幅比例四个方面阐述了"说话"的讼事话素与小说的继承关系。金忠实除了根据"说话→小说"这一小说发展理论来论述公案类小说的出现和发展及其对于小说史的意义，还根据英正时期的社会文化背景解释了公案类小说出现的原因。

　　目前，韩国学界对公案类小说的确切产生时期并没有一个精确的判断，只有一个普遍的共识，就是在英正时代公案类小说大量出现。有关公案类小说的起源的论述也很笼统，只有金忠实的论文通过分析社会文化背景以及狱讼说话与狱讼小说的关系说明了狱讼类小说出现的背景。但金忠实忽略了中国明末时期公案类小说对朝鲜朝公案类小说的影响。朝鲜朝公案类小说的形成除了受本国讼事说话的小说化[③]影响，还有可能受明朝《三言两拍》等公案类小说的影响。因为中国宋代已经有民间"说公案"这一文学艺术形式，"灌园耐得翁（《都城纪胜》）述临安盛事，亦谓说话有四家，曰小说，曰说经说参请，曰说史，曰合生，而分小说为三类，即'一者银字儿，如烟粉灵怪传奇；说公案，皆是搏拳提刀赶棒及发迹变态之事；说铁骑儿，谓士马金鼓之事'是也"[④]，而中国和朝鲜朝在古代的文化交流又是非常频繁的，因此受这种影响的可能性很大。

---

① 〔韩〕朴晟义：《韩国古代小说史》，汉城：日新社，1958。
② 〔韩〕金忠实：《讼事型古典小说研究》，博士学位论文，梨花女子大学大学院，1991，第 118 页。
③ 〔韩〕李宪洪：《朝鲜朝讼事小说研究》，博士学位论文，釜山大学，1987。
④ 鲁迅：《中国小说史略》，中华书局，2014，第 89~92 页。

不论此类小说的起源如何，根据上述学者的论断，我们可以看到此类小说的发展和繁荣是在朝鲜朝后期。那么，林悌的《鼠狱说》在叙事结构、故事情节、现实关注等方面都依托法庭和审判所展开，无疑也包含了大量公案类小说的因素。我们尚不能明确断言林悌在朝鲜朝公案类小说方面起到了发端的作用，但至少，他已经在公案狱讼类小说的发展中进行了先期的探索和实践，也很有可能为后期此类小说的发展提供了参考和借鉴。

小　结

本章从林悌汉文小说的创作概说、思想意蕴、艺术特色以及和中国文学的关联四个方面对林悌的小说创作进行了考察和分析。通过考察，我们可以发现，林悌的小说创作在朝鲜小说发展史上具有的意义，除却诸多专家学者在各自研究中确认的观点之外，还主要集中在以下两个方面。

一是创新。通过考证，我们已经看到，林悌的小说作品数量虽然不多，却各领风骚。《元生梦游录》被认作朝鲜梦游录小说的渊薮；《愁城志》为朝鲜古代天君系列小说的发端之作；《花史》被视为假传体小说的集大成者。此外，我们还通过考察分析做出推论：《鼠狱说》是第一部关于老鼠的寓言小说，林悌是朝鲜文学史上将老鼠作为主要角色进行小说化创作的先驱。我们知道，事物的发展离不开创新的推动，没有创新也就没有未来。尽管林悌没有像金时习那样创作了《金鳌新话》，成为朝鲜小说创作的先驱，尽管他也没有成为各种大类题材的先驱，例如第一个创作"梦类小说"，第一个创作假传体，第一个创作天君人物形象等，但他在各个类别中的创新是难能可贵的，他没有局限在前人的窠臼下，而是在前人题材的基础上，大胆地发散自己的思维，在谋篇布局、人物塑造、思想主题等各方面推陈出新，开创出新领域，建立起新体系，真正为朝鲜小说的发展做出了自己的贡献。这也正是朝鲜小说能够取得长远发展的真正原因。

二是传承。小说这种体裁在中国出现较早，但地位很低。早在《庄子·外物》篇中即出现"小说"一词，庄子说："饰小说以干县令，其于大达亦远矣。"①庄子认为，小说的言辞是花哨的，只能用来巴结人，与承载和阐发宏论高见相去甚远。孔子也表达了"子不语怪力乱神"的主张。班固在《汉书·艺文志》中将各类学说与著作进行分类，小说被归为可观者"九流十家"中最末一家。北宋文人钱惟演尝语僚属曰："平生惟好读书，坐则读经史，卧则读小说。"②以上种种，可见在儒学思想统治下，小说的地位是何等低下。朝鲜朝同样是尊崇儒学以儒治国的，因此不仅小说的地位低下，创作小说的人也会被儒家信徒所蔑视。而林悌却在这样的思想背景和社会环境下，持续坚持小说创作，不仅为他"方外之人"的标签提供了明证，更为朝鲜小说的发展起到了承上启下的积极作用，以至于赵润济先生发出了这样的慨叹："金时习以后小说文坛寂静沉沉，林悌之作犹如在沉寂的湖中投下的一颗石子，使小说文坛为之觉醒。"③在 16 世纪朝鲜小说发展几乎停滞的情况下，林悌用他的小说作品填补了这段空白，延续了历史的传承。也可以说，缺少了林悌小说作品的朝鲜小说史将会是断层的，也是不完整的。

---

① （清）王先谦集解，方勇导读整理《庄子》，上海古籍出版社，2009，第 282 页。
② （宋）欧阳修撰，林青校注《归田录》，三秦出版社，2003，第 114 页。
③ 〔韩〕赵润济：《韩国文学史》，张琏瑰译，第 248 页。

第四章　直抒胸臆的现实世界

——林悌汉文散文研究

对于散文的界定，是一件非常困难的事情。在中国的众多文学史专著或教材中，散文基本上都是按照年代来区分的，例如先秦散文、秦汉散文、唐宋散文等。具体下定义的不多，且定义含混。例如，"广义的散文既包括诗歌以外的一切文学作品，也包括一般科学著作、论文、应用文章。狭义的散文即文学意义上的散文，是指与诗歌、小说、剧本等并列的一种文学样式，包括抒情散文、叙事散文、杂文、游记等"①。仅从文本分析，散文包括了除诗歌、小说、剧本等之外的所有文体。我国学者对韩国散文的界定也是如此，"韩国古典散文是指从上古时期到19世纪韩国人用各种语言形态创作的除了诗歌以外的文学作品的统称，包括神话、传说、民间故事、寓言、殊异传、假传体小说、人物传、游记、稗说、诗话、汉文小说、韩文小说等"②。在这段叙述中，金英今将诗歌之外的所有文体一律统称为散文，也并没有下准确的定义。界限不清、定义不明，将对开展研究构成一定的困扰。为此，本书结合上述观点，对林悌的汉文散文进行了界定，即主要包括去除诗歌和小说之外的所有文学作品。林悌的汉文散文体裁涉猎广泛，有游记体、论说体、寓言体、哀吊体等；题材范围也十分广泛，从描绘山川风景、记录风土人情、传记历史长河，到描写社会、表现习俗、经世济民，无所不包。他创作了许多博学巧思、脍炙人口的优秀散文文学作品，既记录了一个时代，为后人传

① 童庆炳主编《文学理论教程》，高等教育出版社，2008，第196页。
② 金英今：《韩国文学简史》，南开大学出版社，2009，第43页。

承与发展提供了宝贵经验，又促进了朝鲜散文文学的多元化发展，具有较高的文学研究价值。

第一节　林悌散文的创作情况

"李氏朝鲜王朝时期，汉文散文仍是官方规定的标准文体。只是首先在17世纪光海君和肃宗时期，出现了由宫妃、侍女用本民族语言所写的记述宫中秘事的散文；后来，又出现了一批纪行和纪游的国语散文。但是，这类散文，无论数量或影响，都远远赶不上汉文散文，所以汉文散文仍是散文的主流。"[1] 可以看出，尽管朝鲜已创立本民族文字，但在16世纪，汉文散文无论在思想层面还是影响层面都是散文的主流。"在散文方面，除了稗说体散文、拟传体散文、纪行散文等继续得到创作以外，还出现了梦游录、纪实散文、国语散文等新的散文形式，有力地推动了朝鲜朝散文文学的向前发展。"[2] 这一时期，散文的种类更加多样，质量有了大幅度的提升。虽然林悌英年早逝，没有留下更多的散文作品，但他才思敏捷、善于创新、情感丰富，所创作的具有特色、包括各种体裁和内容的散文作品，也为朝鲜朝散文文学的发展贡献了力量。

古代散文的分类方法非常多，既可从文章标题分类，也可以从思想内容上分类，又可以从艺术手法上分类，还可以从应用上分类。但不管如何分类，各类别之间的交叉和重合是很难避免的，因为即使到了现在，能够准确区分古散文各种文体的意见或定义也很难统一。本书之所以对林悌散文的题材进行分类，并非强行将这些文体进行组合或区分，而仅仅在于使研究对象更加清晰地呈现，使研究工作更加清晰、简洁、有效，同时也为后人的研究提供有益的参考。

---

① 　陈蒲清：《古代中朝文学关系史略》，湖南人民出版社，第75页。
② 　李岩、池水涌：《朝鲜文学通史》（中），第540页。

一 游记体散文

朝鲜朝时期，汉文纪行随笔的发展达到了一个新的高度，特别是官员、文人学者撰写的"朝天录"和"燕行录"更是成为今日朝鲜和韩国文学与文化研究中的重要文献资料。"朝鲜对明朝'事大以诚'，对清朝则在相当长一段时间内视之为'夷狄犬羊'。因此，将出使明朝时的使节叫作'朝天使'，其使团人员所著见闻录则称之为'朝天录'；而出使清朝时的使节则叫作'燕行使'，其使团人员所著见闻录则称之为'燕行录'。"① 林悌作为一个低级别的官吏，没有进入过出使中国的使团，但他酷爱旅行，因此也有游记体散文传诸后世，例如《南溟小乘》。《南溟小乘》收录于《白湖遗稿》，是林悌在科举及第获得官职之后，于1577年十二月至1578年二月赴济州岛看望担任济州牧使的父亲时，记录其所见所感所闻的纪行文章。"金净的《济州风土录》是朝鲜文学史上第一部反映济州岛风土人情的纪行散文。"② 按时间排列，《南溟小乘》则应是第二部反映济州岛风土人情的纪行散文。《南溟小乘》是以时间为顺序、以日记形式呈现的散文，其中还夹杂了不少林悌即兴创作的诗篇。其顺序如下。1577年十一月三日从枫浦出发，经由康津、莞岛、白岛，于十一月九日抵达朝天馆。在望京楼与父亲会面。十一月十九日，拜访金净的谪居旧址。十一月二十二日，踏上旅途。参观金宁浦、城山、牛岛等。十一月二十四日，投宿于西归浦防护所。十一月二十五日，游玩天池潭、天帝渊、尊者庵等地。十一月二十六日，游赏松岳山。参观晚旱里、石窟，宿于明月防护所。十一月二十七日，游览望海亭、都近川，返回济州。作《金千德传》。来年（1578）二月五日，决定攀登汉罗山，并赋诗。二月十日，攀登汉罗山，进入尊者庵。二月十一日，参观五百将军洞。二月十二日，停留于云深处的尊者庵，作白云名篇。二月十五日，登顶汉罗山，经由头陀寺与双溪庵下山。二月十六日，返回济州与父亲会面。参观冲庵遗墟，作迎送

---

① 金英今：《韩国文学简史》，第60页。
② 李岩、池水涌：《朝鲜文学通史》（中），第772页。

曲。二月三十日，于别刀浦与父亲作别。到达楸子岛黄鱼浦。三月五日，到达故乡。五日后重新踏上北征路。《南溟小乘》在前人的基础上，对朝鲜最南端的济州岛的地理位置、地形、地势及物产等自然条件进行翔实记录，将自然风景描绘得栩栩如生，犹如一幅生动的画卷；对济州岛居民的生活方式进行描述，充分反映了当地居民的生产生活状况和生活水平；此外，林悌还对穷苦百姓的凄惨遭遇表达了同情，对盘剥人民、胡作非为的贪官污吏进行了谴责和批判。

二　论说体散文

在中国，古典论说体散文应形成于诸子散文。"诸子散文发展的第三阶段：《荀子》和《韩非子》，专题论述，重在说理，结构严密，讲究修辞。文章的朴实浑厚，说理的细密周翔，文风的严峻峭拔、锋芒毕露，语言的排比对偶、辞采丰富和大量寓言故事的运用，是其主要特点。"[1] 林悌的论说体散文《青灯论史》总体上属于史论体散文的文集，包括《杯羹论》《乌江赋》《荡阴论》《哭卒却敌》《夏载历山川》等具体作品。《杯羹论》对刘邦和项羽从人物性格、处事原则、对应策略进行了系统深刻的比较分析，作了比较客观的评价。《乌江赋》则从史学客观公正的研学态度对项羽的抉择进行了议论和评价。因为这篇《乌江赋》，他的儿子林地还受到了牵连，许筠《鹤山樵谈》载："林悌……殁后，人诬与逆魁论'项羽天下英雄，惜不成功'，因相对泣下。语传三省，鞠其子地，地以所作《乌江吊项羽赋》投进，因得原，徙边。"[2] 《荡阴赋》是以中国晋国时期在荡阴发生的"嵇侍中血"的历史事件为题材创作的散文。"嵇绍（253~304），字延祖，嵇康子，谯郡（今安徽宿县）人……永安元年（304），'八王之乱'还在继续，陈险挟持惠帝与成都王司马颖交战，大败于荡阴（今河南汤阴），百官及侍卫都奔逃溃散，只有嵇绍凛然正义，以身为惠帝挡箭，当时'飞箭雨集'，嵇绍因此丧命，血溅

---

① 陈兴芜：《中国古代散文研究》，西南师范大学出版社，2016，第 4 页。
② 〔韩〕许筠：《鹤山樵谈》，转引自蔡美花、赵季主编《韩国诗话全编校注》，第 1438 页。

到惠帝的衣服上。事后，侍从让惠帝换洗衣服，惠帝说：'这是嵇侍中血，不要洗。'朝廷屡次下诏褒扬其忠正。"①后来，人们以"嵇侍中血"来指代忠臣之血，林悌以此典故来歌颂忠臣。《哭卒却敌》是以载于《礼记·檀弓》中的一段故事为题材的，"阳门之介夫死，司城子罕入而哭之哀。晋人之觇宋者，反报于晋侯曰：'阳门之介夫死，而子罕哭之哀，而民说，殆不可伐也。'孔子闻之曰：'善哉，觇国乎！《诗》云："凡民有丧，扶服救之。"虽微晋而已，天下其孰能当之？'"②林悌借此故事说理，畅谈了哭卒却敌的故事，阐释了上位者应爱护士卒、爱护百姓的道理，引发人们的思考。《夏载历山川》是以中国古代"大禹治水"典故为主要内容的赋体散文，赞美了先贤公而忘私、心存大义的美好品德。

三 其他散文

《意马赋》则是作者对自己人生经历的总结，题目援引于《参同契》"心猿不定，意马四驰"，表达了作者东思西想、安静不下来的散乱心思，如意马难以控制。全赋由 67 句共 720 字构成。

寓言体散文有《送春文》《送懒文》《柳与梅争春》。"寓言是以教育或讽刺为目的，用假想的故事来说明某种道理的散文体。"③《送春文》中，林悌将宇宙的原始存在比作无极翁，把春比作东君，把蝴蝶和黄莺各自比作白衣郎官、锦衣郎官，通过拟人化手法塑造了春回大地后生机勃勃的温暖景象，表达了"假使人间的君王也能够如春风一般，实施柔和的善政，那么这世间必然是太平盛世"的想法。《送懒文》大体为 16 世纪 70 年代中叶所创作的，是作者为驱赶懒惰之病而创作的送别文。林悌将人心理上的懒惰情绪拟人化，赋予懒惰独立的思想和情感人格，并与其进行对话交流，通过两者之间的沟通表达自己的思想、观点和主张。《柳与梅争春》通过描写为了抢先迎接春天

---

① 白玉林、曾志华、张新科主编《晋书解读》，云南教育出版社，2011，第 119~220 页。
② （元）陈澔注，金晓东校点《礼记》，第 132 页。
③ 陈蒲清：《略说韩国古典散文与中国古典散文之联系》，《长江学术》2006 年第 1 期，第 56 页。

而相互争斗的柳树和梅花，艺术性地表现了相互厮杀且相互忌恨的两班统治官僚的卑劣行径。

凭吊体散文有《祭大谷先生文》《祭亡师金钦之文》。大谷成运对林悌的影响非常大，也是林悌最为尊敬和敬仰的人物之一，成运去世时，林悌在京城（今首尔），因官命在身无法告假奔丧，悲痛之下写此祭文，回顾了与恩师的过往经历，表达了万分悲痛之情。《祭亡师金钦之文》是作者在蒙师金钦坟前吊唁时写下的祭文，回顾了恩师的生平，表达了对恩师的赞美。

此外，林悌还写了一些序、记、赋等其他类型的小散文，如《管城旅史序》《浮碧楼觞咏录序》《俯仰亭赋》《石林精舍重修文》《谢赐镜湖表》等，但数量非常少。《谢赐镜湖表》是以中国唐朝开元年间唐玄宗给礼部侍郎贺知章的《诏赐镜湖剡溪川一曲》为题材创作的赋体散文，"天宝三年，因病，梦游帝居，及寤，表请为道士，求还乡里，即舍住宅为千秋观，上许之。诏赐镜湖剡溪一曲，以给渔樵。帝赋诗及太子百官祖饯"[①]，林悌通过此文表达了对"君贤臣忠"的向往和追求。

第二节　林悌散文的思想意蕴

林悌的散文，不仅蕴含着深厚的儒家思想，还融合了朝鲜朝的时代特征和民族特色，在他各种体裁的散文作品中，体现出浓厚的忧国情怀和强烈的批判意识，反映了他珍视情感、崇尚自然、探究人生的内心世界。社会背景的变化、中朝两国文化的交流、自身的经历都在他的作品中得到充分的体现。

一　忠孝仁义，对儒学的认同和坚守

尽管林悌的思想呈现了极大的包容性，吸收、融合了佛教和道家的部分思想，但他的思想根源是占社会主流的儒家思想。林悌师从大谷成运，关于他和老师爱颂句"道不远人人远道，山不俗离俗离山"的情况在前文已有谈

---

① （元）辛文房著，王大安校订《唐才子传》，黑龙江人民出版社，1986，第45页。

及，儒家思想的根源在"仁"和"礼"，这些都是林悌追求人生理想的根本原则，也是他文学创作的基石。

忠孝思想的体现。"忠孝"是传统文化的核心理念之一，这种理念延伸到政治领域，就是忠君爱国。梁启超认为"儒家之以礼导民，专使之在平日不知不觉间从细微地方养成良好习惯，自然成为一健全之人民也"①，林悌在他的散文中将这种礼义尊卑、伦理纲常体现出来，不仅是他自己奉行儒家礼义思想的具体表现，也在另一层面发挥了对儒学思想的宣教作用。如《哭卒却敌》中："许身初年，俱为君国。分有贵贱，臣子则一。"表达了君子当不分贵贱，都应为君王和国家效忠的思想。《哭卒却敌》又言："民思不去之义，士怀死绥之节。""士"是封建社会统治阶级中的一部分，大体上是对有一定知识和技能之人的称呼，"死绥"指为国为君殉节。杜牧曾在《闻庆州赵纵使君与党项战中箭身死长句》中写道"死绥却是古来有，骁将自惊今日无"②。在林悌看来，既为"士"，就必须承担起忠君报国之责任，就必须有为国效死之气节，这既是他自己的准则，也是对其他"士"的呼唤和期盼。《谢赐镜湖表》曰："山野性偏，踪未效匪躬之节；江湖身远，誓不忘恋阙之心。"更是表达了即使身处江湖也不会忘记报效国家责任的决心。同样，《荡阴赋》中"为臣死忠，为子死孝。魂兮归来，如子者少。偷生可羞，义死有先。魂兮归来，男子流芳""青袍侍中，衮衣天子。主辱身死，子固当死"的表述，更是直接地吐露了"为臣死忠""君辱臣死"的忠君思想。

仁义思想的体现。"儒家言道言政，皆植本于'仁'。"③"仁"指爱人，更多的是对上位者的约束。因此，孟子说："惟仁者宜在高位。不仁者而在高位，是播其恶于众也。"儒家向往"人治"，当然要对上位者提出更多要求。《论语》也言："上好礼，则民莫敢不敬；上好义，则民莫敢不服；上好信，则民莫敢不用情。"林悌自然也对君王提出了自己的希冀和要求。例如，《践

---

① 《梁启超论先秦政治思想史》，商务印书馆，2012，第95页。
② （唐）杜牧著，张厚余解评《杜牧集》，山西古籍出版社，2004，第64页。
③ 《梁启超论先秦政治思想史》，第80页。

东君序》曰："大凡人主，布德于上，则下民化合于下。故风行草偃，无一夫不获其所，以心和则气和，气和则行和，形和则身和，身和则天地之化，皆应矣。故治安百姓，王道之始；发扬万物，天道之始也。"屈原在《九歌》中作《东君》一篇，"暾将出兮东方，照吾槛兮扶桑。抚余马兮安驱，夜皎皎兮既明。驾龙辀兮乘雷，载云旗兮委蛇。长太息兮将上，心低徊兮顾怀。羌声色兮娱人，观者憺兮忘归"[1]，描绘了太阳神东君巡行给人间带来光明和生机的场面。林悌在这里将东君暗指为人间的君王。他认为，君王应广施德政，才能感化百姓，才能政通人和。既然推行人治，林悌还认为所有的功劳都应归于天帝和君王，天下为天帝之所创，社会中兴则是君王之功。例如，《践东君序》曰："天虽大，非君则莫能行化；物虽众，非君则莫能生成。由是观之，昆虫也，草木也，奄九州四海物物，化化生生之功，无非天也君也。"这种君主崇拜的思想主张自然有它的局限性，特别是在现代人看来，它有很大的缺陷，但在当时的社会条件和思想背景下，林悌秉持的"君权神授"的思想显然是社会的主流。

二　崇尚自然，对田园的憧憬和向往

林悌是一个爱山乐水的文人，创作了不少向往山水田园的诗篇。而在其创作的散文中，体现这种情感和思想的只有一篇《南溟小乘》，虽然作品数量少，却将这种思想倾向体现得淋漓尽致。林悌的《南溟小乘》，是他于1577年科举及第后去拜见身为济州牧史的父亲林晋之时创作的，正所谓"春风得意马蹄疾，一日看尽长安花"。在如此兴奋的情况下，林悌将济州岛的风土人情、景物风貌、物种特产等用日记的形式记录下来，还夹杂了多篇即兴而作的诗歌，可见他观察细致，文笔超卓，兴趣盎然。

描绘自然风光之奇美。林悌从出发到济州岛，再到返回家乡，总共用了四个月的时间。在济州岛期间，林悌每到一处景点，总要加以描述。例如，到了成山岛时写道"到所谓成山岛者，如一朵青莲插出于海涛之际，其上则

---

① 黄凤显注释《楚辞》，华夏出版社，1998，第70页。

石崖，周遭如城郭，中甚平，草树生马。其下则岩峦奇怪，或如帆樯，或如幕室，或如瞳盖，或如禽兽，万千之状，难以尽记"。他将成山岛比作海涛中的青莲，记录了各种奇石的形状。再如，到了一个洞窟，又记录道："仰见白石团团如月，而微有芒耀。又如碗如杯，如鹅卵如弹丸者，错落如星斗，盖浑窟青苍，故白石得为星月之状也。试吹笛，则初成咽咽之音，旋作轰轰之响，若滇波震动，山岳倾颓，悄然肃然不可久留。"这里，林悌记录了一个比较奇特的洞窟，洞窟上面布满白色石头，在青苔映衬下，状如苍穹上遍布满天星斗，诗人还饶有兴致地记录了在洞窟中吹奏笛子的音响效果。此外，林悌对五百将军洞的描绘，颇用笔力。"洞一名灵谷，层峦皎洁，环作玉屏，三道悬瀑，倒泻一壑。其间有古坛，坛上有独树桃花。乃于坛上，籍〔藉〕从竹而坐，俯视南溟，一碧万里，真岛中第一洞天也。"林悌还借助描写济州岛的山水抒发了他的爱国热情和民族自豪感。他在游大静县及山房山时抒发了这种情感，"余谑曰：'洞庭有橘而无梅，西湖有梅而无橘。今者洞庭西湖，俱在眼中，无乃巨灵知余好奇，移来一处耶？'""彼回七百里之湖，无异于泻一杯坳塘之上耳。"在游大静县时，林悌认为造物主恩赐他，将洞庭湖和西湖的美景合二为一，满足他的好奇心。游山房山时，他认为与这里海的壮阔相比，洞庭湖七八百里的水面和风浪就像是将一杯水倒入池塘中一样。这些都透露出林悌对祖国山水风光的肯定与热爱。

记录风俗物产之特殊。林悌在济州岛时间较长，深入地观察了岛上的风土人情，对所观察到的事物都进行了详细的记录。例如，他记录了济州岛居民的生活方式，"如高氏、傅氏、梁氏一般有牛马千余匹之家，起居之室亦无暖炕。再不济之男子也有多名子女，最多甚至有八九人。挖圆木制桶，以其负水。巷间所遇担木桶汲水者，皆女子也"。当地取暖方式与半岛居民不同，没有暖炕；女多男少，提水等重体力活由女子承担，这些现象都在林悌的记录中体现出来。这篇散文中，较为精彩的地方还有详细地记载济州岛特产柚子和柑橘类的《橘柚谱》。"柚，西南沿海亦多有之。叶厚而小，其实秋黄而皮厚……青橘，皮类唐柚而小于洞庭橘，色青，味大酸，经冬入夏，味甘多液。山橘，一如青橘，而色黄多核，味酸。"《橘柚谱》中对 2 种柚子和 7 种橘（柑橘、大金橘、小金橘、洞庭橘、青橘、山橘等）从外表、颜色到味道进行了详细的记载。林悌还对一种被推断为灵芝类的植物进行了说明。从《芝图附录》的名字来看，应该是与原作一同记录的。此外，林悌还记述了忠孝贞烈女子千德的故事，并立传加以赞美。"啸痴曰：'千德南荒一下女耳……大则板荡之时，危乱之际，卖国者有焉，忘君者有焉，而其不为千德之罪人鲜矣。可哀也哉！'"林悌认为，和千德的节操相比，那些卖国、忘君的人是多么的无耻，数量是何其的多。林悌还创作了记录济州岛风土人情和生活习俗的诗歌。"鲸海茫茫接太虚，一州民物寄浮苴。汉拏峰顶云霞古，皇主村边草树疏。园果最珍金色橘，盘馔多用玉头鱼。木桶波泉如负子，家家筑石作门闾。"

抒发对田园生活之憧憬。林悌往返济州岛加上在岛上停留共计四个月的时间，这本身就说明了他对远离俗世的海岛生活的喜爱。他在岛上作了大量诗篇，来抒发心中感受和体会，其中部分诗作表达了他对田园生活的向往。例如，"世外溪山天地宽，人间随处有狂澜。寂寥南国犹弹铗，怊怅东门未挂冠。乡梦岂能知路远，梅花元不怯春寒。此生拟访瀛洲住，翠柏明霞绝可餐"。林悌用这首诗表达了他对田园生活的向往，认为这里的溪山是世外之地，而人世间则随处波澜，愿长住此地。林悌在离开该岛时，还留下了一首离别诗，表现了他对这里的依依不舍，"歧路悠悠足离别，海云江月几相思。西池荷叶已出水，早晚从师一问之。观海归来独掩门，诗僧鸣锡下层云。江村寂寂梅花落，惆怅闲忙此路分"。在诗中林悌表示这是送给两位僧人的留别诗，但实际上也是林悌对济州岛生活的告别，诗中通过"几相思""惆怅"等词语，多次表达了他对此地的留恋之情。

三　人生领悟，对情感的认知和理解

林悌是一个至情至性的人。在他的散文中，除了以忠孝节义为核心的儒家政治思想外，还表达出他对友情、亲情的珍惜，对人生哲理的领悟。

对友情、亲情的珍惜。林悌有两位老师，一位是启蒙老师金钦，一位是授业恩师大谷成运。两位老师的先后离世对林悌造成了不小的打击。特别是授业恩师成运的离去，使林悌倍感悲痛，他在祭文中对成运的评价极高："而鸿冥九霄、凤举千仞者，数百年来，仅有见于先生。故先生节高于巢、许，而世莫知。"认为不论才学还是品德，成运都是数百年来少有的。作者还将恩师比肩为中国东汉时期的司马水镜先生，自己则是粗鲁无礼的小人物，从而烘托出恩师对自己的再造之恩，"以某之粗豪无似，累尘于司马之水镜，而其许兴不夷于凡庸，此某所以激昂青云，酬恩无地，半世危哀"。最后，林悌写到恩师的离去，使自己永远失去了知音，表达了无比哀痛之心，"宇宙寂寥，修夜沈沈，此后人世，断无知音"。对于金钦给林悌的启蒙，林悌也是铭记在心，《祭亡师金钦之文》就是作者在恩师金钦过世后的某个寒食节来到恩师坟前吊唁时写下的祭文。该祭文记录了金钦的坎坷命运，虽皓首穷经，然青云之路被堵，后以捕鱼为业，耳顺之年又痛失子弟。"悌十载从学，至于成童而能成立。到今策名清时者，惟师蒙养之功为多"，林悌将成长为成童的德归功于师傅金钦的培养。虽然前文提到林悌曾在《意马赋》中表示自己一度失学，但事实上，林悌的文学基本功确实应该归功于恩师金钦的教诲。最后，文章还记录了作者因奔波于风尘、浮沉于宦海，未能在恩师逝世时及时赶到灵前吊唁而深感痛心疾首的遗憾。

对人生哲理的领悟。散文不仅蕴含着文人对绿水青山的热爱、对历史事件的态度、对自身情感的抒发，也包含着其对人生哲理的领悟。范仲淹撰写《岳阳楼记》总结的"先天下之忧而忧，后天下之乐而乐"的情怀，《孟子》的"故天将降大任于是人也，必先苦其心志，劳其筋骨，饿其体肤，空乏其身，行拂乱其所为，所以动心忍性，曾益其所不能"，《论语·子罕》的"岁寒，然后知松柏之后凋也"等人生哲理，都是文人对生活或各种自然现象进行观察后得出的感悟或受到的启迪。林悌在他的散文中也有不少对人生哲理的领悟。例如，《意马赋》中的"此之谓天人合德，非蒙学之所能识。故知道者，道之所在，无适无莫。可行则行，可止则止。千驷万钟，何加于己？箪食瓢饮，乐在其中"就表达了何必非要追求荣华富贵，领悟了大道，就算是只能够满足基本生活需要的"箪食瓢饮"，也能够乐在其中的人生感悟。《夏载历山川》中"呜呼，天下至大，神位惟危。天欲付之，必先试之"同样表达了类似孟子"生于忧患，死于安乐"的思想内涵。林悌领悟了《鬼谷子》"将欲取之，必先予之"的精神实质，而且用"天欲付之，必先试之"的言语表达出来，不仅是激励自己，而且是在提醒其他文人士子。《俯仰亭赋》中"若以归，天长地远。骋目之为快，则无乃有违于俯仰之意？耳目聪明，为男子身。仰不愧天，俯不怍人"则是林悌在登临雄州俯仰亭时，受到景物冲击后得到的感悟，做人要堂堂正正，无愧于天地。事实上，这不仅是他的感悟，也一直是他的做人准则。

第三节　林悌散文的艺术特色

刘勰在《文心雕龙·情采》中说："圣贤书辞，总称文章，非采而何？夫水性虚而沦漪结，木体实而花萼振，文附质也。虎豹无纹，则鞟同犬羊；犀兕有皮，而色资丹漆，质待文也。若乃综述性灵，敷写器象，镂心鸟迹之中，织辞鱼网之上，其为彪炳，缛采名矣。"[①]刘勰认为，内容与形式是相互依存的，文学的形式与内容也应该统一。林悌的散文不仅具有思想性，还具有自身的艺术价值。

一　精彩纷呈的修辞手法

林悌善用修辞手法来增强语言表达的张力，在他的散文作品中，采用了多种修辞手法，使得作品更具说服力，更具理据性，更有想象空间，让读者更有震撼感、体验感。

生动的拟人。拟人化的写法可以赋予事物以人类的行为特点，生动形象地表达出作者的情感，让读者感到所描写的事物更活泼、更容易亲近，使

---

① 李建中、吴中胜主编《〈文心雕龙〉导读》，武汉大学出版社，2015，第108页。

文章更加生动形象。使用拟人手法必须抓住某事物的某个特点，使它与拟人化之后特有的具象效果相吻合。林悌将拟人手法运用得出神入化，他的散文作品因为使用了拟人的手法而获得了独特的表现力。例如，《践东君序》中的"月正元日，东君始即位，以木德王，无为而化，国号新，自称春申君之后""花阶三等，白衣郎官，舞馨香之仁风；柳幕千里，锦衣公子，歌太平之烟月。天壤之间，繁华物色，贲然可观者，未有若此时之盛也"。林悌将司掌春天的太阳神比作东君，把蝴蝶和黄莺各自比作白衣郎官、锦衣公子，通过这种拟人化的手法塑造了春来后的生机勃勃的温暖图景。文章通过拟人化的对比，传达了林悌对君王实施善政、社会和平繁荣的向往。再如，《柳与梅争春》通过柳树与梅花的论争，艺术性地描写了当时统治者内部通过权势与出身来评价人，并依此来提拔或贬谪官员的腐败政界现实。二者为了谁该先迎接东皇——春神而相互争论，直至和煦的春天过去之后，柳君与梅生约定停止争论，这批判了封建统治官吏们之间的嫉妒、嫉恨与相互陷害的现象，表明了作者认为这些事情十分低俗的立场，同时也反映了作者希望杜绝这些低俗之事，官吏们应该同心协力处理好国家政事。作品中，林悌依据柳树和梅花的特征将二者都化作各具特点的人物，"罗浮之山，有体瘦而神清者，曰梅生；庞泽之渚，有身长而肢弱者，曰柳君"。在古人眼里，梅花象征坚贞不渝、高洁、坚强、谦虚的品质，与兰花、竹子、菊花一起被列为"四君子"。在文人的诗篇中，"瘦梅""寒梅"等词很常见，因此看到"体瘦而神清"的描绘自然会联想到梅花。至于柳树，人们对其有杨柳依依、弱不禁风的印象，因此"身长而肢弱"的修饰自然是准确地抓住了柳树的特点，让人心领神会。此外，该篇也出现了"东君"这个虚构的春天形象。再如，《送懒文》将懒惰的习惯比喻为鬼魂，通过与主人对话的形式展开全文。"懒鬼泣曰：'子志若此，我去决矣。顾我迷惘，行不知所从，去不知所控。念子相随日久，可无一言以相送乎？'"仅用寥寥数语，便将一个与主人情真意切的懒鬼形象描绘得栩栩如生。懒惰本是个不好的习惯，却与主人难舍难分，临别之前还要与主人深情告别，让人啼笑皆非。

　　酣畅的排比。"连用几个意思相关，结构相同、字数大致相等的词组或句子，达到增强语势的目的，叫排比……因此多用排比，就有可能形成汪洋恣肆、豪放劲健的风格。例如《孟子》，它的作者是先秦诸子中善于使用排比的作家之一，书中排比句随处可见，有如长江大河，不可阻挡。"[①]林悌同样善于使用铺排的手法来增强文章的气势，增强渲染力。例如，《意马赋》中就有一大段的排比句，使作者表达的情感变得极为强烈："其一，则长安雨歇，五陵春融。金鞍醉月，玉勒嘶风。当貂裘于酒肆，狎胡姬于红楼。重然诺兮一寸心，报知己兮双吴钩。其一，则幽燕健儿，秦垄壮士。奇韬龙虎，按阵天地。饮铁马于渤海，驻大旆于王庭。归明光兮谒天子，焕龙阁之丹青。其一，则青琐列班，金门通籍。鸣珂赤墀，跃马紫陌。唤风霜于一语，树桃李于千门。水榭春兮杨柳暗，舞筵香兮罗绮翻。其一，则饭颗戴笠，灞桥骑驴。瘦生语苦，耸肩吟孤。传闲情于月露，写清思于云烟。得一句兮三年（二句三年得），或潭底兮水边。"这段表述使用了四个结构相同、语义相关、词性相对的句子，结合相关的典故，将游戏风尘、忠肝义胆的侠客，驰骋疆场、报效国家的将军，位列台阁、辅佐圣君的贤臣，安贫乐道、苦心追寻的文人等人物形象及其生活方式淋漓尽致地表现出来，形成了强烈的对比，给读者造成了巨大的冲击感。在林悌的其他散文作品中，使用排比手法的例子还有很多，例如《夏载历山川》中，"其山，则崇华奠位，岐梁底绩。西极昆仑，东临碣石。其水，则江淮河汉，浩浩连空。龙门既凿，水由地中"，通过相同的句式结构，将"山"和"水"分别介绍说明，不仅句式整齐悦目，且文意相连，形成了较强的气势。《送懒文》中"是知去子者圣，追子者狂；去子者智，追子者愚。书名于竹帛者，去子者之数也；同腐于草木者，追子者之徒也"，通过一连串的排比，生动地将改掉懒惰习惯的好处和不能改掉懒惰习惯的坏处一一对比说明，给人以强烈的冲击。该文中还有一段排比"然则吾将为圣为智乎？吾将为狂为愚乎？吾将竹帛于书名乎？将草木而同腐乎？"通过一连串的疑问和对比表达了自己摆脱懒惰习惯的决心。《荡阴赋》中"为

臣死忠，为子死孝。魂兮归来，如子者少。偷生可羞，义死有先。魂兮归来，男子流芳。愁云结雨，鬼哭空林。魂兮归来，哀荡阴"将忠孝仁义的思想情感和行动体现进行连续描述，增强了说服力和表现力。

凝练的对偶。"把两个字数相等、结构相同的语句并列在一起，以表现相关的意思或同一个意思，叫对偶……对偶能唤起联想，表达人们的智慧。例如提起自满招致损害，就会想到谦虚带来利益。对偶音节匀称和谐，符合美学上的均齐原则，能使人产生美的感情。对偶由于有上面两个特点，就便于记诵，有助于满足人类的求智欲望。客观事物有许多本来就是成双作对的，对偶的形式，有利于与众多的客观现象取得一致。"[1]林悌在散文中，将对偶句点缀其中，为灵活随意的散文行文增加了庄重典雅的气息，增强了韵律感。例如，《意马赋》中，林悌表达对人生的迷茫时说："杨朱之泪空洒，阮籍之途长迷。""杨朱"对"阮籍"，"泪"对"途"，"空洒"对"长迷"。杨朱泪的典故出自《荀子·王霸》："杨朱哭衢涂曰：'此夫过举蹞步而觉跌千里者夫！'哀哭之。"[2]杨朱因为在十字路口错走半步而后发现已相差千里而哭泣，表达了作者担心误入歧途的感伤和忧虑。阮籍之途的典故出自三国时期魏国阮籍的传说，《晋书》卷四十九《阮籍列传》记载："时率意独驾，不由径路，车迹所穷，辄恸哭而反。"[3]说阮籍不辨方向，发现没路就痛哭而返，后人常以此比喻穷途末路。杜甫也用过二人的典故，他在《早发射洪县南途中作》中写道："茫然阮籍途，更洒杨朱泪。"林悌用这两个典故形成对偶，不仅含蓄生动地表达了对人生的迷茫，而且因使用的词词性相同，前两组词还平仄相反，在韵律表现上也形成了一定的效果。在林悌的散文中，诸如此类的用法有很多，如《哭卒却敌》中的"金鼓，摧不注之山；烟尘，接看敖之郊"生动地表现了战争的场面和气势；《谢赐镜湖表》中的"玉堰投迹，愧自多于疏狂。荷衣称身，望岂在于青紫"也形象地表达了对名利和声望的看法，"黄

---

① 李维琦编著《修辞学》，第244~249页。

② （战国）荀子著，孙安邦、马银华译注《荀子》，山西古籍出版社，2003，第128页。

③ 王雅轩等注译《中国历史文选》，辽宁大学历史系中国古代文献教研室，1980，第289页。

鹄举翮，已决高蹈之怀。紫凤含纶，遂有名区之锡"也使用了对偶的修辞手法。此外，《石林精舍重修文》中的"碧桃坛黄梅洞，仿佛松乔之风。从桂岩万竹台，依微应真之意"，《南滇小乘·金冲庵祠宇新修文》中的"先生之身，一死而道一否；先生之庙，一立而道一泰"，《祭大谷先生文》中的"北云醉咏，难忘下榻之时；皓月清篇，还成永诀之词"，《俯仰亭赋》中的"仰于斯，俯于斯，山亭犹足；风于斯，月于斯，一钱谁辨"等句，也都使用了对偶的修辞手法，不仅显出文采斐然，更增强了韵律，读起来朗朗上口。

当然，林悌在他的散文中不仅使用了这几种修辞手法，还有比喻、反复、对偶和排比的叠用等。例如，《祭大谷先生文》中的"在庚午秋，为千里之鱼，而得一拜于床下，纵容而丈，便有不忍舍去之意，而势难久住，怅然而辞"，就将自己比喻为千里之鱼，意味着行了千里路才遇见恩师，不仅难得，而且缘深。再如，《乌江赋》中的"天命之去就，人心之离合，是也。夫天人一理也。天命自我人心，而去就实由离合。然则天下之大势，本于人心，人心之离合，而天命去就之。天命之去就，而废兴存亡之机决矣"就使用了反复的手法。还有，《俯仰亭赋》中的"北望遥空，乱峰秋月。晴岚宿雾，变态朝夕。隔神京兮何许？思美人兮如玉。起攀桂之幽怀，咏招隐之一曲。南望莽苍，野旷天低。汀州渺渺，烟草萋迷"将对偶和排比的手法叠用。林悌散文正因为使用了丰富的修辞手法，更加增强了文章的意蕴和韵律感，增强了可读性。

二 推陈出新的创作风格

"《热河日记》为朝鲜五百年间有数文学，不但为韩中纪行文学之白眉，实为韩国实学史上利用厚生派之重要文献。"[1] 在朝鲜文学史上，若论纪行散文，首推朴趾源的《热河日记》，其影响之大、受关注之广是有目共睹的。《热河日记》是朴趾源随祝贺清乾隆皇帝七十寿诞的使节团来到中国，回国后依据所见所闻创作的日记体纪行散文，其主要描述的是中国的风土人情、器

---

① 〔韩〕朴趾源著，朱瑞平校点《热河日记》，上海书店出版社，1997，第1页。

物制度、社会习俗等。但在对朝鲜本土风土人情进行观察和描述的游记散文创作中，林悌也值得一书。有学者认为，关于描述济州岛风土人情的散文主要有金净（1486~1521）的《济州风土录》与李健（1614~1692）的《济州风土记》，[①] 然而林悌的《南溟小乘》无论在内容层面还是表现方式等方面也都有独到之处。

按照年代对描写济州的纪行类作品进行排序，最早的是金净的《济州风土录》，其次是林悌的《南溟小乘》，之后是金尚宪的《南槎录》、李健的《济州风土记》、李源祚的《耽罗录》、崔益铉的《游汉拏山记》等。可以想见，白湖的《南溟小乘》继承了冲庵的《济州风土录》，而李健的《济州风土记》继承了白湖的《南溟小乘》。在这一系列的散文作品中，林悌的《南溟小乘》应该说起到了一定的桥梁作用。

虽然这些散文作品在内容上有很多相似之处，主要是关于济州岛的地理情况、风土人情、传说故事以及作者本人的心得感悟等，但在体裁格式上，林悌却别出心裁，使用了日记体的形式，这与其他作家有所区别。此外，林悌不仅采用日记体形式，还在其中附记当日的诗作，将散文与诗有机结合，形成一个整体，获得了更好的抒情效果。例如，1577 年十一月二十三日的记录："县人张幕于城山北麓相候。主倅先往，吾一行亦冒夜投县。主倅以红烛清尊，待我于东阁。司仆文应辰，亦追来，有前期也。相与尽醉而罢。林节制亨秀，留诗板，有'日落林鸦定，天寒海戍空'之句，感而和之。吾怜林节制，义气满天东。生世嗟相后，清尊恨未同。英魂落何处，沧海杳怜空。感激留佳句，孤吟夜政中。"

可以看出，有关旅程的介绍与周边风景的叙述，都以散文的形式详细记录了下来，而因景物或其他事物触发的兴趣及感受，又通过诗体现了出来。虽然《南溟小乘》中插入的诗歌，都在林悌的文集中进行了再收录，但是通过阅读《南溟小乘》，对精确探索这些诗篇的创作动机与内容会有一定的帮助。同时，《南溟小乘》虽然采用了日记与诗结合的形态，但是不固执于整齐

---

① 李岩、池水涌:《朝鲜文学通史》（中），第 540 页。

的形式，并在其中嵌入具有相对独立性的内容，如《金冲庵祠宇新修文》就是一篇独立文体。上述这些特点，既是《南溟小乘》的独特创新，也是它的令人瞩目之处。

三 灵活多变的疑问句式

"提出问题、具有疑问语气的句子叫疑问句。"[①] 而设问、反问等疑问句的使用不仅有表达疑问的功能，还有增强语气、连接上下文的作用。林悌在他的散文中大量使用疑问句，除了《至日贺笺》《谢赐镜湖表》《石林精舍重修文》《祭大谷先生文》《祭亡师金钦之文》等表达特定情感的 5 篇散文没有使用疑问句外，在其他 13 篇散文作品中共计使用了 111 个疑问句，尤其是《柳与梅争春》全篇使用了 30 个疑问句，《杯羹论》使用了 23 个疑问句，而篇幅非常小的《管城旅史序》（全文仅 14 句）也使用了 6 个疑问句。这种使用疑问句的手法，不仅表现出他对疑问句式的高超驾驭能力，也为他的散文增添了波澜起伏的情节，增强了表现力。

以设问句引人注目，串联全篇。设问"无疑而问，自问自答，以引导读者或听众注意和思考问题"，"它的作用是：提醒注意，引导思考；突出某些内容，使文章有波澜，有变化"。[②] 林悌善于使用设问的方式来引起读者阅读的兴趣，增强个人观点和情绪的冲击力。例如，《管城旅史序》中的"然则何不曰诗而曰史？曰：'人声之精者为诗。'"通过自问自答表现了作者对诗的理解，即诗须为"人声之精者"，而史则不必像诗歌那样精练浓缩。《意马赋》中的"不毛不鬣，何以四蹄为哉？放之，则横驰千里；收之，则立脚云台"通过设问对这个"假像曰马"的动物的特征和能力进行了说明。《杯羹论》不仅通过一系列的设问来突出想要表达的情感和思想，更重要的是，通过一问接一问，推动了整体论述的发展和进行，"曰：'高帝何如人也？'曰：'仁人也。'曰：'有仁而遗其亲者也乎？'曰：'未有仁而遗其亲者也。'曰：'然则太

---

① 黄伯荣、廖序东主编《现代汉语》（下），高等教育出版社，2017，第 102 页。
② 黄伯荣、廖序东主编《现代汉语》（下），第 220、221 页。

公非亲之至者欤？置之饿虎之口，坐见其危而莫之救。又从而怒之者，非遗之甚焉者欤？'"通过这一连串的自问自答使读者对"汉高祖是仁人"的论断产生了怀疑，后面更是通过两个反问增强了这种怀疑，使文章逐步进入高潮。林悌不仅善于使用设问的方式来增强文章对读者的冲击力，还善于用设问的方式开篇，引导下文发展，推进情节逐渐进入高潮。例如，《哭卒却敌》开篇以"一介夫耳，何哭之哀？"来提出疑问，引导下文，下文的全部内容都是对这个疑问的解答。文章对春秋以来的战争进行了评述和阐释，尤其是"苦战连年，伤心惨目""国须足兵，我泪自雨""尔之云亡，一哭何惜""非哭则何觌，非觌则徒哭。咏宣尼之善哉，重起余之叹息"等语句更是对"何哭之哀"的直接回应。《管城旅史序》也采用设问的形式，以"史者何？记事也"开篇。虽然这两句已经通过自问自答让读者接受了"史就是记事"的观点，但之后全篇都是对"记事也"的进一步阐述。此外，《柳与梅争春》也是通过大量的问答来推动情节的发展和辩论的进行，并借此表现不同事物在不同层面上进行对比是何其的荒谬，隐晦地批判了柳、梅之间无谓的对比和争执，因为这种对比和争执对春天的到来没有丝毫影响，也没有任何意义，只会给正常的秩序和规律造成伤害和阻碍。

以反问句增强语气，抒发情感。反问是"无疑而问，明知故问"，"又叫'激问'"，但它"只问不答，把要表达的确定意思包含在问句里"。"反问则主要是加强语气，用确定的语气表明作者的思想。"[1]林悌对反问的运用非常娴熟，不仅增强了语气，抒发了情感，也使文章波澜起伏，增强了读者阅读的兴趣。例如，《意马赋》中的"非造父之所驭，岂穆王之可骑？"通过反问衬托了那个"爱有一物，参天地者"的珍贵和地位。造父是中国历史上著名的善御者，是为周穆王驾车的人，周穆王是留下许多传奇的人间帝王，喜爱乘车出游，连这两个人都没有驱使那个事物的资格，由此强烈地反衬出它的宝贵和地位。《俯仰亭赋》中的"潘郎鬓兮岂足悲？宋玉愁兮吾不为"也是用反问的方式表达了作者不会因年龄增长而悲春伤秋。潘郎鬓源见"潘安白发"，

---

① 黄伯荣、廖序东主编《现代汉语》(下)，第 221 页。

谓头发早白，多借指年华流逝，身心早衰。宋史达祖《齐天乐·白发》词曰："秋风早入潘郎鬓，斑斑遽惊如许。"[①] 同样是借潘安白发的典故，抒发了因年华逝去而引发的惆怅和吃惊的情绪。《管城旅史序》中的"诗而不精，何以曰诗乎？"同样通过反问表达了作者对诗歌的态度，不精干凝练的诗歌根本就不能算是诗歌。林悌还善于用连续的反问来增强情感表达的语气和对读者的冲击力。例如，《杯羹论》中的"然则太公非亲之至者欤？置之饿虎之口，坐见其危而莫之救。又从而怒之者，非遗之甚焉者欤？"就表达了强烈的否定，难道太公就不是汉高祖的至亲吗？难道汉高祖这种抛弃至亲的行为不是最恶劣的吗？答案都是肯定的，太公是至亲，这种行为也是最恶劣的，这种表述更加强烈地表现出作者的思想倾向和情绪波动，也更易让读者受到感染。该文中的"则以此为少失而不录耶？抑以为能权之一端乎"也通过连续的反问增强了语气。《送懒文》中的"惟子之随，于子何负？况人生百岁，形役劳之，颐神养精，弃我谁教？子不是思，见绝于我？且我非人，安以形假？依人而行，亦无情思，子虽圣智，何所听视？"这一连串的反问不仅形象地表达了懒鬼的强烈不满，还讲述了一通似是而非的道理，凸显了其重要性，让人读完忍俊不禁、感同身受。

此外，林悌在《送懒文》中通过一连串联系紧密、层次逐步递进的选择问句进一步表达了作者的迷茫，"然则吾将为圣为智乎？吾将为狂为愚乎？吾将竹帛于书名乎？将草木而同腐乎？何去何从，何舍何取？诚愚不察，欲与子绝！"事实上，这一连串没有答案的问句也表达了作者想要摆脱懒惰习惯的决心，通过问句的方式表现出来能更好地引发读者的思考。在其他散文作品中，林悌也夹杂了大量普通的疑问句。

总之，林悌对各类疑问句的使用，在加强情感表达的同时，还避免了文章的平淡，不仅完美地契合了自己的思想内容，也使文章更有层次感，在审美意趣和表现力方面都有了较大的提高，这也是林悌对朝鲜散文发展的贡献之一。

---

① （宋）史达祖撰，雷履平、罗焕章校注《梅溪词》，上海古籍出版社，1988，第 115 页。

第四节　林悌散文与中国文学的关联

林悌善于引经据典、以古论今，因此，他的散文中借用了大量来源于中国的神话传说、历史事件中的人物和故事，引用了许多中国文学家的文学作品以及蕴含其中的趣事，包含了非常多的中国文化元素。

一　中国历史人物的引用

林悌善于借用中国古代的历史人物来为自己的文章增强趣味性和说服力。例如，《意马赋》中的"项负拔山之力，只制乌骓；布有使戟之雄，赤兔徒羁"。项羽和吕布的勇武是尽人皆知的，他们在朝鲜也是家喻户晓的人物，项羽与乌骓马、吕布与赤兔马都是很经典的故事，使用这二人的意象可以很好地反衬出"意马"的奇特。该文中的"释老，以清虚诱我；申韩，以刑名啖我"，释老是释迦牟尼和老子的并称，亦指佛教和道教，而申韩则是申不害和韩非子的并称，指春秋战国时期的法家。《夏载历山川》中的"起遐想而长啸，忆禹载之曾历。昔昏垫之下民，洪警尧之方割。鲧绩用之不成，来汝禹帝曰"，不仅借用了禹、尧、鲧这三个中国上古人物，还借用了大禹治水这个故事。《俯仰亭赋》中的"志虽慕于幼安，望自重于安石"借用了辛弃疾与王安石两位人物，二人都有爱国热情，又具有文学影响力，作者以此二人对比，显示出自己的远大志向。该篇中的"记希文之已逝，序王勃之不作"同样借中国古代两位文学大家表达了自己的思想情绪。希文是指范仲淹，曾作《岳阳楼记》，流传至今，王勃的《滕王阁序》也是千古名篇，林悌借二人之名抒发了古人一去、传奇不再、睹物思人的情感。《祭大谷先生文》中的"节高于巢、许"，"巢"是巢父，"许"是许由，二人都是尧帝时的隐士。传说尧帝想让巢父继承天下，巢父不肯，尧帝又想将天下让给许由，许由反应更加激烈，马上用水洗耳朵，怕脏了耳朵。林悌形容大谷先生的品节高过巢、许二人，是对恩师的高度肯定。总之，林悌在散文中借用了大量中国历史中的人物，详见表 4。

表 4　林悌散文中出现的中国人物统计

序号	篇名	原文	类别	来源
1	《意马赋》	非造父之所驭，岂穆王之可骑	人物	造父、周穆王
2		项负拔山之力，只制乌骓；布有使戟之雄，赤兔徒羁	人物	项羽、吕布
3		杨朱之泪空洒，阮籍之途长迷	人物	杨朱、阮籍
4		释老，以清虚诱我；申韩，以刑名啖我	人物	释迦牟尼、老子；申不害、韩非子
5		然则斯道也，达而尧舜周公，穷而孔孟颜渊	人物	尧、舜、周公、孔子、孟子、颜渊
6	《夏载历山川》	起遐想而长啸，忆禹载之曾历。昔昏垫之下民，洪警尧之方割。鲧绩用之不成，来汝禹帝曰	人物	禹、尧、鲧
7		孰不曰；思夏之禹	人物	禹
8	《谢赐镜湖表》	岂意一曲清湖，乃赐四明狂客	人物	贺知章
9	《石林精舍重修文》	远公为四海之神山	人物	东晋时名僧慧远
10	《祭大谷先生文》	节高于巢、许	人物	巢父、许由
11		他日太史氏编高士传也	人物	司马迁
12		累尘于司马之水镜	人物	水镜先生
13	《俯仰亭赋》	志虽慕于幼安，望自重于安石	人物	辛弃疾、王安石
14		潘郎鬓兮岂足悲？宋玉愁兮吾不为	人物	潘安、宋玉
15		记希文之已逝，序王勃之不作	人物	范仲淹、王勃
16	《荡阴赋》	何所独无此毅魂，临风为吊嵇侍中。青袍侍中，哀衣天子。主辱身死，子固当死	人物	嵇侍中（嵇绍）
17	《哭卒却敌》	咏宣尼之善哉，重起余之叹息	人物	宣尼、孔子
18	《送懒文》	虽非杨赋韩文	人物	杨雄、韩愈

通过表4可以看出，在林悌的散文中多次出现了中国历史中的名人，有神话人物、古之帝王、世间猛将、思想先贤、赤胆忠臣等，范围之广、人物之多，足见林悌对中国文化的了解之深。

二 中国地名和其他文化符号的引用

林悌还在散文中借用了很多中国的地名、国名及其他文化符号。例如，《意马赋》中的"则长安雨歇，五陵春融"。长安是中国古代多个朝代的都城，五陵也是著名的古代城市，借用这两个地名是为了突出城市生活的繁华。《夏载历山川》中的"中国无鸟兽之迹"，则是因为谈及中国的问题，所以使用了中国这个意象。《哭卒却敌》中的"世自入于春秋，变杀气于阳和"使用了春秋这个表示时间的词。最有意思的要数《金冲庵祠宇重修文》的纪年了，林悌写的是"时万历戊寅年也"，这表明当时的朝鲜朝或是直接使用中国明朝的纪年方式，或是将中国明朝与自己国家的纪年方式并行使用，由此可以看出，两国之间包括文化交流在内的各种交流都是非常频繁的。具体的引用可详见表5。

表5 林悌散文中出现的中国地名和其他文化符号统计

序号	题目	原文	类别	来源
1	《意马赋》	则长安雨歇，五陵春融	地名	长安、五陵
2	《夏载历山川》	中国无鸟兽之迹	国名	中国
3	《哭卒却敌》	世自入于春秋，变杀气于阳和	时期	春秋
4		吴楚渝盟，齐秦负约	国名	吴楚齐秦
5		时晋阳之兵甲，政衔枚而傍伺	地名	晋阳
6	《金冲庵祠宇重修文》	先生学追邹鲁，志回华勋	国名	邹国、鲁国并称
7		时万历戊寅年也	纪年	明朝万历年
8	《荡阴赋》	临淄道上，一鞭残月	地名	临淄
9		彼成都为长蛇封豕，竟难禁于荐食	地名	成都
10	《送懒文》	十载长安，从子优游	地名	长安
11		何处君归好？五陵花柳边	地名	五陵

事实上，不论是朝鲜朝时期，还是高丽时期，古代朝鲜很多文学作品的背景都来自中国古代的历史地理等，朝鲜与中国古代的政治经济联系越紧密，这种现象就越频繁、越明显。从林悌散文创作的情况来看，朝鲜朝与明朝的文化关系是非常紧密的，表5的统计也提供了例证。

三　中国典故的引用和化用

除了人物、地名以及其他文化符号外，林悌还引用、化用了不少中国典故。例如，《意马赋》中的"重然诺兮一寸心，报知己兮双吴钩"，不仅与李白《侠客行》中的"吴钩霜雪明""三杯吐然诺"等多个意象比较吻合，而且任侠重诺的主题思想也比较接近。该文中的"则饭颗戴笠，灞桥骑驴"来源于孟浩然骑驴的故事，"孟夫子一世畸人，其不合于时，宜也。当其拥裋褐、负箬箬，陟袖跨驴，冒风雪、陟山阪，行襄阳道上时，其得句自宜挟风霜霰雪，使人吟诵之犹齿颊生寒，此非特奥室白雪有味而可讽也"[①]。这段话正是北宋书画鉴赏家董逌对孟浩然灞桥骑驴图的点评和说明，可见"灞桥骑驴"的典故影响力之大。宋朝刘克庄曾以此事迹作七言律诗《孟浩然骑驴图》："坏墨残缣阅几春，灞桥风味尚如真。摩挲只可夸同社，装饰应难奉贵人。旧向集中窥一面，今于画里识前身。世间老手惟工部，曾伏先生句句新。"《夏载历山川》中的"家不窥于三过，启不子于呱呱"则是借用了大禹治水三过家门而不入的故事，大禹连儿子启的婴儿时期都没有亲自照顾看护。《祭大谷先生文》中的"薰莸之不分"，在《左传》和《魏书》中都有记载，表示善恶不分，一旦染上臭味，十年都清洗不掉。具体的典故引用详见表6。

表6　林悌散文中出现的中国典故统计

序号	题目	原文	类别	来源
1	《意马赋》	重然诺兮一寸心，报知己兮双吴钩	化用	李白《侠客行》
2		则幽燕健儿，秦陇壮士	文化	古代历史

① 黄国声选注《古代题跋选》，广东人民出版社，1986，第79页。

续表

序号	题目	原文	类别	来源
3	《意马赋》	则饭颗戴笠，灞桥骑驴	典故	孟浩然骑驴典故
4		得一句兮三年，或潭底兮水边	典故	贾岛《题诗后》
5		箪食瓢饮，乐在其中	典故	《论语》
6	《夏载历山川》	家不窥于三过，启不子于呱呱	典故	大禹治水
7		西极昆仑，东临碣石	化用	曹操《观沧海》
8	《哭卒却敌》	惟豪社之褊小，实鲁卫之伯仲	典故	《论语·子路》
9		黄鹄举翮，已决高蹈之怀。紫凤含纶，遂有名区之锡	化用	宋晁补之《拟古六首上鲜于大夫子骏其二东城高且长》
10	《谢赐镜湖表》	玉墀投迹，愧自多于疏狂。荷衣称身，望岂在于青紫	化用	汉刘彻的《落叶哀蝉曲》
11		颍水自清，谓无损于尧圣。钓台难回，宁有妨于汉治	化用	宋苏轼《新渡寺席上次赵景贶陈履常韵送欧阳叔弼比来》宋范仲淹《钓台诗》
12	《石林精舍重修文》	依微应真之迹	化用	唐韩偓《无题》
13	《金冲庵祠宇重修文》	君偃蹇兮扬灵，驾苍螭兮云车	化用	《文选·枚乘〈七发〉》
14		鸿鸣九霄，凤举千仞	化用	宋王应麟《东山》
15	《祭大谷先生文》	薰犹之不分	典故	《左传·僖公四年》《魏书·辛雄传》
16		安知以终南之捷径，北岳之滥巾	典故	《新唐书·卢藏用传》
17	《俯仰亭赋》	隔神京兮何许，思美人兮如玉	化用	宋赵必璉《贺新郎·寿陈新渌》屈原《思美人》
18		巴楼不见，滕阁徒闻	意象	滕王阁
19	《荡阴赋》	才惊血之洒空，保六龙于兵尘	意象	汉《述初赋》
20	《送懒文》	何处君归好？烟霞三岛间	化用	宋史浩《夜合花·三岛烟霞》宋赵鼎《望海潮·八月十五日钱塘观潮》

鉴于《杯羹论》《乌江赋》都是专论项羽的文章，所以表 4~ 表 6 未对这两篇散文的引用情况进行统计。

林悌善于使用典故，因此不论在他的诗歌中还是小说中，用典都是他的特色之一，这种特色也一以贯之地存在于他的散文作品中。哪怕他的散文作品数量相对于诗歌来说并不算多，但其中引用的典故也丝毫不见减少。这也成为他整体文学的特色之一。

小　结

本章对林悌的散文及其他杂文进行了考察和研究，通过对林悌散文的思想意蕴的分析，可以看出林悌对儒学的坚守，对自然的向往和憧憬，对人生意义的静思；通过对林悌散文艺术手法的分析，可以看出林悌不仅善于运用丰富的修辞手法，而且在散文的结构方面采取了与日记结合的创意，特别是林悌对于疑问句式的使用达到了新的高度，这对朝鲜朝散文乃至汉文散文的发展都有重要的借鉴意义；通过对其散文与中国文学关联方面的研究，我们同样看到了林悌散文作品中蕴含丰富的中国文化元素，这也为朝鲜朝文学与中国文学的紧密关系提供了有力的支撑。总之，通过对林悌散文的考察和研究，不仅可以进一步明晰林悌在朝鲜朝文学发展史中的定位，还可以为中朝古代的文化交流提供新的佐证。

结　语

　　文学并不是孤立存在、凭空出现的，而是脱胎于相应的社会现实、思想背景以及意识形态等基础，林悌的文学也是如此。综观林悌的人生经历和他的文学作品，卓尔不群的孤傲品性、放荡不羁的奇闻逸事、倚马可待的敏捷才思、天马行空的奇思妙想，如此之多的特征综合在一个人身上，可以想见他的独特，难怪古人在纷纷赞美他的才华之余，还给了他"异端派"诗人、"方外人"等各种称号。但也正是这种与众不同，才成就了林悌在朝鲜文学史上的特殊地位。其独特的文学思想及其作品的文学价值主要体现在以下几方面。

　　第一，强烈的否定意识。其一，否定意识的根源是他强烈的自我意识。林悌沉浸在自己的世界中，孤傲地坚持着自己的人生观、世界观、善恶是非观，绝不会因为外部世界的影响而有丝毫改变。由于无法放弃自我意识或改变自我，自然会产生种种矛盾：他出身于具有封建统治阶层意识的贵族家庭，却坚持着自己对理想世界的追求和向往，在自己的文学作品中描绘了畅想中的理想王国和礼仪规范；他以儒家思想为立身之本和人生指引，却又兼容并包了佛教与道家的思想，去寻求心灵上的慰藉和解脱；他唾弃封建统治阶级的昏庸腐朽、麻木不仁，却又迷失于灯红酒绿、温香软玉中，但也能时不时地替风尘女子发出悲戚之声，留下同情之文；他有改天换地的远大抱负，憧憬着创下一番伟业，却又无力实现自己的梦想；他想出将入相，一展宏图，却不愿低下高贵的头颅与痛恨的奸佞同流合污。林悌对自我是如此的迷恋和自信，以至于他在《元生梦游录》中对尧、舜、禹等古代圣君的事迹表达了强烈的质疑。厘清了林悌的自我意识，就不难理解他身上存在的种种矛盾。其二，否定意识的表现是辛辣的批判和讽刺。林悌否定和批判周遭一切与自己观念不符的丑陋事物，上至篡夺皇位的世祖，下至贪生怕死、闻敌而逃的士卒，还有那些党同伐异的官僚，只要是与他的观念相冲突的，都在他的否定和批判范围之内，甚至就连他自己的过去，只要不符心意，也要一并批驳。因此，他的诗歌时而激昂奔放，时而痛心疾首，时而无比辛辣；他的寓言小说想象奇伟、讽喻结合、意味深长；他的史论散文立论不落俗套、辨析鞭辟入里。他通过《见朝报，选将帅四十八人，人材之盛，前古无比》中的"只缘胆小人，生平见敌怯。行军既失律，往往遭倾覆。纵得保首领，何颜睹天口"等诗句来鄙视那些遇敌则逃的胆怯军兵；在《元生梦游录》中，他通过众人之口来批判窃国之君；他通过《花史》中的各种动植物来讽喻党争的官僚；在《青灯论史》系列散文中，他通过对项羽的赞美来展现自己思想的与众不同；他甚至在《意马赋》中对自己的过去进行否定和批判，通过"某，粗豪人耳，早岁失学，颇事侠游，娼楼酒肆，浪迹将遍，年垂二十，始志于学，而其所学，亦不过雕章绘句，务为程文，眩有司之目，而图当世之名。其后屡屈科场"的描述来批评自己少年时期不学无术、游手好闲，导致一事无成。由自我而引发否定，由否定导致批判，而最终批判和讽刺成了林悌进行文学抗争的武器，也成为他艺术特色的标签和注脚。

第二，思想的兼容并包。一是对佛道思想的接受。林悌是在儒家思想的启蒙下成长的。他的蒙师金钦是一个苦学但未获取功名的儒士，这在他《祭亡师金钦之文》"惟灵白首穷经，青云无路，江湖渔艇，庶以终老"的描述中可以看出。而他的恩师成运更是儒家名士，为免遭"士祸"的牵连不得不隐遁在俗离山。正是因为接受了儒学的洗礼，才有了林悌在俗离山中爱颂"道不远人人远道，山不俗离俗离山"名句的逸事。透过林悌的文学作品，我们可以看到他对礼的恪守、对仁的希冀。可贵的是，他并没有因为对儒学的坚守而排斥佛家和道家的思想，反而创作了大量蕴含佛道思想的文学作品，为他的文学作品增添了飘逸和神秘的气息。当然，对佛道思想的接受可能是他在受到打击、遇到挫折之后，去寻求解脱时的正常反应。二是对域外文化的吸收和利用。"林悌具有强烈的民族意识和爱国思想，他坚决反对把朝鲜称为'小中华'"，但这不妨碍他对中国古代文化元素的接受和利用。林悌在文学作品中运用典故的爱好和兴趣直追唐朝诗人李商隐，无论是在他的诗歌、小说，还是散文作品中，都能发现中国的文化元素，名人逸事、历史典故和文化典故、各种意象等，包罗万象。这说明他不仅掌握了娴熟的艺术手法，而且具有雄厚的知识储备，也能够说明林悌拥有融汇百川的胸怀。如果林悌是一个狭隘的民族主义者，那么他很可能将这些文化元素拒之门外，以彰显自己思想意识的纯粹性。正是因为林悌对佛道思想和域外文化元素的兼容并包，他的文学作品才更具多样性，也更加丰富多彩。

第三，持续的创新突破。传承和创新是一对辩证的关系，没有传承就没有创新，任何创新都不可能无中生有，同样，没有创新就没有未来，更谈不上传承。可以说，林悌能够在朝鲜文学史上留下浓墨重彩的一笔，也是因为他能够不断地创新和突破。首先，我们来看他的小说创新。通过考证，我们已经看到，林悌的小说作品数量虽然不多，却各领风骚，《元生梦游录》不是第一部写梦的小说，却自成体系，被认作朝鲜梦游录小说的渊薮；《愁城志》也不是第一部以虚拟的"天君"为主要人物的小说，却成为朝鲜古代天君系列小说的发端之作；《花史》更不是第一部假传体小说，却因场景宏大、气势恢宏、人物众多、跨度绵长而被喻为假传体小说的集大成者。此外，我们还通过考察分析做出推论：《鼠狱说》是第一部关于老鼠的寓言小说，林悌是朝鲜文学史上将老鼠作为主要角色进行小说化创作的先驱。尽管林悌并没有像金时习那样创作了《金鳌新话》，成为朝鲜小说创作的先驱，也没有成为各种大类题材的先驱，例如第一个创作"梦类小说"，第一个创作假传体，第一个创作天君人物形象等，但他在各个类别中的创新是难能可贵的，他没有局限在前人的窠臼下，而是在前人题材的基础上，大胆地发散自己的思维，在谋篇布局、人物塑造、思想主题等各方面推陈出新，开创出新视域，建立起新体系，真正为朝鲜小说的发展做出了自己的贡献。这也正是朝鲜小说能够取得长远发展的真正原因。其次，是他在纪行散文方面的创新。从写作年代来看，最早描写济州的纪行类散文是金净的《济州风土录》，然后是林悌的《南溟小乘》。而《南溟小乘》之所以与众不同，就在于林悌的创新。其一，林悌在体裁格式上别出心裁，使用了日记体的形式，使之与其他作家的创作有所区别。其二，林悌在其中附记当日的诗作，将散文与诗有机结合，形成一个整体，获得了更好的抒情效果。其三，林悌在《南溟小乘》中嵌入了具有相对独立性的内容，如《金冲庵祠宇新修文》就是一篇独立文体。正是这些创新，使得《南溟小乘》具有了独特的文学价值和意义。最后，林悌在诗歌上也有属于自己的贡献。他借鉴和引用了大量的中国文学典故，但并不是全盘地被动接受，而是结合自身的实际情况进行积极的创新和发展，进而形成了自己豪爽劲健的风格特色。南龙翼在《壶谷诗话》中将林悌诗歌特色评为"爽快"，申钦等人将林悌的诗歌风格归纳为"豪杰凌厉"，许筠则认为林悌的《送李评事》"可肩盛唐"，这些均是对林悌诗风评析的最佳注脚，也是对林悌诗歌价值的认可。尤其是林悌的边塞诗创作，他依据朝鲜山多、临海的特点，创作了大量描写海防和山城防卫将士的边塞诗，使人看到了朝鲜御边将士的恶劣生存环境和保家卫国的英勇身姿。

第四，在朝鲜文学传承方面做出贡献。林悌的文学作品及文学思想，使朝鲜文学的宝库更加多元，也更加丰富。林悌对朝鲜小说创作传承的坚持也值得肯定。无论是中国还是朝鲜朝，都尊崇儒学、以儒治国，因此不仅小说的地位低下，创作小说的人也会被儒家信徒所蔑视。林悌却在这样的思想背景和社会环境下，坚持小说创作，为朝鲜小说的发展起到了承上启下的积极作用，以至于赵润济先生发出了这样的慨叹："金时习以后小说文坛寂静沉沉，林悌之作犹如在沉寂的湖中投下的一颗石子，使小说文坛为之觉醒"。在16世纪朝鲜小说发展几乎停滞的情况下，林悌用他的小说作品填补了这段空白，延续了历史的传承。

第五，其文学作品与中国文学相关联。在当前的中朝文学关联研究中，研究对象大多为有过亲身交流经历的人以及他们的文学作品，如崔致远曾在中国履职，李德懋、朴趾源等都出使过中国。而林悌作为一个低级官员，从未有过出使中国的经历，但他的文学作品却引用和化用了大量的中国典故。林悌能够接受和掌握这些知识，说明中朝两国的文化交流是非常频繁的。另外，林悌能够使用而且愿意使用这些典故，也证明他的文学作品的受众，也就是阅读者，能够理解并接受这些被引用和化用的典故，这同样证明了两国文化关系紧密。此外，林悌的一些诗作还被收录到中国的诗集著作中。例如，《无语别》被改为《闺怨》收录在明朝沈德潜、周准编的《明诗别裁集》中，《戏题生阳馆》被改为《中和途中》收录在清代朱彝尊编撰的《明诗综》《静志居诗话》中，《无语别》和《戏题生阳馆》又都被收录在清代的《朝鲜采风录》中。这些都为两国古代文化交流的密切程度提供了新的有力支撑。

　　将林悌的所有文学作品作为整体考察对象进行研究，需要研究者具有丰富的知识储备和深厚的文化素养。笔者虽然力求完整地反映林悌的整体文学思想和风貌，但毕竟学力有限，因此在研究结束之际，回顾前面的论述，仍然觉得有很多遗憾，有一些想法没能在文中体现出来。例如对于林悌文学作品对后世的影响等研究还不够深入，还有一些问题因未能找到合适的切入点而不得不暂时放弃，例如运用文学与治疗的相关理论探讨疾病对林悌文学的影响等。当然，本书中所提出的观点也并不都是完美的，希望得到专家学者的批评指正。

参考文献

文　献

蔡美花、赵季主编《韩国诗话全编校注》，人民文学出版社，2012。

韩国民族文化推进会编《韩国文集丛刊》第 16 辑，首尔：韩国古典研究院，2000。

韩国民族文化推进会编《韩国文集丛刊》第 74 辑，首尔：韩国民族文化推进会，1991。

〔韩〕林悌:《浮碧楼殇咏录》，首尔：亦乐出版社，2016。

〔韩〕林悌:《鼠狱说》，金宽雄译，首尔：未来文化社，2014。

〔韩〕林悌:《新编白湖全集》，首尔：昌飞出版社，2014。

著　作

国内著作

白玉林、曾志华、张新科主编《晋书解读》，云南教育出版社，2011。

（唐）岑参著，刘开扬选注《岑参诗选》，四川文艺出版社，1986。

陈节注译《诗经》，花城出版社，2002。

（清）陈眉公:《小窗幽记》，时代文艺出版社，2001。

陈兴芜:《中国古代散文研究》，西南师范大学出版社，2016。

（清）程允升著，王士毅新注《幼学故事琼林》，广西人民出版社，1990。

崔雄权、张克军:《比较文学与中韩文学关系史》，延边大学出版社，2017。

（清）董诰等编《全唐文》，中华书局，1983。

（唐）杜甫著，高仁标点《杜甫全集》，上海古籍出版社，1996。

（唐）杜牧著，（清）冯集梧注，陈成校点《杜牧诗集》，上海古籍出版社，2015。

（宋）范晞文:《对床夜语》，中华书局，1985。

方笑一、戎默:《故事词中的中华美德》，上海人民出版社，2017。

冯海荣:《杜牧》，上海古籍出版社，1991。

（唐）高适著，刘开扬选注《高适诗选》，四川人民出版社，1983。

葛蔓:《佛禅与唐诗》，吉林人民出版社，2014。

（明）胡应麟:《诗薮》，上海古籍出版社，1979。

（明）胡震亨:《唐音癸签》，上海古籍出版社，1981。

黄伯荣、廖序东主编《现代汉语》（下），高等教育出版社，2017。

黄永武:《中国诗学（设计篇）》，新世界出版社，2012。

（清）黄宗羲:《南雷文定》，商务印书馆，1937。

姜秀玉、王臻编著《朝鲜通史》第3卷，延边大学出版社，2013。

金柄珉、金宽雄:《朝鲜文学的发展与中国文学》，延边大学出版社，2003。

金宽雄、金晶银:《韩国古代汉文小说史略》，北京大学出版社，2011。

金宽雄、李官福:《中朝古代小说比较研究》（上），延边大学出版社，2009。

乐黛云:《比较文学简明教程》，北京大学出版社，2003。

（唐）李白著，鲍方校点《李白全集》，上海古籍出版社，1996。

李官福：《汉文大藏经与朝鲜古代叙事文学》，民族出版社，2006。

李建中、吴中胜主编《〈文心雕龙〉导读》，武汉大学出版社，2015。

（唐）李商隐著，（清）朱鹤龄笺注，田松青点校《李商隐诗集》，上海古籍出版社，2015。

（唐）李商隐著，陈伯海选注《李商隐诗选注》，上海古籍出版社，1982。

李维琦编著《修辞学》，湖南人民出版社，1986。

（唐）李延寿：《南史》，中华书局，1975。

李岩、池水涌：《朝鲜文学通史》（中），社会科学文献出版社，2010。

李兆洛编选《骈体文钞》，中州古籍出版社，1990。

《梁启超论先秦政治思想史》，商务印书馆，2012。

林明德主编《韩国汉文小说全集》新矫版，台北：台湾中国文化学院，1986。

林文光选编《梁启超文选》，四川文艺出版社，2009。

林贤治：《鲁迅选集》（书信序跋卷），湖南文艺出版社，2004。

（清）刘熙载著，龚鹏程撰述《艺概》，台北：金树出版社，1986。

刘献彪、刘介民主编《比较文学教程》，中国青年出版社，2001。

（唐）卢照邻著，谌东飚校点《卢照邻集》，岳麓书社，2001。

《鲁迅全集》第6卷，人民文学出版社，1991。

（明）陆时雍：《诗镜总论》，中华书局，1983。

骆祥发：《骆宾王诗评注》，北京出版社，1989。

马鞍山市当涂县地方志办公室编《李白与当涂》，马鞍山市当涂县地方志办公室，1987。

（五代）马缟撰《中华古今注》，中华书局，2013。

马瑞芳：《中国古代小说构思学》，山东教育出版社，2016。

朴忠禄：《朝鲜文学论稿》，北京大学出版社，1994。

戚良德：《文心雕龙校注通译》，上海古籍出版社，2008。

（唐）钱起著，王定璋校注《钱起诗集校注》，浙江古籍出版社，1992。

钱锺书：《管锥编》第1册，中华书局，1979。

任半塘：《唐声诗》，上海古籍出版社，1982。

（清）阮元校刻《十三经注疏》上册，中华书局，1980。

（清）沈德潜、周准编《明诗别裁集》，上海古籍出版社，1979。

（宋）史达祖撰，雷履平、罗焕章校注《梅溪词》，上海古籍出版社，1988。

舒舍予：《文学概论讲义》，北京出版社，1984。

孙惠新：《冥梦世界中的奇幻叙事——朝鲜朝梦游录小说及其与中国文化的关联》，北京大学出版社，2009。

滕修展等注译《列仙传神仙传注译》，百花文艺出版社，1996。

汪燕岗：《韩国汉文小说研究》，上海古籍出版社，2010。

（唐）王昌龄著，李云逸注《王昌龄诗注》，上海古籍出版社，1984。

（清）王夫之：《清诗话·姜斋诗话》，江西诗社宗派图录，1916。

王焕镳：《先秦寓言研究》，古典文学出版社，1957。

王力：《诗词格律》，团结出版社，2018。

（三国魏）王肃注《孔子家语》，上海古籍出版社，1990。

（清）王先谦集解，方勇导读整理《庄子》，上海古籍出版社，2009。

王湘编《古诗三百首精读·故事》（下），吉林人民出版社，2004。

王雅轩等注译《中国历史文选》，辽宁大学历史系中国古代文献教研室，1980。

王亦军、裴豫敏编注《李益集注》，甘肃人民出版社，1989。

韦旭升：《朝鲜文学史》，北京大学出版社，1986。

卫淇：《人间词话典评》，陕西师范大学出版社，2008。

文景编著《孝经》，中国人口出版社，2016。

（清）吴乔：《围炉诗话》第1卷，王云五主编《丛书集成初编》，商务印书馆，1936。

萧枫主编《唐诗宋词全集》第 11 卷，中国文史出版社，2001。

谢思炜选注《白居易诗选》，中华书局，2005。

（元）辛文房著，王大安校订《唐才子传》，黑龙江人民出版社，1986。

徐复观：《中国艺术精神》，春风文艺出版社，1987。

（战国）荀子著，孙安邦、马银华译注《荀子》，山西古籍出版社，2003。

杨伯俊、杨逢彬注译，杨柳岸导读《论语》，岳麓书社，2018。

（唐）杨炯著，谌东飚校点《杨炯集》，岳麓书社，2001。

杨昭全：《中国—朝鲜·韩国文化交流史（1）》，昆仑出版社，2004。

尹占华校注《张祜诗集校注》，巴蜀书社，2007。

余正平、梁明译注《颜氏家训》，广州出版社，2001。

（清）袁枚著，周本淳标校《小仓山房诗文集》，上海古籍出版社，1988。

岳阳市作家协会编《岳阳文学经典》（上），湖南文艺出版社，2013。

张春林编《陆游全集》，中国文史出版社，1999。

张德苏：《从"礼崩乐坏"到"克己复礼"：周室衰乱与孔子救世的人性思索》，齐鲁书社，2008。

张桂琴：《明清文言梦幻小说研究》，吉林大学出版社，2011。

（明）张居正撰，王岚、英巍整理《尚书直解》，九州出版社，2010。

张蓉：《中国诗学史话——诗学义理识鉴》，西安交通大学出版社，2004。

张文治编《国学治要》，北京理工大学出版社，2014。

张燕婴译注《论语》，中华书局，2015。

章池注评《王维　孟浩然诗选》，黄山书社，2007。

赵捷、赵英丽注译《左传》，崇文书局，2007。

周秉钧注译《尚书》，岳麓书社，2001。

（宋）周密著，高心露、高虎子校点《齐东野语》，齐鲁书社，2007。

（清）朱彝尊编《四库文学总集选刊：明诗综》，上海古籍出版社，1993。

国外著作

〔朝〕朝鲜社会科学院：《朝鲜文学史》（古代中世篇），平壤：科学百科辞典出版社，1977。

朝鲜文学讲座：《朝鲜文学史》，平壤：金日成综合大学出版社，2012。

〔韩〕车溶柱：《韩国汉文小说史》，首尔：亚细亚文化社，1992。

〔朝〕韩仁英、朴吉南、金振国：《朝鲜古典作家论》，平壤：社会科学出版社，2011。

〔韩〕黄淳九：《韩国汉文小说选》，首尔：白山社，1997。

〔朝〕金河明：《朝鲜文学史（15～19世纪）》，平壤：教育图书出版社，1955。

〔韩〕金起东：《韩国古典小说研究》，首尔：教学研究社，1981。

〔韩〕金起东：《李朝时代小说论》，首尔：正研社，1958。

〔韩〕金起东、李钟段：《古典汉文小说选》，首尔：教学研究社，1984。

〔韩〕金思烨：《朝鲜文学史》，汉城：正音社，1948。

〔韩〕金台俊：《朝鲜小说史》，全华民译，民族出版社，2008。

〔韩〕金云学：《佛教文学之理论》，首尔：一志社，1981。

〔朝〕李昌有：《朝鲜古典文学研究》（一），平壤：朝鲜文学艺术综合出版社，1993。

〔韩〕李德泂：《松都记异》，首尔国立中央图书馆藏。

〔韩〕李植：《泽堂续集》，首尔国立中央图书馆藏。

〔英〕卢伯克、福斯特、缪尔：《小说美学经典三种》，方土人、罗婉华译，上海文艺出版社，1990。

〔韩〕卢启铉：《高丽外交史》，紫荆、金荣国译，延边大学出版社，

2002。

　〔韩〕朴晟义：《韩国古代小说论与史》，首尔：日新社，1973。

　〔韩〕朴趾源著，朱瑞平校点《热河日记》，上海书店出版社，1997。

　〔韩〕苏在英：《古小说通论》，首尔：二友出版社，1983。

　《续关北志增补》，平壤金日成综合大学图书馆藏。

　〔韩〕尹荣玉：《韩国汉文小说》，首尔：荣文社，1963。

　〔韩〕张顺德：《林白湖的逸话和恋爱小说》，首尔：首尔大学出版社，1978。

　〔韩〕赵润济：《韩国文学史》，张琏瑰译，社会科学文献出版社，1998。

　〔韩〕赵钟业：《韩国诗话丛编》第3卷，首尔：东西文化院，1989。

　〔韩〕郑炳昱：《韩国古典的再认识》，首尔：弘盛出版社，1979。

　〔韩〕周王山：《朝鲜古代小说史》，首尔：正音社，1950。

期刊论文

国内期刊

陈蒲清：《略说韩国古典散文与中国古典散文之联系》，《长江学术》2006年第1期。

　贺国强、张东霞：《论〈聊斋志异〉中的"诗入小说"现象》，《韶关学院学报》2012年第1期。

　金健人：《韩国天君系列小说与中国程朱理学》，《外国文学评论》2003年第2期。

　李海山：《林悌和他的文学》，许文燮等：《朝鲜古典作家作品研究》，延边人民出版社，1985。

　李杉婵：《古代朝鲜汉文学小说〈花史〉研究》，《名作欣赏》2012年第27期。

梁惠卿:《"精神内涵"——文学作品的灵魂》,《山花》2011 年第 8 期。

杨昊:《〈愁城志〉的儒学意蕴和艺术特色》,《华中师范大学研究生学报》2013 年第 4 期。

杨庆华:《诗词叠字的艺术魅力》,《文学教育》2012 年第 8 期。

国外期刊

〔韩〕安炳鹤:《林悌的诗世界与否定意识》,《民族文化研究》(16),1982。

〔韩〕崔振庆(音):《林悌的〈青灯论史〉研究》,《韩民族文化研究》第 45 辑,韩民族文化学会,2014。

〔韩〕夫英勤(音):《白湖林悌的〈南溟小乘〉研究》,《瀛州语文》(12),瀛州语文学会,2006。

〔韩〕黄浿江:《林悌与〈元生梦游录〉》,《檀国大学论文集》第 4 卷,首尔:檀国大学出版部,1970。

〔韩〕金昌植:《林悌的风流和香奁体诗》,《汉阳语文研究》第 7 期,汉阳语文研究会,1989。

〔韩〕金昌植:《林悌诗的风格》,《韩国学论集》第 17 辑,汉阳大学校韩国学研究所,1990。

〔韩〕金光淳:《白湖林悌的生涯和文学世界》,《语文论丛》(39),韩国文学言语学会,2003。

〔韩〕金仁雅:《白湖林悌文学的背景考察》,《传统文化研究》(6),朝鲜大学校传统文化研究所,1999。

〔韩〕李秉喆(音):《林悌的〈元生梦游录〉再考》,《韩民族文化研究》第 24 辑,韩民族文化学会,2008。

〔韩〕李玄逸(音):《林悌的〈谦斋遗稿〉研究》,《韩国汉文学研究》第 46 辑,韩国汉文学会,2010。

〔韩〕李钟默:《白湖林悌汉诗的文艺美学》,《震檀学报》第 96 号,震檀学会，2003。

〔韩〕梁东大：《白湖林悌诗研究》，《人文学研究》（27），朝鲜大学校人文学研究院，2002。

〔韩〕梁东大：《林白湖的生涯与文学》，罗州郡文化院，1980。

〔韩〕朴昱奎：《中国文学对林悌汉诗的影响》，《韩国诗歌文学研究》（5），韩国古诗歌文学会，1998。

〔韩〕朴钟宇（音）、李昌熙（音）：《白湖诗的美的特质》，《民族文化研究》（59），2013。

〔韩〕宋钟官：《林悌汉诗的思想性和浪漫性考察》，《民族文化论丛》第25辑，岭南大学校民族文化研究所，2002。

〔韩〕苏在英：《林悌的〈南溟小乘〉考》，《民族文化研究》（8），1975。

〔韩〕尹采根：《16、17世纪汉文学美学的变貌样相的研究》，《韩国汉文学研究》第31辑，韩国汉文学会，2003。

〔韩〕郑学城：《对白湖诗浪漫性的历史的理解》，《韩国汉文学研究》第7辑，韩国汉文学会，1984。

〔韩〕郑学城：《〈花史〉论》，《韩国汉文研究》（5），1981。

学位论文

国内学位论文

鹿继平：《〈朝鲜采风录〉辑校与研究》，硕士学位论文，延边大学，2015。

孙萌：《儒学视域下的朝鲜汉文小说研究》，博士学位论文，上海师范大学，2012。

杨会敏：《朝鲜朝前半期汉诗风演变研究》，博士学位论文，中央民族大学，2011。

姚玲娟：《朝鲜朝梦游录小说研究》，硕士学位论文，上海师范大学，

2012。

张琼文:《中晚唐边塞诗意象研究》，硕士学位论文，复旦大学，2013。

国外学位论文

〔韩〕曹相烈:《白湖林悌文学研究》，博士学位论文，又石大学校大学院，2006。

〔韩〕金昌植:《林悌诗研究》，博士学位论文，汉阳大学，1991。

〔韩〕金铨雄:《白湖林悌的诗文学研究》，博士学位论文，韩国教员大学校大学院，2003。

〔韩〕金仁雅:《白湖林悌的诗文学研究》，博士学位论文，朝鲜大学校大学院，2004。

〔韩〕李成圭:《通过〈愁城志〉看白湖的文学意识》，硕士学位论文，公州大学校，1994。

〔韩〕李顺子:《林悌小说的背景思想研究》，硕士学位论文，木浦大学校教育大学院，1999。

〔韩〕林甫妍:《白湖林悌的边塞诗研究》，硕士学位论文，庆熙大学校大学院，2009。

〔韩〕林濬哲:《汉诗意象论和朝鲜中期汉诗意象研究》，博士学位论文，高丽大学校大学院，2003。

〔韩〕林娜龙:《白湖林悌的方外诗研究》，硕士学位论文，公州大学校教育大学院，2012。

〔韩〕林允洙:《白湖林悌的诗文学研究》，硕士学位论文，韩国教员大学校教育大学院，1999。

〔韩〕朴昱奎:《林悌的汉诗研究》，博士学位论文，全南大学校大学院，1991。

〔韩〕沈浩泽:《林白湖文学研究》，硕士学位论文，庆北大学，1976。

〔韩〕宋秉烈:《拟人体散文的发达样相:从林椿到林悌》，博士学位论文，成均馆大学校大学院，1996。

〔韩〕吴银泳:《白湖林悌小说研究》，硕士学位论文，朝鲜大学校教育大学院，1997。

〔韩〕徐正熙:《林悌诗文学研究——以汉诗与时调为中心》，硕士学位论文，木浦大学校教育大学院，1996。

〔韩〕尹柱弼:《林悌诗研究》，硕士学位论文，韩国学大学院，1981。

〔韩〕郑炳汉:《白湖林悌的诗文学研究》，博士学位论文，世宗大学，1995。

〔韩〕郑承灼:《林悌和他的汉文小说》，硕士学位论文，庆南大学，1985。

〔韩〕郑学城:《林白湖文学研究》，博士学位论文，首尔大学，1985。

附　录

元生梦游录[①]

林　悌

世有元子虚者，慷慨士也。气宇磊落，不适于时，累抱罗隐之冤，难堪原宪之贫。朝出而耕，夜归读古人书，穿壁囊萤，无所不至。尝阅史，至历代危亡运移势去处，则未尝不掩卷流涕，若身处其时，汲汲然见其垂亡而力不能扶持者也。

仲秋之夕，随月披览，夜阑神疲，倚榻而睡。身忽轻举，飘缈悠扬，冷然若御风而登，飘然若羽化而仙也。止一江岸，则长流逶迤，群山纠纷。时夜将半，万籁俱寂，月色似昼，波光如练，风鸣芦叶，露滴枫林。愀然举目，如有千感万愤，不平之气，结不能解者也。乃划然长啸，朗吟一绝曰：

> 恨入江波咽不流，
>
> 荻花枫叶冷飕飕。
>
> 分明认是长沙岸，
>
> 月白英灵何处游？

---

① 此据〔韩〕林悌《新编白湖全集》，首尔：昌飞出版社，2014，第652~658页。为尊重史料原貌，本书对史料原文词句中存在的别字一般不作更改，确有明显错误之处，以〔〕注明，下同。

徘徊顾眄之际，忽闻叟音自远而近。有顷，芦花深处，闪出一个好男儿，福巾野服，神清眉秀，凛凛乎有首阳之遗风，来揖于前曰："子虚来何迟？吾王奉邀。"子虚疑其为山精木魅，愕然无以应。然见其形貌俊迈，举止闲雅，不觉暗暗称奇，乃肩随而行。百余步许，有亭突兀，临于湖上。有一人凭栏而坐，衣冠如王者。又有五人侍侧，皆服大夫之服，而各有等秩语。那五人都是间世人豪，像貌堂堂，神彩扬扬，胸藏叩马、蹈海之义，腹蕴擎天、捧日之忠，真所谓托六尺之孤、寄百里之命者也。

见子虚至，皆出迎。子虚不与五人为礼，入调王前，反走而立，以待坐定，而跪于末席。子虚之右则福巾者也，其上则五人相次而坐。子虚莫能测，甚不自安。王曰："夙闻兰香，深慕薄云，良宵邂逅，无相讶也。"子虚乃避席而谢。坐已定，相与论古今兴亡，亹亹不厌。福巾者嘘嘻而叹曰："尧、舜、汤、武，万古之罪人也。后世之狐媚取禅者借焉，以臣伐君者名焉，千载滔滔，卒莫之救。咄咄四君，为人（古作贼字，肃庙睿览时，改今字）嚆矢。"言未已，王正色曰："恶！是何言也？有四君之圣，而处四君之时则可；无四君之圣，而非四君之时则不可。彼四君者，岂有罪哉？顾借之者名之者，非（古作贼字，肃庙睿览时，改今字）也。"福巾者拜手稽首，谢曰："中心不平，不自知其言之过于愤也。"王曰："辞。佳客在座，不须闲论他事。月白风清，如此良夜何？"乃解锦袍，赊酒于江村。酒数行，王乃持杯哽咽，顾谓六人曰："卿等盍各言志，以叙幽冤乎？"六人曰："王庸作歌，臣等赓焉。"王乃悄然整襟，悲不自胜，乃歌曰：

江波咽咽兮，无有穷。

我恨长兮，与之同。

生为千乘，死作孤魂。

新是伪主，帝乃阳尊。

故国人民，尽输楚籍。

六七臣同，魂庶有托。

今夕何夕？共上江楼。

波光月色，使我心愁。

一曲悲歌，天地悠悠。

歌竟，五人各咏一绝，次次而进。第一坐者先吟曰：

深恨才非可托孤，

国移君辱更捐躯。

至今俯仰惭天地，

悔不当年早自图。

第二坐者赓吟曰：

受命三朝荷宠隆，

临危肯惜殒微躬？

可怜事去名犹烈，

取义成仁父子同。

第三坐者进曰：

壮节宁为爵禄淫？

含章犹抱采薇心。

残躯一死何须惜？

痛哭当年帝在郴。

第四坐者作而吟曰：

微臣自有胆轮囷，

那忍偷生见丧伦？

将死一诗言也善，

可能惭愧二心人。

第五坐者退伏悲咽，如不能尽其道者也。

哀哀当日意何如？

死而宁论身后誉？

最是千秋难洒耻，

集贤曾草赏功书。

福巾者袖手端坐，若不与当时之谋，犹为忠愤所激，自以节义终其身者

也。乃搔首长吟曰：

举目山河异昔时，

新亭共作楚囚悲。

心惊兴废肝肠裂，

惯切忠邪涕泪垂。

栗里清风元亮老，

首阳寒月伯夷饥。

一编野史堪传后，

千载应为善恶师。

吟讫，属子虚。子虚元来慷慨者也，乃抆泪悲吟曰：

往事凭谁问？

荒山土一杯。

恨深精卫死，

魂断杜鹃愁。

故国何年返？

江楼此日游。

悲凉歌数阕，

残月荻花秋。

吟断，满座皆凄然泣下。无何，突有一个雄虎士，身长过人，英勇绝伦，面如重枣，目若明星，文山之义，仲子之清，威风凛凛，不觉令人起敬。入谒王前，顾谓五人曰："噫！腐儒不足与成大事也。"乃拔剑起舞，悲歌慷慨，声如巨钟。

其歌曰：

风萧萧兮，木落波寒。

抚剑长啸兮，星斗阑干。

生全忠孝，死作义魄。

襟怀何似？一轮明月。

嗟不可兮虑始，腐儒谁责？

歌未阕，月黑云愁，雨泣风噫，疾雷一声，皆倏然而散。子虚惊悟，则乃一梦也。

子虚之友海月居士，闻而怃之曰："大抵自古，主昏臣暗，卒至颠覆者多矣。今观其王者，想必贤明之主也；其六人者，亦皆忠义之臣也。安有以如此等臣辅如此等王，而若是其惨酷者乎？呜呼！势使然耶？时使然耶？然则不可不归之于时与势，而亦不可不归之于天也。归之于天，则福善祸淫，非天道也邪？夫不可归之于天，则冥然漠然，此理难详，宇宙悠悠，徒增志士之恨。"乃续哈一律曰：

> 万古悲凉意，
> 长空一鸟过。
> 寒烟销铜雀，
> 秋草没章华。
> 咄咄唐虞远，
> 纷纷汤武多。
> 月明湘水阔，
> 愁听竹枝歌。

仍又自解曰："世之欲富贵其身者，古今何限？盖拘于时与势，而亦有名义之不可犯者存焉，是大可惧也。苟或不计名义之重，而徒自占其时与势，欲以智力相胜，则其不归于僭窃者，几希矣。名义者，万古之常经；时势者，一时之权行也。行权而废经，则乱贼将接迹而起矣，岂不益可惧乎？"子虚曰："善。"于是乎记。

愁城志 [①]

林悌

天君即位之初，乃降衷之元年也。曰仁曰义曰礼曰智，各充其端，率职惟勤；曰喜曰怒曰哀曰乐，咸总于中，发皆中节；曰视曰听曰言曰动，俱统于礼，制以四勿。维时天君，高拱灵台，百体从令。鸢飞之天，鱼跃之渊，莫非其有；梧桐之月，杨柳之风，莫非其胜。不劳舜琴五弦，何须尧阶三尺？无欲虎而可缚，无忿山而可摧，四海之内，孰不曰其君也哉？

---

① 此据〔韩〕林悌《新编白湖全集》，第643~651页。

越二年，有一翁，神清貌古，自号主人翁，乃上疏曰：

"窃以危生于安，乱仍于治。故不虞之变，无妄之灾，明君所慎也。易曰：'履霜坚冰至。'盖微不可不防，渐不可不杜。烛于未然者，哲人之大观也；狃于已然者，庸人之陋见也。夫昧哲人之观，而守庸人之见，岂不危哉？今君自谓已治已平矣，而殊不知寸萌之千寻，滥觞之滔天。且根本未固，而遽游于翰墨之场、文史之域，日夜所亲近者，陶泓、毛颖辈四人而已。又概想今古英雄，使其憧憧来往于肺腑之间，如此等辈，作乱不难也。愿君上勉从丹衷，御以和平，则可谓视于无形，听于无声，而庶免颠倒思余之刺矣。无任恳恻之至。"

天君将疏览讫，虚怀容受，而终不能已，意于优游竹帛，啸咏今古。主人翁又来谏曰：

"臣情逾骨肉，义同休戚，坐视危乱，其可恝然？夫论今吊古，无补于存心，磨铅挥翰，何益于养性？盖四端之中，羞恶用事，是非持论，外与监察官交通，越分慷慨，娇娇亢亢，甚非所以安静之道也。然此固不可无，而所不可偏者也。譬若一阴一阳，曰风曰雨，无非天地之气，乖序则为变，失时则为灾。可使阳舒阴惨，风调雨若，正在变理之如何耳。愿君上念参三之大位，想万物之备我，致中和而参天地，岂不大哉？岂不美哉？《书》曰：'无偏无颇，王道平平。'愿念兹在兹，无怠无荒，幸甚幸甚。"

天君听罢恻然，引主人翁坐于半亩塘边，下诏曰：

"来！汝春官仁、夏官礼、秋官义、冬官智暨五官七正，咸听予言。予受天明命，不能顾諟，致令尔等久旷厥职。或有不中规矩，自以为是，激志高远，牵情浩荡。将有尊俎之越，岂无佩觿之刺乎？噫！予一人有过，无以汝等，汝等有过，在予一人。天理未泯，不远而复，宜与黾勉更始，以续初载之治，无忝予畀负之重。"

金曰："俞。"乃遂改元，曰复初。

元年秋八月，天君与无极翁坐主一堂，参究精微之余，忽七正中有哀公者来奏。监察官与采听官合疏曰：

"伏以玉宇寥廓，金风凄冷，凉生井梧，露滴苏簟。蛩吟而草衰，雁叫而云寒，叶落而有声，扇弃而无恩。华潘岳之鬓，撩宋玉之愁，正是'长安片月，催万户之砧声；玉关孤梦，减一围之裳腰。浔阳枫叶荻花，湿尽司马之青衫；巫山荻菊扁舟，搔短工部之白发。'况夜雨偏入长门宫孤枕，霜月只为燕子楼一人。楚兰香尽，青枫瑟瑟；湘妃泪干，斑竹萧萧。是不知愁因物愁，物因愁愁。愁而不知所以愁，又焉知所以不愁也？且不知见而愁耶？听而愁耶？实不知其故。臣等俱忝职司，不敢隐讳，谨以烦渎。"

天君览了，便悠然不乐。无极翁乃不辞而去。

君命驾意马，周流八极，欲效周穆王故事，被主人翁叩马苦谏，而驻于半亩塘边。有隔县人来报曰："近日胸海波动，泰华山移来海中。望见山中，隐隐有人，无虑千万。此等变怪，甚是非常。"正嗟讶之间，遥望数人行吟而来。看看见近，只是两个人。那先行的人，颜色憔悴，形容枯槁，冠切云带长剑，芰荷衣椒兰佩，眉攒忧国之愁，眼满思君之泪，无乃痛怀王而恨上官者耶？尾来的人，神凝秋水，面如冠玉，楚衣楚冠，楚声楚吟，莫是一生唯事楚襄王者耶？俱来拜于君曰："闻君高义，特来相访。但天地虽宽，而吾辈自不能容焉。今见君心地颇宽，愿借磊魂一隅，筑城爰处，不知君肯容接否？"君乃敛衽愀然曰："男儿襟袍，古今一也，吾何惜尺寸之地，而不为之所乎？"遂下诏曰："任他来投，监察官知道；任他筑城，磊魂公知道。"二人拜谢，向胸海边去了。自是之后，君思想二人，不能忘怀，长使出纳官，高咏楚辞，更不管摄他事。

秋九月，君亲临海上，观望筑城，只见万缕冤气、千叠愁云，前古忠臣义士及无辜逢残之人，零零落落，往来于其间。中有秦太子扶苏，曾监筑长城，故与蒙恬，役硇谷坑儒四百余人，勿亟经始，不日有成。其为城也，积不烦于土石，役何劳于转输？以为大也，则所寄之窄；以为小也，则所包之多。若无而有，不形而形。北据泰山，南连沧海，地脉正自峨眉山来，碻硱磊落，愁恨所聚，故名之曰愁城。城中有吊古台，城有四门，一曰忠义门，一曰壮烈门，一曰无辜门，一曰别离门。

于是天君自丹田渡海，洞开四门，御于吊古台上。于时悲风飒飒，苦月凄凄，各门之人含怨抱愤，一拥而入。天君惨然而坐，命管城子记其万一。

管城子受命而退，含泪而立。先见忠义门中，秋霜凛凛，烈日下临，为首两人，一则殒首于琼宫之葵，一则剖心于炮烙之受，非龙逢、比干而谁？中有黄屋左纛，貌类汉高者，应是纪将军；纶巾鹤氅，手持白羽者，岂非诸葛武侯？雍齿封侯，曹丕称帝，义士之愤，英雄之恨，当复如何？鸿门宴罢，玉斗如雪，忠愤激烈，至死不二者，范亚父也；骑赤兔马，提青龙刀，绿袍长髯，矫矫雄风，一陷阿蒙之手，恨不得吞江东者，关云长也。长啸越石，击楫士雅，赍志而逝，天地无情。其后有张巡、许远、雷万春、南霁云，人人忠壮，个个义烈，胡尘蔽日，列郡风靡，睢阳城中，一何多男子也？指血不能动贺兰，而箭羽能没于浮屠，是何诚贯于石，而不感于人也？冤哉通〔痛〕哉！人又有顽甚于石者乎？岳武穆，精忠旗偃，空负背字；宗留守过河声残，出师未捷，天何默默？衣带有赞，从容就死，可怜文天祥；背负六尺，与国偕亡，哀哉陆秀夫！最后有衣冠似异于华制者，或以一身任五百年纲常之重，鸾坡学士、虎头将军，五六为群，昂昂而来。此外悠悠今古，忘身徇〔殉〕国，就义成仁者，难以悉记。

次见壮烈门中，疾雷一声，阴风惨惨。当先一人乘白马，横属镂，怒气如浙江潮急，乃是生全忠孝伍子胥也。更有气作长虹，死酬知己，抚尺八匕首，吟壮士之歌者，荆庆卿也。西楚霸王以乌骓一骑，横行天下，八年干戈，梦断乌江之波；淮阴男子感解衣之恩，连百万之众，战胜攻取，鸟尽弓藏，竟死儿女之手。可惜！孙伯符，人称小霸王，雄据江东，虎视天下，而落魄庸人之彀，遗恨东流；苻坚以雄师百万，锐意投鞭，而心惊八公之草木，卒遗养虎之患，呜呼！当群雄蜂起之秋，成则帝王，败则盗贼。若骑牛读《汉书》者，亦一时豪杰也。仙李春暮，一榻之外，都是长蛇封豕。李克用以沙陀之种，心存王室，志切除残，而朱温御宇，悒悒而卒。其余雄图未遂，功业坠虚，而亦不可以成败论者，不可尽录。但门外有两人，趑趄不敢入，相对泣下。一人乃汉别将李陵也。曾以半万步卒，摧四十万虏骑，势穷降虏，将欲有为，而汉灭其族，陵不得归。一人乃荆梁都督桓温也。平乘北望之叹，似若有英雄之志，而遗臭之言，九锡之请，何其畜不臣之心也？降将军反都督，何为于此也？无乃英灵之追悔乎？

次见无辜门中，云愁雾惨，雨冷风凄，无数冤精，或贵或贱，或多或少，相聚而来。有四十万为屯而至者，长平赵卒也；有三十万为屯而锐头将军为首者，新安秦卒也。盖白起元来秦将，故依旧为帅。高阳酒徒凭三寸之舌，下七十之城，事势蹉跎，无罪鼎镬。戾园前星愤赵虏之奸，犯当笞之罪，湖上高台，空洒望思之泪而已。酒后耳热，拊缶而歌，何预于世，而至于腰斩？惨哉，平通侯杨恽！况激浊扬清，多士济济，何害于时，而置于废死？怨哉，范孟博诸人！且李敬业、骆宾王，愤不顾身，谋复故主，通天之义，贯古之忠，而事误捐躯。神乎鬼乎！此人何辜？噫噫悲哉！士君子一身尽职而已，死何憾焉？此中最有恨同古今，愤切幽明，苦苦哀哀，不忍言不忍言者，齐王客于松柏，楚帝死于江中。移国亦足，置死那忍？忠臣之泪不尽，烈士之恨有既？管城子到此心乱，不能一一条列。

次见别离门中，斜阳暮草，去去来来，生离死别，黯然销魂。最可恨者，汉家天子御戎无策，公主昭君相继远嫁。汉宫妆、胡地妾，薄命几何？琵琶弦鸿鹄歌，遗恨到今。关月留青冢之境，边鸿断故国之信。子卿看羊海上，十年持节，白首言旋，茂陵秋雨。令威化鹤云中，千载归家，物是人非，冢上苦月。虽仙凡有殊，而别意一也。竹宫烟中，不言不笑，肠断秋风之客；马嵬坡下，玉碎花飞，伤心游月之郎。乃有生长深闺，嫁与燕儿，岂料重功名轻别离，负白羽征青海？夏之日，冬之夜，余美亡，谁与处？愁销玉颊，恨悴花容。寒梅虽折，驿使难逢，锦字已成，琴高无便，青楼卷帘，打起黄莺而已。又有君王宠歇，久闭长信，远别离无奈何，近别离当若为？空阶苔长，玉辇不来，半窗萤度，金殿无人。宁乏买赋之金？徒羡寒鸦之色而已。闷闷哉！香魂夜逐剑光飞，楚帐之虞姬也；甘心死别不生离，金谷之绿珠也。萋萋芳草，恨王孙之不归；杳杳飞云，起孝子之遐思。朋友义切，云树相思；鹡鸰情苦，琼雷相望。

管城子泪干头秃，势难备书。乃吟人间足别离之句，欲避之于天上，遇牵牛织女而返。城外一人执管城子曰："子何追古而遗今，点鬼簿而蔑阳人也？我乃当世之人豪，有诗一章，烦君写之。"乃高声浪吟曰：

> 若人足称奇男子，十五年前通六韬。
>
> 尘生古匣剑未试，目极关河秋气高。
>
> 中年好读孔氏书，向来所耻非缊袍。
>
> 牛歌不入齐王耳，鬓上光阴昏又朝。

管城子闻这诗，慨然而写，并将四门标榜，陈于天君前。君才一览，愁不自胜，袖手闷默，郁郁终岁。

二年春二月，主人翁启曰：

"青阳换岁，万物咸新，凡在草木，尚自忻忻。今君禀最灵之性，有至大之气，而迫于愁城，久不安处，岂非可谓流涕者乎？但愁城，植根之固，难以卒拔。窃闻杏花村边有一将军，得圣贤之名，兼猛烈之气，汪汪若千顷波，未可量也。其先系出谷城。麹生之子，名襄（音酿），字太和，深有乃父风味。其先曾与屈原有隙，或有与两阮、嵇、刘为竹林之游者，或有以白衣访元亮于浔阳者。李白以金龟为质，卒以为死生之交。其后即以买爵事，小累清名，而亦非其本心也。今襄但尚清虚，好浮义（音蚁），于清浊无所失，多近妇人，然有折冲尊俎之气。伏念取其所长，明君用人之方。愿君卑辞厚币，致之座上，尊之爵之，则平愁城而回淳古，实不难也。谨以闻。"

书上，天君答曰："予虽否德，只能从谏如流，麹将军迎接之事，悉委主人翁，勉哉！"

翁曰："孔方与彼有素，可以致之。"

君乃招孔方曰："汝往哉，善为我辞焉，以副如渴之望。"

孔方领命，与其徒百文扶杖而往，遍访于水村山郭，都不见了。但有牧童，骑牛荷蓑而来。孔方问曰：

"将军麴襄见居何处？"

牧童笑曰："此去不远，只在望中。"

即指绿杨村里红杏墙头。孔方乃缘芳草溪边一条细路而去，行到墙头。果然青旗影下，携当垆美人而坐，见孔方来，以白眼待之曰："劳兄远访，何以相酬？"

孔方责之曰："欲使金貂来换耶？欲以西凉相要耶？何轻视我也？复初之君，逼于愁城，闻将军之义，以除世上不平之事为己任，朝夕望将军，而欲授启沃之命。以方与将军，世世通家，故特使相邀，何无礼若是乎？"

襄乃藏白开青，遂作蔡遵投壶之戏曰："有愁无愁，唯我在。"乃着千金裘，骑五花马，起兵而来，爰到雷州，时三月十五日也。

天君乃遣毛颖往劳曰：

"不遗孤（音沽）主（音酒），持兵（音瓶）来到，喜倒之心，那可斗哉？如卿大器，方托喉舌，姑拜卿为雍（音瓮）、并（音瓶）、雷（音罍）三州大都督、驱愁大将军，阃以内，寡人制之；阃以外，将军主之，进退斟酌，倾兵而讨之。今遣中书郎毛颖，一以谕予意，一以留与将军，作掌书记，知悉。"

太和即使毛颖修谢表以上曰：

"复初二年三月日，雍、并、雷三州大都督驱愁大将军麴襄，惶恐百拜。窃以辟谷炼精，长保壶中之日月，治乱待圣，遂有爵命之沾濡，抚躬自伤，量分实滥。伏念襄，谷城之种，曹溪之流，王、谢相随，擅风流于江左；嵇、刘得趣，寄闲情于竹林。半世行藏，唯是琉璃钟、鹦鹉盏，百岁交契，只有习家池、高阳徒。只缘礼法之矛盾，久作江湖之漫浪，何图不我遐弃，乃曰'命尔专征'？顾此狂生，何堪大爵？兹盖伏遇用贤无敌，攻愁有方，许臣时一中之，不疑于用，谓臣招众口，尔独断于心，遂令薄才，得容海量。敢不勉增清烈，益播芳芬？杯酒释兵权，纵不及赵普之策；胸中藏万甲，庶可效仲淹之威。"

天君览表大悦，即拜西州力士为迎敌将军，授都督节制使。

是时也，日暮烟生，风轻燕语，羽檄交飞，鼓笛催兴。将军遂登糟丘，命朱虚候刘章曰："军令至严，尔其掌之，毋使有击柱之骄将，毋使有逃酒之老兵！"

于是军中肃肃，无敢喧哗，进退有序，攻战有法。阵形效六花法，而此则像葵花。盖昔李靖伐高丽，以山峡崎岖，不得布八阵，故代六花阵，此其制也。将军乘玉舟、济酒池，击楫而誓曰："所不如荡愁城而复济者，有如水。"乃泊于海口，即唤掌书记毛颖，立成檄文曰：

"月日，雍、并、雷大都督驱愁大将军移檄于愁城。夫以逆旅天地之间，过客光阴之中，彭、殇同梦，凡楚一辙。生而仇恨，尚不及髑髅之乐，岂不哀哉？唯尔愁城，为患久矣。偏寻放臣、思妇、烈士、骚人，易凋镜中之颜，先霜鬓边之发，不可使蔓，蔓，难图也。今我受天君之命，统新丰之兵，先锋则西州力士，佐幕则合利、蟹螯。虽诸葛公阵烈风云，项霸王勇贯今古，如儿戏耳，安能当乎？况楚泽独醒，宁足介意？檄文到日，早竖降旗。"

使出纳官，厉声读檄，闻于城中。满城之人，皆有降心，而独屈平不屈，披发而走，不知其处。将军自海口，如建瓴而下，势若破竹，不攻而城门自开，不战而城中已降。将军乃耀武扬威，或散而围于外，或聚而阵于内，势如潮生海国，雨涨江城。

天君登灵台望见，云消雾卷，惠风迟日。向之悲者欢，苦者乐，怨者忘，恨者消，愤者泄，怒者喜，悒悒者怡怡，郁郁者忻忻，呻吟者讴歌，扼腕者蹈舞。伯伦颂其德，嗣宗浇其胸，渊明葛巾素琴，眄庭柯而怡颜；太白接罹锦袍，飞羽觞而醉月。玉山将倒，时已秉烛，花飞眼前，月入帐中。将军使佳人奏罢阵乐而班师。天君大悦，即招管城子下教曰：

"予无恩于卿，而卿推赤心，置予之腹中，卿有德于予，而予将何报卿之功？一拜（音杯）一拜复一拜，徒增赧颜。今乃筑城于愁城旧址，为卿汤沐邑，其都督三州事如故。又封于欢，锡以三等之爵，为欢伯，赐以秬鬯一卣，宠以前后鼓吹，知悉。"

花　史[①]

林　悌

陶　纪

陶烈王姓梅，名华，字先春，罗浮人也。其先有佐商者，事高宗调羹以功，封于陶。中世为楚大夫屈原所摈，避居阖庐城，子孙仍居焉。

数世至古公查（楂），娶武陵桃氏女，生三子（诗曰：其实三兮），王其长也。桃氏生有美德，于归之日，宜其室家，诗人称美。尝梦游瑶池，王母赐丹实一枚，吞之有娠。生之日，有异香，经月不散，人谓香孩儿。及长，英姿美秀，性质朴素，风彩雅洁，克承先烈。厥德馨香，远迩之闻其风者，莫不扶老携幼而至。及滕六肆虐，天下怨咨，孤竹君乌筠、大夫秦封等，推而立之。都于阖庐城，国号陶，木德王，以丑月为岁首，数用五（花皆五本），色尚白。

嘉平元年，冬十二月，作蜡祭，以赭鞭鞭草木，建元嘉平。

二年（十二日为一年，以日言月者，从诗变月言日之义。后皆仿此），纳桂氏为妃。

妃籍出月城，有贞静幽闲之德，能勤于女功，以助王化，时人比之周太姒。

史臣曰：家国之兴丧，造端于夫妇。诗咏葛覃，国新之兆；谶成麋弧，家索之征。陶王既有桃母，又得桂妃，其兴也宜哉。

五月，拜乌筠为相。

筠字此君，楚湘州人，清虚寡欲，直节自守，号为圆通居士。幼时，自湘江移寓吴中，与王为葱竹之交。滕六闻其贤，封孤竹君（唐诗有冻雪封孤竹云）。及滕六之乱，即进于陶公曰："滕六淫虐，残害万姓，风声所及，莫不震栗。苍生凋瘵，亿兆冻馁，天下有曷丧之叹，海内切云霓之望。虽有珠宫琼室之富，其亡可立而待也。今公明德唯馨，豪英引领，当此之时，据有阖庐，延揽群英，孰不耸肩来附，壶浆以迎乎？臣愿得效尺寸，垂勋名于竹帛耳。"公大悦，使不离左右曰："不可一日无此君。"至是拜为相，益封千户（古赋竹则家封千户）。

史臣曰：古昔帝王之兴，必资辅佐之贤。商汤之于华老，齐桓之于管仲，汉高之于萧何，昭烈之于诸葛是也。方其遭逢也，若川之作舟，若鱼之有水，用之勿贰，任之勿疑，然后上责辅弼之效，下尽忠贞之节，国事成而王业昌矣。陶王一闻乌筼之言，知有王佐之才，置之帐幄，资其长算，大有为之，志于斯可见，不亦休哉！由此观之，后世人辟，不任其贤，欲治其国者，何异缘木而求鱼哉？

三年，秦封、柏直等，大破滕六，灭之。王以为大将军。

秦封字茂之，其先世受封于秦，故名焉。偃蹇长身，苍髯若戟。有栋梁折冲之才。性又孤直，心存后凋，与柏直同受阃外之任，夙夜共贞。至是滕六乘夜来袭阖庐城，二将军挺身被甲，张高盖，立于石坛之上，大号一声，威风振动。滕六以素车白马，来诣坛下，衔璧而降，余贼之崩腾者，尽扫除之。即日吹竽献凯，王大悦，拜秦封为伊阳大将军，柏直为嵩山大将军（伊阳有将军松，嵩山有将军柏）。直字悦之，魏人也。性直多实，为人不伐，每战，捷让功于茂之，人谓有大树风。

诏赐杜冲、董柏、山栀、老松、棕榈、苏铁等爵。

滕六之乱，廷臣多被围。杜冲等亦陷于贼，威胁甚急，而颜色不变，贼不敢加害。王嘉其节操，下诏褒美，进秩各一阶。

五年春二月，大封同姓，以弟蕊为大庾公，萼为杨州公，从弟英为西湖公，侄芳为灞公。此余封侯伯，不可胜数。

王诏曰："于戏！予以孤根弱植，袭先遗烈，克新旧邦（芳也），奄有宇内，若颠木之有由蘖，幸瓜瓞之复绵。肆举封典，与有分（盆也）土，各即乃封，慎厥包茅，本支百世，永笃其庆。"

六年冬十月，王出游吴中，月夜登敬亭山，使胡人吹篴奏秦声听之。触风不豫，洮颒水，翌晓，王殂落。（李白诗，胡人吹玉笛，一半是秦声。十月吴中晓，梅花落敬亭。）

王妃桂氏，自少有怀虫之疾，无子。（李白诗，桂蠹花不实）乌筼等迎立王弟杨州公，是为东陶英王。

史臣曰：烈王之德，其盛矣哉！得贤相而定区宇，任良将而制阃外，无为而化，不战而胜。封同姓而长其恩爱，褒中节以树其风声，虽昔殷周之治，蔑以加焉。然王树国于朴略之初，其历年无多，嘉言善行之见于简册者甚鲜，岂不惜哉！

东陶纪

东陶英王名蕚，古公第三子也。初烈王幼时，与诸弟游，削桐叶，戏曰："以此封若。"及即位，择天下膏腴地，分封两弟。杨州公尤被恩眷，每入朝，携手登华蕚楼，与宴甚欢。盖烈王名华，英王名蕚，故名楼焉。及返送国，赠诗以别，有曰："喜得连枝会，愁为落叶分。"其友爱之笃如此。至是即位。

中和元年春二月，王移都东京。

丞相乌筼上疏谏曰："先王建邦，设都于此，金城汤池，天府之土，地方虽小，亦足以王；东原不然，四面受敌，有德可以兴，无德易以亡。且昔周迁东都，萎靡不振；汉移东京，乱亡相继。柯则不远，荃鉴在兹。"王不听曰："吾欲东耳，安能郁郁久居此乎？"即日移都，号称东陶，以寅月为岁首，追尊古公为太王，大赦天下。

三月，王御东阁，亲试贡士何逊、孟浩（然）、林逋、苏轼等。

王见林逋卷中，有"疏影横斜水清浅，暗香浮动月黄昏"之句，叹曰："可谓鸣国家之盛。"擢为第一。（四人皆有梅诗。评者以林逋此诗为第一云。）世人荣之，以为折桂枝。

三年，贬乌筠于黄冈，以李玉衡为相。

玉衡欲专朝权，乃遗书讽筠曰："四时之序，成功者去。"筠会其意，即日以竹杖芒鞋，归去蓬户，有毕命松楸之志。临行遗秦封、柏直等书曰："松柏本孤直，难为桃李颜。"玉衡闻而恶之，乃谗于王曰："筠虽有君子之名，其中未必有也。大奸似忠，巧舌如簧。且于园林中藏兵，疑有非常。"（唐李晟以园竹，被藏兵见谗。）王信之，贬于黄冈，以玉衡为丞相。玉衡字星卿（玉衡星名，李花之精），唐丞相林甫之后也。猜疑多许，人谓有乃祖之风。

史臣曰：侈心生，则小人进；忠言逆，则君子退。为人辟者，可不鉴哉！或有问于余曰："乌筠以国家元老，闻玉衡讽喻之言，即决去就，不俟终日而行，得无迩于悻悻者乎？"余曰："不然，乌筠岂以玉衡一言而动其志者哉？盖玉衡乘间于移都之初，乌筠见机于拒谏之日故也。且其不相容之势，如薰莸之同器，苗莠之同亩，则其去也，何待萋斐之成锦，慈母之投杼也？此乃孔子欲以微罪去之之义。君子所为，固非管见所可窥测。"

四月，杀宫人夭夭。

夫人李氏，宠冠后宫。及夭夭入宫，灼灼有容姿，夫人心常恶之，至于成疾。王怜之，命斩夭夭，慰其志，而夫人终不起。王追悼不已，尝于竹宫，爇名香，怀梦草以思之。

梅妃废，死春草宫。

初，王咏摽梅诗，乌筠谏不可娶同姓，王不听。及立为妃，有贤德。王尝赐明珠一斛，辞不受。至是王新娶杨贵人，妃遂宠衰，终死春草宫。王哀之，亲制诔以葬之。

以杨贵人为妃。

妃姿色绝代，号为睡海棠。飞燕亦以轻身善舞得宠。

白凤车尚寿阳公主。（凤车，蝶之别名。）

凤车，字栩然，漆国人。为人轻锐，常着白衣，翩翩然善舞，号为玉腰奴。

以杨絮为金城太守。

絮字白华，杨妃兄也。少时游侠，出入章台间，为风流所宗，世人称之曰："昔有张绪（绪曾为金城太守），今有杨絮。"至是以椒房之亲，擢拜大郡，父子兄弟布列要津。光生门户，一时权势，拟之唐之国忠。

五月，故丞相乌筲卒于贬所。

时秦封、柏直等已退，陶之旧臣，零落将尽。

史臣曰：王性俭素，初政清明。自玉衡为相，杨妃专宠以来，上意稍解，始大兴土木之役，筑长城，治园囿，作披香亨〔亭〕、承露盘。徙都之初，土阶茅宫，及是珠玉台阶，穷极侈丽。于是上下成风，争尚芬华，内外雍蔽，迷惑荃听，中和之政衰矣。

四年。密（蜜）人黄范，聚众作乱。

黄范者，匈奴之别种也。自昆仑山流入中国，闯处崖谷间，人谓之闯贼，至是作乱。其酋长勤于军政，一日再衙，号令严明，器械精利。其党蜂起，处处屯聚，出则剽掠，入则坚垒，人莫敢当其锋者。

蜀主杜鹃称帝。

杭州人姚黄自立，国号夏。

白凤车有罪诛族。

凤车既以善舞得宠，且荐进其友善歌者黄票留（莺也），号为金衣公子，其声清婉可听。王甚爱之，日与骚人狎客诸妃嫔及梨园弟子，游宴后庭，其曲有《玉树后庭花》。二人常在王左右，人谓之衣黄者公子，衣白者玉奴。

凤车恃恩骄恣，引其徒党，出入宫掖，或留宿禁园，有与宫人莺壳、凤仙、鸡冠等花奸。事觉，凤车亦坐媒妁之罪，自知不免，与其徒党窬宫墙逃走。宫门监杜公（齐人号蜘蛛为杜公也）网打尽诛之。

三月，丞相玉衡，有罪废死。

玉衡，自夫人死后，杨妃专宠，颇失权势，怏怏怨望。王知之，命夺其位，赐自尽。

夏四月，密贼入寇东京，李飞将击之，战败被禽。金城太守杨絮，遣其将石尤（风也），率麾下千余师（丝也），指挥大破逐之。诏封杨絮为大将军，留屯细柳营，以黄栗留为幕客。

杨絮阴有不臣之志，与朝廷争衡（李白诗，柳与梅争春），而缙绅畏妃，莫敢言者。宗室南昌尉梅福上疏曰："臣观今日，乱亡之兆，叠作层崩，不啻若火薪风泽之危迫也。阴阳失轨，风雨不时，木有人面之灾，草有旌旗之异，此何景象？大将军杨絮，身居宰（梓也）列，戚连椒掖，怙势纵横，负功骄恣，祸乱之作，迫在朝夕，不见其形，愿察其影。且今内无良将，外多敌国，蜀主称帝，夏黄僭位，密人不恭，敢拒大邦，此其为患，亦已极矣。矧兹滋蔓之祸在于萧墙之内者乎？愿王早为之所，无贻后悔。臣体分金枝，迹厕明廷，荷培养恩，蒙雨露泽，不胜倾阳之悃，敢进移薪之荣。伏愿圣明俯察蒭荛，少赐裁择。"书奏不报。福知时将乱，乃变姓名曰黄梅，逃入山中，遂不复出。（今山中早春，有木黄花，俗名阿亥，人称黄梅。）

五年。将军杨絮，遣将军石尤弑王于江城。

石尤者，阆土人。本与秦同姓，蚩廉之苗裔也。有猛勇力，能折木拔屋，暗哑叱咤，千人自废。至是絮使为先锋率师，如林如雨，大吹打入东京，城中震动，上下风靡。王出奔江城，五月殂落（唐诗有"江城五月落梅花"之句）。百官从王死者甚众。杨妃出都门，误陷于泥土中而没。陶自烈王，至是十一年而亡。石尤又攻杨絮逐之，迎立姚黄于洛阳，是为夏文王。

史臣曰：英王移都东京，不无光临之称，终以豪奢亡国。乌锈先见之明，无异卜筮矣。

又曰：异哉！英王之世，与昔唐玄宗之时，酷相似也。玉衡似林甫；杨絮之横，似国忠；密人之乱，似吐蕃；石尤之变，似禄山；梅妃废而杨妃宠，且先明后暗之政，似开元、天宝之治乱。何其似甚也？意者一年十二月，以十二会之数推之，则三月即辰会也。唐之历年，自帝尧以下计数，则亦不过辰巳之会。故气数之相符而然欤！后之见者，必谓当时撰史者，依样画葫芦，故书此以俟知者。

夏 纪

夏文王，姓姚名黄字丹，杭州人也。古有神人，自琼岛出来，隐居于桑子河。后有玉楼子者，名于世。又数世至紫绣子，是文王父也。中和初，生王于堰东里（杭州堰东里牡丹花下，得石剑，题诗云："此花琼岛飞来种，只许人间老眼看。"），幼有异质，及长，颜如渥丹，风采动人，里中诸老人称赏。陶末，习俗侈靡，黄独含光自晦，尝游罗浮山中，见一梅树当径，拔剑斫之。后至其所，见有一美人，淡妆素服，哭于道傍曰："吾子白帝子，今赤帝子斩之。"仍忽不见。黄心独喜自负。唐明皇时，乡贡入洛（明皇时，有牧丹之贡），仍居洛。及陶亡，石尤等奉表劝进。其略曰："伏维我后，草昧英雄，树立宏达，花园有桃李之祥，已卜兴唐之兆；土阶呈蓂荚之瑞，孰无戴尧之心？咸仰体天之道，尽许行夏之时？"于是王遂即位，都于洛阳，土德王，以四月为岁首，色尚赤。

甘露元年夏四月，王御南薰殿，朝诸侯。

莘侯、留（榴也）侯、桧侯、桐伯、微（薇也）子、杞子、柳子、台（苔也）州、苏州、梓州、桃林、桂林诸君长，各执壤尊，凡百余国，珠玉金帛，灿然庭宝。于是诵湛露以谯，封石尤为风伯，赐姓南氏，诏曰："维薰维时，使予万姓，咸得其宜，是乃风，即乃封，钦哉！"

立魏紫为后，花蕊为夫人。以迩侍金带围为丞相。（刘简诗有"芍药为迩侍"，金带围，芍药之别名。）

带围字尾春，与王同本异族，居广陵。一日城中有异花，无种而生，丹叶金腰。人有识者曰："他日当有明宰出。"至是带围为相，时人谓之花相。（杨城斋诗云："好为花王作花相。"）

二年。诏求陶后，得英王孙梅玉，封为侯，使奉陶祀。

陶亡之后，诸梅尽飘零。玉倒姓名曰玉梅，匿于草莽中，典刑虽存，风采已矣。（俗名票饮花，淡白无香。）

置柏府、槐院、紫微省、翰林院、蓬莱馆，皆以文学英俊之士，充其任。

毕（笔）管有文笔之才，主翰林院；荆楚有棘棘不阿之风，任柏府；威蜀（踯躅）有退让之德，卫足（《左传》云："葵能卫其足。"）有向日之诚，必能爱君辅德，置之蓬莱馆。于是朝廷清明，文物灿然可述。

封甘棠为召伯，桑无附为衡阳太守。

八月，王亲诣芹宫，行释菜，仍与诸生讲论。杏坛槐市，士林咸集，菁莪棫朴之化，蔚然复兴。

微夹谷处士猗兰，不起。

兰字苗之，号九畹先生，有逸德，不求仕，令闻播于远迩。与商山处士朱芝友善，每一室同居，臭味相似，世称芝兰之契。至是王加束帛蒲轮，征之再三，终不起，送其门生屈轶、延年、甘蕉、石竹、元术等入仕。屈轶字指佞，延年字昌阳，甘蕉字凤尾，石竹字绣衣，元术字忘忧，性皆廉洁，不喜浮华。唯石竹、元术，共历华贯，有所辅益焉。术，一名萱，性又至孝，奉母北堂，未尝离侧，王嘉其寸草之诚。

三年。流海棠于长沙。

初东陶之世，武陵之桃，为国大阀，门楣煇赫，子孙蕃茂，且以外戚争尚奢侈。有名碧者，性独高洁，晚习绮纨。与其友白雪香（梨花），齐名一世，同持守白之论，英王爱重之，共置玉堂。又有名柳者，渭城之外裔也，一名曰小。少年英名，最出于诸桃之前。时人互相称誉，仍以分党，一家内有中立不偏者，谓之三色。其或各分于红、白之外者，又谓黄党，朝廷之上，争树党比，色目纷然，英王不能禁。

至是红白余党，尚存形色，王亦出自红党，故欲专用一边人。金带围、卫足等协心交谏，务存调和，或红或白，不有彼此，而白党犹盛。海棠不能出气（无香），讥刺朝廷（芒刺），金带围白上流之。是时，黄党亦有见黜城外者，仍赐名黜墙。

史臣曰：红白党比之弊，无异于唐之牛李、宋之川洛，而金带围能诚心保合，使朝著之间晏然，可谓宰相器也。后之为总百之任者，可不鉴哉！

又曰：唐文宗尝曰："去河北贼易，去朝廷朋党难。"读史至此，未尝不掩卷叹也。谓之党祸酷于边乱则可，谓其破党难于制贼，岂其可也？夏王有一辅佐之贤，犹能调剂一世，以致和平，而况明君御世，先率以正者乎？《书》曰："无偏无党，王道荡荡。"君子之德风，小人之德草也。风之所加，安有不偃之草乎？

五年。风伯入朝，最承恩遇，出入非常。

一日，王问于侍臣曰："风伯何如人？"金带围对曰："风伯为人，反覆无常，喜则吹嘘，怒则摧折，此所谓治世之能臣，乱世之好〔奸〕雄。王独不见江城之变乎？"王不悦，纳其少女为才人。（少女，风名。）自此王怠于视朝，颇事侈靡。求天下怪石，作假山，植奇木异草，嵌空苍翠，烟岚生其下。作四香阁、百宝栏，皆以沈香、珠翠为饰，一遵杨国忠古制。时设万花会于其中，以为屏障，亦唐之遗事也。

史臣曰：甚矣，尤物之害人也！在心则心蛊，在身则身死，在家则家索，在国则国亡。穷奢纵欲之心，由此而生；怠惰燕安之习，由此而成；好韜〔谄〕恶直之意，由此而长；贪财虐民之政，由此而兴。可不惧哉！可不慎哉！文王以英明之主，末乃如此者，莫非尤物之害，则彼癸之脯林，隋广之采花，诚不足怪矣。

杀谏者荆楚。

楚性峭直，常多触犯，王不悦，众皆欲除之。有谮之者曰："楚虽有直名，气焰太盛（香盛之谓），久处近密之地，多受金银之赂（金银花名）。"王大怒诛之，人多嗟惜。

绿林贼叶青兵起，旬月之内，天下响应，红白之徒，亦多投人者。

少女，机警多权数，王大悦，天笑日新。卫足谏曰："风伯朝降夕叛，反覆无常。少女性妒难迩，且与其姨封十八（风神），谋危圣躬，王其慎之，臣诚深忧。本性难夺，昨日红颜，今日已衰，王何嫣然而笑而已也？"王不听。

六年夏六月，王游于后苑，为野鹿所咬。（唐明皇时，野鹿入宫，咬伤牧丹。）少女乘时进毒，遂殂落。在位六年，而大夏亡。

风伯既剪夏，迎立桂州伯为王。而当此时，绿林贼炽盛，中国多难，讴歌者不归桂州伯，而归于水中君（莲也）。水中君立于钱塘，是为南唐明王。

唐 纪

唐明王，姓白，名连（莲），字夫容（芙蓉）。其先有丈十丈者，隐居华山。父名菡萏，始居若耶溪。母何（荷）氏，尝见苍蒲生花光彩焰烂，吞之，有娠而生王。美颜色如妇人，有出尘离世之趣，守净纳污之量，性又乐水，常居水中，号为水中君子。或谓之白水真人。夏亡之初，中国无君，湘州人杜若、白芷等推而立之。水德王，都于钱塘，国号南唐，色尚白。

史臣曰：陶以木德而尚白，夏以土德而尚赤，唐以水德而尚白，其故未可知也。

德水元年。开井田，行钱币。

以杜若为相。诏曰："尔若乃采（彩也），罔俾尔先，专美有唐。"杜若，唐贤相如晦之后也。

七月，王出自水晶宫，御秋香殿，朝群臣。

当此之时，天下尽为绿林薮，而唐独深沟高垒，免被侵伐，众生支安，国家殷富。于是水衡之钱，多至巨万，川泽鱼鳖，不可胜食。在下者，业于治丝；在上者，朝夕量珠而已。

三年，有贼入寇若耶，遣将军白蘋退之，以马蓼为伏波将军，以御之。

若耶溪使金凫以羽书报曰："有贼入寇若耶，先打鹅鸭池，贼人皆乘沙棠舟，棹木兰枻，被芙蓉衣，歌《采菱曲》。容妆服饰，与我国人酷似，始则不知，闻歌声，然后知其为贼。其歌曰：'莲叶罗裙一色裁，芙蓉红脸两边开。乱入池中看不见，闻歌始觉有人来。'俄顷之间，斩伤已多矣。"王大惊曰："我国天堑，是何能飞渡耶？"乃诏将军白蘋。蘋率鱼贯卒数千，迎击之。卒中有鲤者，能口嘘生风。于是风浪大作，舟楫荡摇（江中风谓鲤鱼风）。贼人大惧，并着其舟而去。（唐诗，相逢畏相失，并着采莲舟。）

始以国家无桑土之备，以致此患。至是白蘋于沿江要害处，皆设蒺藜而还。且使马蓼为伏波将军，以备盗贼。自此南北之人不敢采渔于河。马蓼者，援之裔也，仍袭伏波旧号。

道人以妙经进上曰："说经则天雨四花，莲胎往生于极乐世界。"（佛经，优昙钵罗花，千年一开云。）王大悦，乃设水陆道场，费可亿万计。日与左右诸臣，朝夕说经，废弃国事。

学士文藻伏青蒲谏曰："彼佛者，果何人哉？背理邪说，惑世诬民。帝王之道，守经常，何必以祇〔祇〕园为福田、贝叶为真经耶？人生如树花，落茵席者为贵，落粪溷者为贱。此乃自然之理，因果之说，岂可信听乎？"王不纳，文藻与白蘋同本异姓，性质高洁，能文章，补衮职焉。（衮衣十二章，藻居其一。）

婕妤潘氏，宠倾后宫。王尝帖〔贴〕莲花于地上，使行其上曰："步步生莲花。"号六娘。人有佞者曰："人谓六娘似莲花，臣以为莲花似六娘。"王悦。

史臣曰：甚矣，佞者之言！其言甘于啖蔗，其佞甚于誉树。嗟哉！惜哉！

四年，迁江离于湘州。

江离者，楚人也，字采采，性高洁。以直谏忤王意，公子假兰谮而流之。离不胜愁苦之情，作《离骚》以自怨。

五年八月，王用方士长生之言，饮白露，有疾。疾呼左右，左右之人皆饮露，口喑不能言。王不胜忿恚，再曰荷荷（梁武帝在台城，口苦，求蜜不得，遂荷荷而殂），遂殂落。

初王欲禅位于东篱处士黄华，华辞不受。时金兵初破绿林，围唐数月。满城之人尽饥饿，立枯死。柱若、白蘋等，亦死于难。唐立国才五年而亡。黄华字金精，为人不俗，有太古风。以先世事陶，隐居栗里，独守孤节。虽以金人之暴，不能侵凌，世号晚节先生。

史臣曰：三代之兴替，而四君之存没倏焉，不啻若片时东园、南柯一梦。春风园囿，空闻鸟雀之哀号，落日池台，但见云烟之沈销，则殷墟麦秀之歌、周人黍离之诗，未足以喻其叹也。岂不悲哉！岂不惜哉！

又曰：夏王求玉梅，立陶后，其德忠矣，而唐欠三恪之典，尤可怅也。世有蔓草、牧丹草、芙蓉柳，亦夏唐之遗裔欤！

总论曰：天地之间，人是一物而已。花有千百种，则人固不如花之众矣。人以百岁为大限，而花有千年之树，则固不如花之寿矣。天以花行四时，人以花辨四时，人孰如其信？荣不谢荣于春风，落不怨落于秋天，人孰如其仁？或生于阶砌之上，或生于粪溷之中，而不争高下贵贱，同其荣枯，则其公心亦异人矣。然则花者，至仁至信至公，众且寿而得天性之正者也。既众矣，何损于为国？既信既仁矣，又如是至公，则何有乎为君？凡人有一艺之能、一分之才者，必欲夸矜一世，流传百代，争功于施为，伐录于简编，而花则不然。故知其天性之美者，犹人中之君子。是以宋濂溪先生，庭草不除，与自家意思一般。君子欲与之一般，则其性之全且正可知耳。彼区区于言语文章，孜孜于功利事务之间，亦安得全其性而复其正耶？

鼠狱说 [①]

林 悌

古者仓舍必构于静闲之处，盖避村延烧之患也。是以仓之四方荒莽蓊郁，乱石碨磊，苔发萦于墙壁，土花蚀于阶所，闾庑远而履舄罕矣。有大鼠窟于坳凹，身长半尺，毛深数寸，狡诘诈谲，甲于众鼠。众鼠推以为长，炊鼎穿足即其谋也，猫头悬铃亦其计也，其巧于逞奸，捷于运智如此也。一日与众鼠谋曰："我辈居无障蔽，食乏困积，数被人犬之忧，我之谋生可谓拙矣。吾闻太仓之中白粲委崊，红腐充溢，若穴其外而处其间，枕香粳藉，美梁〔粱〕饫口而食，扣腹而嬉，则岂不乐哉？此天所以资我也。"遂率众鼠穿其碍壁，未移晷大容橼，乃挈其子女族，倘而入处焉。众鼠从者以千数，跳梁偃仆，冲冒騞突，粒米狼戾，不可胜食，饥则食，饱则止，如是者十年，仓储枵然矣。仓神按簿而计，厥数大缩，乃惊且惧，部分神兵捕得大鼠，拉致于前，数之曰："城社乃汝之所，粪壤即汝之食，汝何引类呼朋穴居于此？荡百年之积，而绝万民之天乎？当并与族类快施磔屠，以绝攘窃之祸。汝之徒倘及教喋者，实告无隐。"

---

① 此据〔韩〕林悌《鼠狱说》，金宽雄译，首尔：未来文化社，2014，第17~44页。

鼠乃贴地而伏，拱手而对曰："老物质虽么麽，性则虚明，禀星辰之精，受天地之气，虽不能首于众，品亦未必居于下流，诗人咏于《周诗》，君子载之《礼记》，则其不见绝于人久矣。今夫横目坚鼻，最灵于物，而终岁服田，尚多阻饥，况老物世业荡残，生计单薄。牵于口腹之养，馋于糠秕之微，夫岂乐为是哉？实出不获已也。罪虽罔赦，情则可恕。且老物门祚衰替，子孙零落，东家祸阱，众子皆死，西仓骇械，诸孙并殁，丧慑余生，眼目已昏，衰朽残喘，踷步不利，既无智计之可施，焉有徒众之我附？至于教嗾之辈，谨当历指以陈矣。老物顷当穿穴之日，低面壁底，左右游瞩，则墙头小桃为我而笑，阶前弱柳向我而舞，夫笑者喜我之将饱也，舞者贺我之得所也，笑与舞者非所以倘我乎？"

仓神怒曰："穿窬之行可恶，而喜而笑之、偷窃之变可惊，而忭而舞之助桀为虐，在法当治。"遂咒神符缚致桃柳之神，责之曰："于汝托根之地，有此窃粟之盗，不防、不告，何笑而舞？"

桃之神供之曰："伏以当冬敛华，至春数萼，深红吐艳，若胭脂之初均，浅紫呈娇，宛锦纹之争缬，乃卉木之本性，亦造化之神功，犹带笑于春风，非有意于当日，诚可捧腹还功頳颜。"柳之神供之曰："伏以谷风乍动，堤雨新晴，拂万缕而飘扬，如张绪之风彩。垂千枝而袅娜，犹渭城之春光，巧学艳姬之眉，任折离人之手，所谓傲傲之起舞，不过欣欣而向荣，言实无根，冤深贯木。"

仓神览供毕。并囚之。又诘于鼠曰："桃笑柳舞言各有据，谁教汝偷乎？"鼠复供之曰："太仓之门神户灵果教我也。"仓神大怒缚两神，而鞠之，囊其头，械其颈，列于庭下，而责之曰："典守寅职，扔呵尔责，而乃反开门，纳贼赍粮，借冠鞭朴不足赎其罪，堪锁不足惩其恶，媚盗之罪，汝速自服。"

门神供之曰："伏以内外门限，出入所由，呵噤不祥。允致百鬼之畏，防守有截，妄谓万夫之开纵乏当御一面之才，庶免怀二心之耻，惟知备梁上之啸，岂意有穴中之偷，尸素是惭，衷赤可质。"

户神供之曰："伏以职思其居，心戒感怠，惟扃锸之既固，人不敢窥，而缄縢之且坚，谁能经入，惟恐怯箧担囊之贼，或逞飞檐走壁之谋，曾不念畜凶狡之尖须，乃反有无顾忌之大胆，罪至于此，他无所知。"

仓神览供毕。并囚之。又诘于鼠曰："门神户灵，各有称冤，谁教汝偷粟乎？"鼠复供之曰："苍猫黄犬，果教我也。"仓神缚致猫与犬问曰："汝辈教鼠偷粟乎？"

犬供之曰："伏以司夜甚勤，无日或荒，须人发踪，走可及，于突眼，掘地、探迹，捷不让于圆睛，或攫拿于厨间，时追逐于溷上，固强弱之不敌，谅仇雠之已成，皮肉不干，肝肠欲裂。"

猫供之曰："伏以天之生猫，职在捕鼠，循仓庾而密伺，辄试爪牙，间瓮盎而潜窥，饱啖毛血，惟嗜欲之是骋，岂弱肉之或遗，当贾勇而翕威，争并息而敛影，悔不殄灭，反被噬吞。"

仓神览供毕。并囚之。又诘于鼠曰："惟猫与犬实汝敌雠。予固不明，初虽质问，而及见其供，冤状可知，狱体甚重，虽未即放，已知汝欲售报复之计也，何其奸也？何其愿也？"鼠复供之曰："猩与鼹果教我也。"仓神缚致猩鼹，而问之曰："汝辈教鼠偷粟乎？"

猩供之曰："身处林麓，迹谢村阎，山万水千，犹有构木之乐，朝三暮四，恒愧守株之愚，羌撇叶而窜枝，长拾橡而摘栗，爰有害人之物，乃欲援我自明，陨越之际，惢商是祝。"

鼹供之曰："伏以万物之中，一种最微，恶阳喜阴，或见日光则隐，秘迹潜影，每欲土处则颠，不幸化翁之赋形，乃与奸贼而同质，愿人心尚有淑愿，岂物性独无贤邪？其恶无双，羞与为伍。"

仓神览供毕。并囚之。又诘于鼠曰："物有貌同而心异者，予之恶汝者，非汝之貌也，恶汝之心也，毛与皮汝与彼若，形与体彼与汝若，伛行若也，深庄若也，独不相若者，心也，汝必以与汝貌虽异而心则同者告之。"鼠内愤恚而不敢形于外，乃复供之曰："白狐班狸果教我也。"仓神缚致狐狸而问曰："汝辈教鼠偷粟乎？"

狐供之曰："伏以穴地而处，以冢为家，畏约无穷，亦恐搜猎之祸，变化不测，安有媚妩之工？惟涉水而可疑，矧求食而妄出，彼周璞之可恶，与秦瘠之即同，苍黄略陈，黑白可辨。"

狸供之曰："伏以林下冷族，谷里贱踪，枵腹长饥，谩被攘鸡之诮，厥象犹肖，敢惮与狐同称？窜黄榛而伺傲，伏寒苇而吞勃，纵未有益于世，亦不贻祸于人，宁有同心？彼固异类。"

仓神览供毕。并囚之。又诘于鼠曰："狐供狸招亦似有理，谁教汝偷乎？"鼠复恐之曰："土中之獝岩下之獛，果教我也。"仓神缚致，以问曰："汝辈教鼠偷粟乎？"

獝供之曰："伏以身短未尺，毛磔如针，千崖无人，肯叹穴居之窄，一饱有数，不避瓜田之嫌，惟知或屈或伸，敢曰能大能小。虽有毛不扬之厚刺，粗守曰无妄之格言，鞠躬不安，仰首以诉。"

獛供之曰："伏以水中余流，岩下贱流，烁焰焦山，畏值牵狗之容，暗雪埋谷，愁见臂鹰之人，徒以毛品之稍佳，每痛躯命之易丧，不道巢居之迹，奄遭蔓延之灾，宁欲无言，不必多辩。"

仓神览供毕。并囚之。又诘于鼠曰："若獝若獛似不与知，谁教汝偷乎？"鼠复供之曰："獐与兔果教我也。"仓神缚致獐兔而问曰："汝辈教鼠偷粟乎？"

獐供之曰："伏以人讥长胫，自夸阔步，肉登鼎俎，忌网罗之巧张，性爱山林，喜丛薄之颇密，卧茅根而甘寐，龁草芽而充肠，肆罹池鱼之殃，惨被仓鼠之祸，跛足而立，引吭长鸣。"

兔供之曰："伏以系出中山，戚联东郭，俦桂影而兴感，犹记捣药之时，缅管城之封，疏追忆赐浴之宠，何物邪秽之虫，妄出援引之说，披肝而对，冀领于兹。"

仓神览供毕。并囚之。又诘于鼠曰："之獐之兔所供若此，谁教汝偷粟乎？"鼠复供之曰："鹿豕果教我也。"仓神缚致鹿豕而问曰："汝辈教鼠偷乎？"

鹿供之曰："伏以迹伴处士，契托山翁，伏周王之园中，咏叹之诗，赋也，兴也，入樵夫之焦下，得失之梦，真耶？伪耶？魂丧挟矢之徒，戒在当路之食，自愿短尾之贱，乃与长腰之偷，亦关身灾，何必角胜。"

豕供之曰："伏以最称冥顽，素喜犇突，食不择洁，膨脝之腹已充，喙能穿坚，蹢躅之足谁御？只自上下于山坂，何曾践蹂于村墟，谓之愚蠢则诚然，斥之奸细则不近，头可碎也，心岂服乎？"

仓神览供毕。并囚之。又诘于鼠曰："鹿豕之供皆有所据，谁教汝偷乎？"鼠复供之曰："羊与羔果教我也。"仓神缚致羊羔而问曰："汝辈教鼠偷粟乎？"

羊供之曰："以角者流，处毛群末，山间之石粲粲，随一群而幻形，河涧之草离离，舒四体而着睡，孰云其性之狠，自觉此身之安，欲知情外之诬，实有头上之白，我苟知也，神必殛之。"

羔供之曰："伏以毛非一色，品备三牲，命悬庖厨，长恐伏腊之至，口龁草木，不辞风雨之疲，自喜垅上之眠，不愿仓底之牧，虽百口之交谪，无一毫之可疑，何与我哉？言止斯也！"

仓神览供毕。并囚之。又诘于鼠曰："羊羔之冤，亦甚可怜，谁教汝偷乎？"鼠复供之曰："猿与象果教我也。"仓神缚致猿象而问曰："汝辈教鼠偷粟乎？"

猿供之曰："伏以亡自楚国，隐在巴山，明月孤舟，啸惊旅人之梦，秋风古峡，啼断逐臣之肠，攀树枝而寄巢，摘林果而为食，身世自逸于物外，形影宁到于人间，面被发红，容或快白。"

象供之曰："伏以修牙擅珍，异标惊世，屹峙山岳，百神瑟缩而惊魂，威凛风雪，千军潮退而破胆，纵蔑五德之备，允为百兽之雄，言念彼物之至邪，实有相克之积怨，势不两立，肯与交言。"

仓神览供毕。并囚之。又诘于鼠曰："猿与象也，斥汝甚峻，谁教汝偷乎？"鼠复供之曰："狼与熊果教我也。"仓神缚致狼熊而问曰："汝辈教鼠偷粟乎？"

狼供之曰："伏以彳亍而行，贪戾之性，屏居深壑，欲避当路之讥，饥走荒山，未试御人之术，肆有群居之乐，一任重恶皆归然，此横逆之来，初非梦寐所到，咄咄怪事，呶呶亦羞。"

熊供之曰："伏以毛可御寒，力能扛重，峰壑相互，谁攀枝上之棚，霜霰交零，自甘树中之饿，入人梦而叶吉，将山君而争雄，惟同气之相救，岂非类而与密，毁可销骨，悚且寒心。"

仓神览供毕。并囚之。又诘于鼠曰："狼熊之说，不诬而直，谁教汝偷乎？"鼠复供之曰："骡与驴果教我也。"仓神缚致骡驴而问曰："汝辈教鼠偷粟乎？"

骡供之曰："伏以兄事方瞳，第畜长耳，老妪之妖术诞妄，几变形于厩中，至尊之形色播迁，曾窘步于栈上，不忧四足之蹶，早知强项之称，自夸致远之才，反遭求全之毁，游辞于戮，古法可稽。"

驴供之曰："伏以鸣则惊人，技本止此，风雪桥上，载寻梅之诗翁，花雨村边，伴沽酒之醉客。自遇黔州之变，甘受皂隶之驯，厖音每愧于括囊奇祸，忽憎于被绁，掩耳不得，顿蹄而啼。"

仓神览供毕。并囚之。又诘于鼠曰："骡驴之供果有所据，谁教汝偷乎？"鼠复供之曰："牛与马果教我也。"仓神羁致牛马而问曰："汝辈教鼠偷粟乎？"

牛供之曰："齐城旧功，周野遗种，停车道上，不逢问喘之相公，负薪山中，犹想叩角之贫士，深耻无为后之谚，力殚将有事之时。惟此穿鼻之身，讵有利口之病，草率以对，牟然而啼。"

马供之曰："伏以吴门一练，燕市千金，食之不以其力，难饱一石之粟，老矣！无所可用，谁怜千里之才？枕黄草而忍饥，望白云而兴悼。咄！此射影之蜮弩，殆如过耳之蚊雷，奸状跃如，何足疑也。"

仓神览供毕。并囚之。又诘于鼠曰："牛马之冤，余已洞知，谁教汝偷乎？"鼠复供之曰："麟与狮实教我也。"仓神符致麟狮而问曰："汝辈教鼠偷粟乎？"

麟供之曰："伏以足不践生，心戒嗜杀，待圣人而出，孔氏绝笔而叹。虽童子亦知韩公著解而赞，自嫌物性之塞，或称仁德之全，大抵横侵之灾，莫如直受不报，言亦污口，神其留心。"

狮供之曰："伏以金天酿精，雪山毓气，一声雷吼，上方之众魔自避，五色天成，中土之百兽皆慑，齿牙但利于决，石骨相宁，合于服箱。愿此划地之冤，自有昭雪之路，苟欲辩也，不亦鄙乎？"

仓神览供毕，使神兵守之。又诘于鼠曰："麟与狮皆异兽也，初既误问，更何疑也？教嗾之罪必有所归之处，汝实直告。"鼠复供之曰："南山之虎，北海之龙，果教我也。"仓神檄致龙虎而问曰："汝辈教鼠偷粟乎？"

虎咆哮攫拿大怒，而供之曰："伏以相称食肉，志在啮肥，吼裂苍崖，轰霹雳于百里，横行白日，瞰窟宅于千林，许多蠢蠢之群，并皆眈眈而视，彼鼠雏之可陋，与蚁子而何殊？"

龙蜿蜒腾跃大吼，而供之曰："伏以天用莫如，爵号有受，所能者，兴云致雨，众被润物之功，有时乎在田，潜渊默运，若愚之智，泽及普天之下，人称厥德正中，怪底臼中之风波，亦及世外之水府，岂烦渎扰，自损威灵。"

仓神览供毕，亦使神兵守之，心窃疑之，怒色勃然。又诘于鼠曰："众言汝奸，余之不信，自今以后大可验矣。窃廪之罪，实合万戮。而姑缓汝死，诘汝谋首，汝之保晷刻之命亦幸也。汝当据实直陈，以听裁处。而援此引彼大小不捐，徒致纷聒，终无事实，汝罪又加一节矣。今夫奸偷窃人帑庄，尚有协谋而同奸者，汝以一虫之微，穴巨仓，荡厚庄，断非所独判者，须速的指以告，不然即斧汝吭，刃汝肠，以雪神人之愤。"

鼠乃惶恐不敢对，潜伏以思曰："辞说繁，则难于撮要。援证众，则眩于核实。固缓狱之秘计，掩奸之长算，而角发之群，顽痴无识，费辞强辩，不肯自屈。而神怒犹燃，刑法将加。虽使张汤对策，更无书策矣。夫羽之族禀弱智短，以吾之术迫之，以神之威临之，彼风翔而露纛，雨舞而霜喭，朝嘲而夜哝者，焉敢措一辞费一计而脱吾之械括哉？"乃盘行而进入。立而诉曰："宽莫如汉高，而犹曰：'盗抵罪以不治。'惟我明神，不惟不罪以不治，治虽以公法，诘其谋首，而不刑不威，若慈父仁兄责子弟之薄过微愆者然，噫！微神之德，老物之族已赤矣。若使诸子诸孙不死，必皆自剥其皮以缝神之裘，自拔其须以供神之笔矣。惜乎！子孙皆亡，宗族亦尽，惟此垂死之身，将何以报得丘山之恩乎？"乃饮泣泪数行下，合两掌而告之曰："再生之恩虽未报尽，明问之下何感抵饰？所援众兽犷悍狞猾，自掩其罪，不肯吐实，苟且甚矣，情状痛矣，固不欲与较而所恨。神之至明，犹有所蔽，众物之凶奸戾性，未尽洞悉，老物以平日所睹记者，请为明神而告之，助神之明而赞神之威矣。夫有荣则枯，有枯则荣，即树木之天也，其发也无心，其落也亦无心，桃则炫娇艳之色，而悦人之目；矜灼烁之色，而荡人之心。其视莲之天然，梅之冷淡，何如耶？自以为东向之枝，能逐鬼而呵神，一任巫觋之折，以为祈祷之用，惑众之罪乌得免乎？况秦民避苛政之酷，逃长城之役，扶携老幼，远入武陵，青山隔世，流水阻人，而惟桃花不念培植之恩，欲漏隐沦之踪，故泛清溪之波，引渔人之舟，以致归告太守，使人物色，所幸者不辨仙源，终未得寻之也。不然安得免籍其户，而征其赋乎？古人有诗曰：'悔种桃花露踪迹。'此非怨刺之语乎？柳则本无佳实，徒夸长丝，其质易萎，先零于早秋。其性甚脆，不合于栋梁，而徒使长信丽人，攀细条而荡心；春闺少妇见金色而起怀，况托根汴京，解亡隋王之国，笼烟古堤，空含万古之愁。古人之诗曰：'伤心最是台城柳。'此非悲凉之言乎？以此观之，柳与桃皆不祥之木也。门神户灵受天之命，各受其职，而惊动愚民，私享淫祀，冷炙残杯，以充馋欲，贪官污吏，窃簿盗粟，而慢不省悟，恬不扶呵。初既共之于巨猾，反欲委之于微物。老身之冤，虽不足恤，廪旷之责，其可以舍乎？猫则饱人之余饭，舐人之馂羹，与人杂处，伴人同宿，檐间燕雏，瓦下雀鹬，俱收并吞，无日不饱，而犹且不足，流涎我鼠，欲之无厌，推此可知。且爱子之心，人物所同，而自食其雏，贼夫天理性之残忍，胡至于此极。犬则粗猛之性，最末于物，尧本大圣，而见而吠之。雪有何故？而惊而吠之。蠢且无知，乃如此也。况暗入秦，偷藏取狐裘，媚幸姬之心，脱孟尝之急，手段之猾，无过于渠，而自掩其短，乃反刺我，何无耻也。所谓狗苟偷者，真觑破其心肝也。

猩则其轻佻，诈诘不测于毛群久矣。不必缕气以溷神听，姑撮其居家恶行，以陈之矣。风霜渐紧，橡栗正熟，则奸骗九妻同居一室，佯示恩爱之私，若将偕老者。然众雌茌弱，倾情露意，左携右挈，前拥后随，或入深林而拾橡，或窜果园而偷栗，督令搬输，充其窖窟，然后潜谋曰：'九妻一日之粮，乃吾九日之食，供养一身一妻足矣。'乃出其八而留其一，是可忍也，孰不可忍也。教我偷栗即其余矣。鼹则性本秘阴，心不正大。穰穰万物，莫非天地所胎，日月所照，而见天则匿，遇日则避，戢身局形，戴土而行，其族类之贱，无可与比。少日曾求婚于老物，老身以门户之不敌，訾而斥之。以此含憾，非一朝一夕，行身如此，其余无足观也。狐则本以邪秽之种，且挟幻化之术，掘人之殡，啖人之尸，窃其头颅，假其形貌。遇男则为女，遇女则为男，美其容而诱之，巧其辞蛊之，或夺其魂而愚其人，或殄其生而食其身，伤人害物即其长技也。狸则一动一静惟狐是法。所未传者，惟妖术也。犹且趁昏乘黑，出入人家，窃其膳肉，杀其生畜，坘鸡圈鸭，掠食殆尽，迹其奸状，岂止偷食糠秕而已哉？猬则外貌小，内实巧密，处则伸其颈，而偃仆于山椒，见人则缩其躬，而潜庄于木叶，田间露瓜，无力自运，则巧避人迹，窃负而走，树梢霜果无智可取，则潜入鼹穴，偷取而食。其奸与狐狸何间哉？猱则族性繁然，盘据水陆，自夸捷疾，横骛山林，侵暴寡弱，恣意啖食。且其长尾足以暖人，故众皆不舍，或射或搏，而浮躁不恬，妄跳轻出，至今猎徒寻跟放火，满山延烧，众兽皆死，吹万之族孰不切齿乎？獐则柔茅足以充饥，密林足以藏身，而夜下山溪，遍踏阡陌，龁其麦芽，伤其禾苗，使田夫无食，农人阻饥，比之老物，拾吞囷中渗漏之粒，其祸孰烈？其害孰深？兔〔兔〕则以口吐子，种类自别，而其狡尤甚，小能敌大，畏虎之吞，则称叔而献谄，绖人之网，则媚蝇而产蛆，欺鸷而脱祸，瞒龟而渡河，其诈如此，岂肯直招？鹿则原无智虑，妄自尊大，自称山人之友，而每窃猎夫之食，则其心盗也。妄许仙人之伴，频入野老之网，则其迹污矣。供辞中大谈应说，何其不自量也。豕则顽钝之形，不忍正视，而徒是冲灾之勇，而不节溪壑之欲，摧廓岩石，饱啖蛇虺，穿破困箱，饭食菽豆，此所谓盗之雄者。羊羔两种，所以资生民之产业，而充国家之牺牲，仓下居人无不豢养，敛散之际自有余食，其一点之肉，一握之毛，莫非仓粟之波及，且老物久居仓中，朝暮目见，则拳曲之角闯然，由窦而入，触而漏之，俯而食之者，非一二遭。仓粟之损缩，未必不由于羔羊，而其供辞者，若不迹于仓下者。然巧饰之说，神何不烛？猿则嗜欲之病，根于天性，机巧之人，设馔具酒，以绳缚人，示之于猿，旋则解之，空其席而匿其身，以伺之。则猿知谋而诟其人，徊徨往来不胜其馋，遂吃饭酒缚其同类，若人所为，乃突出而执之。其食欲之重可知。当时教导亦出分食之计，而到今牢讳，尤可绝痛。象则身虽长大，心则恇怯，且与老物本有世仇，老物潜行而进，突入其鼻，戕其身，而报其怨，象之怵吾族，盖以此也。今日诬评无怪也。狼则杀生之心非不毒也，拉人之力犹不瞻也，若使其身健如猛虎，则戕杀之患岂止于虎？熊则力与虎均，勇非狼比，不剥其皮，不火其骨，则不必轻服于平问之下矣。骡驴则矜其力而已，大其声而已，刑而威之则岂不服乎？牛马则耐人鞭策，服人驱使，而脱其羁，则直走于田畴，出于槽，则先入厨庖，非所觅食而求饱乎？况蹄其主而殒之者，有之。神以牛马为可驯之物，而其为可信乎？麟则君子之所称，古人之所贤，明神亦既敬待，老物不敢訾毁，而第有疑于心者。孔子之圣与尧舜同，而未闻尧舜之世麟降于郊，则麟之出，不必为圣人也。名之所在，神亦过敬，此老物之所未解者。狮则徒以其出入西域，指以为神，异佛法，自西竺而出，浮诞妖妄，无足可信，则狮之灵有愈于释迦，而足以敬奉乎？至于龙虎则非不神也，非不雄也，暴殄天物者，非虎乎？伤人稽事者，非龙乎？虎之性暴，龙之心忮，古亦有云，今不更论，而神之敬信一至于此。若使老物健如虎，大如龙，则神不以为窃粟之偷乎？所悲者，处于污下，而体亦微细也，尤可怪者，无一种不巧不奸，此身饥，饱于渠，不关而教之甚密，嗾之甚秘，可谓多幸矣，今若畏其阴害，不以实告，则是负神之德也，辜神之恩也。胡宁忍此穿壁之夜，夜色如漆，尺地不分，或触于石，或碍于壁，如瞽瞒埴，计没奈何。忽有流萤，自林薮间出，闪火流光，无幽不烛，使老物赖于讫功。嗾我者非萤乎？喙短壁坚，穿不及内，恐恐惴惴将为人所知，俄已群鸡膈膊，一时咿哑，老物始知天气欲曙，辍役而还，才入旧穴，巡仓之卒已拥至矣。老物若非鸡声而迟留顷刻，则必为巡卒之所杀，嗾我者非鸡乎？"

仓神网萤鸡而至。问曰："若属嗾鼠穴仓乎？"

萤供之曰："伏以假形腐草，托身荒林，秋风扇凉，鼓双翅而翔集，天光向晦，散万点而炳烺，光透哲夫之囊，影流书生之案，当皎辉之幻画，愿何物之不明，暗不欺心，明若观火。"

鸡供之曰："伏以职在司晨，声能唤日，月未午于函谷，鸣送田文之行，夜欲央于司州，唤起祖逖之舞，自惟报晓之习，何与求利之徒，必因啄粟之讥，引此窃米之证，此言奚至，其鸣也哀。"

仓神览供毕。并因之。引鼠而又诘曰："二物之流火吐音职也，于汝不干，嗾汝者谁欤？"鼠复供之曰："蜗流涎而湿其壁，蚁出垒而辇其土，助我者蜗与蚁也。"仓神驱蜗蚁而至，问曰："若属教鼠穴仓乎？"

蜗供之曰："伏以偏好处湿，本非剧干，古础荒阶，间台发而粘壳，颓墙破壁，借土文而流涎，或以小角而喻功名之微，亦因藐质而比屋舍之狭，不道自濡之沫，转成激射之波。"

蚁供之曰："伏以兵家者流，军旅是学。横木渡水，尚感姜氏子之恩；斫槐毁城，怆遭淳于生之祸。新业始创，于仓底旧习，犹讲于壁间，彼何有心而看，反作借口之实。噫！亦甚矣！此何言欤？"

仓神览供毕。并因之。又诘于鼠曰："二虫冤也，嗾汝者果谁欤？"鼠复供之曰："积土委前，猾猾搬运，殊未知一介乌圆潜身睨矣。杜鹃忽飞上树枝而啼曰：'不如归！不如归！'老身方觉悟，疾走。而乌圆磨牙坚爪，一跃入巳后，老物之行矣，以此获免乌圆之祸。嗾我者非杜鹃乎？大石成堆，坚不可穿，力疲气瘠，势将中辍矣，鹦鹉忽来坐老柯而言曰：'鼠穿穴！鼠穿穴！'老物遵其劝勉之意，而忘劳忘倦，凿之不已，而穴乃通，嗾我者非鹦鹉乎？"

仓神网杜鹃、鹦鹉而至。问曰："若属嗾鼠穴仓乎？"

杜鹃飞鸣而进，区区仰诉而纳供曰："伏以蜀帝遗魂巴峡，微品天连故国，岂无始发愤之心？月愁空山，每送不如归之响，迁客为之陨泪，行旅闻之怊神，何必择地而啼？固知无处不可，言之丑也，岂以声为。"

鹦鹉供之曰："巧言能舌，慧心多警，微禽带绿衣之号，说上皇于枝头，懒妇惊绣幕之眠，唤侍儿于帘额，虽有解报客之誉，尚切不离鸟之叹，可笑！好辨之械，终成陷人之祸，犯而不校，置之如何？"

仓神览供毕。并囚之。又诘于鼠曰："杜鹃之鸣，鸣其鸣也，鹦鹉之语，语其语也，嗾汝者果谁欤？"鼠复供之曰："老物日饫玉饭，傲然自得，而犹不无戒惧之心，不怡者久矣。一日适人声阒然，风日颇佳，欲叙幽郁之怀，暂归旧隐之处，则黄莺止于丘隅，欢迎而歌之，粉蝶遍于花间，相对而舞之，以助欢趣，倘于我者，非莺与蝶乎？"

仓神网莺蝶而至。问曰："若属倘鼠同乐乎？"

莺供之曰："伏以花房红折，柳幕青归，高低数声，萦细烟而袅袅，绵蛮百啭，入晚风而依依，清晨送满宫之愁，芳春惹受简之兴，固物性之难夺，何祸胎之忽萌，咽不成腔，歌甚于哭。"

蝶供之曰："伏以杂花满树，芳草被堤，粉翅飘香，戏千门而栩栩，素质如雪，簇一园而纷纷，光生翠黛之簪，身化漆园之梦，初非作意之舞，竟作嫁祸之媒，若粘蛛丝，谁解鸟网？"

仓神览供讫。并囚之。引鼠而又诘曰："莺不自歌，而强谓之歌者，人也；蝶不自舞，而指谓之舞者，亦人也。其歌与舞不过自然而然。嗾汝者果谁欤？"鼠复供之曰："穷儿暴富，志愿已足，有同据傲仓之粟，高枕安乐，无复有糊口之忧，而所虑者，告讦变之发于所忽之地矣，乳燕以千般细语诱我，而言曰：'知之为知之，不知为不知，是知也。'此则虽有究问者，而必欲以不知对之之意也。跳蛙进一部鼓吹而言曰：'独乐乐与众乐乐，孰乐？'此则责我不与渠分食而同饱也，倘于我者非燕与蛙乎？"仓神网燕捽蛙而问曰："若属果护鼠之奸，而分鼠之食乎？"

燕供之曰："伏以趁春而来，遇社方去，含泥营垒，长在玉栏干头，擘柳穿花，曾入乌衣巷口，双足系佳人之札，痛被妆撰之言，一心铭旧主之恩，实阶呢喃之响，颜虽不变，心岂无惭？"

蛙供之曰："伏以黄梅时节，青草池塘，新蒲漾波，正值家家之雨，湿霭满池，长吐阁阁之音，谁能辨公私之鸣，惟喜穷日夜之吠，争嫌若声之喧聒，敢曰文字之形容，骇汗遍躯，怒气撑腹。"

仓神览供讫。并囚之。引鼠而又诘曰："燕之喃喃，蛙之聒聒，皆癖于声。不可以口舌勒加其罪也。嗾汝者果谁欤？"鼠供之曰："蝙蝠鸟雀实嗾我也。"仓神网蝙蝠鸟雀而至。问曰："若属嗾鼠偷粟乎？"

蝙蝠供之曰："伏以爪似利针，翮如圆伞，谨乎出入之际，每赴三簌之收，处于飞走之间，幸免两役之苦，风微雨歇之夜，几多掠人而飞，月落三横之时，忽惊为物所害，莫以貌取，实切身颤。"

鸟雀供之曰："伏以智长择木，心喜躁田，水村天晴，香满啼花之翮，野畴霜晚，膏生啄粟之味，偏惊不觉晓之眠，自得以鸣春之理，任自高蜚于云外，笑他伏行于地中，如隔一尘，请贷三尺。"

仓神览供毕。并囚之。又诘于鼠曰："蝙蝠鸟雀所供亦同，嗾汝者果谁欤？"鼠复供之曰："莫黑之乌，报喜之鹊，实嗾我也。"

仓神网乌鹊而至。问曰："若属教鼠偷粟乎？"

乌供之曰："伏以城头欲栖，屋上亦好，寒食古墓，含纸钱而低飞，流水孤村，绕烟林而争集，唯吐哑哑之响，即未取怜于人，宁效喋喋之言，而又见忤于物，莫非命也。试垂察焉。"

鹊供之曰："伏以慧性明心，软语修尾，云间五色，颁赦书于南荒，墙头一声，报喜奇于北寺，或称知风之自，粗许构巢之工，祸罟惊心，寒栗遍体。"

仓神览供毕。又诘于鼠曰："乌鹊之冤，余所明知。嗾汝者果谁欤？"

鼠复供之曰："鸥与枭实嗾我也。"仓神网鸥枭而至。问曰："若属嗾鼠偷粟乎？"

鸥供之曰："伏以长鸣唤雨，高飞戾天，食欲偏溪，啄腥腐而自饱。毛质轻举，入寥廓而长嬉，吓鹓雏而妄争，睨鸡儿而密伺，恨未攫于沟上，乃遗患于仓中，速碟四肢，俾得一啄。"

枭供之曰："伏以获戾于天，未卜其昚，穷林月黑，引短颈而时号，乔木烟昏，翩小翩而倏逝，人忌声而远徙，众观形而潜惊，信此质之至微，固其性之甚拙，株连之说，缕析是祈。"

仓神览供毕。并囚之。又引鼠而诘之曰："鸱枭虽陋，其言则正。嗾汝者果谁欤？"鼠复供之曰："鹅与鸭实嗾我也。"

仓神网鹅鸭而至。问曰："若属嗾鼠偷粟乎？"

鹅供之曰："伏以自吐远声，众笑长颈，盘中之肉，不食于陵仲子之廉，案上之经，催书山阴道士之换，浴清波而弄影，向晴旭而刷毛，忝得警盗之称，宁怀眤邪之志？以头抢地，蹙足诉天。"

鸭供之曰："伏以嗳喋陂塘，浮沈江海，物各有一定之分，续短胫则哀，鼍不过数丈之高，以广啄则啄，任逐波而潜泳，乍闻跫而决鼍，既非甫里之能言，安有燻穴之密语，惨被钩引，请就鼎烹。"

仓神览供讫。并囚之。引鼠而又诘曰："鹅鸭之辩不啻明白？嗾汝者果谁欤？"鼠复供之曰："鹡鸰鹁鸠实嗾我也。"仓神网鹡鸰鹁鸠而至。问曰："若属嗾鼠偷粟乎？"

鹡鸰供之曰："伏以飞似霖铃，小如粟壳，蓬蒿满野，巢不过于一枝，禾黍盈畦，食则饱于数粒。耻百鸟之争斗，诧一物之优闲，谁使无营之踪，遭此多言之咎，万不近理，一则厚颜。"

鹁鸠供之曰："伏以涧筱深处，山杏开时，暖旭晞毛，唤新晴而嘚嘚，喧风拂翩，穿晚霞而飞飞，形移老人之节，名入舞姬之曲，营巢之智尚拙，悬河之辩本无，羽族何辜？毛举以控。"

仓神览供毕。并囚之。引鼠而又诘曰："鹡鸰鹁鸠言甚洞快，嗾汝者果谁欤？"鼠复供之曰："鹑与雉实嗾我也。"仓神网鹑雉而至。问曰："若属教鼠偷粟乎？"

鹑供之曰："伏以但食草实，暗栖芦根，伏周道之行尘，或被四蹄之践，同山梁之美味，可谓具体而微。地虽阔于一望，翔不及于百步，分内惟望苟活。此外更有何求？无尾可摇，瞪目而已。"

雉供之曰："伏以采采之容，角角其响，三嗅而拱，曾起孔圣之叹，五色成章，滥绘虞舜之服，众皆欲食其肉，自知难保其身。果然柔毛之侵，甚于猛虎之祸，群咻可怕，一死何嫌。"

仓神览供讫，并囚之。引鼠而又诘曰："鹑雉无犯，据此可知。嗛汝者果谁欤？"鼠复供曰："鹰与鹯实嗛我也。"仓神网鹰鹯而至。问曰："若属嗛鼠偷粟乎？"

鹰供之曰："伏以饥附饱扬，气豪心猛，云飙乍卷，拂苍翮而掠林。夕照初低，逐黄耳而入谷，威积振于广野，杀气腾于层空，虽骇虎其褫魂，况小虫之逞毒，恨未一抟，誓不再言。"

鹯供之曰："伏以欲则已盈，志不在大，双翎疾于嚆矢，霅然有声，一影闪于长林，倏尔无迹，虚负一羽之饱吃，惟闻众舌之惊呼，只解驱雀于丛，岂料如兽入阱，冲霄愤气，满纸危辞。"

仓神览供讫。并囚之。引鼠而又诘曰："鹰鹯鸟之豪者，不可更问，嗛汝者果谁欤？"鼠复供之曰："鸿鹄实嗛我也。"仓神网鸿鹄而至。问曰："若属嗛鼠偷粟乎？"

鸿供之曰："伏以江南地阔，塞北天长，一阵惊寒，梦回芦狄之岸，数行流影，响落稻梁〔粱〕之郊，序弟弟兄兄之行，连斜斜整整之势。恒畏弋缯之患，未免鱼网之罹，宁欲高飞，不如速死。"

鹄供之曰："伏以迹远尘土，志在云霄，纳纳乾坤，实无栖托之所，冥冥日月，长怀皎洁之心。喜伴随阳之禽，惭类啄腥之鹜，居然若将涴之说，出于陋莫甚之虫，何足介怀，不如无辨。"

仓神览供毕。并囚之。又诘于鼠曰："鸿鹄轻介，必无此理。嗛汝者果谁欤？"鼠复供之曰："鹳与鹜实嗛我也。"仓神网鹳鹜而至。问曰："若属嗛鼠偷粟乎？"

鹳供之曰："宽闲野外，饮啄生涯，暝色冉冉，投水树而寄宿，晴川历历，傍崖苇而闲行，每愁少年挟凡，或被行人投礫，内省不疚，外烁何忧。"

鹜供之曰："伏以人皆谓贱家，莫能驯，月沈寒郊，冲晓烟而相唤，天连秋水，与落霞而齐飞，身近被蓑之翁，步似抱牒之吏，曰：'有怪物于此。'以致邪说之兴，玉石不分，铁钺何畏？"

仓神览供讫。并囚之。引鼠而又诘曰："鹳与鹙亦不与汝也，嗾汝者果谁欤？"鼠复供之曰："鸥与鹭实嗾我也。"仓神网鸥鹭而至。问曰："若属嗾鼠偷粟乎？"

鸥供之曰："伏以以忘机身，有乐水癖，谪仙诗上愿与我而相亲，渭川矶边每见人而色举，眠晴沙而伴月，戏春洲而沼芳，愿物我之分，殊若仙凡之路隔，良可苦也，何相逼耶？"

鹭供之曰："伏以素翮霜凝，缟衣雪净，立当春草，人送瞩而易分，行傍白蘋，鱼跃鳞而不避，拳一足于秋渚，曝长丝于朝梁，兴自逸于烟汀，谋岂及于粪壤，延颈上渎，如鱼中钩。"

仓神览供讫。并囚之。引鼠而又诘曰："鸥鹭江海之鸟也，非汝匹适。嗾汝者果谁欤？"鼠复供之曰："鹘与鹫实嗾我也。"仓神网鹘鹫而至。问曰："若属嗾鼠偷粟乎？"

鹘供之曰："伏以健称突击，才长疾飞，饥不馋于肥毛，宗元义而著说，病见丑于俗眼，子美悲而作诗，貌看幽翔之鹰，仆命华岳之隼慨，彼藐尔之物，出此构我之谋，不可痛乎？无足言者。"

鹫供之曰："伏以隙岩而居，盘天而戏，腾身直突，阴午日之翳云，奋翮横躯，声疾雷之动地，人亦畏其捽发，兽何有乎磔毛？羞以千句弩之强，发于一毛虫之小，早若一攫，宁有肆殃。"

仓神览供毕。并囚之。引鼠而又诘曰："鹘鹫虽猛鸷，而奸细之行，吾未闻也。嗾汝者果谁欤？"鼠复供之曰："翡翠鸳鸯实嗾我也。"仓神网翡翠鸳鸯而至。问曰："若属嗾鼠偷粟乎？"

翡翠供之曰："伏以产自炎州，栖在灵峤，瑞彩称珍，曾入侯服之贡，丽质供玩几，玩刺绣之工，系笼条而受驯，处水云而任适，常有妄飞之戒，本无轻发之言，抱羞未渝，受侮不小。"

鸳鸯供之曰："伏以身浮汉水，名入周诗，浦日融融，母将雏而游泳，汀兰郁郁，雄伴雌而浮沈。咏五章于诗人，愧二夫于淫妇，惟其称志操之洁，是以无口舌之灾，忽被中伤，惟在下烛。"

仓神览供讫。并囚之。引鼠而又诘曰："翡翠鸳鸯质美性介，而不必与同恶，嗛汝者果谁欤？"鼠复供之曰："鸂鶒鸂鵣实嗛我也。"仓神网鸂鶒鸂鵣而至。问曰："若属嗛鼠偷粟乎？"

鸂鶒供之曰："伏以嘴尖抹朱，毛柔妆翠，幽涧水暖，泛清漪而双鸣，芳渚草长，逐轻沫而群戏，抽潜麟〔鳞〕于藻下，擢细虾于苔中，味不合于充庖，身岂患于入网，冤状莫白，满身皆青。"

鸂鵣供之曰："伏以春江浪生，夕浦潮落，撇轻澜而出没，声穿蛟室之烟，乘浮沤而往来，翅湿贝港之雨，远近菰野蓼岸，前后桂棹兰桨，实所乐之在兹畴，载祸而钩我，哓舌可畏，此身何辜。"

仓神览供毕。并囚之。引鼠而又诘曰："鸂鶒鸂鵣俱有所据，嗛汝者果谁欤？"鼠复供之曰："鸾与鹤实嗛我也。"仓神网鸾鹤而至。问曰："若属嗛鼠偷粟乎？"

鸾供之曰："伏以星文表瑞，天姿挺奇，浊水狂尘，肯作俗人之玩，清都彩霞，不辞仙客之骖，朝餐琼树之蕊，夜宿瑶池之月，物有贵贱之自别，臭岂薰莸之可并，强辨亦劳，自反乃可。"

鹤供之曰："伏以胎化青田，身游紫府，腊梅香里，伴和靖于孤山，玉笛声中，随子晋于缑岭，影婆娑而独立，舞翩跹而自娱。不料九皋之鸣，奄遭一网之打，羞辱已甚，虚实何论。"

仓神览供讫。并囚之。引鼠而又诘曰："鸾鹤仙禽岂与汝较，嗛汝者果谁欤？"鼠复供之曰："凤凰孔雀实嗛我也。"仓神网凤凰孔雀而至。问曰："若属嗛鼠偷粟乎？"

孔雀供之曰："伏以生禀元和，胸舍灏气，顾影自惜，珍彩尾之玲珑，任饥深藏，恐尖嘴之抵触，毛拂桂枝之影，口吞琪花之香，揭玄圃而徘徊，与黄尘而阻绝，枢机既密，天渊自悬。"

凤凰供之曰："伏以跄跄其步，哕哕之声，闻韶乐之九成，祥著虞庭之舞，览德辉于千仞，瑞趁周岐之鸣，惟所食者琅玕，肯托栖于枳棘？自以饥不啄之高志，宁嗾饱欲死之奸偷？盖欲求生，不妨贷死。"

仓神览供讫。并囚之。引鼠而又诘曰："凤凰孔雀毛羽之灵者，不可以禽鸟视也，嗾汝者果谁欤？"鼠复供之曰："鹏与鲸实嗾我也。"仓神网鹏驱鲸而至。问曰："若属嗾鼠偷粟乎？"

鹏供之曰："伏以天地是居，海运则徙，背广几千余里，不知其修，翩拊九万之天，亦有所待，初因巨鱼而化，反贻斥鷃之咍，梦蝶之叟已亡，捕鼠之说谁著，不知何状，孔为此言。"

鲸供之曰："伏以气冲六合，怒喷百川，蠡蔽青天，不怕任公子之钓，手捉明月，惟许李翰林之骑，雄威压蛟鳄之巢，先声慑鱼龙之窟，自期陆慑水栗，不料孽作妖兴，纵泻层溟，难洗此恨。"

仓神览供毕。并囚之。引鼠而又诘曰："鹏与鲸处于海，与汝如牛马之风也。嗾汝者果谁欤？"鼠复供之曰："此外亦有之矣。"仓神督令直言，鼠缩伏潜，思曰："走者固冥顽不灵之物也，宜其倔强不屈。飞者之恃恶舞奸，又至于此吁咄哉？飞鸟百数之种，岂无怵威恇怯者？饰辞自讼，皆将清脱。是其诈智出吾上，不特三十里也，吾其庸哉！吾初既不思径服其罪，自持两端，即吾家世传之风，而至吾身坠落莫保，岂不痛哉？然事已至此，悔不可追，若更引至微至细，无腹无肠者，而以实吾言，则不受惨刑必矣。"乃告曰："飞走之属皆戾气所钟，罪无不犯，犯则必死，乃反慢神之威，抗神之尊，文其说而工其谋，有犯而曰无犯，有言而曰无言，其罪浮于我也，其余教嗾者，更何敢隐讳乎？蜂于蝉实嗾我也。"仓神网蜂蝉而至。问曰："汝等嗾鼠偷粟乎？"

蜂供之曰："伏以巢必依树，才巧猎花，蜜属他人，反甘忍饿之苦，义事君长，莫愆报衙之期，倏乍东而乍西，纷或左而或右，固短小而精悍，岂诞妄而浮夸，听于无声，断无此理。"

蝉供之曰："伏以鬓若铜明，翼如纱织，七月流火，吸清露而延生，十亩浓阴，抱寒柯而吐语，学仙化而自脱，厌世纷而高翔。盖其鸣之以腰展也，言不出口，本自暗默，于何听闻。"

仓神览供讫。并囚之。引鼠而又诘曰："蜂与蝉齐声自辩，嗾汝者果谁欤？"鼠复供之曰："蜘蛛螳螂实嗾我也。"仓神网蜘蛛螳螂而至。问曰："若属嗾鼠偷粟乎？"

蜘蛛供之曰："伏以阴阴广庑，短短疏篱，吐百尺之轻丝，绵绵不绝，结一团之密网，袅袅长垂，非关殄物之谋，只为营食之计，高居小风波之处，俯笑多哺啜之徒，事有难知，患生所忽。"

螳螂供之曰："伏以力微拒辙，飞或扑帘。侧身于车尘马迹之间，不死者，幸不齿于走兽飞禽之列，有生何为？既心力之不强，讵口吻之能啮，自怪无用之物，亦陷罔贷之科，神苟欲查，日亦不足。"

仓神览供讫。并囚之。引鼠而又诘曰："蜘蛛螳螂亦以冤也，嗾汝者果谁欤？"鼠复供之曰："蜉蝣蜻蜓实嗾我也。"仓神网蜉蝣蜻蜓而至。问曰："若属嗾鼠偷粟乎？"

蜉蝣供之曰："伏以或聚或散，若有若无，暴阳乍飞，聚沟渎而戢戢，繁阴密布，杂烟雾而蒙蒙，伊形藐而气微，任朝生而夕死，原巨细之有异，何怨毒之至斯？无使残生，亦抱至痛。"

蜻蜓供之曰："伏以头目稍大，首尾相连，林皋夕阳，坐园翁之樵架，苔机细雨，立渔人之钓丝，乍来木麦花边，未尝鼓吻害物。旋向萝葡叶上，皆称有口无言，神必有知，孰如其妄。"

仓神览供讫。并囚之。引鼠而又诘曰："蜉蝣蜻蜓，物之最微者，不足多诘。嗾汝者果谁欤？"鼠复供之曰："蝇与蚊实嗾我也。"仓神网蝇蚊而至。问曰："若属嗾鼠偷粟乎？"

蝇供之曰："伏以受形琐琐，逐味营营，羁臣怨逐，久冒玷玉之诮，诗人起叹，曾招止樊之讥。喜骋嗜于杯瓮，恐捐生于尘尾，虽引类而共逐，宁与彼而相干，愿刺凶奸，使嗒腥臭。"

蚊供之曰："伏以细如飞尘，巧穿重幕，密砺尖嘴，柳絮白而饥来，暗噆丰肥，樱桃红而饱去，谁复开帱而纳争，思织毛而遮，每咄扑灯之飞蛾，终作沉羹之景赤，嘤嘤聚诉，鉴鉴甚明。"

仓神览供讫。并囚之。引鼠而又诘曰："蚊蝇之微，似无所知，嗾汝者果谁欤？"鼠复供之曰："蟾蜍蚯蚓实嗾我也。"仓神缚致而至。问曰："若属嗾鼠偷粟乎？"

蟾蜍供之曰："伏以所患风癫，上吸日光，步履甚艰，仙影短于背上，腰腹空大，俗根深于心头，深追薄太清之愆，自分守雪窖之饿，不能择仁之处，未免与贼为邻，然惟此殃实非始虑。"

蚯蚓供之曰："伏以受气高毒，无实冗长，严冱始凝，方蛰身于深穴，急雨初霁，乃伸腰于轻泥，纵云冥然无知，敢与疾足者谋，我则不然，毋或是信。"

仓神览供讫。并囚之。引鼠而又诘曰："蟾蜍蚯蚓蠢莫甚焉，问之无益矣。嗾汝者果谁欤？"鼠复供之曰："鳌与蟹实嗾我也。"仓神网鳌与蟹而至。问曰："若属嗾鼠偷粟乎？"

鳌供之曰："伏以依石潜行，逢人走退，戴神山于海上，万古不流，佐酒觞于樽前，八珍无味。家世本出于湖海支流，散处于川溪。恭着两手之叉，暗愧寸舌之掉，诐遁之说，劈破何难。"

蟹供之曰："伏以群居薮泽，迹混泥途，气锐横戈争道，鼓蜞之嫡，巧微挟草，自愧郭索之名，悲壳碎而蹒跚，甘隐遁而沉没，胡然切齿之怨，乃于无肠之身，愤气莫伸，羞颜如甲。"

仓神览供讫。并囚之。以铁索缚鼠，倒悬于柱，命神兵具五刑之器，沸大镬之水，以威之曰："老贼当族，欲拘其徒，倘而后并杀之，盈天地大小，翔走、肖翘、蠢动之物，无一介不被援其引，而卒归虚妄，无可指的，奸伪之状益著矣。"乃命神兵曰："先以利剑刺鼠之喙，剥鼠之皮，投于沸汤之中，至烹烂消烁，无一片肥肉而后已。"鼠大恐，泣诉曰："愿乞一言而死。"仓神曰："汝欲何言？"

鼠供之曰："所援群物非无所犯，明神过于慈仁。治之不严，此所以不服，非老身之诬也。明神惟知老身之奸，而不知群物之奸，有百倍于老身者，尤所以抑郁者也，何则以言乎？光之大者，则日月之昭昭也，以言乎光之小者，则灯烛之煌煌也。而萤也以一壳之微，借数点之火，缀树流光，闪林扬辉，自以为回宵为昼之能，深宫秋夜，徒添弃妾之怨，虚堂微雨，空恼远客之愁，其所为何足称乎？况狐狸之邪，豺狼之暴，无不吐火前导，引入人家，以遗无穷之害，其物虽小，其害实大。鸡则为人所养，受人之恩，宜具有利于人，而蹴人之菜圃，啄人之黍畦，或以雌而啼，或当夕而鸣，以殃其主，以害其家，此所以荒鸡何足取乎？蜗则七窍不具，四肢俱阙，不可谓有生之物也。蚁则不过为一虫之微，而自开城郭，妄立国号，有若富有四海者，然猥越之罪可胜诛哉？国家大号，尚且偕窃，况嗛偷仓粟乎？杜鹃则皮不传毛，哭必吐血，则其相之穷可知。自不哺雏，臣视群禽，则其心之愚可见，山川不隔，羽翮无碍，欲归则归，谁禁而不归。长呼不如归之声乎，虽自谓古帝之魄，吾不信也。况何处无树，而必哭于客窗之外，何日无昼，而独鸣于夜月之中，此老物之所未解也。鹦鹉则厥，初生物之时，使人与物不通言语者，理之常也。惟此禽能解人语，能通人意，有客必报，有事必告，此物之妖者，而妖物之言是信，老身之招归虚，妖不胜德，而果虚语矣。莺则其色虽美，尚不及丹青之工也，其声虽好，犹不如丝管之鸣，而其色其声不亦惑乎？况其音或荡或哀，能使人喜，能使人悲，此妖于声者也。其声妖，则其心独不妖乎？然则神所谓邪者，非特此身而已矣。蝶则是一时化生之物，非五行完粹之气者也，微莫甚焉，贱之至也。而轻轻软质，人或爱之，翩翩粉翅，诗或赋之，其工于媚人，因此推知，或入达人之梦而幻，体或化美妹之身，而蛊人变化之术，神不可测，而安知其不化穴中之物，而偷食仓中之谷乎？燕则只工于言，而不慧其性，徒捷于飞，而不谋其身，为人所使，传其信书，则何其污也。冒火处堂不知其祸，则何其愚也？蛙则终宵聒聒，所诉何事？尽日阁阁，所吐何语？徒令人掩耳而已。其供辞中，隐然有闭口无声之意，其谁欺？非欺神乎？蝙蝠则本以老身门孽，右族贫寒，皆不聊生，故蝙蝠以贱加尊，弃如敝屣，投属于众鸟，假其羽翮，借其气势，老身门中欲役之，则曰：'鸟也。'众鸟欲役之，则曰：'老身之族也。'老身痛其心迹，累加诮让，以此与老身构怨久矣，到此岂肯为老身之地乎？鸟雀则其身未必大于吾也，其智未必过于吾也，而自以为翼而能飞，视老身之族若无物焉。而人若剪其羽翮，则必走入于老身之穴，愿托于老身之族，而老身拒而不许，或致饿死，彼之怨深矣，乘机挤陷，何足怪乎？乌则赋得凶戾，声且噎浊，人将死则必先知之，人将病则必先警之，故俗谓之鬼卒，虽自夸能作十二声也，谁肯爱之？鹊则似慧而诈，似巧而拙，啼于晓则或谓之报喜，而未必皆验，巢于南则虽谓之叶吉，而未必尽然，浪得虚声，宁不自愧？鸱枭则同一形也，五谷之美，无物不嗜，而既不能食之，太阳之明，无物不烛，而亦不能近之。其种贱也，其性阴也，老物之受其指挥，亦足羞也，况以为之不嗛乎？鹅鸭则其圈，适与老物之居相近，大声叫聒，老身不胜其血气之愤，潜入其圈，先啮鹅之脚，则鹅叫而走，又啮鸭之胸，则鸭至于肉尽骨出，而噤无一声，其忍诟若此，岂可以平问取服乎？鷦鷯则厥质甚藐，其中何有？鹁鸪则其性甚拙，何事可办。鹑与雉以味而死，鹰与鹯有才而羁，有味者不如无味，有才者不如无才，尚矣。噫！老身亦无小智，而无贱计，安有今日之祸哉？鸠鹄则见色而气，知机而翔，其势非不远死也，犹死于戈人之缴，与老物因口腹而死，抑何间哉？鹳鹭啄长而已，脚长而已，则所长者惟啄与脚，其智短，而或死于缴矢，其计拙，而或伤于投石，亦何异于老身？长于谋食，而短于谋身乎？鴖其外虽白，其内则黑，故莫黑之乌，亦自讥之。是以知外白，而内黑，终不如内白，而外黑，其内黑，则其心黑，嗛我偷粟更有何疑？鹘鹫其气猛也，其心鸷也，猛鸷之物，虽死不畏，何怵于空言，而自服其罪乎？翡翠鸳鸯徒以毛羽之美，能脱缧绁之厄？若使两禽之华彩移换老身之陋质，则亦将超然高免矣。鸡鹊鸂鶒朝而食鱼，暮而食鱼，岂其欲独深于鱼，而浅于他哉？鸾鹤与凤凰孔雀是非既紊，曲直可置。而狮象麒麟既以异兽而得免，则禽之灵者独不得脱乎？鹏与鲸也，吾不敢较其大也，角其雄也，所争者只在冒干于不干之处，而以其大而赦之，以其雄而放之，阨哉？小且微者，若蜘蛛、若蜂蝉、若螳螂、若蜉蝣、若蜻蜓、若蝇蚊、若蟾蜍、若蚯蚓、若鳌蟹之属，或翼而无尾，或甲而无翅，或皮而无足，既不能具物之体，顾安能有物之性乎？然惟有一端之奸心，能解嗾我而偷粟，此老身之亦所以疑者也。"言毕，猛犬垂涎而吐舌，恶猫欲啮而嗔〔瞋〕目，鼠肉战心掉，不知所为，乃告曰："果真个教嗾者，谨当直告矣。"仓神大怒曰："先以石击碎牡齿。"鼠连声大号曰："天之神，地之祇，野之魍魉，山之魑魅，苍苍之松，郁郁之柏，蓬蓬之风，内幂幂之云，冥冥之雾，厌厌之露，落落之星辰，皎皎之日月，皆上帝之命，使我恣仓中之粟矣。老身抑何罪焉？"

仓神抚掌大怒曰："造化翁多事，生此恶种，公然贻害于万物，使之归怨于上穹，物祖安得辞其责乎？其所连累千百其种，且其不道之言，诬及上帝，此大逆也，不可不上之于天，以俟处分矣。"即越宿汤沐，上谒于帝，乃奉进其文簿而告曰："臣既不能典守民天，又不能痛绳奸偷，臣罪实合万戮。然狱事蔓延，伤生必多，贼虫既发犯上之语，则非下臣所可决，惟上帝其命之。"上帝阅其案，而领其纲，即判之曰："下界小虫奸猾之罪，不足烦我之听，而既言其罪，则不可不降天之罚，行天之诛，以谢灵禽异兽之被诬者，仓神汝其归斩贼虫于太仓之前，弃其尸于九街之上，使有啄、有爪、有齿者，任其剥啮脔分，以泄其愤，所囚群禽众兽一皆放送，贼虫巢穴支属，荡扫诛戮，毋使易种于下土。"仓神俯伏听命，辞归。太仓以极刑斩贼虫于仓舍之前，大开狱门，尽放诸囚。而言曰："上帝有命，任汝等报仇矣。"群禽众兽欢呼叫噪，翔者走者或鼓两翅，或跃两足，轩天蔽地，倏如云散，于是猫犬直走贼虫之巢，尽杀六亲，及远近族属，无遗种。狐与狸啮其头，乌与鸢啄其腹，鹰与鹯攫其四肢，豸与猚龁其腰脊，猬负肋而归，螳螂抱其尾而飞，鸡雉啄其虫蛆，鸟雀含其毛而翔，蚯蚓、蝇蚊、蝼蚁吮其血。龙与虎不顾而去，其余不食生者，亦皆欲磔食其余尸，麒麟凤凰止之曰："甚矣！汝等之报仇也，何至于此极？"皆散而去，仓神纵神兵掠其巢穴，贼虫之属，尽为猫所杀，遂夷其土而塞其穴。是后仓粟无耗缩之患矣。太史曰："火不扑则延，狱不断则蔓，向使仓神案其罪而即磔之，则其祸必不炽也。噫！戾气所种，岂独穴仓之一也哉？吁！可畏也！"

后　记

本书系延边大学外国语言文学"一流学科"建设项目资助出版的成果，也是延边大学博士后期资助项目的结项成果，是在我博士学位论文的基础上修改而成的。书稿即将付梓，心中的喜悦和激动是无法描述的。

经常有人问我，文学研究的意义到底是什么？我也时常思考这个问题。最初被文学所吸引，是因为那些隽永的文字、深邃的思想、广博的见闻，以及隐藏在字里行间的人性光辉……如此种种，不可胜数。犹记得，有时书读到兴起处，感到能和逝去的先贤、身处异地的名家跨越时空进行神交是一件幸事。后来，我从一个文学爱好者转而成为文学的研究者，则感到责任更加重大。不仅需要阅读、欣赏、理解文学作品，还要透过现象研究文学的本质，走进作者的世界，探寻作者的思维，直面作者的思想，发现其中的内涵和规律，更要传递自己的发现，以期让更多的人理解文学的价值和意义。

在本书的写作过程中，最应感谢的是我的老师、同学和朋友们。我的恩师李官福教授，出了名的严厉、认真。但让我感触最深的，是他对待学生的耐心和责任心。作为书稿基础的博士学位毕业论文，从选题到资料收集，从提纲的确定到最终的定稿，都凝结了恩师大量的心血和汗水。他深厚的知识底蕴、严谨的治学态度、前沿的思维方式、科学的研究方法，使我终身受益。学院的老师们，都是我求学路上的灯塔。他们挥洒自己的汗水，绽放自己的光彩，传承的不仅是知识，更是智慧和美德。如百宝箱一般的金宽雄教授，谦和但授课时滔滔不绝的许辉勋教授，严厉却又异常幽默的崔雄权教授，高大而文雅的金虎雄教授，已经故去的腼腆的金京勋教授，帮我收集资料还为我指点迷津的和蔼可亲的禹尚烈教授，亲自为我翻译部分材料的崔一教授，他们都是为我指引学术方向的那道光。

我的挚友金洪培教授，不仅鼓励我走上学术道路，而且在我攀登的路途中给了我太多的支持和帮助，从生活中的关怀，到学习中的指点，这些都已转化成一幅幅难忘的画面，珍藏在我的记忆中。我的领导朴灿奎教授，经常关心我的学习情况，不仅经常给予我学术上的启迪，还为我提供了大量的相关文献材料。我的同门学友，总是有求必应地为我提供帮助，吴琦帮我从韩国收集了大量的研究资料，金梦和权辉为减轻我的负担，帮我翻译了很多急需的资料。归国博士后冯英盾博士，为我顺利梳理韩国相关研究成果提供了极大的帮助。另外，感谢妻子靳雅姝副教授和儿子谭尧木对我一贯的支持和鼓励。正是有了这些饱含温情的关心和鼓励，我的书稿才得以如期完成。

同时，也要感谢社会科学文献出版社给予我的帮助和支持，感谢赵晨老师、贾全胜编辑为本书出版所耗费的精力和心血。感谢所有关心和帮助过我的朋友、同事、学生和家人们，祝福大家！

作为后学末进，书稿中的不足之处，还请专家学者们批评指正。

图书在版编目 (CIP) 数据

朝鲜朝文人林悌汉文学研究 / 谭轶操著. -- 北京：

社会科学文献出版社, 2024.7

ISBN 978-7-5228-3063-6

Ⅰ.①朝… Ⅱ.①谭… Ⅲ.①汉语 – 文学史研究 – 朝

鲜 – 李朝(1392-1910) Ⅳ.①I312.093

中国国家版本馆CIP数据核字（2023）第248857号

朝鲜朝文人林悌汉文学研究

著　　者 / 谭轶操

出 版 人 / 冀祥德
责任编辑 / 赵　晨
文稿编辑 / 贾全胜
责任印制 / 王京美

出　　版 / 社会科学文献出版社·历史学分社（010）59367256
　　　　　　地址：北京市北三环中路甲29号院华龙大厦　邮编：100029
　　　　　　网址：www.ssap.com.cn
发　　行 / 社会科学文献出版社（010）59367028
印　　装 / 唐山玺诚印务有限公司

规　　格 / 开　本：787mm×1092mm　1/16
　　　　　　印　张：16.25　字　数：239千字
版　　次 / 2024年7月第1版　2024年7月第1次印刷
书　　号 / ISBN 978-7-5228-3063-6
定　　价 / 128.00元

读者服务电话：4008918866